Nuova Narrativa Newton
1221

Della stessa autrice:

I sotterranei di Notre-Dame
In nome dei Medici
I grandi imperi del Medioevo
Cospirazione Medici
La torre maledetta dei Templari
Leonardo da Vinci. Il mistero di un genio

Copertina © Sebastiano Barcaroli

Prima edizione: febbraio 2022

ISBN 978-88-227-5643-5

www.newtoncompton.com

Realizzazione a cura di Pàgina
Stampato nel febbraio 2022 da Puntoweb s.r.l., Ariccia (Roma)

Barbara Frale

I labirinti di Notre-Dame

Newton Compton editori

Cupido dominandi cunctis adfectibus flagrantior est.

La brama di potere è la più bruciante delle passioni.

Tacito, *Annali*, XV, 53

PROLOGO

Parigi, anno del Signore 1350

In Oriente e in Occidente, il consesso umano ricevette la visita
di un'epidemia distruttiva che devastò le nazioni e fece svanire popoli.
Spazzò via la civiltà e quanto di buono vi fosse, e la inghiottì in un sol colpo.

Ibn Khaldūn, *al-Muqaddima* (Storia universale)

La terra tremò dalle viscere.

Prima fu solo un soffio lieve, un ansito profondo come il sibilo che esce da un petto oppresso. Poi un boato lungo, lento, ossessivo, l'orribile ticchettio di mille cose squassate, come se i morti fossero risorti e battessero i denti all'unisono.

«*Miserere nobis!*», gridavano i monaci. Si colpivano il petto, mentre fuggivano nudi e scalzi dalle antiche mura pronte a ingoiarli come una tomba.

Brevi attimi d'inferno, poi la quiete. Restò solo il buio che svaniva lentamente in un'alba esangue. I monaci si guardarono l'un altro. Tesi, attenti, trepidanti come animali acquattati nel buio quando scende la notte della caccia.

L'abate violò per primo il silenzio.

«*Deo gratias!* Il terremoto è passato...».

Li guardò in faccia a uno a uno, nel vago lucore che annuncia l'arrivo del giorno. C'erano tutti, i pochi sopravvissuti alla spaventosa mortalità che ormai da anni stava flagellando tutta la terra.

«Andiamo in chiesa, fratelli. Dobbiamo controllare i danni».

Nel silenzio sgomento che seguì la scossa, la breve processione di monaci varcò il portale di Saint-Denis biascicando novene e supplicando la bontà divina che non ci fossero danni gravi in quell'antico scrigno di memorie. Temevano in special modo per le sue vetrate d'inestimabile valore. L'abate afferrò una lucerna rimasta accesa, mentre i suoi passi agitati coprivano rapidamente la lunghezza della navata. Ogni elemento pareva intatto e al suo posto.

«Sia lode a Dio!», ripeté il venerabile. «Solo… Un momento!».

Qualcosa aveva catturato all'improvviso la sua attenzione. Si avvicinò circospetto a quell'anomalia. Non era possibile! Forse un miraggio dovuto alla luce incerta dell'aurora che cominciava a invadere l'ambiente, o l'effetto della paura sui suoi poveri nervi scossi… Si accostò circospetto a quella tomba, finché la lucerna gli cadde di mano e finì sui marmi del pavimento in uno stridio di cocci infranti.

«Il demonio!», gridò. Collassò a terra, gli occhi sbarrati nel vuoto.

Gli altri monaci accorsero. Guardarono ciò che aveva fatto stramazzare il loro abate, qualcuno osò persino avvicinarsi. Deposti in decine di sarcofagi che li ritraevano con fattezze naturali, tutti i sovrani di Francia dormivano immoti il loro eterno sonno di pietra. Tranne uno, il cui nome aveva lasciato nella storia del regno una lunga scia di tenebre. Il coperchio del sepolcro di re Filippo IV il Bello era l'unico ad aver subìto un netto spostamento a causa della scossa tellurica. Chiamando in causa il Maligno, l'abate non aveva preso un abbaglio: nel sarcofago s'era misteriosamente aperto uno spiraglio tale da lasciar vedere colui che decenni prima vi era stato deposto. Il suo aspetto era quello di un demonio.

Le campane di Notre-Dame suonavano a morto: l'aria vibrava. Rintocchi lenti, prolungati, lugubri. La baronessa di Lunel sedeva accanto alla finestra, sulla panca ricavata nello spessore delle mura. Aveva i nervi a fior di pelle; le accadeva sempre quando veniva colta da un oscuro presagio. Ognuno di quei rintocchi le cadeva sull'anima come una scudisciata violenta che lacera la schiena. Giù in strada, intanto, vedeva passare l'ennesimo corteo funebre che accompagnava un morto di peste; la famiglia era di certo ricca, dato che aveva trovato ben quattro persone che camminassero dietro la bara e un povero prete rattrappito di paura che agitava il turibolo con le mani tremanti. Il mondo era stato colpito dal più grave flagello che

Dio aveva mai inviato sulla terra, le città erano ormai spopolate e cataste di cadaveri insepolti ammorbavano le strade. La Peste Nera aveva raggiunto e decimato tutta l'umanità con l'orrido passo della sua danza macabra, eppure aveva dovuto fermarsi sulla soglia del palazzo che apparteneva ai baroni di Lunel. Sotto il suo tetto, la baronessa Madeleine aveva visto celebrare solo matrimoni e battesimi. La donna gettò uno sguardo furtivo allo scrigno in cui custodiva le sue preziose boccette medicinali, protetto da ben quattro serrature ferrate. Non poteva salvare il mondo, certo; ma almeno, il dono della grande sapienza che aveva ricevuto teneva al riparo la sua famiglia. La sua gente.

Il cigolio della porta che s'apriva la distrasse. Entrò una ragazza giovane, trafelata.

«Nonna cara, è venuto un gendarme dal Louvre. Ha consegnato una lettera per voi».

Passò all'anziana dama quel piccolo quadrato di carta perfettamente ripiegato su sé stesso, chiuso da spago verde, ma soprattutto fregiato dal sigillo di Sua Maestà re Filippo VI di Valois.

«Una lettera del re», mormorò la baronessa. Mentre lo sguardo seguiva quelle brevi righe, il pallore del suo volto cresceva di attimo in attimo.

«Nonna! Che succede?»

«Nulla, Éloise. Nulla di grave. Il re mi ordina di preparare le mie cose e raggiungere il castello del Louvre. Resterò a sua disposizione».

«Mio Dio! Siete dunque in arresto?»

«Non c'è scritto niente del genere, figliola, ma il tono è perentorio».

«Di quale colpa vi accusano?».

La ragazza non osava pronunciare in modo aperto il grave sospetto che covava in cuore ormai da mesi, da quando Parigi aveva cominciato a subire il feroce contraccolpo della Peste Nera, ritrovandosi via via spopolata dal castigo divino, che tuttavia sembrava prodigiosamente risparmiare la casa della sua famiglia. Sapeva che strane voci avevano preso a circolare su tutti loro, e in special modo sull'anziana baronessa, sospettata di avere sinistre collusioni con la magia. Diverse volte, in quei mesi, la nonna aveva ordinato di suonare a morto la campana della cappella soltanto per ingannare il popolo e stornare le vociferazioni, fingendo così che la peste fosse penetrata a mietere vittime anche tra quelle mura. Éloise non aveva mai osato chiedere perché mai, da quando il flagello aveva iniziato a colpire la città, la nonna imponesse a tutti loro, servi compresi, di bere un'amarissima fiala nera ogni due settimane. In cuor suo, temeva che i sospetti della gente potessero avere un fondo di verità.

«Il re non formula accuse», rispose Madeleine. «Immagino che in realtà voglia soltanto *sapere*».

«Sapere cosa?».

La baronessa non rispose subito; sembrava piombata in un cocente disagio.

«La mia convocazione dipende da un fatto misterioso accaduto ieri notte», disse poi. «È successo nella necropoli reale di Saint-Denis».

«L'ho saputo, nonna. Il terremoto ha aperto un sepolcro. Solamente uno. Quello di re Filippo IV…». Si bloccò e si fece rapida il segno della croce.

Il popolo infatti mormorava che ciò fosse opera del Maligno. Benché fosse stato consacrato con il Sacro Crisma come ogni re di Francia, benché potesse guarire i malati imponendo loro le sue mani, Filippo IV aveva osato attaccare la Chiesa, processare e gettare in prigione dei vescovi, ma soprattutto distruggere dalle fondamenta il sacro ordine dei Templari.

«Un uomo che si macchiò di colpe tanto gravi non può che giacere tra le fiamme dell'inferno», disse la ragazza. «E dall'inferno la sua anima dannata è risalita in questo mondo per lanciare un monito. Questo mormora la gente. Il suo aspetto, del resto, è quello di un mostro».

Madeleine guardò il bel volto della ragazza: come le succedeva spesso, si perse sognante nell'azzurro intenso dei suoi occhi. I suoi occhi dal colore tanto raro, così prossimo all'indaco del mare più profondo... Scacciò subito un ricordo che le causava un'emozione così intensa da fare male.

«Ti sbagli, figliola. Ricordo bene il volto di re Filippo IV. La sua immagine è scolpita fermamente nella mia memoria, e ti giuro che non esisteva al mondo un uomo bello quanto lui. La bellezza di Lucifero, dicevano in tanti; in ogni caso, era stupendo».

«Forse allora il corpo non si è dissolto del tutto. Brandelli di carne guasta sopra il biancore delle ossa scoperte hanno sicuramente scatenato l'orrore in quei poveri religiosi».

«No, Éloise. Lo spavento dei monaci dipende da qualcosa che non si aspettavano di vedere: sulla testa del sovrano fu posto un elmo molto antico, forgiato al tempo dei Cesari. Sotto quell'elmo il volto del re è intatto, uguale al giorno in cui fu deposto. Come il resto del suo corpo».

«E voi come potete saperlo?»

«Lo so con certezza, nipote mia. Perché fui proprio io a occuparmi di imbalsamarlo».

«Voi?!».

«Sì, Éloise. Ci sono molti fatti del mio passato che ho voluto inabissare nel silenzio: l'oblio doveva proteggere la famiglia che avevo costruito».

«Fu quando eravate molto giovane, vero? Quando non avevate ancora un nome francese?»

«A quel tempo ero soltanto una ragazza. La nipote di un uomo così odiato in tutto il regno di Francia che non potevo neppure rivelare il mio vero nome: Maddalena Caetani. Nascosi la mia identità sotto un nome che non poteva causarmi danno, e così accettai mio malgrado di servire re Filippo il Bello. Il nemico più odiato, colui che aveva distrutto la mia famiglia».

«Voi lo avete curato?»

«Ciò non era strano. Anche re Luigi IX il Santo si affidò a una medichessa abile nell'uso delle erbe curative: si chiamava

Ersende. Ma non fu per la mia esperienza medica che re Filippo il Bello mi costrinse a servirlo: lui voleva impossessarsi dei segreti che io custodivo. Segreti trasmessi dal mio maestro».

«Arnaldo da Villanova», disse la ragazza in un brivido. «Sapevo di quel vecchio, ma ho sempre evitato di farvi domande temendo di scoprire che avete compromesso la salvezza della vostra anima».

«Arnaldo era sapiente, generoso, timorato di Dio. Mi aprì le porte di ogni conoscenza che all'uomo è dato conquistare. E anche di quelle che è bene non far conoscere al mondo».

«Allora è per questo che nessuno di noi si è ammalato di peste… La fiala nera che ci fate bere è forse frutto di magia?».

La baronessa mosse le labbra, ma preferì tacere.

«Io verrò con voi, nonna!», disse Éloise. «Mio padre è un Pari di Francia, non permetterà che sua madre venga oltraggiata da vili calunnie. E lo zio Bernard che padroneggia il diritto vi tirerà fuori da questo guaio. Il nome della nostra famiglia ne uscirà senza macchia!».

L'anziana dama contemplò il bel volto della nipote incendiato di passione e di fierezza. Come non riconoscere lo spirito combattivo che abitava in lei? L'indaco di quegli occhi che si faceva cupo sotto l'impeto dell'ira, simile al mare del Nord quando infuria la burrasca…

Madeleine si commosse di nuovo, e l'emozione rese tremante la sua voce.

«Hai ragione, Éloise: mai arrendersi senza combattere! Mi difenderò con tutte le mie risorse, e le mie risorse non sono poche. Tu mi seguirai al Louvre, dove sapremo quale sorte mi attende. Ma prima siediti qui accanto a me. Devi conoscere alcuni fatti del mio passato. Sono eventi lontani nel tempo, accaduti cinquant'anni fa. Tutto cominciò durante il grande Giubileo universale. Quell'anno segnò un'epoca intera. Papa Bonifacio VIII, signore delle anime e dei corpi di tutto il genere umano, impugnò il mandato che Gesù Cristo aveva dato a san Pietro: il potere di sciogliere e di legare, così in Cielo come in Terra. I peccati dell'umanità intera potevano essere cancellati di colpo, dissolti dal carisma del Vicario di Cristo. I cristiani si riversarono su Roma dai quattro angoli della terra, ma tra loro c'erano anche uomini dall'anima nera, assassini che militavano nell'armata delle Tenebre...».

1
I VICARI DI DIO

Anno del Signore 1300.
Primo Giubileo universale della Chiesa

I

L'alchimista si svegliò urlando. Di nuovo quel sogno atroce!

Si vedeva a Parigi, ritto in piedi sul tetto di Notre-Dame, mentre fiamme altissime minacciavano la grande chiesa. Il fuoco divampava.

In cima alla galleria più alta, ancora più a sud del rosone, una grande lingua di fiamme saliva fra le torri campanarie con turbini di scintille. Fiare disordinate, furiose, gonfiate da un vento cattivo che ogni tanto strappava via lembi di fumo nero. Sotto un alito d'inferno, le statue di diavoli e di draghi ridevano di quello sfacelo: crudeli attori di un sabba sfrenato, i mostri si ridestavano dal loro sonno di pietra...

Arnaldo da Villanova non aveva trascorso una vita sui sacri testi di magia astrale e divinazione senza saper riconoscere i segni di un presagio; e il messaggio nascosto dentro quella visione era terrificante.

"Ti imploro, Signore: fa' che io mi sbagli!", pregò.

Afferrò il lungo bastone al quale si appoggiava, impugnò la chiave che portava sempre al collo, capace di disserrare la cassa dei libri segreti e altri oggetti di cui era prudente che il mondo ignorasse l'esistenza. Dentro un involto di seta viola custodiva i preziosi Naibi egiziani di al-Qāhira: piccoli rettangoli di papiro in empatia con le forze del cosmo, perciò capaci di leggere le occulte direzioni del futuro.

Voltò la prima carta: il Sommo Sacerdote.

Assiso su un seggio d'avorio, simbolo di elezione spirituale, custodisce tutte le cose sacre. Capo dei misteri di Eleusi, guida gli adepti nel cammino iniziatico fino alla rivelazione delle dottrine più segrete. "La carta raffigura il papa", pensò il vecchio, e benedisse in cuor suo Bonifacio VIII, che lo aveva accolto presso di sé offrendogli protezione e stima, donandogli persino un giardino chiuso da mura sulla parte più alta del colle Vaticano per compiere indisturbato ogni genere di esperimenti.

Voltò la seconda carta: l'Imperatore.

Seduto su un trono d'oro, impugna lo scettro del potere universale e la spada della Giustizia. Doveva indicare Filippo IV di Francia, evidentemente, il re più potente di tutto il mondo cristiano. "Che Dio mi guardi da quell'uomo esecrabile!", pregò fra sé.

La sua mano tremava, quando voltò la terza carta. La Torre di Babele.

Una possente fortezza dimezzata da un fulmine: due uomini precipitavano giù, uno aveva la testa coronata e l'altro recava sul petto i simboli del sacerdozio. La superbia e la presunzione degli uomini colpite dal castigo divino.

Impossibile equivocare il messaggio portato da quella carta, la più nefasta di tutte: incombeva uno scontro epocale tra la Corona di Francia e la Santa Sede, tra Filippo il Bello, consacrato con il Crisma come re Davide, e Bonifacio VIII, erede di Pietro, al quale Cristo aveva concesso il potere di sciogliere e legare, così in Cielo come in Terra. Ma la Torre non rappresentava forse anche la Torre del Tempio, la mastodontica fortezza di Parigi in cui i Templari tenevano ammassato l'immenso patrimonio delle loro ricchezze? Quale tragica sorte li attendeva…

Il seggio d'oro di re Filippo il Bello. La cattedra d'avorio di papa Bonifacio e quella su cui sedeva il Gran Maestro del Tempio, fatta di pietra lunare che nel buio emanava luce. Il demonio aveva sparso tra loro il seme della discordia: due delitti misteriosi avrebbero macchiato di sangue le vie di Parigi e di Roma, delitti capaci d'innescare una guerra senza quartiere fra i troni più potenti della terra.

«Devo proteggere il papa», ansimò il vecchio.

Ma come? Arnaldo poteva captare le segrete energie che percorrono l'universo e imbrigliarle, addomesticate, al suo volere, ma non senza l'aiuto di un'anima affine, vocata come la sua, sensibile ai segni del soprannaturale.

Aveva una sola speranza di riuscirci: trovare un degno apprendista.

II

Il volto della Morte è un mistero che nessuno conosce. Un orrido teschio dalle orbite vuote, secondo alcuni; per altri, un angelo con ali che sfolgorano di luce abbagliante.

Io so che ha sembianze umane. Un uomo in carne e ossa, come me. E lo sguardo? Lo sguardo cambia. Gentile oppure furioso. Misericordioso o spietato, secondo la persona che si porterà via.

Il volto della Morte è quello di chi la dà. Un medico incapace, magari. O un sicario. Più spesso le facce sono tante: l'indifferenza di chi passa oltre e non si cura degli altri; l'indifferenza che condanna i disperati.

Stanotte, il volto della Morte è il mio. Io che sono la Giustizia incarnata. Che non temo nulla e nessuno, nemmeno il giudizio divino.

Guardò giù, davanti ai suoi piedi: in quel momento, il reverendo abate in ginocchio credeva di guardare il diavolo in persona, o un mostro vomitato dall'inferno. Che soddisfazione vederlo tremare, sudare, crepare di terrore! Tutt'intorno, la quiete azzurra di Parigi che dormiva il sonno dei giusti in una notte gelida ma serena.

"È bella Parigi", pensò l'uomo-demone. "Bella come un mare che incanta, con acque cristalline e pesci dai colori seducenti. Ma i pescatori di perle e di coralli, che scendono nelle sue oscure profondità, sanno quali spaventose creature vivono negli abissi. Così è la mia città: miseria, violenza, corruzione e paura agitano il fango dei sobborghi. E quando la melma di quel fondo viene smossa, ecco che i mostri affiorano in superficie…".

Spostò gli occhi da quel corpo che aveva scempiato come neppure un boia avrebbe avuto il coraggio di fare, e abbracciò con lo sguardo la sua città. Materna e complice, ma a volte anche nemica.

Le campane di Notre-Dame rintoccarono il mattutino. Era ora di filarsela alla svelta; una sola cosa gli restava da fare: quasi un rito sacro in omaggio agli antenati.

L'uomo-demone impugnò l'olifante che portava a tracolla. Un lungo lamento lugubre risuonò per le vie buie della città.

Il vecchio frate costeggiò le mura di Roma, poi varcò il fornice di Porta Bove. Alzò lo sguardo, riconobbe il bucranio da cui la porta prendeva il nome. Era solo una leggenda vecchia quanto Roma stessa: chi entrava in città vedeva un cranio scarnificato, simbolo di miseria e di fame, mentre chi usciva incontrava sul lato interno della porta la testa di un toro vivo, grande e possente: allegoria della fortuna che uno straniero può fare a Roma, città violenta ma dalle molte prospettive. Perché quel teschio taurino gli sembrava un macabro presagio?

"Guidami, Signore!", pregò. "Fa' che la missione abbia successo! Da essa dipende la sorte della tua Chiesa…".

Il vecchio socchiuse gli occhi per un attimo e strinse forte contro il petto la giara in cui aveva nascosto il suo tesoro. In apparenza era un povero oggetto appartenuto a un morto, sporco, intriso di sangue e di sudore, disprezzabile e disprezzato… Capace tuttavia di rendere Bonifacio VIII l'uomo più potente della terra, ma anche di scaraventarlo giù dal trono apostolico. Cosa sarebbe accaduto? Solo all'Onnipotente spettava decidere!

S'era fatto prestare le vesti da uno stalliere, montava una ronzina scalcagnata che in molti avrebbero ritenuto non più buona nemmeno per il macello; così conciato, si sarebbe infiltrato senza dare nell'occhio nella fiumana di pellegrini che accorrevano nell'Urbe da ogni Paese del mondo cristiano per il grande Giubileo.

Si tirò su il cappuccio per non lasciar intravedere alcun dettaglio del suo volto. Doveva raggiungere la basilica di Santa Croce in Gerusalemme: lì il papa avrebbe celebrato la funzione solenne del giorno. Da lontano distingueva un lungo serpente fatto d'uomini a piedi o a cavallo, sgargiante di sete variopinte, che si snodava con lenta solennità lungo la Via Sacra: la processione che accompagnava il baldacchino papale. Quanti uomini armati a scortare il pontefice! Bonifacio VIII si professava Vicario di Dio in terra, eppure voleva apparire come uno degli antichi Cesari, che placavano dèi crudeli con offerte di sangue. Come un imperatore nel giorno del trionfo, il papa voleva essere osannato dai comuni mortali. Cieco orgoglio degli uomini! Non vedeva che stava regnando su un cumulo di rovine?

Roma si estendeva a perdita d'occhio dentro lo sconfinato circuito delle solidissime Mura Aureliane, vecchie più di mille anni, ma la gente viveva ammassata in casupole effimere di legno e tufelli fra il Tevere e i Fori, nell'area di Campo Marzio. Tutto il resto, dovunque, era bosco e pascolo, campi seminati o solitudini silvestri fra le quali s'innalzavano rovine grandiose, sontuose terme vaste ognuna quanto una città deserta, cave di marmi esotici e rare tessere musive, come altrettante regge che i Titani avessero abitato per poi lasciarle a un destino di abbandono. L'Urbe era popolosa, ma così larga e piena d'incolti e rovine da sembrare una città fantasma.

Il frate imboccò un vicoletto sudicio incuneato tra le macerie di un antico complesso termale, una scorciatoia suggerita da quei nobili benefattori del convento che a Roma erano nati e ne conoscevano i segreti meandri. Dovette accucciarsi con il petto contro la sella, tanto il cunicolo era stretto e buio. Occhi feroci, intanto, lo spiavano nell'ombra.

"Eccolo! Sta arrivando. Buon vecchio padre Angelerio... Un gioco da ragazzi, gabbarlo e attirarlo in trappola".

Docile e ubbidiente come un agnellino condotto al macello, il frate aveva seguito alla lettera il cammino indicato. Anima pia, colma di candore... Non lo sfiorava nemmeno l'idea che dalle tenebre di quel vicolo potesse spuntare fuori un fiato velenoso, privo di volto, pronto a colpirlo senza pietà.

III

Il sole nascente filtrava attraverso le vetrate policrome di Notre-Dame creando evanescenti giochi di luce. Due figure stavano immobili al centro della grande navata, nel silenzio incantato che segue la prima luce. Uno era il vescovo Simone Matifort, uomo dall'ossatura poderosa e dalla stazza imponente che le vesti talari sembravano contenere a stento; l'altro invece era bassino, vestito con la tunica nera che distingue i professionisti della legge. Viso affilato e occhi acuti, un po' infossati, gli davano l'aspetto di una faina.

«Che mi dite, mastro Nogaret?»

«Quale abominio!», rispose il giurista. «Siete stato saggio, monsignore, a chiedere che i vostri soldati lo portassero subito dentro la chiesa. Fate anche lavare le pietre del sagrato perché non resti traccia del sangue».

Il giurista immaginava infatti un nugolo di uomini e donne accalcati intorno a quell'orribile ritrovamento: il popolino sempre affamato di spettacoli raccapriccianti, che li cerca per provare un doppio brivido di orrore e segreta eccitazione. La pietà del vescovo aveva impedito che il pover'uomo assassinato subisse anche l'umiliazione di essere esposto agli sguardi profananti della folla.

«Vi ringrazio di essere accorso subito, Nogaret. Come sapete, è molto tempo che non mi occupo più di giustizia. Voi invece siete giudice nelle cause criminali, la vostra esperienza sarà preziosa in questa atroce circostanza».

«Posso dirvi con certezza che quell'uomo è stato ucciso altrove, monsignore. Se così non fosse, dovremmo vedere un lago di sangue sul sagrato. No, il delitto non è stato consumato qui».

«Perché trasportarlo fino al sagrato di Notre-Dame, allora?»

«Perché fosse notato. La cattedrale è il cuore pulsante di Parigi, affollata di devoti, membri del clero e mendicanti durante tutto il giorno. Non si può scegliere luogo migliore, se lo scopo è fare in modo che il morto sia visto da quanta più gente possibile. E che razza di spettacolo, sant'Iddio!».

«La sua faccia, infatti...».

Qualcosa aveva sconvolto il cuore e lo stomaco del vescovo; Nogaret, concentrato nell'esame degli indizi, non ci badò.

«Vedete quella specie di targa che pende appesa al collo, monsignore? Vuole scimmiottare la prassi della giustizia reale. Forse anche il Vangelo. Non vi ricorda il *titulus* che Ponzio Pilato fece mettere sulla croce di Nostro Signore? Si leggeva la causa della condanna in greco, latino ed ebraico. Qui la scritta ha un senso oscuro. Che diamine può significare?»

«La faccia...», mormorò di nuovo Matifort pallidissimo.

«Sì, la faccia! Ho capito. Il volto gli è stato strappato via. È questo che volete dire, monsignore?».

La conferma diede il colpo di grazia al povero vescovo. Vittima del ribrezzo e dell'orrore contro i quali aveva lottato vittoriosamente fino a quel momento, sentì la tempesta risalire violenta dall'addome alla gola: piegatosi in due, vomitò sui marmi del pavimento. Nogaret tolse prontamente la tovaglia da un altare vicino e gliela offrì per ripulirsi la bocca.

«Suvvia, monsignore! Coraggio...».

C'era stato un tempo, anche se ormai lontano, in cui Matifort aveva servito la Corona di Francia come ufficiale delle forze di polizia e si aggirava nei quartieri più malfamati svolgendo indagini per le cause criminali. In quegli anni aveva fatto il callo più o meno a tutto; per mestiere doveva attraversare ogni giorno un inferno di atrocità che negavano la bellezza, la pietà, persino la stessa esistenza di Dio. Ogni tanto la giustizia riusciva a trionfare: ciò restava per lui, al di sopra delle miserie umane, una luce che lo riconciliava con la vita, la prova che fosse giusto tirare avanti, continuare a esistere, mentre tante volte aveva provato il desiderio di scomparire. Poi qualcosa s'era guastato dentro di lui, infrangendosi per sempre. Per non dover più patire la visione di simili orrori, Simone Matifort aveva preso i voti sacri. Nella pace della vita religiosa non esistevano scenari capaci di lasciarlo sgomento, ma l'atroce ritrovamento di quell'alba lo scaraventò con violenza indietro nel tempo, richiamandogli alla memoria una visione altrettanto orribile di cui però non sapeva dire nulla, perché la sua anima aveva penato a lungo per dimenticare.

Anche Nogaret si sentiva accapponare la pelle dinanzi a quello spettacolo orripilante, ma nemmeno un'emozione così violenta poteva sopraffare del tutto la sua indole visceralmente razionale. Infatti raggiunse l'altare maggiore e prese la patena eucaristica, un piattino d'argento che poteva servigli da specchio.

«Credo che il cartello sia in latino, monsignore. Ma scritto al contrario. Lo vedete? Sono due parole. *Degluptor degluptus*».

«*Degluptor degluptus*», ripeté il vescovo. «C'è assonanza con la lingua latina, in effetti. Cosa vuol dire?»

«Mi pare uno scioglilingua, ma il senso è sfuggente. In ogni caso, l'assassino voleva che voi lo vedeste. Tutto quel che succede a Notre-Dame e nel quartiere episcopale ricade sotto la vostra responsabilità, monsignore. Perché l'assassino ha voluto coinvolgere voi? Dovete ragionare su questo».

«Non c'è nulla su cui ragionare, Nogaret! Un delitto disumano come questo è opera del demonio. Certe atrocità denotano un'anima dannata, completamente avvinta dai lacci del Maligno!».

Nogaret, da parte sua, dubitava fortemente che il diavolo si fosse preso il disturbo di rapire in volo la vittima per poi sfregiarla, mutilarla e gettarla sul sagrato di Notre-Dame ormai ridotta a una poltiglia inguardabile. Sospettava invece pericolosi risvolti politici, dietro la fine miserevole di quell'uomo.

«Vedete l'anello alla mano destra, monsignore? È l'antico anello pastorale di san Germano vescovo, in seguito al dito di tutti gli abati di Saint-Germain-des-Prés. Egli fu tra i membri più in vista nel clero di Francia».

«Che il Signore accolga in pace la sua anima! Allora la vittima è padre Baldrico de Courtenay».

«Esattamente. Forse è per questo che l'hanno lasciato a Notre-Dame».

«Che volete dire, Nogaret? Io non avevo rapporti con lui. Lo conoscevo appena».

«Potrei sbagliarmi, ma credo sia andata così: i gendarmi di ronda hanno trovato il corpo in qualche vicolo buio dei bassifondi. Quell'anello particolare ha svelato l'identità del morto, con le gravi conseguenze politiche che il delitto comporta: perciò qualcuno ha pensato di trasportare il corpo fin qui in tutta fretta».

«Volevano compromettere me?!».

«O più probabilmente, proteggere il nostro sovrano».

«Santissima Vergine! Avete ragione, Nogaret...».

Baldrico era infatti lo zio e il tutore legale della principessa Caterina de Courtenay, che stava per sposare Carlo di Valois, fratello di re Filippo IV. Se il corpo fosse stato ritrovato in un'altra parte di Parigi, soggetta al potere reale, il sovrano sarebbe stato coinvolto nella sciagura. Terribilmente imbarazzante, nella sua posizione.

«Ora quel rischio è scongiurato perché siete stato voi a trovare il cadavere, monsignore. A Notre-Dame. Per legge, spetta dunque a voi scoprire chi l'ha ridotto in questo miserevole stato».

Simone Matifort arretrò di un passo, le mani protese in avanti a scansare un ostacolo.

«No! Anni fa, certo, mi sarei gettato anima e corpo nella caccia al colpevole. È passato tanto tempo da quei giorni. Non avete visto come ha reagito il mio povero stomaco dinanzi a tanta barbarie? Deferirò ogni cosa al re. Invocherò l'aiuto del braccio secolare, i sacri canoni mi autorizzano a farlo».

«È vostro diritto», disse Nogaret. E intanto pensò: "Ma potreste pentirvene amaramente...".

IV

Lontano da ogni squallore e ogni turpitudine, circonfuso da un'aura di sacralità, il re di Francia guardava con occhi alteri la ressa di teste di uomini e donne ammessi alla sua presenza, così fitta che, se una mano avesse lanciato in aria un pugno di grano, i chicchi non sarebbero caduti a terra. Dall'alto di una grande pedana coperta da drappi di seta azzurra, sedeva su un seggio d'oro zecchino, con braccioli scolpiti a imitare teste di leoni, ed era issato su alti gradini, proprio come la Bibbia dice fosse il trono di Davide. Come Davide, del resto, anche Filippo IV di Francia, detto il Bello, era stato consacrato con l'Olio Santo. In qualità di Unto del Signore, sentiva su di sé la missione di rappresentare la volontà di Dio in terra.

Quel carisma lo induceva a posare non solo sulla Francia, bensì sul mondo intero, occhi da padrone. Se il colore degli occhi era lo stesso della bandiera di Francia, l'anima che li abitava era simile al vento di maestrale che spirava quel mattino: gelida e pericolosa.

«Non vi sarà facile avere accesso alla persona di Sua Maestà», disse il funzionario.

«Io sono il vescovo di Parigi!», ribatté Matifort. «Sul piano spirituale, ho la stessa autorità del papa».

«Ma il re di Francia sente di essere come un papa nel proprio regno. Poiché è nato da una stirpe santa, è il vicario di Dio in terra. I più illustri teologi gli danno ragione, in questo: fu consacrato a Reims durante una cerimonia solennissima, e poi consacrato con il Sacro Crisma ben sette volte. Proprio come un vescovo. Proprio come voi, monsignore».

«Assurdo! Simili teorie rasentano il sacrilegio».

«Può darsi. In ogni caso, la legge in Francia è lui. Non solo in Francia, secondo qualcuno: ho saputo, per esempio, che fra gli elettori dell'impero i desideri di re Filippo IV suonano come ordini. Qualcuno lo vorrebbe addirittura seduto sul trono che fu di Carlo Magno. Per farvi ricevere in udienza privata, monsignore, dovete cercare di ingraziarvi qualcuno vicino a Sua Maestà. Qualcuno che possa intercedere per voi».

Il vescovo di Parigi puntò lo sguardo verso un seggio posto accanto a quello del re, decisamente più piccolo e comunque regale. Fatto di legni rari, tutto un arabesco d'intarsi in ebano, avorio, madreperla rosa, aveva un'esuberanza ispanica e persino moresca, nella preziosità dell'ornato.

«Il trono di Navarra», fece Matifort, «che spetta alla regina Giovanna, però è vuoto».

«Madame si trova in viaggio. Pare sia andata a compiere una visita di stato nelle contee di Champagne e Brie, che sono terre di sua proprietà».

«Ancora in viaggio?», si stupì Matifort. Tra il popolo serpeggiava l'indiscrezione che quella prolungata assenza della regina servisse soprattutto a mettere una salubre distanza tra i due sposi, dopo che nella coppia reale era deflagrato un litigio memorabile.

Il bisbiglio discreto dei dignitari in attesa si acquietò all'improvviso: ora tutti gli occhi puntavano una figura di donna che avanzava con passo regale verso il trono, un magnifico ancheggio di velluto iridescente che giocava sulle curve pericolose tra seno, vita e fianchi. Aveva capelli chiarissimi attorti in complesse trecce intorno alla testa, e occhi di un verde intenso che si posavano alteri su ognuno dei presenti, senza però degnare qualcuno di speciale attenzione.

«Forse potreste chiedere aiuto a lei», suggerì il funzionario con una punta di malizia.

«Dunque la contessa Matilde d'Artois è sul serio la favorita del re? Ci sono voci discordi, al riguardo».

«Vi garantisco che tra loro l'intesa è perfetta, monsignore. Almeno in politica».

«Tenterò di parlare con lei, allora», disse Matifort. «Mi sembra indegno che un vescovo debba ricorrere all'aiuto di una donna tanto chiacchierata, ma così sia, se la contessa d'Artois è in grado di fare breccia nel cuore del re».

«Mi sa che siete proprio fuori strada...».

«So cosa state per dirmi: "Non v'illudete, il cuore del re è fatto di pietra!"».

«No, monsignore. Più semplicemente, quell'uomo un cuore non ce l'ha».

«Sire, il vescovo di Parigi chiede di vedervi».

La voce che aveva parlato suonava bassa, flautata, e recava in ognuna delle sillabe pronunciate un prono tributo di devozione al sovrano, ma non servilismo. Apparteneva a don Alfonso de la Cerda: cugino di re Filippo IV, era l'erede al trono di Castiglia, ma aveva perduto ogni diritto a causa di una congiura. Per questo motivo lo chiamavano il Diseredato. Il re di Francia lo aveva preso con sé, facendone il suo più fidato consigliere. Era forse l'unico amico che Filippo il Bello avesse al mondo.

«Il vescovo insiste da tre giorni, maestà. Ha chiesto udienza alla contessa d'Artois, cercava un accesso rapido a voi per suo tramite. Lei non si è fatta trovare in casa».

«Mia cugina è una donna astuta. Posso sempre fidarmi di lei».

«Ha usato il pretesto di un malore per non ricevere il vescovo».

Filippo IV sollevò un sopracciglio in segno di apprezzamento.

«Fatelo passare. Meglio liquidare questa seccatura una volta per tutte», ordinò con la sua voce bassa, musicale.

Conclusa la ridda delle udienze fissate per quel giorno, s'era ritirato nella sua stanza e ora fissava le onde grigie della Senna increspate dal vento. Era assorto, oberato da spossanti pensieri. Pareva quasi che dovesse prendere una decisione in grado di cambiare, nel bene o nel male, la vita a milioni di individui; in qualche modo, non aveva torto.

Simone Matifort si guardò intorno spaesato: cercava di capire, nell'aria tersa e luminosa di mezzogiorno, da dove mai provenisse la bella voce appena udita. E poi lo vide. O meglio, vide un fulgore abbacinante nel vano della finestra inondata di sole, insostenibile per lo sguardo. In controluce, troppo scuro per essere distinto, il profilo di una sagoma nera e solenne. Era la mano destra, l'unica parte di lui che l'occhio umano potesse distinguere. Lunga, bianca, levigata, abbandonata in posa di regale distacco, e ornata all'anulare da un diamante variegato di valore inestimabile.

"Razza di commediante!", pensò il vescovo. "Ci si è messo di proposito in controluce, come se la sua figura emanasse un bagliore divino che i deboli occhi umani non possono sostenere. Quanta presunzione!". Il colloquio non si presentava certo facile...

«Sire, purtroppo ho una notizia terribile», iniziò Matifort. «Nessuno ne è al corrente, per ora. Stamattina, proco prima dell'alba, ho trovato il cadavere dell'abate di Saint-Germain sul sagrato di Notre-Dame. Scusate, maestà: mi avete compreso?».

Il re non pareva affatto seguirlo: si era spostato dall'epicentro del fulgore, e ora fissava uno strano oggetto cardioide appeso al muro della stanza, non lontano dal grande letto monumentale drappeggiato da seta azzurra.

«Sire... Cosa state guardando?»

«Bella, vero?», disse Filippo IV. «Sembra un gioiello, ma in realtà è un'àncora». Raccontò che era stata ritrovata in mare al largo di Marsiglia, e si favoleggiava che appartenesse a un re dei Fenici. C'era in quell'antico sovrano il miraggio della conquista, dell'opulenza e dell'oro, nonché il mito di sé stesso. Scrostata dai sedimenti millenari e dalle alghe, si era rivelata d'oro massiccio; perciò Filippo il Bello l'aveva voluta nella sua stanza. Fissarla a mezzogiorno, quando il sole sembrava rendere omaggio alla sua bellezza e alla materia nobile di cui era fatta, quando la faceva brillare come un grande cuore pulsante di vita, distraeva la sua mente dal peso del governo. Lo spingeva a sognare i favolosi viaggi compiuti da quell'antica nave. Cosa mai doveva essere stata la nave che aveva sul fianco un'àncora capace di rimandare al cielo i raggi dorati che riceveva dal sole! Raggi che sembravano invadere la volta celeste, penetrare la profondità delle acque, raggiungere le terre conquistate...

Simone Matifort lo ascoltava a bocca aperta chiedendosi quando sarebbe finita quella tiritera. "Un fantoccio!", pensava intanto. "Un bellimbusto senza criterio, ecco cosa dicono di lui. E hanno ragione, perdio!". La prudenza gli imponeva però di mettere uno spesso filtro davanti alle parole. Fin quando perse le staffe.

«Insomma, sire! Io vi sto annunciando una disgrazia senza precedenti e voi mi parlate di quella stupida anticaglia? L'abate di Saint-Germain è stato trucidato. Ridotto in pezzi, maestà, come neppure un boia di mestiere farebbe mai. Pensate che la testa era stata fracassata, e...».

Filippo IV alzò la mano destra.

«Niente dettagli macabri, di grazia».

«Certo, sire. La circostanza è già abbastanza penosa in sé. Spero che mi presterete aiuto in quest'ora così buia».

Il re si era spostato, e ora Matifort poteva guardarlo in faccia. Famoso per la sua bellezza, con una vena di crudeltà nell'azzurro artico degli occhi, in quel sorriso che accennava appena senza lasciarlo mai sbocciare davvero. Secondo alcuni denigratori, nelle sue vene scorreva il sangue dei guerrieri vichinghi che avevano assediato Parigi secoli prima. A vederlo, non si sarebbe detta una vuota calunnia.

«L'abate di Saint-Germain era un alleato della Corona», mormorò. «Faremo celebrare una messa per la sua anima alla Sainte-Chapelle».

«Una messa, sire? Tutto qui?!».

«Non vogliamo entrare in questa faccenda. A breve, nostro fratello Carlo di Valois sposerà la principessa Caterina de Courtenay, nipote del defunto, e da lei riceverà in dote la corona dell'Impero bizantino. Non permetteremo che qualcosa getti ombra sulle nozze. L'abate aveva una certa età: spargete la voce che è stato stroncato da un infarto».

«No, maestà», si oppose Matifort. «Non potete tirarvi indietro dinanzi a ciò che la giustizia esige. Nella vostra mano Iddio ha messo la spada per proteggere la Chiesa e difenderla dai suoi nemici. L'Alfiere di Cristo, vi chiamano. Invoco pertanto l'ausilio del braccio secolare a norma del diritto canonico. Dovete farvi carico delle indagini e scovare il colpevole!».

Il re di Francia rise, o meglio sogghignò, perché nessuno a memoria d'uomo ricordava di averlo visto fare una risata vera e propria. Suonò il campanello, e subito l'uscio si aprì lasciando apparire il volto del principe Alfonso de la Cerda.

«Novità?», chiese il re.

«Certo, maestà. I due falchi che aspettavate dall'Italia sono qui».

Il sovrano rimase spiazzato.

«Non ricordate, maestà?», ammiccò il castigliano. «I due falchi *pellegrini*».

Allora il volto del re si rischiarò.

«Dove si trovano adesso?»

«Nella foresta di Rouvray. Secondo i vostri comandi, sire».

Filippo IV ricompensò suo cugino Alfonso con un'occhiata piena di complicità e gratitudine, poi si rivolse a Matifort.

«Vedete, monsignore? Non possiamo più trattenerci a colloquio con voi. Gravi questioni di governo richiedono la nostra attenzione. Castiglia, fate preparare i cani e i rapaci. Andiamo a caccia!».

V

Mercoledì, giorno ventinovesimo di giugno. Roma era in tripudio per la festa dei santi apostoli Pietro e Paolo.

Dopo la messa solenne nella basilica, il papa sfilava in processione seguendo la Via Sacra, che un tempo gli imperatori avevano attraversato in trionfo. Avanzava nella gloria delle insegne pontificali sotto un baldacchino d'oro, scortato da centinaia di chierici e di cavalieri.

Dinanzi al Laterano, ad attenderlo, c'erano i vessilliferi dei dodici borghi urbani, il prefetto di Roma e i giudici, i rappresentanti di tutto il clero cittadino; nessuno dei maggiorenti romani avrebbe mancato di apparire in quel prestigioso consesso, nemmeno se gravemente malato. Appena il corteo fece il suo ingresso, i cardinali smontarono da cavallo intonando canti di lode al papa ancora in sella, inni militari rubati alle acclamazioni che un tempo avevano scandito la gloria dei Cesari.

Nel cortile, intanto, la gente s'accalcava aspettando l'udienza. La ressa del tempo ordinario era ingigantita dall'occasione giubilare: chi veniva a Roma e lucrava la preziosa indulgenza non se ne voleva andare via prima di aver visto faccia a faccia Sua Santità, oltre naturalmente alla santa Veronica, che si dice porti impresso il volto del Salvatore. In mezzo a quel marasma di preti, frati, chierici, pellegrini e notai in attesa, un vecchio dall'aria sdrucita, con indosso una tunica nero stinta e una zazzera canuta, s'intrufolava senza dare nell'occhio come se fosse un evanescente fantasma. S'infilò sotto un archivolto, aprì una porticina, discese una stretta scala a chiocciola e da lì, seguendo il labirinto di corridoi ipogei, scantinati e cunicoli segreti che collegano tutte le parti dei Sacri Palazzi, raggiunse la sua meta come un umile lombrico che scavi gallerie nel ventre della terra. Dopo l'ultima porta, i suoi occhi ormai avvezzi al buio vennero feriti da una sferzata di fulgore: era nella Sala del Triclinio, l'aula dalle pareti coperte di mosaici d'oro che Bonifacio VIII usava per le udienze.

Vide il papa assiso sul trono apostolico: un'antichissima cattedra di mille anni, capolavoro in avorio e cedro del Libano che secondo la Bibbia è legno sacro a Dio, dono di Costantino, il primo imperatore cristiano che tramite quel sacro seggio aveva conferito al papa il dominio su Roma e sull'Occidente. Ai piedi del pontefice stava la figura curva e un tantino sbilenca di Bonino da Sezze, il cantiniere che lo serviva da quando era giovane.

«Che vuoi, Bonino?», disse il papa al servo.

«I frutti del frangipietra, Padre Santo. Non ne tenemo alcuno».

«Cosa? Arnaldo il Catalano me ne ha prescritti almeno dieci al giorno, contro il ristagno degli umori nocivi nel sangue».

Il domestico si fece piccolo piccolo.

«Le malerbe, Santità. Mentre noialtri eravamo ad Anagni, l'orto vaticano è diventato una selva di porcacchia e gramigne. Quanto prima lo si dovrà disboscare...».

La faccia del pontefice divenne rossa di stizza.

«Ma insomma! Noi, Vicario di Cristo e di Dio, siamo stati posti *super reges et regna* per guidare tutto il genere umano verso la salvezza... E dobbiamo pure occuparci delle malerbe che infestano l'orto vaticano?!».

«Chiedo venia, Santità», piagnucolò il vecchio.

Bonifacio aveva tanti difetti, ma non un cuore cattivo, dunque si mosse a compassione. Pensò con malinconia alla vita che passa come le stagioni nel volgere di un attimo: a settant'anni, anche se ben portati, guardava rattristato al giorno in cui anche per lui sarebbe giunto ineluttabile il grande freddo.

«Lascia stare», disse al servitore. «Fra non molto infatti verrà a noi con il suo passo inesorabile Vertumno, che fa giustizia d'ogni erba dei campi, buona o cattiva!».

Il pontefice era un uomo dottissimo che amava sfoggiare la sua eccellente cultura classica senza badare all'istruzione di chi avesse dinanzi. Difatti il servo, un po' spaesato, osò chiedergli: «Chi è codesto Bertunno, Santità? Avete un nuovo giardiniere? Nessuno m'ha informato».

Bonifacio VIII guardò con affetto quel buon vecchio ignorante che lo serviva da una vita intera, quindi gli tradusse fedelmente ogni parola nel dialetto della sua cara terra nativa.

«*Non fatigárete, Vónino. Priesso, véne la vernáta!*».[1]

Finalmente era tutto chiaro! Bonino da Sezze s'illuminò in volto, s'inchinò devotamente, poi scese i gradini a passo di gambero per non dare le terga a Sua Santità. Il prete dall'aria sdrucita e con la tunica stinta subito ne approfittò per salire verso il trono papale.

«Duraguerra!», tuonò il pontefice. «Non hai onta di presentarti al nostro cospetto così conciato? Ti sembra che un principe della Chiesa, per giunta il capo della diplomazia apostolica, possa mostrarsi come uno straccione? Dimentichi di stare dinanzi al sommo pontefice, che è il Vicario di Dio in terra?».

Pietro Valeriano Duraguerra, cardinale di Santa Maria Nuova e Vicecancelliere, non si lasciò toccare da quella sfuriata che lo investiva. Era troppo amareggiato per ribattere, cosa che in genere faceva. Andò diretto all'orecchio del papa.

«Santo Padre, è accaduta una terribile disgrazia...».

«Quale?»

«Frate Angelerio, il cappellano di Sant'Antonio a Ferentino», bisbigliò il cardinale. «L'hanno raccolto in fin di vita in un pascolo fuori Porta Bove».

«I cappellani delle monache si scelgono sempre vecchi come il cucco per ovvie ragioni. Dove se ne andava alla sua età? Perché veniva a Roma?»

«Pare che volesse incontrare voi, Padre Santo, ma in incognito.

[1] «Non ti stancare, Bonino. Da presso, arriva l'inverno!».

Aveva qualcosa da consegnarvi, e per questo si era vestito come un pellegrino».

«Che assurdità! Sarebbe bastato chiedere udienza. Cosa portava con sé?»

«Una giara di coccio. Dentro ci teneva una reliquia preziosissima. Intendeva consegnarla solo a voi, nelle vostre mani».

«Una reliquia? Non ne so niente!».

«Forse pensava che fosse importante esporla ai pellegrini durante il Giubileo, Santità».

«Il monastero di Santa Chiara a Ferentino è piccolo e povero. Mai sentito dire che abbiano reliquie di valore. E poi l'idea di infilare un oggetto sacro dentro una vile giara di coccio! Ha qualcosa di sacrilego. Tutto è molto sconclusionato, in verità».

«Lo credo anch'io, Padre Santo. Il povero frate parlava negli spasmi dell'agonia, forse non era lucido. Fra l'altro, chiamava in causa vostro fratello Roffredo, il conte di Caserta».

«Questa, poi! Il mio compianto fratello maggiore è morto tanti anni fa».

«Appunto, Padre Santo. Padre Angelerio sosteneva che era stato proprio il conte Roffredo a consegnargli quella giara».

«Mah! Vaneggiamenti di un povero moribondo. Che il Signore accolga la sua anima in pa…».

Il papa non finì la frase: impallidì di colpo, gli occhi sbarrati nel vuoto.

«Santità! Vi sentite bene?!».

«Il nome, Duraguerra! Come hai detto che si chiamava, quel frate?»

«Angelerio, Padre Santo».

«Quel nome», biascicò il pontefice. «E mio fratello Roffredo… Dio, fa' che non sia vero!».

«Eminenza!».

Una voce chiamava da lontano, con pesante accento fiorentino. Il cardinale Pietro Valeriano Duraguerra si voltò mentre scendeva lo scalone e, in un attimo, il mondo si fece nero.

«Ariecchelo!», esclamò seccato al giovanotto accanto a lui. «Cos'altro vorrà ancora, codesto toscano insistente?»

«Eminenza, perché non volete ricevere Dante Alighieri?»

«Non mi sconfinfera, quell'impiccione».

«Impiccione? In che senso? So che è venuto a Roma per il Giubileo. Ora che è qui, cerca informazioni sul principe Carlo di Valois. Dovrebbe arrivare per il Giubileo, eppure dicono che sia ancora dalle parti di Firenze con tutto l'esercito schierato. Non avrà intenzioni bellicose, spero!».

«Io non ne so niente», si affrettò il cardinale. «Ho già abbastanza rogne di cui occuparmi. Andiamo di qua. Si scende alle latrine».

S'infilarono dunque in una stretta feritoia aperta a mezz'altezza della scala principale, e una volta arrivati trovarono l'angusto abituro completamente vuoto. Forse era l'unico posto in tutto il Palazzo Apostolico privo di una ressa infernale. Duraguerra si parò ritto in piedi dinanzi alla buca nel pavimento dove confluivano le umane immondizie: liberate le pudenda, ne approfittò per orinare. Smaltì rumorosamente un bel po' d'aria dalle viscere, che le preoccupazioni del governo rendevano sempre gonfie e doloranti. Con la schiena poggiata contro l'uscio perché nessuno potesse entrare, Crescenzio attendeva rispettoso.

«Allora, figliolo?», chiese dopo aver rimesso a posto il vestiario. «Parlami del cadavere».

«Piano, eminenza. Avevate accennato a un certo patto. A precisi impegni da parte del papa».

«Uffa!».

«Ripetete le esatte parole di mio zio».

«Ancora? Te le avrò dette almeno quattro volte».

«Facciamo cinque, allora».

«Insomma, gli ho riferito del povero padre Angelerio. Cos'avrà mai, quel nome? A sentirlo il papa è trasalito, per un attimo credevo gli venisse un accidente... Comunque si è ripreso, e mi ha detto esattamente così: "Bisogna che Crescenzio veda il corpo"».

«Sicuro?»

«Ecco... All'incirca».

«Siate meno vago, eminentissimo».

Duraguerra sbuffò di nuovo.

«E va bene! Ha detto: "Convoca quel lazzarone di mio nipote. Studia medicina. È ora che si renda utile in qualche modo, il buono a nulla!"».

«Oh! Questo sì che mi suona familiare... Insulti. Cos'altro mi posso aspettare da una lingua biforcuta come la sua?»

«Ma figliolo! Stai parlando del sommo pontefice, Vicario di Cristo ed erede di san Pietro...».

«Sempre lingua biforcuta rimane. Aveva promesso di lasciarmi sposare Immacolata, se l'avessi aiutato con il caso delle matrone avvelenate. L'ho fatto. E lui, giusto per tenere fede alla parola data, l'ha rinchiusa in convento!».

«Lo so, mi dispiace... Ma quella ragazza è una Colonna, mannaggia a Ponzio Pilato! Di tutte le donne che ci sono al mondo, dovevi innamorarti proprio di lei? Una nemica della tua famiglia! C'è spirito di provocazione in tutto questo, ammettilo. L'hai fatto apposta, perché il papa ti vuole prete e tu invece ti ostini a studiare medicina».

«Infatti tornerò a Salerno, eminenza. Riprenderò il lavoro in casa del mio maestro Matteo Silvatico. Se Immacolata è rinchiusa in un chiostro, cos'altro mi trattiene a Roma?»

«La mano che il papa ti tende, figliolo. Il caso che io ti offro. Tu risolvilo, poi vedremo».

«Grazie della premura. Non m'interessa».

«Ma come?! Non sai che sono proprio io a occuparmi dei monasteri maschili e femminili di Roma?»

«E con questo?»

«Posso venirti incontro. La ragazza sarà espulsa dal convento, giudicata dalla superiora come "indesiderabile". In tal caso sarà costretta agli arresti domiciliari in casa dello zio, che abita proprio davanti a Castel Sant'Angelo, la dimora dei signori Orsini dove tu sei ospite...».

Crescenzio squadrò la faccia del cardinale. Sorridente, sibillina, tentatrice: un diavolo d'uomo, quel vecchio!

«Dovrebbe soddisfarmi, questa soluzione? Vederla solo da lontano, e sapere per giunta che vive in casa di suo zio Gregorio Conti, che la concupisce e potrebbe usarle violenza quando vuole! Meglio che resti in convento, piuttosto».

«Brutto zuccone ingrato!», tuonò il cardinale. «Cosa vorresti? Sposarla? Sai che tuo zio non lo permetterà mai».

«Lo vedete, eminenza? Non c'è soluzione».

Veementi colpi alla porta li interruppero. Crescenzio si scansò e l'uscio si aprì energicamente rivelando la figura tozza e robusta di un uomo intento a reggersi le pudenda, cercando di trattenersi.

«Chiedo venia!», disse con un pesante accento forestiero dopo aver riconosciuto il Vicecancelliere. Poi aggredì Crescenzio con uno sguardo caustico.

"Che schifo!", pensava. "Un uomo attempato come Duraguerra che si chiude nelle latrine in compagnia di questo ragazzo avvenente! Dove non arriverebbero, certi giovinastri intriganti, per fare carriera nella Curia!".

Il Vicecancelliere fece cenno a Crescenzio di ignorarlo, e i due s'incamminarono a passo spedito verso il cortile. Il giorno avanzava, ma la folla non era scemata di un solo uomo.

«C'è qualcosa che non ti ho detto, figliolo», fece Duraguerra scuro in volto. «Padre Angelerio veniva a Roma per consegnare al papa una reliquia di enorme valore. Viaggiava in incognito, però. Tu cosa ne pensi?»

«Forse la reliquia era stata trafugata e padre Angelerio non poteva agire allo scoperto perché avrebbe rischiato la scomunica. Il traffico di oggetti sacri è punito con la massima severità».

«Esatto, Crescenzio. Sai da chi aveva ricevuto quella reliquia, il povero frate?».

Il tono allarmato del vecchio cardinale ebbe il potere di trasmettere a Crescenzio la stessa apprensione.

«Qualcuno che conosco?»

«È stato fatto il nome di tuo padre, Roffredo Caetani», rispose grave. «Ignoro in quale modo il fratello maggiore del papa sia coinvolto in questa oscura vicenda, figliolo. Ma se dovesse emergere che fu proprio tuo padre a rubare la reliquia… Conosci la legge canonica. Tu finiresti maledetto e privato di tutti i beni. Così anche tua sorella Maddalena, che ha solo dodici anni. Che ne sarebbe di voi due?».

Crescenzio sentì il cuore perdere battiti.

«Non ci credo!», sibilò. «Lo dite solo per spaventarmi…».

«Ragazzo, non sei l'unica persona fidata che potrebbe indagare sulla morte di padre Angelerio. Ma sai che ho simpatia per te e tua sorella. Se il nome di Roffredo Caetani dovesse restare compromesso, che Dio non voglia… Tu finirai nella polvere, nessun medico vorrà prenderti con sé. Quanto alla piccola Maddalena, non troverà né un marito né un convento disposto ad accoglierla: potrebbe essere costretta a vendersi per strada pur di raccattare un pasto. Occupati di quest'indagine, Crescenzio. O dovrò incaricare qualcun altro e il vostro segreto sarà rivelato!».

VI

Una campana risuonò nell'aria ancora buia annunciando l'aurora imminente. L'alchimista si gettò faccia a terra. Prostrato, la sua fronte poteva avvertire il freddo del pavimento di pietra. Contro il petto, sentiva l'eco del battito del cuore. Le braccia aperte come se fosse in croce e le gambe divaricate, affinché l'energia dell'universo lo permeasse in tutte le giunture. Il sole squarciò l'aria cupa della notte morente, segnando una lunga linea di potenza sul pavimento fin quando, sommo gaudio, lo raggiunse. Arnaldo da Villanova si sentì inondato di quella forza sovrumana, del suo calore, della sua energia. Sole, maschio, forza, intelletto, vigore. E sapienza, prima di ogni altra cosa, divina sapienza… Recitò solennemente la sua preghiera alla Vergine Madre di Dio, Rosa mistica, Tabernacolo dello Spirito Santo, e fonte di ogni umana consolazione.

Un nuovo giorno iniziava, baciato dal soffio vitale dell'*Anima mundi*. In quel giorno, forse, l'esperimento avrebbe finalmente raggiunto il successo.

Si rialzò, e subito agitò un campanello di bronzo. Ma dov'erano finiti i suoi assistenti? Un nuovo scampanellio indiavolato fece sussultare due ragazzi che lo sbirciavano da dietro la porta.

«Vuole te!», disse uno al compagno.

«Ho paura!», rispose l'altro. «Potrebbe gettarmi addosso un maleficio…».

«Lo farà di certo, se non ti sbrighi! Vai, adesso. Il papa ci ha mandati qui per servire il Catalano, ricordatelo. Dobbiamo obbedire!», disse spingendolo con forza oltre la porta.

L'alchimista gli scoccò uno sguardo severo. Era profondamente grato a papa Bonifacio per avergli messo a disposizione quel rifugio dove condurre in tutta discrezione i suoi esperimenti. Un uomo dalla mente luminosa, il pontefice, grande ammiratore di tutte le scienze. Ma che razza di imbecilli gli aveva mandato! Pazienza. La materia prima che gli occorreva, almeno quella, l'avevano: un sangue giovane pieno di vita, della migliore qualità.

«Avvicinati. Scopriti il braccio sinistro!», gli ordinò con fare ruvido il vecchio.

Il garzone avanzò intimidito. Sul lungo banco dinanzi a lui, guardava con occhi sgranati le bocche di alambicchi gorgoglianti sopra la fiamma viva che rigurgitavano fumi nauseabondi come cuccioli di drago. Decine di strani vasi sigillati, di cui il vecchio non aveva mai voluto svelargli né il contenuto né l'uso, altri abitati da cadaveri di rettili squamosi e gibbuti in un liquame trasparente che non permetteva loro di corrompersi. Minerali dalla luce opalescente e sinistra, composti che ammorbavano l'aria con il loro acre tanfo di putredine. Ma ciò che più lo atterriva era la *cosa* che il vecchio nascondeva sotto uno straccio scuro. Da settimane vi lavorava senza tregua, senza che se ne potesse capire la funzione. Una volta l'aveva scrutato di nascosto. Era una specie di strano omuncolo con un corpo di terracotta aperto, simile a un individuo crudamente tagliato in due da una spada affilata. Aveva vene, arterie e capillari, e tutto confluiva verso il centro di quel petto mostruoso dove si vedeva un organo somigliante a un cuore umano. Il ragazzo rabbrividì. Lo odiava, quel vecchio balordo! Aveva terrore di lui, specie quando, fallito un esperimento, cominciava a imprecare in un miscuglio assurdo di arabo e spagnolo.

L'alchimista gli afferrò il braccio con uno strattone. La lama di un bisturi affilato brillò alla luce della fiamma, e il ragazzo sgomento vide il suo giovane sangue sprizzare nella cavità di un catino d'argento. Chiuse gli occhi, cominciò a bagnarsi di un sudore gelido come l'umore che stilla dalla fronte dei moribondi.

«*Le lacrime sono da Kronos*», borbottava il vecchio recitando a memoria la formula degli antichi testi, «*da Zeus viene la gene-*

razione, da Ermes il logos, la collera da Ares, il Sole è il riso: è per il Sole che giustamente ridono le intelligenze dei mortali e il cosmo senza confini!».

Il vecchio era pazzo, oppure votato ai demoni. Evocava Kronos, Ermes, Ares, gli dèi crudeli venerati dai pagani.

«Respira, imbecille!», lo sferzò l'alchimista gettandogli una pezza perché si tamponasse la vena aperta. Poi raccolse il catino colmo e lasciò colare il sangue dentro quella specie di omuncolo che teneva nascosto. Il rosso fluido vitale subito irrorò quei minuti canali di vetro, e l'essere si colorì. Parve d'improvviso farsi quasi vivo e reale.

"Signore, pietà di me!", implorò fra sé il ragazzo. Il Catalano aveva creato un idolo e intendeva nutrirlo con il suo sangue!

Per quel motivo da due settimane procurava loro carne eccellente e buon vino rosso. Voleva salassarlo fino a farlo morire!

«Puoi andare. Via!», ordinò l'alchimista con fare brusco.

Il ragazzo si voltò su sé stesso, varcò la porta e se la diede a gambe levate implorando Dio di farlo sopravvivere, perché non avrebbe mai più rimesso piede in quell'antro di dannazione.

Prostrato sul tavolo, il cadavere attendeva.

La luna bagnava quella carne fredda e rigida di una luce azzurrina, quasi la rendesse pronta a un passaggio verso una nuova vita.

L'alchimista puliva il bisturi con distillato alcolico. Era il solo, in tutto il mondo cristiano, a conoscere il segreto per ricavare dal frutto della vite la prodigiosa *aguardiente*, il limpido umore inestimabile che s'incendia al minimo contatto con il fuoco. Non lo avrebbe condiviso con nessuno al mondo. Si voltò per scoccare uno sguardo adirato verso la porta. I garzoni che gli fornivano il sangue fresco erano spariti ormai da due giorni: probabilmente non li avrebbe rivisti mai più. Se n'erano andati via, quei vigliacchi. Quanto tempo sprecato per istruirli ai minimi rudimenti della scienza! Per fortuna l'esperienza gli aveva insegnato a essere cauto, e i due stolti fuggiti via, come innumerevoli altri prima di loro, non avevano potuto carpirgli che misere briciole di conoscenze parziali.

Ecco, l'ora veniva.

In cielo, Sirio brillava alta e stupenda, foriera di buona fortuna. Il cadavere era pronto. Oltre lo schermo di quella carne immota, il reticolo dei suoi vasi sanguigni già si cristallizzava e diveniva solido, fin quando non sarebbe stato rigido come pietra. E allora, liberandolo da tutto il resto dell'inutile scoria che lo avviluppava, avrebbe ottenuto un modello incomparabilmente più perfetto rispetto all'omuncolo in vetro e ceramica sul quale aveva lavorato finora.

Non era stato difficile ottenere quel corpo, e tutto in barba alle menti ottuse che frenavano l'insegnamento dell'anatomia. Giorni prima si era presentato all'ospedale dei poveri. Aveva scrutato attentamente i disperati ricoverati nei letti e sceglieva quello che gli sembrava possedere i requisiti migliori. Gli aveva somministrato il suo prezioso elisir, che subito aveva cominciato a diffondersi attraverso lo stomaco, diramandosi lentamente fino ai canali sanguigni.

Non aveva avuto scrupoli, né ora soffriva di rimorsi postumi. Era un povero malato senza speranza, al quale aveva risparmiato settimane di crude sofferenze. Le monache non avevano fatto storie per consegnargli il cadavere, quando si era recato a reclamarlo. Era bastato accennare un sospetto di contagio. Le pie donne s'erano fatte il segno della croce agitate, l'avevano implorato di portarselo via subito e di distribuire loro un qualche rimedio per proteggere gli altri malati. La peste… Gli uomini impazzivano soltanto a sentirla nominare. Perdevano la ragione, diventavano crudeli, come se sfogare la propria folle paura contro altri uomini servisse a scongiurare il pericolo imminente.

L'alchimista si scoprì il polso destro, dove la sua vecchia pelle solcata di rughe portava ancora i segni dei ceppi che gli avevano messo. La gogna, il cavalletto…

Impossibile dimenticare quell'atroce esperienza. Si chiese se anche la disgrazia che aveva sfiorato quando si trovava a Parigi fosse uno strumento della Provvidenza, e per quale misterioso fine Dio lo avesse obbligato a subire tali patimenti.

Un rumore imprevisto lo sorprese. Qualcuno bussava alla porta. Eppure aveva detto ai servi di tenersi alla larga fino al mattino! La loro aura vitale piena d'ignoranza e volgarità non doveva contaminare l'atmosfera eletta del suo laboratorio, che egli manteneva pura con pratiche di penitenza, preghiere e fumigazioni d'incenso.

«Scusate, maestro illustrissimo. Ho bisogno di parlare con voi. Sapete chi sono, vero?»

«Sì, certo», disse il vecchio. «Non sei Crescenzio, il nipote di Sua Santità?»

«Ho avuto l'onore di conoscervi alla Scuola salernitana, in casa di Matteo Silvatico».

Arnaldo annuì: ricordava quel ragazzo di circa vent'anni, statura media, magro, scuro di capelli, con un bel viso dai lineamenti regolari, occhi nerissimi e inquieti, furbi, giocosi, che tradivano la profonda intelligenza come pure l'allegra sfacciataggine della sua razza.

I Caetani erano tutti un po' così: geniali e mondani, allegri e bisboccioni, passionali, smargiassi e sempre un po' provinciali, se anche avessero poggiato il culo sul trono d'oro, plettro e oricalco del mondo intero! Figlio di seconde nozze, cadetto dei cadetti, quel ragazzo non aveva diritto a nulla della successione paterna, perciò in famiglia lo volevano chierico: in forza di tal ragionamento, aveva studiato diritto canonico. Quel nipote però si rifiutava di prendere i voti e seguire la fulminea carriera nella Chiesa che il signor papa suo zio gli avrebbe procurato con un semplice schiocco delle dita. Lui voleva studiare medicina, perciò era andato a Salerno a impratichirsi di anatomia e altre discipline affini. In quelle aule, Arnaldo lo aveva notato. Il ragazzo era vocato per la professione, non privo di quella generosa tensione verso il prossimo che, prima di ogni altra virtù, distingue il buon medico.

«Un momento!», tuonò il vecchio. «Non ti hanno forse cacciato dal corso? L'hai combinata grossa».

Crescenzio abbassò lo sguardo a terra per pudore: non sembrava però troppo pentito delle sue malefatte. Dapprima s'era messo seriamente nei guai facendosi scoprire mentre prendeva a bastonate un cadavere dopo la lezione di anatomia autorizzata dal vescovo. Matteo Silvatico aveva garantito per lui presso il rettore della Scuola: il giovane Crescenzio non era pazzo, e tantomeno affetto da quell'orrenda turba nervosa che induce alcune menti deviate a coltivare un insano interesse per i defunti. Il suo allievo stava semplicemente cercando di verificare con una prova pratica se in un corpo umano si formano le ecchimosi anche dopo il decesso. Silvatico era uno dei più illustri medici a Salerno, gli si era creduto sulla parola. Il peggio era venuto in seguito, quando Crescenzio, in comunella con l'erede al trono di Napoli Roberto d'Angiò, suo coetaneo, aveva giocato un tiro birbone all'arciprete della basilica di San Gennaro, un uomo pedante e fanatico che insegnava dottrina al principe. Crescenzio aveva creato un amalgama di oro e mercurio misto a cinabro, un intruglio che almeno in apparenza era proprio uguale al sangue coagulato. Aveva nascosto un piccolo serbatoio di mercurio fluido nell'ampolla, con una valvola che si apriva ogniqualvolta la teca venisse capovolta. Colando nel vetro, il mercurio rendeva liquido l'amalgama, che dunque sembrava liquefarsi. Così, una volta, il miracolo del sangue avvenne fuori stagione e non richiesto tra le mani dell'ignaro arciprete, mentre egli semplicemente lucidava con devota applicazione il fondo della teca d'argento a furia di olio di gomito. Il poveraccio era corso a chiamare l'arcivescovo, gridando al prodigio… Aveva fatto la figura dell'idiota, naturalmente, ma s'era vendicato denunciando il ragazzo per empietà. Fortunatamente, pur essendo nato in Francia, re Carlo II d'Angiò era napoletano nell'intimo: di litigare con il papa non gli andava, né gli conveniva. In fondo s'era trattato solo di una ragazzata, una curiosa impostura confessa che nulla toglieva alla verità del mistero sacro. Con faccia severa, Arnaldo fissava il ragazzo e rimuginava su tutto ciò.

«Sono stato riammesso», tagliò corto Crescenzio. «Ora il papa vuole sfruttare ciò che ho imparato per una certa faccenda. Una brutta faccenda, a dire il vero».

Il tono di mistero insospettì il vecchio.
«Di che si tratta?»
«Qualcuno ha ucciso il cappellano delle clarisse di Ferentino. Ho dovuto esaminare la salma».
«E cos'hai trovato, figliolo?»
«Colori, maestro Arnaldo. Riguardo ai quali mi serve il vostro parere».
«Non sono un pittore!».
«Colori della carne e del sangue, voglio dire. Per l'esattezza, differenze cromatiche dovute al deposito del sangue in un cadavere».
«Ma che dici?», chiese Arnaldo irritato. Nelle parole del ragazzo c'era una sorta di intenzione allusiva che lo angosciò.
Senza badare alle sue proteste, Crescenzio raggiunse il tavolo e afferrò qualcosa.
«Voi cercate di provare per via sperimentale che il sangue scorre davvero dentro i vasi sanguigni: proprio come suggerivano gli antichi medici greci sulla scorta dei sapienti vissuti secoli prima nelle regioni dell'Indo», mormorò. Intanto roteava fra le dita la fiala vitrea tappata ermeticamente con sughero sigillato a cera. «Questo sangue qui dentro, la clessidra con la sabbia che scorre forse da ore... State misurando quanto tempo occorre al liquido ematico per coagulare quando resta fermo dentro un contenitore ben chiuso. E se per caso coagula, sarà segno evidente che mai si ferma dentro i vasi sanguigni».
Il Catalano divenne terreo in volto.
«Non faccio simili esperimenti. La Santa Chiesa li riprova!».
Crescenzio si limitò a riporre la fiala sul tavolo ingombro, scansando con un fastidio divertito un avanzo di bezoàr consumato a furia di limarlo e un voluminoso batuffolo bianco di lana dell'agnello vegetale di Tartaria.
«Il sangue scorre sicuramente dentro vene e arterie», asserì il giovane convinto. «Perché mai il cuore dovrebbe avere due valvole, altrimenti? L'una per entrare, l'altra per fluire via».
«Stupefacente!», esclamò il vecchio. «Dunque tu mi attribuisci conoscenze precluse al resto del mondo!».

«Ho un unico dubbio, maestro Arnaldo: come siete riuscito a creare il vuoto d'aria in quella fiala? Ma del resto, tutti vi dicono un mago...».

«E tu cosa pensi?»

«Tutto il meglio della vostra scienza, maestro. Però non credo nella magia. Astrologia, geomanzia, divinazione... L'uomo ha cinque sensi soltanto. Il sesto è una favola per incantare i semplici, che si spaventano a morte dinanzi ai vari trucchetti da prestigiatore piazzati da voi per tenere alla larga gli intrusi. È polvere nera, quella lì? Credevo fosse solo una leggenda spacciata dai frati missionari di ritorno dal Catai. È vero che esplode con una forte detonazione?»

«Stupefacente!», ripeté l'alchimista attonito. «Mi chiedo solo perché mai Iddio ti abbia creato così sagace ma così poco aperto verso la somma scienza».

Crescenzio rise e fece spallucce.

«Si vede che ero destinato ad altri scopi. Ma vi prego, illustre maestro: ascoltatemi e datemi il vostro parere. Il papa lo richiede. E lo dobbiamo al povero frate assassinato».

Arnaldo fissò in silenzio gli occhi scuri del ragazzo: vivi, curiosi, perspicaci...

Quel Crescenzio era un giovane talentuoso. Puro negli intenti, inoltre, con un certo senso della giustizia e un singolare disinteresse per la ricchezza e il potere. Un animo nobile, in breve. Forse poteva educarlo a idolatrare un po' meno la logica, a imporre alla sua ragione un rispettoso silenzio almeno su certi lati insondabili della vita, farne insomma un vaso d'elezione capace di ricevere l'intero apparato di conoscenze che il vecchio aveva raccolto in decenni di sfibrante ricerca.

Era dunque lui l'apprendista che aveva cercato invano per una vita intera?

VII

Il cortile del Palazzo Apostolico straripava di gente in attesa per l'udienza, come al solito. La ressa ordinaria che si accumulava per le udienze pontificie era stata ingigantita dall'occasione giubilare: chi veniva a Roma e lucrava la preziosa indulgenza, non se ne voleva andare via prima di aver visto Sua Santità. La calca si divideva esattamente in due metà: i fortunati che erano già stati iscritti nella lista del giorno, più o meno sicuri di essere ricevuti entro sera, e i poveri cristi che invece non avevano ancora maturato l'ambito privilegio. Li si poteva riconoscere dalla faccia mesta e annoiata con cui stavano in fila sotto il portico aspettando il loro turno davanti ai notai che redigevano l'elenco giornaliero e decidevano l'ordine delle visite. Un giovanotto si fece largo in quel marasma. Cercava di sgomitare scansando schiene e pance nel modo meno maleducato possibile.

«Permesso!».

«Piano, prepotente! Dove credi di andare? Ci siamo prima noi!».

«Fatemi passare, per favore. Non devo segnarmi per l'udienza. Sto cercando l'ufficio di maestro Ottone da Sermoneta».

Avrebbe ottenuto un passaggio sicuro e immediato come quello di Mosè davanti al mar Rosso, se avesse declamato i suoi titoli di stretta consanguineità con il sommo pontefice, ma si guardava bene dal farlo. Rivelare che era il nipote del papa comportava dei rischi, perché a quel punto sarebbe anche stato subissato da richieste di favori e sollecitazioni in quantità tale da restarne sepolto. L'uomo che stava cercando, Ottone da Sermoneta, non era uno dei notai incaricati di smistare la marmaglia dei postulanti. Apparteneva a quella cerchia eletta di scrivani apostolici addetti ai registri, che cioè trascrivevano in copia autentica e legale i documenti ricevuti dalla Santa Sede.

Alla fine, dopo aver capito che quel giovanotto non rappresentava un avversario da vincere e non stava cercando di fregarli scavalcando la fila, lo lasciarono passare.

Quando raggiunse l'ufficio di maestro Ottone, Crescenzio era madido di sudore e persino spettinato per gli spintoni ricevuti.

«Vi posso rubare un momento, maestro Ottone?»

«Anche due, signor Crescenzio. Entrate. Sedetevi pure!».

Su questo, il ragazzo era scettico. Il caos nello studiolo era sconfortante. A parte i materiali per scrivere, c'erano sacchi di canapa adagiati sul pavimento, bottiglie vuote, un canestro vecchio e un po' malconcio, una scala a pioli, cordami vari, forbici e coltelli. In un angolo si vedeva addirittura un piccolo torchio da cantina che faceva coppia con una damigiana di vetro piazzata sul davanzale della finestra, in cui visciole, marasche o amarene maceravano lentamente al sole in un liquame vinoso. Il buon notaio alleggeriva di soppiatto il frutteto papale, produceva in proprio e poi, non visto, si concedeva svariati cicchetti fra una trascrizione e l'altra.

«Il cardinale Duraguerra dice che posso riferire a voi circa i progressi delle mie indagini, perché avete la sua massima fiducia. Siete stato proprio voi a raccogliere la salma di padre Angelerio da Ferentino, quando quei buoni villici l'hanno consegnata in Vaticano».

«È vero. Che Dio accolga l'anima sua».

«Ho visto il corpo, maestro Ottone. I segni di morte per mano violenta sono evidenti».

Il notaio si passò la mano sulla fronte madida di un umidiccio insalubre, ed espirò con il suo fiato pesante, minato dal mal di cuore.

«Ne siete certo, signor Crescenzio? Avete consultato i medici del collegio pontificio?»

«Ho fatto di meglio, maestro Ottone. Ho esposto i miei dubbi ad Arnaldo da Villanova».

La smorfia del notaio esprimeva disistima, sospetto e soprattutto paura. Tanto Bonifacio VIII quanto suo nipote Crescenzio sembravano pendere dalle labbra di quello stregone rintanato nel suo antro sulla sommità del colle Vaticano.

«Il povero frate aveva ferite alla schiena? I contadini che l'hanno portato dicono che stava riverso prono in una macchia non lontana dalla basilica di San Lorenzo».

«Parliamo di questo, maestro Ottone: le informazioni che ho avuto finora mostrano tante incongruenze».

«Che significa?»

«Ora vi spiego. Durante i miei studi di anatomia ho avuto modo di osservare una certa modificazione nei molti cadaveri che ho visto. La parte del corpo che al momento della morte grava verso il basso assume una colorazione rosso intenso come di vino, mentre le parti elevate impallidiscono. Inoltre, queste ultime restano asciutte al tocco mentre quelle in basso diventano umide, succulente e colorate».

«Disgustoso! Sono proprio necessari simili dettagli?»

«Ahimè! Benché orribili a descrivere, hanno grande utilità. Ho osservato che nella posizione supina le colorazioni si formano presso la nuca, sul dorso e sul lato posteriore degli arti, dove inoltre si rileva la succulenza delle carni di cui vi ho detto. Mentre nella posizione prona tale fenomeno si verifica nelle zone ventrali. Dopo alcune ore dal decesso, anche girando il cadavere la colorazione non muta, rimane ferma così com'è».

«E dunque?». Il notaio manifestava chiari cenni di impazienza.

«Dunque, maestro Ottone, quando ho esaminato il cadavere mi aspettavo di trovare la tumefazione sul petto e sul ventre, poiché mi avevate avvisato che il frate era stato ritrovato bocconi. Tuttavia, il rossore delle carni e la succulenza si notano sulla schiena e sulla parte posteriore delle braccia e delle gambe. Come se fosse morto in un'altra posizione, cioè supino».

«Prono, supino… Che differenza fa? Il pover'uomo è comunque morto ammazzato! Il papa vuole un quadro chiaro e sintetico dei fatti».

«I dettagli che vi ho esposto raccontano molte cose, in realtà. Padre Angelerio si traveste con panni vilissimi, monta una bestia adeguata al ruolo di pellegrino povero che vuole interpretare, e così conciato entra a Roma per infilarsi nella folla dei devoti accorsi per il Giubileo: l'ideale per non attirare l'attenzione dei ladri, visto che ha con sé un carico prezioso. Poi succede qualcosa che il povero vecchio non aveva previsto: cade in un tranello. Due uomini stanno acquattati nel buio di un vicolo. Odono il battere degli zoccoli e tendono una corda: il cavallo non può che inciampare e il frate cade a terra; il setto nasale era rotto, come dopo un impatto violento della faccia. Gli aggressori si avventano su di lui, gli strappano la giara che stringe a sé, lo accoltellano al petto e lo lasciano a terra. Trascorrono ore, poi gli assassini tornano sui propri passi. Sollevano allora il cadavere, che fino a quel momento è rimasto sdraiato di schiena sul terreno, e lo gettano in quella macchia dov'è stato ritrovato».

«Tutto collima. Però... Aspettate un momento! Se padre Angelerio è stato ritrovato ore dopo il decesso, come ha fatto a parlare? Come ha potuto rivelare a quei buoni villici che stava portando una reliquia al papa?»

«Infatti non è accaduto», arguì Crescenzio. «Sicuro che quei villici fossero davvero "buoni"? Chi erano?»

«Non lo so. Due contadini come tanti».

«Sostengono di aver trovato il frate in fin di vita?»

«Precisamente. Il poveretto è spirato mentre lo soccorrevano».

«Ma quante cose ha detto, con l'ultimo filo di fiato! Che stava venendo a Roma per incontrare il papa, che portava con sé una reliquia molto preziosa da consegnare direttamente nelle mani di Bonifacio VIII e che per giunta era stato proprio mio padre Roffredo, fratello di Sua Santità, a consegnargli la reliquia in segreto... Pare quasi che abbia scritto un memoriale, povero vecchio!».

«Insinuate che i due villici erano gli assassini?»

«Forse no, ma avevano ricevuto ordini precisi. Vi hanno raccontato esattamente ciò che era stato chiesto loro di dire. L'idea di spostare il corpo dopo ore dall'omicidio tradisce un ripensamento, un cambio di piani. Come anche il fatto che la salma sia stata portata da voi. Chi ha mandato al Creatore quel frate voleva che il papa sapesse tutto. Che sapesse di quella reliquia trafugata».

«Cosa mai poteva essere, signor Crescenzio? L'abbazia di Santa Chiara è un monastero povero, le clarisse hanno a malapena di che campare».

«Non ne dubito, ma proprio la povertà del convento ne fa il luogo ideale per chi voglia nascondere qualcosa di molto prezioso. A nessuno verrebbe in mente di cercare un tesoro tra quelle mura, no? Anche il fatto di collocare la reliquia dentro una vile giara di coccio tradisce lo stesso intento: è un nascondiglio insospettabile. Nella bisaccia che padre Angelerio portava a tracolla ho trovato una scheggia di terracotta».

«La giara. Dev'essersi rotta quando è caduto a terra».

«Precisamente. Prima di essere pugnalato, avrà stretto a sé i frammenti per proteggerne il contenuto: sugli avambracci abbiamo notato tagli superficiali, compatibili con quelli che può causare un coccio affilato. Ci sono diversi fili attaccati al frammento. La reliquia era indubbiamente un oggetto che si sfilaccia, dunque un tessuto. Mi chiedo perché mai gli assassini volevano che il papa ne fosse al corrente».

«Per spaventarlo?»

«O magari ricattarlo. Se la reliquia era diretta al papa e ha preso un'altra strada, forse il signor pontefice zio pagherebbe oro pur di riaverla. O magari potrebbero usare questo furto per estorcere al papa una concessione eccezionale. Qualcosa che mio zio altrimenti non darebbe per nulla al mondo».

«Una concessione eccezionale», mormorò il notaio. «A cosa state pensando, Crescenzio?»

«Penso al peggio, maestro Ottone».

Le note sinistre nella voce del ragazzo misero immediatamente l'altro sulla buona strada.

«I Colonna!», esclamò Ottone. «Nemici giurati di voi Caetani...

I due cardinali Pietro e Giacomo Colonna sono stati degradati e mandati in esilio da vostro zio, lo odiano a morte».

«Ma hanno ancora tanti amici ben lieti di aiutarli, qui a Roma. Forse hanno trafugato la reliquia per proporre al papa uno scambio: il sacro pegno contro la loro reintegrazione nella dignità cardinalizia».

«Illusi! Ciò non accadrà mai, manco se avessero messo le mani sull'Arca dell'Alleanza! Mi chiedo dove possono essersi nascosti. Palestrina, la roccaforte dei Colonna, è stata rasa al suolo. Hanno molti amici a Roma, ma nessuno sarebbe così imprudente da offrire loro rifugio in casa propria».

«Che cosa sappiamo di loro?»

«Le ultime notizie risalgono a due settimane fa. Sono stati visti imbarcarsi a Ostia su una nave diretta in Portogallo. Forse contano di spillare un mucchio di quattrini a re Dionigi in cambio della reliquia».

Crescenzio era molto perplesso.

«Portogallo», mormorò. «Sicuro che fosse proprio la loro meta, maestro Ottone? Re Dionigi è un sovrano cattolico e non darebbe mai asilo a due nemici del papa. Lo stesso dicasi di Giacomo il Giusto d'Aragona».

«Nessun re vorrebbe farlo, se è per questo».

«O forse sì. Ma per dare ascolto e ricetto ai due fuggiaschi ci vorrebbe un sovrano *sui generis*. Tanto potente da non temere niente e nessuno, neppure il papa. Soprattutto il papa. Capo di un regno tanto esteso che è impossibile presidiarne i confini, dunque capace di scagionarsi dicendo che i ribelli sono entrati a sua insaputa. E fanatico, magari. Zelante sostenitore della religione monarchica, con il culto del proprio ruolo. Meglio ancora se la famiglia cui appartiene vanta il possesso di reliquie rarissime e molto illustri. Ne conoscete qualcuno, maestro Ottone?».

Mentre Crescenzio descriveva il profilo di quel protettore cui i Colonna potevano essersi affidati, il bel faccione rubicondo del notaio perdeva via via i colori della salute.

«C'è solo un uomo al mondo come quello che avete appena

descritto, signor Caetani. E sento il sangue che mi si gela nelle vene, al solo pensiero che potreste avere ragione! Davvero pensate che vogliano offrire la reliquia al re di Francia?»

«Non è da escludere. Ogni nave diretta in Portogallo costeggia la Provenza, e Marsiglia è uno snodo obbligato per fare rifornimenti. Sbarcando in quel porto muniti di cavalli veloci, si può raggiungere Parigi in cinque o sei giorni. Una settimana tutt'al più».

«I tempi collimano, ma c'è un falla, nella vostra congettura».

«Voi credete, maestro Ottone?»

«Ne sono certo. San Luigi IX, avo di re Filippo il Bello, pagò una fortuna per comprare dall'imperatore bizantino la Sacra Corona di Spine. Lui però era ricco, mentre ora il Tesoro di Francia non naviga più in buone acque».

«Chi ha parlato di denaro? Il re di Francia è un uomo devoto fino al fanatismo, lo sanno tutti. I cardinali Colonna forse hanno inoculato in lui un'insana curiosità, hanno stimolato in quell'uomo potentissimo la cupidigia verso la reliquia e tutto ciò che essa rappresenta, cioè prestigio e carisma sacro. Filippo il Bello, invaghito di tutto questo, può aver fatto promesse in cambio della sua consegna.

Ottone da Sermoneta era basito.

«Assurdo! Filippo il Bello è stato consacrato come un vescovo... Ha nelle vene il sangue di re santi... Dovrei credere che abbia fatto assassinare un povero frate?»

«Assolutamente no. Il re di Francia ha promesso ai due Colonna il suo appoggio per ottenere di nuovo i titoli e le ricchezze di cui il papa li ha privati. Considerando che comanda l'esercito più temibile di tutto il mondo cristiano, non è un appoggio di poco conto... Filippo il Bello sicuramente ignora che la reliquia è stata rubata e che un frate è morto durante il furto. E state certo che i due Colonna si guarderanno bene dal riferire certi dettagli così scabrosi!».

«La vostra congettura è atrocemente verosimile... I Colonna hanno amici importanti vicinissimi al re di Francia», balbettò il notaio. «Una donna della loro famiglia ha sposato il signore di L'Isle-Jourdain, un cavaliere nel seguito del re».

«E non scordatevi di frate Egidio Colonna, che i francesi chiamano Egidio Romano».

«Avete ragione. Insegnò la *Politica* di Aristotele a Filippo il Bello quando era ancora un ragazzo. Da allora vive nel convento agostiniano di Parigi. Dicono persino che il re faccia ancora ricorso ai consigli del suo vecchio precettore, talvolta... Pregate Iddio di sbagliarvi, signor Crescenzio. Se davvero re Filippo IV osasse prendere una reliquia che non gli spetta, e che in realtà appartiene al papa, vostro zio potrebbe reagire scagliando sulla Francia i fulmini dell'ira divina!».

«Ma l'ira di Filippo il Bello non è meno rovinosa, maestro Ottone. Se provocato, reagirà di conseguenza, secondo il suo carattere, e con tutta la potenza dell'esercito che obbedisce ai suoi ordini. A quel punto, maestro Ottone...».

«A quel punto ci troveremo nell'Armageddon!».

VIII

«Mio Dio! Dove ci state portando?».

Il cacciatore non rispose. I due italiani si guardarono atterriti, temendo di essere caduti in un tranello. Li trascinò in un passaggio buio, dove i tronchi erano più fitti e le piante toglievano il respiro, gli arbusti graffiavano la faccia e strappavano le vesti, colpendoli con una miriade di pugnalate. I due arrancavano per seguirlo, costretti con fatica a reggersi l'un l'altro, intralciati per giunta da un involto che custodivano gelosamente. Camminando accucciati incespicavano nelle tuniche lunghe, ogni tanto facevano a zuccate tra loro: l'angoscia e la paura di un agguato li inducevano a vedere in ogni ramo secco un artiglio pronto a squarciare il loro petto, e in ogni fronda braccia nemiche che spuntavano dalla selva per aggredirli. E poi…

«Dove siamo finiti?!».

L'uomo che li aveva guidati in quel posto al prezzo di una mancia principesca allungò il braccio davanti al naso.

«Questa è la foresta di Rouvray, che appartiene al monastero di Longchamp. In quella tenda laggiù c'è il re. Era l'unico modo per incontrarlo, se vi ha rifiutato un'udienza a palazzo».

«Qui in mezzo alle fratte? Inaudito… Noi siamo venuti da Roma per metterci al suo servizio!».

Il cacciatore rinsaccò le spalle.

«Sua Maestà riceve nel bosco come riceve a palazzo o al Louvre. Solo che qui non è ufficiale. Chiaro?».

Pietro e Giacomo Colonna si guardarono frustrati: avevano afferrato benissimo, altroché! Dopo giorni di attesa, insistenza, corruzione di funzionari pubblici, il loro parente cavaliere di

L'Isle-Jourdain aveva potuto ottenere null'altro che questo: un colloquio assolutamente informale, ufficioso, segreto, che non poteva impegnare la parola e l'onore di re Filippo il Bello in alcun modo. Tanto valeva allora che li ricevesse mentre sedeva sul cesso!

«Andiamo!», grugnì Giacomo Colonna rivolto al nipote.

Preso l'involto dalle sue mani, si avviò verso il centro della grande radura incorniciata da alberi ad alto fusto dov'era issata la tenda azzurra a gigli d'oro che il re usava per alloggiare i suoi preziosi rapaci. I due italiani ne capivano poco di falconeria, giusto quel che un uomo nobile deve saperne per non sfigurare fra persone della sua stessa levatura. Riconobbero tre belle poiane e un falco sacro che facevano il bagnetto in una pozza sotto l'occhio vigile del loro custode. Immergevano le penne in acqua, poi colpivano alcuni bastoni ruvidi lasciati a disposizione per affilarsi il becco e gli artigli.

«Vi saluto, messeri».

«Dove andate?!».

«Me la squaglio», fece il cacciatore sottovoce. «Non è stato proprio ortodosso portarvi qui. Ma cosa dovevo fare? Ho famiglia, devo pur arrotondare il magro stipendio che mi passa Sua Maestà…».

«Aspettate!».

«Quello è mastro Le Fauconnier, il capo della Venarie. Comanda i cacciatori del re», disse sbrigativo. E subito si dileguò fra i cespugli.

«Figlio d'una baldracca! Con tutto il denaro che gli abbiamo dato…».

«Venite, zio. Rivolgiamoci a quel tipo che ci è stato raccomandato».

Simone Le Fauconnier era un omone imponente, con un bel ventre pronunciato e una florida barba rossa di peli crespi che s'irraggiavano attorno al mento creando una specie di aureola fiammante. Stava di tre quarti sorreggendo un gufo di dimensioni enormi, dal piumaggio d'argento, sul suo braccio guantato. Che animale magnifico!

Giacomo Colonna si spolverò la veste dalle foglie secche accumulate durante la lotta per sbucare fuori dal cunicolo di rovi, faticosa quanto destarsi da un incubo, e si rivolse a lui. Era nobile o no? Forse quel dettaglio non aveva molta importanza, a Parigi: Filippo il Bello largheggiava nel concedere il cavalierato a borghesi e a persone anche di condizione infima, purché benemeriti nei confronti dello Stato. Nel dubbio, lo apostrofò con un epiteto che l'omone non poteva disprezzare.

«*Signour!*».

Mastro Le Fauconnier si voltò incuriosito. Notò i due uomini, uno canuto e l'altro più giovane, entrambi molto a disagio nel contesto del bosco perché impacciati da lunghe tuniche pretesche di stoffa preziosa. Porpora, si sarebbe detto.

«Cerchiamo il vostro augusto signore, il re di Francia», disse Giacomo. E gli porse con molto sussiego l'anello pastorale da baciare.

Mastro Le Fauconnier si trovò spaesato ma si piegò lentamente e, per non indisporre il bel gufo reale che teneva sul braccio, accondiscese a quel gesto di omaggio benché non avesse mai visto lo straniero, né sapesse chi diavolo era. Si volse anche al secondo per ripetere il gesto, ma Pietro Colonna non gli porse la mano. Portava ai fianchi la cinta d'armi e anche la spada, in stridente e sacrilego contrasto con la veste religiosa.

"Che razza di gente!", pensò il falconiere. Poiché non era compito suo giudicare chi veniva ricevuto da Sua Maestà, disse ai due di restare dov'erano mentre entrava per annunciarli.

«Uno dei cacciatori ha condotto qui i due "falchi pellegrini" che stavate aspettando, sire».

«Quelli in arrivo dall'Italia?»

«Sì, maestà. Stessa cova, uno attempato e già ben esperto nella caccia d'alto volo, l'altro più giovane e ancora da addestrare. Hanno un bel topolino tra gli artigli».

«Quanto grosso?»

«Voluminoso, sire. La forma è piatta e larga. Potrebbe trattarsi di una tovaglia, o meglio di un lenzuolo ripiegato».

«Un lenzuolo, certo… Dove l'hanno chiuso?»

«Un involto di vile sacco, maestà».

Il volto del sovrano si oscurò di sdegno.

«Tela di sacco… Che sacrilegio!».

«Non è la cosa più strana, sire. Quei due falchi pellegrini sembrano assai più pellegrini del previsto».

«Che vuoi dire?»

«Portano abiti del clero, ma senza la compostezza dei religiosi. Uno dei due ha persino la spada al fianco».

«Non mi sorprende. Vogliono dare a intendere di essere pur sempre cardinali, anche se Bonifacio VIII ha fatto carta straccia dei loro titoli. A me non interessano le beghe delle famiglie nobili di Roma, né voglio entrarvi in alcun modo. Vedremo se i due Colonna hanno davvero ciò che dicono di avere. Chiamate Nogaret. So che è qui».

Pochi istanti dopo il giurista entrò scostando timidamente il lembo della tenda. S'inchinò al suo re.

«Ho una questione molto seria di cui parlarvi, maestà».

«Il momento non è dei più adatti, Nogaret. Ma dite pure».

«Sire, voi sapete che ho insegnato per molti anni all'università di Montpellier. A quel tempo, la passione per il diritto antico e una certa vena idealista nel mio carattere m'indussero però a credere che avrei servito meglio il mio Paese se avessi accettato quell'incarico nell'amministrazione reale che voi, mio signore, tanto generosamente mi avete offerto. L'ho fatto, e per anni ho lavorato nella Cancelleria di Francia. Oggi vi prego di accettare le mie dimissioni».

«Avete subìto qualche torto, mastro Nogaret?»

«No, sire. Ho avuto solo privilegi e soddisfazioni, dal mio ruolo al servizio del regno».

«Allora perché volete lasciarlo?»

«Sono mortalmente deluso. Dagli uomini, ma ancor di più dalla legge stessa. Lavorando come burocrate, mi sono accorto che le norme servono il più delle volte a coprire abusi, invece che frenarli. Gli antichi lo dicevano chiaramente, del resto. Per Solone, la giustizia è una ragnatela che trattiene solo gli insetti piccoli, mentre quelli grossi la sfondano impunemente. Cicerone è ancora più esplicito. *Summum ius, summa iniuria*».

Filippo IV apprezzò tanta franchezza.

«Se avete capito questo, Nogaret, allora siete maturo per incarichi più elevati. Vi nominiamo seduta stante avvocato della Corona. Se persistete nell'idea di dare le dimissioni, vi chiediamo comunque di assisterci in questo ultimo incarico. Il colloquio che stiamo per tenere avverrà in presenza vostra».

Senza attendere risposta, come se il giurista avesse accettato su due piedi, il re rivolse un cenno al capo della Venarie perché introducesse i due stranieri. Guglielmo Nogaret, aggranchito contro le pareti della tenda, non si raccapezzava più: era entrato con l'intenzione di lasciare per sempre il labirinto dell'amministrazione regia e ci si ritrovava invischiato come non mai. E perché il sovrano richiedeva la presenza di un legale per quell'incontro che avveniva nel bosco, nel più informale e ufficioso dei modi? Uno sguardo all'arredo della tenda da caccia del re gli chiarì le idee: c'erano posatoi sui quali stavano appollaiati i rapaci, ma anche casse piene di carte geografiche e documenti, libri, un abaco per far di conto, uno scrittoio munito di carta, penna e calamaio, oltre che di polvere assorbente e cera per i sigilli. Probabilmente Filippo IV regnava tra quelle pareti di stoffa con la mano sinistra, cioè governava da quell'abituro di caccia la nazione e la galassia di altri regni, staterelli, feudi e potentati vari gravitanti in un modo o nell'altro nell'enorme orbita della Francia esattamente come faceva a palazzo, ma sentendosi più a suo agio. Selezionava personalmente gli uomini da piazzare nei ruoli chiave del governo e in genere, come Nogaret aveva appena scoperto, non offriva la possibilità di scegliere.

IX

«Venite avanti», disse il re ai visitatori.

Ai due Colonna piacque d'istinto, quella voce suadente, musicale, perfettamente modulata. Magari un pizzico teatrale, studiata perché chiunque la sentisse potesse pensare che le sfere celesti, ruotando lungo le orbite tracciate da Dio, emettono un suono simile a quello. Ma così intonata al personaggio! Una voce consona al signore del mondo.

«Siamo qui per rendervi omaggio, sire», disse il più anziano dei due. «Io, Giacomo Colonna, e mio nipote Pietro. Già cardinali, oggi semplicemente laici».

Filippo IV lo ascoltava con volto sereno, mentre quello ripercorreva con tono lamentoso la storia delle sue disgraziate vicissitudini familiari; il re sembrava chiedersi quando l'italiano avrebbe gettato la maschera per venire al vero scopo della sua visita. Apprezzò comunque il fatto che parlasse il francese in modo fluente: segno della fitta intesa con i membri gallici del Sacro Collegio, tutti ostili a Bonifacio VIII. Nogaret, dal suo angolino defilato, li osservò attentamente: Giacomo aveva circa cinquant'anni, anche se i capelli e un accenno di barba completamente bianchi formavano intorno alla sua testa una sorta di aureola dal carisma patriarcale. Gli occhi erano penetranti, astuti e infingardi. Occhi pieni di profferte e sottintesi. Pietro, più giovane di parecchi anni, era invece un belloccio dal sorriso maliardo che nulla aveva della compostezza cardinalizia. La cinta d'arme con la spada gli calzava a pennello, e con quella al fianco si sentiva a suo agio. Era un bel cavaliere, un gran signore che ama godersi la vita e gli agi della condizione aristocratica. Non doveva essere stato un gran dolore, per lui, aver abbandonato il clero.

Il re offrì loro due sgabelli perché sedessero al suo cospetto in segno di considerazione.

«Sire, forse sapete che Bonifacio VIII ci ha tolto ogni dignità e persino ridotti allo stato laicale. Lo abbiamo accettato: se Domineddio vuole così, che sia fatta la sua santa volontà. Sul trono di Pietro siede un nemico della nostra famiglia che ha giurato guerra ai Colonna e ha fatto terra bruciata attorno a ognuno di noi. Dobbiamo costruirci un futuro altrove. Siamo venuti a Parigi per offrirvi i nostri servigi. E anche quell'oggetto unico al mondo che la maestà vostra non mancherà di apprezzare, come ha già dato a intendere tramite i suoi portavoce».

«La reliquia di cui parlava frate Egidio Romano?»

«Certo, sire: il nostro consanguineo è ben informato della situazione, anche se non ha mai visto la reliquia con i suoi occhi. Pochissimi al mondo hanno avuto tale privilegio, del resto! Quell'oggetto farà di voi l'uomo più potente e temuto della terra, arbitro dei destini di tutto il genere umano. Non che la vostra gloriosa persona ne abbia bisogno, per carità: voi siete già adesso l'Alfiere di Cristo, il Vicario di Dio. Questo panno inestimabile, tuttavia, intriso di sangue e di sudore, questa eccezionale icona di un martirio che è lo specchio dell'amore divino... Vi darebbe un carisma unico, ecco».

Giacomo Colonna aveva parlato con foga, soppesando l'enfasi e le pause alla stregua di un attore consumato o del più abile dei mercanti.

«Mostrateci la reliquia».

«La maestà vostra non si adiri con noi, né ci consideri malfidati: per paura di essere derubati durante il viaggio abbiamo voluto riporre quel tesoro in un luogo segreto, sotto fidatissima custodia. Saremo lieti di consegnarlo nelle vostre mani consacrate, le vostre mani benedette dal dono della guarigione, se vorrete accordarci il favore che imploriamo».

«Cosa chiedete, in cambio?»

«Poco, sire. Un tetto sopra la testa, una piccola pensione per tirare avanti in modo dignitoso. Cos'è mai questo, per il nipote di san Luigi che riportò da Costantinopoli la Santa Corona di Spine? Nulla! Avremmo condotto con noi a Parigi anche la sacra colonna alla quale il Figlio di Dio fu legato durante la flagellazione, che il nostro venerato prozio, il cardinale Giovanni Colonna, prese da Gerusalemme circa un secolo fa, per deporla a maggior gloria di Dio nella basilica di Santa Prassede. Ma ahimè, sire! La faida che si è abbattuta su di noi ci ha ridotti come poveri mendicanti, non abbiamo nulla se non due cavalli e due bisacce… Custodiamo però una cartella di documenti molto preziosi. Essi dimostrano con prove irrefutabili che la reliquia è autentica».

«Ne dimostrano anche la provenienza? Il furto e il commercio di oggetti sacri sono puniti con la scomunica».

«Maestà, vi rammento che eravamo due membri del Sacro Collegio. Lo siamo ancora, nello spirito. Come potremmo ignorare certe norme del diritto canonico? La provenienza della reliquia è assolutamente legittima e certificata».

Mentre pronunciava quelle parole, Giacomo stringeva al petto con veemenza l'involto di canapa ben chiuso, come fosse un tesoro dal quale potevano dipendere le loro vite.

«Un certificato ha valore se chi lo rilascia è persona degna di fiducia», insinuò il re.

«Della massima fiducia», ribatté il Colonna. «Il nostro documento porta il sigillo del signor Roffredo Caetani, fratello di Bonifacio VIII, venuto a mancare ormai quattro anni fa. Nessuno oserebbe contestarvi il possesso legittimo della reliquia, neanche il papa in persona. Se lo facesse, dovrebbe lanciare la scomunica anche sul fratello defunto, e ciò significa infangare sé stesso e la famiglia. Non accadrà mai!».

«Sta bene», disse il re. «Consegnate i documenti a mastro Guglielmo Nogaret».

«Con piacere, sire. Non dubito che il vostro legale saprà farne buon uso».

I due Colonna si scambiarono un'occhiata trionfante.

Scostato il lembo della tenda, mastro Le Fauconnier attendeva ordini.

«Fate seguire quei due. Devono essere tenuti sempre sotto stretta sorveglianza. Che vestano alla moda francese, inoltre: nessuno deve sapere che ho parlato con loro. Specialmente gli agenti del papa».

«Certamente, sire. È davvero così importante ciò che hanno?»

«Tremendamente. Quell'oggetto è la reliquia più preziosa di tutta la storia cristiana. Al suo confronto, le tombe degli apostoli a Roma potrebbero sembrare due sassi».

«Dunque sta per compiersi ciò che mi avete confidato, sire. State per ottenere una testimonianza materiale della Passione di Nostro Signore Gesù Cristo. Se entrerà in vostro possesso, se sarà deposta nella Sainte-Chapelle accanto alla Corona di Spine, ecco che Parigi diverrà più sacra di Gerusalemme. Frotte di pellegrini accorreranno in città per poterla ammirare e venerare... Altro che Roma e il Giubileo di papa Bonifacio!».

«C'è molto più di questo in ballo, mastro Simone. Molto più del prestigio e del denaro».

«Che cos'è, in concreto?»

«Conosco solo il racconto del cavaliere di Joinville, che partì crociato in Terrasanta con il mio venerato avo san Luigi. Con quanto sacro timore ne parlava! Quell'oggetto è capace di fugare ogni dubbio della fede nell'istante stesso in cui un uomo lo guarda. Ma è anche estremamente pericoloso, un'oscura aura di morte lo avvolge da sempre. Venne trafugato durante un massacro selvaggio, un eccidio come mai ve ne furono nella storia. Gli uomini perdono il senno, al suo cospetto. Diventano capaci delle peggiori bassezze».

«Mio Dio, sire! Ma è un oggetto sacro o è invece maledetto?».

Filippo IV non disse nulla, forse nemmeno lui conosceva la risposta.

Le Fauconnier notò che il sovrano, durante il colloquio, non aveva mai smesso di tagliuzzare su un desco un pezzo di carne ricavandone pezzi così minuti che quasi non si distinguevano, contro lo scuro del legno. Con la punta delle dita li offriva a un falchetto dall'aria mesta che becchettava più per affetto verso il padrone che per vero appetito.

«Sibilla è dimagrita, sire. So che ve ne siete accorto, e mi dispiace molto. Nutrire un rapace malato è molto difficile. Meglio poco che troppo: questa è la regola».

«Così rischia di indebolirsi».

«Perché non gli date quel tonico, mio signore?», disse il falconiere. «L'elisir che vi ha regalato la contessa d'Artois, quello che espelle dal corpo i veleni, combatte l'emicrania e rende la vista più acuta». Guardava speranzoso una bella boccetta di vetro verde poggiata sul tavolo.

«La dragontea un sapore amaro e aspro, mastro Simone. Il falco non la tollera. E la vista dei rapaci è già acutissima per natura».

«Ora che siete voi a occuparvi del falco, Sibilla guarirà molto presto. Mi sono sempre chiesto come fate a calcolare la quantità giusta, signore. So che bisogna soppesare il rapace con il braccio, certo, ma come si capiscono le variazioni del peso su una bestia tanto leggera?».

In realtà era molto complicato, ma a quell'arte il re di Francia si applicava con dedizione sin da quando era bambino. Allevare i falchi, addestrarli e poi cacciare con loro richiede grandi doti di pazienza, dedizione e persino astuzia. Non si doma il rapace se prima non si è stati in grado di domare sé stessi, i propri personali difetti. Per queste ragioni, la falconeria è l'arte regale per eccellenza, perché somiglia al governo del popolo. Praticarla con passione insegna ad applicare l'intelletto governando con la forza d'animo, la persuasione, la capacità di conoscere e dominare le pulsioni istintive. Come il falco che si lancia in picchiata velocissimo e in pochi attimi cattura la sua preda, così un buon re deve saper prendere decisioni ferali nel volgere di brevissimi istanti.

«Questione di esperienza», disse il re. «La falconeria merita la massima attenzione di un sovrano: non esiste migliore scuola di politica».

Mastro Le Fauconnier riservò al suo signore un devoto plauso con la testa. Era verità sacrosanta, ciò che il re aveva appena detto. Chi tuttavia poteva accostarsi a lui abbastanza per guardarlo vivere, sapeva bene che i motivi di tanta applicazione risiedevano altrove. C'era, nella voce e nello sguardo del re, una tenerezza che andava ben oltre la semplice passione di un cacciatore esperto per i propri falchi.

"Dicono che Filippo IV non provi affetto per nessuno", pensò Le Fauconnier. "I suoi rapaci però li ama. Li ama e li cura personalmente". Quel pensiero ne evocò un altro, sempre in tema di amore offerto o negato.

«Sire, la regina tornerà a Parigi stasera».

«Da sola?»

«Certamente. O meglio, no. C'è vostro fratello a scortarla, il principe d'Évreux».

«Tutto a posto, allora».

«Ma sire... Non andate a riceverla?»

«Ho cose più importanti di cui occuparmi, mastro Simone».

«Maestà, ecco... Perdonate, se mi permetto di farvelo notare. Il signore di Chambly ha fatto sapere che a corte corrono voci imbarazzanti. Si parla molto della lunga separazione tra voi e vostra moglie la regina. Madame ci resterà male, se non andate ad accoglierla. E le calunnie correranno a briglia sciolta. Ora che avete ricevuto i due italiani, forse potreste rientrare in città. Che ne dite?»

«Domani mi sposterò nel monastero di Longchamp per un ritiro spirituale. Faremo rientro a Parigi il giorno della grande caccia reale».

«La caccia reale? Sire, mancano molti giorni. Vostra moglie dovrebbe restare da sola fino a quel momento?».

Il re allora si voltò e lo saettò con uno dei suoi sguardi.

«Non è sola. Lo avete detto poco fa, mastro Le Fauconnier: mio fratello Luigi le tiene compagnia».

Il capo della Venarie si rattristò. Data la mansione che svolgeva, era uno dei pochissimi uomini sulla faccia della terra a conoscere l'animo del re, quello vero, a porte chiuse, al di là della maschera di marmo che offriva in spettacolo al resto del mondo. "Aria di tempesta", pensò. L'umore del sovrano si rasserenava all'istante, non appena penetrava nel fitto dei boschi: come se gli alberi, alte colonne di un tempio vivo e vibrante d'energia, formassero un fitto schermo verde capace di tenerlo al riparo da tutto ciò che inquinava e rendeva per lui malsana la vita ordinaria. Cos'era che turbava la sua serenità, quel giorno? Perché aveva la tenebra nel cuore e un sedimento di rabbia soffocato in gola? Quella specie di nota finale nella voce del sovrano, pacatissima quanto al timbro, suonava inequivocabile alle orecchie del falconiere. Per qualche oscura ragione, Filippo IV era furioso.

2
TRONI E DOMINAZIONI

I

La regina Giovanna fermò la sua puledra.

Ogni volta che tornava da un viaggio sostava per qualche attimo così, alle porte della città, lasciando che il vento le accarezzasse il viso. Amava il vento di Parigi: nel caldo dell'estate folate di grano maturo, fiori e fieno tagliato di fresco, e nelle nebbie dell'inverno odori allegri di zuppe, vino speziato e caldarroste, i profumati marroni arrivati dalle foreste dell'Ardèche. La città le appariva diversa, dopo la lontananza, quasi un luogo da riscoprire: le nuvole che sembravano ridotte a sfilacci per colpa dei campanili aguzzi, i tetti d'ardesia brillanti come scheggiati d'argento, la linea azzurra delle colline verso l'orizzonte, dove l'occhio si perdeva. Quelle visioni volavano a lei con la felicità dei cani che ritrovano la padrona, per un prodigio di quel vento che in ogni cosa, in ogni persona, sembrava mandarle un saluto o un cenno di complicità: da una veste, da un cappello o da un abbaglio di luce che confondeva la vista per renderla poi più chiara, e colma di un altro regalo.

Non era la sua città, e tuttavia le aveva dato rifugio quando era ancora piccolissima, una fragile bimba di due anni ancora in culla, esposta a ogni pericolo, oggetto di cento congiure perché unica erede di un regno. Parigi l'aveva accolta a braccia aperte come una tenera madre adottiva, l'aveva tenuta al riparo da ogni male, nutrita al suo caldo seno invulnerabile perché protetto dalla corazza della monarchia capetingia.

Ma dov'era, lui? Da settimane erano distanti, lei lontana dalla sua bocca, dalle sue mani audaci… E anche dalle sue asprezze. Ma Giovanna, con il tempo, aveva finito per amare persino quelle.

Vedeva una folla di gente ad aspettarla oltre la porta. "Eccolo", pensò con il batticuore. "Filippo è venuto ad accogliermi in festa, perché io faccia in Parigi la mia *joyeuse entrée*...". E sognava che poi, discesa la notte, l'avrebbe sottratta al fracasso della corte per condurla in un luogo segreto, chissà dove, loro due soli, e riservarle quel genere di accoglienza che Giovanna aveva desiderato, sognato e implorato fin dalla prima notte trascorsa senza di lui. Lei era fatta così, aveva il potere di inventarsi i piaceri e qualche volta anche le proprie disgrazie: un'arte spericolata.

Il popolo c'era, a vederla tornare, una folla festante più di quanto immaginava. Mani che salutavano, bocche che gridavano parole di benvenuto, sorrisi. Fra tante facce, si chiese dove fosse la ragazzina che vendeva fiori nella piazza davanti all'abbazia di Saint-Germain, quella che l'aveva braccata per mesi. Ogni volta che la regina lasciava palazzo o il Louvre, la trovava appostata in strada lungo l'itinerario del suo tragitto, quasi lo conoscesse in anticipo. Ogni volta le lanciava un mazzetto di fiori legati con un brandello di stoffa sul quale una grafia rozza aveva tracciato poche parole. Sempre le stesse: "Giustizia per mia madre!".

A febbraio aveva ricevuto giacinti bianchi. Primule e violette a marzo. Narcisi ad aprile. A maggio una cascata di rose dai colori sanguigni. Giovanna s'era incuriosita e durante quei mesi aveva fatto svolgere ricerche per capire chi mai fosse quella sconosciuta e cosa volesse da lei. Le avevano riferito che era figlia di una donna condannata per calunnia e pratiche di magia. Lei s'era rivolta al re, ma solo per vedersi opporre l'ennesima intimazione: guai se osava intromettersi nelle questioni di Stato! Meno che mai nella prassi della giustizia, che a Parigi aveva tanti volti e tanti sovrani, non uno soltanto. Il caso di quella donna ricadeva nelle mani di un'altra autorità, e Filippo IV era deciso a evitare un odioso conflitto di interessi.

Giovanna aveva dovuto chinare la testa e ritirarsi in silenzio. E adesso, notando l'assenza di quella fanciulla, si chiedeva cosa ne fosse stato di lei. Era morta? O agonizzava nel fondo buio di una cella? No, sperava ardentemente in scenari migliori. La ragazza forse aveva trovato un buon partito grazie al quale ora viveva in una casa tutta sua, nel benessere. O ancora meglio: aveva lasciato la città per seguire il suo grande amore. Giovanna voleva crederlo con tutta sé stessa, mentre varcava la porta e passava tra due ali di folla, perché era una di quelle donne sentimentali incapaci di sopravvivere alla morte dei propri sogni.

Fu un colpo in pieno petto, per lei, quando arrivò abbastanza vicina all'uomo che aspettava a cavallo in fondo alla via, vestito di seta azzurra, e si rese conto che non era il re.

«Madame…».

Avvinta dalle sue fantasie, preda di roventi speranze, rivolse a suo cognato il principe Luigi d'Évreux uno sguardo meno lieto di quanto avrebbe dovuto, data la cortesia che le stava riservando.

«Siete venuto ad accogliermi», disse sorridente, ma la voce pareva un lamento.

«Vi chiedo perdono per la bugia che ho dovuto dirvi, Madame. Era necessario: avevo bisogno di staccarmi dal vostro convoglio e cavalcare a briglia sciolta per poter essere a Parigi qualche giorno prima di voi e preparare l'ingresso».

«Che gradita sorpresa! Ma il re? Dov'è mio marito?».

Il principe abbozzò un sorriso che tradiva imbarazzo.

«Non è potuto venire, Madame. Un grave affare di Stato richiedeva la sua presenza nella foresta di Rouvray».

Giovanna restò così male che non trovò una sola parola di replica, nonostante la rigida educazione ricevuta l'avesse preparata alle amarezze che una regina è tenuta a sopportare. "È andato a caccia", pensava con il cuore in frantumi. "Tre settimane lontano da me ed è così impaziente di rivedermi che se ne va a caccia nei boschi…".

Lottò contro le lacrime e vinse. Abituata a fronteggiare le difficoltà, fu con appena un velo di delusione che rivolse al cognato i suoi occhi neri pieni di passione.

Luigi, principe d'Évreux, non mancò di accusare il colpo. Era un bell'uomo, il fratellastro del re di Francia. Alto, castano, aitante. Una corta barba ben curata dava un tocco di raffinatezza al suo fascino virile. Profondi occhi grigi sempre fissi su di lei, a berne la figura con un'emozione che la dottrina religiosa sul matrimonio non avrebbe per niente tollerato.

«Madame, sapete che vi sono devoto fino alla morte, vero?».

Giovanna lo sapeva, eccome. I rapporti con quell'uomo intelligente, legato a lei da stretta parentela, sarebbero andati ben oltre una sincera amicizia, se solo lei gli avesse lasciato aperto un sottile spiraglio attraverso il quale il bel principe potesse far penetrare l'impeto dei sentimenti che portava in cuore da anni. Da sempre, forse. Ma Giovanna non offriva alcun appiglio a quelle infuocate pretese, concedeva sorrisi e favori solo quanto bastava per fare in modo che lui, abilissimo nelle faccende diplomatiche, la aiutasse a gestire i rapporti con la nobiltà della Champagne, il ricco feudo che Giovanna aveva ereditato dagli antenati. A Luigi d'Évreux ciò non spiaceva affatto, né si sentiva sfruttato. Al contrario, era orgoglioso di servirla, benché sperasse sempre di poterle finalmente offrire, un giorno, anche servigi d'amore e di letto. L'aveva avuta tutta per sé scortandola nel viaggio che la regina aveva appena compiuto a Troyes. Romantiche cavalcate nei boschi godendo del fresco vento serale. Gite sul fiume. Intriganti partite a scacchi in cui batterla era impossibile, perché lei sapeva trascinare l'avversario in discorsi audaci che erano astute trappole per distrarlo dal gioco. Ma ahimè, tutto qui, nulla di più intimo o confidenziale.

«Conosco la vostra devozione, Luigi. E di ciò vi ringrazio».

«Allora dovete insistere con il re, perché non mi obblighi a sposarmi».

«E cosa mai farete, allora? Volete prendere i voti e consacrare la vostra esistenza a Dio?».

Il volto del principe divenne triste e risoluto.

«Ho già preso i miei voti, Madame. E la mia vita intera è consacrata a una donna sola. Non posso averla come vorrei, lo so, ma mi si lasci almeno il diritto di venerarla con i sentimenti!».

Giovanna lo benedisse con uno sguardo vibrante di gratitudine. Il gioco galante delle allusioni sottili la intrigava: dire e non dire, promettere senza impegnarsi mai davvero, godere la corte che il bell'uomo le offriva come una coppa di nettare dolcissimo, medicina benefica per la sua anima ferita dalla freddezza del re. Ma non era crudele usarlo per lenire i suoi dispiaceri?

«Ci siete rimasto male, vero cognato mio? Parlo delle nozze con Caterina de Courtenay. Al regno giova che lei sposi un figlio di Francia, lo comprendo; meglio voi che vostro fratello, però».

«Di lei non m'importa, e lo sapete».

«Voi siete scapolo, mentre Carlo è vedovo».

«A differenza di me, nel suo cuore il principe di Valois ha posto per una moglie», obiettò Luigi. «Tra una bevuta e un festino con gli amici...».

Scoppiarono a ridere entrambi.

«Caterina de Courtenay porta in dote a suo marito una corona», disse lei. «E che corona! Parliamo del trono bizantino».

Il principe storse un po' il naso.

«Quel trono va riconquistato, Madame. Semmai, nella dote della principessa c'è qualcos'altro di più concreto e attuale per cui varrebbe sul serio la pena sposarla».

«Feudi in Oriente?»

«No. Quando i greci si ripresero l'impero, circa quarant'anni fa, i de Courtenay persero tutte le terre. Sembra però che portarono via da Costantinopoli un oggetto unico al mondo. Una reliquia straordinaria, che per secoli era stata custodita in segreto nella città di Edessa».

«I de Courtenay governavano la contea di Edessa al tempo delle crociate».

«Laggiù scoprirono la storia di questa reliquia prodigiosa».

«Di che si tratta, Luigi?».

Gli occhi del principe sfavillarono.

«È un'immagine di Gesù Cristo. Non un dipinto, ma un ritratto che si produsse senza intervento umano, per vie prodigiose».

«Mio Dio! Come la santa Veronica che si può contemplare a Roma...».

«Molto meglio, Madame. L'immagine di Edessa ha qualcosa in più che la rende assolutamente speciale. E inestimabile. Il re ha fatto svolgere ricerche su quell'oggetto, e ora sappiamo che l'imperatore Costantino VII Porfirogenito organizzò addirittura una guerra per averla, e che essa venne ceduta dagli abitanti di Edessa per una cifra spaventosa: duecento prigionieri di alto rango e dodicimila denari d'argento».

«Perché un riscatto così alto?»

«Perché la reliquia è in grado di donare un potere incommensurabile a chi la possiede. Ed è questo che interessa al re di Francia nostro signore, Madame».

«Il potere», mormorò Giovanna. «Cos'altro mai potrebbe avere posto nel suo cuore?»

«Quella reliquia può fare della Francia la prima nazione del mondo», disse il principe. «Più venerata di Roma. Più sacra di Gerusalemme».

«Più ricca di Costantinopoli», aggiunse lei amareggiata.

«Ma Sua Maestà deve fare attenzione. Esistono molte copie false, e non è facile distinguere l'originale dalle imposture. Inoltre, corrono voci secondo le quali l'immagine di Edessa venne trafugata durante la Quarta crociata, quando la città di Costantinopoli fu cinta d'assedio in un orrendo bagno di sangue. Papa Innocenzo III scomunicò e maledisse tutti coloro che parteciparono alla conquista. Anche i de Courtenay subirono la maledizione, naturalmente».

«Eppure sono stati imperatori di Costantinopoli per oltre cinquant'anni. Come ottennero l'assoluzione?»

«Riuscirono a sedurre il papa offrendogli le due cose che più desiderava al mondo: la riunione della Chiesa greca, che si era divisa da Roma quasi due secoli prima. E il dono di reliquie senza prezzo».

«Compresa l'immagine di Edessa?»

«Qualcuno lo dice, Madame».

«Perché i papi non l'hanno mai esposta ai fedeli, allora?»

«L'immagine non giunse mai nelle mani di papa Innocenzo. Paradossale, non è vero? Il Vicario di Cristo e di Dio passa sopra un abominio come la strage di Costantinopoli, un massacro di cristiani su altri cristiani, per possedere quella straordinaria immagine di Gesù Cristo, ma viene ingannato e non la ottiene mai…».

«Dov'è finita?»

«Secondo qualcuno, i de Courtenay finsero soltanto di donare al papa la reliquia più importante in loro possesso, per ottenere che la scomunica venisse cancellata. Non lontano da Roma, una masnada di briganti assaltò la carovana, la reliquia fu rubata e non se ne ebbero più notizie. I papi non la videro mai. Dubito che la storia sia del tutto vera, però».

«Perché?»

«Due dettagli non mi convincono. In primo luogo si dice che fu nascosta in una cittadina della campagna romana, dentro un convento modestissimo e privo di difese: fin troppo facile portarla via da lì, se qualcuno avesse voluto».

«Il secondo dettaglio?»

«La carovana che trasportava le reliquie donate al papa era guidata da un abile guerriero chiamato Jacopo Barozzi. Era il comandante del Tempio a Venezia, Madame. Vi pare forse che i Templari si sarebbero fatti assaltare e derubare da comuni briganti di campagna?».

La regina scosse la testa.

«Impensabile. A meno che, ovviamente…».

«A meno che Barozzi non fosse d'accordo», disse lui. «Esisteva un patto segreto fra i Templari e la famiglia de Courtenay. L'agguato era una finzione orchestrata per indurre il papa ad assolvere i de Courtenay con la promessa di ottenere la reliquia. La promessa e basta, tuttavia: non c'era mai stata vera intenzione di cederla».

«Che idea vi siete fatto, Luigi?»

«Sono convinto che i de Courtenay abbiano chiesto ai Templari di nascondere la reliquia in un luogo insospettabile. Con il privilegio di prenderne dei frammenti, ovviamente, quale compenso per il servizio reso dall'ordine».

«E adesso Carlo di Valois riceverà in dote la reliquia sposando Caterina».

«In teoria sì, Madame. In realtà, potrebbe anche andare diversamente».

«Pensate che i de Courtenay non terranno fede al patto? So che l'abate di Saint-Germain appartiene a quella famiglia, e mio marito si è recato più volte a parlargli nei mesi passati. Il venerabile Baldrico sarebbe dunque un vile spergiuro?».

Il principe aggrottò la fronte e il suo sguardo si perse lontano, sfuggevole.

«Qualcosa è andato storto», soggiunse. «Baldrico de Courtenay si era fatto garante della transazione segreta, la reliquia doveva raggiungere Parigi in un modo clandestino sotto la sua guida».

«E invece?»

«Temo che quell'oggetto inestimabile abbia preso un'altra strada, Madame. Ieri un dispaccio militare mi avvertiva che Baldrico è stato assassinato».

«Oh no! Chi può aver compiuto un tale sacrilegio?».

Il principe non rispose: erano arrivati dinanzi alle torri gemelle che fortificavano l'accesso alla dimora reale nel cuore di Parigi: la Torre César e la Torre d'Argento. Due massicci cilindri di pietra sormontati da tetti conici.

«Siamo arrivati a palazzo, Luigi. Volete essere mio ospite per la cena? Mi parlerete ancora di quel prodigioso ritratto di Nostro Signore».

Lo sguardo del principe sembrò intimorito, come se le due torri fossero sentinelle ostili messe di guardia a sbarrargli il passo.

«Un'altra volta, Madame. Non credo di essere il benvenuto a palazzo».

«Che sciocchezza! Il re vi stima, e lo sapete».

Ma il principe era adombrato, come se all'improvviso sul suo volto fosse sceso un velo di tenebra.

«Addio, Madame. Vi vedrò domani». Voltò il cavallo e imboccò la strada che portava fuori città.

Giovanna non capiva cosa avesse potuto irritare e intristire suo cognato così di colpo, alla sola vista della dimora reale. Chissà! Forse c'era stato un diverbio tra il re e il fratellastro, senza che lei ne fosse a conoscenza...

Ormai sola dinanzi alle due torri, Giovanna spostò lo sguardo alla finestra del loggiato, dove la bandiera di Francia era issata solo a mezz'asta: il re non era a palazzo, e chissà quando sarebbe tornato.

II

Le dieci in punto. La regina era arrivata appena in tempo per assistere a quel prodigio quotidiano che era l'Ave Maria delle ventiquattro: a quell'ora, la seconda squilla della suoneria issata in cima alla torre scandiva l'inizio del buio, e i cuori devoti erano chiamati a recitare l'Angelus Domini.

Quel quadrante di smalto azzurro costellato di gigli d'oro diffondeva nell'aria una voce angelica, un trillo argentino, vibrante, frizzante, che induceva l'anima a lodare Iddio. Nulla a che vedere con ciò che la torre aveva ospitato prima di quel meraviglioso congegno: per secoli la vita cittadina era stata scandita da un comune svegliarino monastico in tutto simile a quelli che nei conventi svegliano i frati in tempo per la recita delle lodi notturne. Un piccolo aggeggio che tinniva con una voce così roca che ricordava una ranocchia raffreddata. Questo, invece, sembrava un uccello del Paradiso!

"La lingua batte dove il dente duole", pensò intristita. La voce trillante dell'orologio le aveva riportato alla mente che il re desiderava far issare una nuova campana sulla guglia di Notre-Dame. Dalla campana al sovrano, e dal sovrano, fatalmente e inesorabilmente, i suoi pensieri volavano impetuosi all'uomo sotto la corona.

«Madame!».

Il ciambellano Pietro de Chambly l'aveva raggiunta. Trafelato, agitato, rosso in faccia, sembrava fuori dai gangheri al punto che quasi dimenticò di rivolgerle l'inchino.

«Che succede?»

«Per fortuna siete arrivata, Madame. Almeno voi… Che razza di guaio!».

«Di che guaio parlate, Chambly?»

«Il cardinale Matteo Bentivegna d'Acquasparta è appena arrivato da Roma. Chiede di parlare con Sua Maestà».

«Fate preparare una stanza per lui e una per gli uomini del seguito, Chambly. Sarà sfinito per il viaggio, immagino. Come lo sono io».

«Non c'è nessun seguito, Madame. Il cardinale viaggia sotto mentite spoglie, come un borghese, con la tunica da maestro universitario con cui tiene lezione alla Sorbona. Ha fatto il tragitto da Roma mischiato a una comitiva di pellegrini che rientravano dopo essere stati al grande Giubileo».

«Bentivegna che viaggia in incognito... Avvisate il re, Chambly. Si riterrà offeso, se non lo riceviamo nel modo dovuto alla sua dignità. E il re si arrabbierà con voi perché non lo avete informato».

«Non è opportuno inviare un valletto a Sua Maestà».

«Si trova molto lontano da Parigi?»

«No, Madame. Credo sia accampato nella foresta di Rouvray».

«Rouvray? Si trova appena fuori dalla capitale! Inviategli subito un messaggero, nel giro di un'ora il re sarà a palazzo».

«Madame, ho idea che il re si sia rintanato nella foresta proprio per sottrarsi all'incontro con il cardinale Bentivegna. O almeno, *anche* per tale motivo».

«Cosa volete insinuare, Chambly? Forse il re desidera evitare sua moglie?»

«No, Madame! Lungi da me un simile sospetto... A ogni modo, Sua Maestà ha fatto sapere che rimarrà nella foresta per molti giorni ancora. Poi si sposterà nell'abbazia di Longchamp per un ritiro spirituale. Nel frattempo, come la mettiamo con il cardinale che ha fatto un viaggio di mille miglia per conferire con lui?»

«Chiamate il vescovo di Parigi, Chambly. Fra uomini di Chiesa s'intenderanno bene».

«Anche questo è sconsigliabile, Madame. Giorni fa monsignor Matifort venne ricevuto dal re, ma sembra che il loro incontro non sia stato molto cordiale. Sarebbe meglio tenere monsignore fuori dalla questione».

«Allora non c'è alternativa, Chambly. Mandate subito qualcuno ad avvisare il re. Che rimandi il suo ritiro spirituale e torni a palazzo!».

Il volto del dignitario si fece mesto, come quello di un povero cane bastonato.

«Se le informazioni in mio possesso sono esatte, Madame, il re non si riunirà alla corte se non per la grande battuta di caccia prevista in capo a due settimane».

Giovanna si portò la mano sul cuore. Due settimane! Quanto avrebbe voluto essere una di quelle donne che non soffrono di tanti fervori dell'anima o della carne! Piccole api dal sangue algido che fanno il loro miele con poco: una parola gentile, un complimento. A lei ciò non sarebbe mai potuto bastare. All'uomo amato chiedeva che le dimostrasse con la carne e con il sangue se provava trasporto per lei, fosse pure il semplice bisogno che gli uomini hanno di soddisfare certi sfoghi naturali.

«Cosa devo riferire al cardinale, Madame? Non posso dirgli che Sua Maestà non si degna di riceverlo perché è andato in ritiro dalle monache».

Giovanna lottava per dominarsi davanti al funzionario. In ritiro spirituale a Longchamp! Quella becera scusa poteva imbambolare gli stranieri che non lo conoscevano, non certo lei! Il re era impegnato in qualche fitta trattativa diplomatica, invischiato in qualche ardita strategia politica che lo prendeva anima e corpo, al punto da scordare che aveva una moglie... Ed era solo la più rosea e ottimistica delle congetture possibili.

Una voglia matta di ferirlo s'impadronì di lei, un desiderio furente di fargli un dispetto e recargli un danno, infliggendogli un dolore altrettanto forte di quello che lei stava ricevendo da lui. Se ne sarebbe infischiata, del cardinale. Aveva tutto il diritto di ritirarsi in camera sua e chiedere un bagno caldo, dopo giornate di viaggio a cavallo. E se per caso la Francia doveva pagare lo scotto di tutto ciò, tanto meglio!

Ma il cuore di Giovanna non era stato creato da Dio per fare da ricettacolo alla viltà, al rancore, alle passioni più vili. La generosità degli animi grandi ardeva forte in lei, e finiva sempre per prevalere sulla povera umanità dolente che gridava vendetta.

«Fate apparecchiare nei giardini», ordinò rassegnata, mentre cercava eroicamente di celare la delusione.

«Nei giardini, Madame? Ma è già buio...».

«Ceneremo a lume di candela. Sarò io a ricevere il cardinale. Così non potrà dire che gli è stata rifiutata l'udienza, ma nemmeno che è stato a palazzo. I giardini sono il luogo ideale. Se il re non lo vuole incontrare, un motivo deve pur esserci. Il fatto che Bentivegna stia viaggiando in incognito, vestito da docente universitario, è insolito e sospetto».

Il ciambellano s'inchinò all'astuta soluzione della sovrana: una visita privata, riservatissima e in sostanza segreta, tuttavia cordiale. Bisognava spargere la voce che Madame stava cenando nel fresco del frutteto, quando il cardinale era capitato in visita fra capo e collo, senza preavviso. La cortesia imponeva di invitarlo a cena, a quel punto; qualunque cosa fosse venuto a chiedere, oppure a offrire.

«Bene, Madame. Faccio allestire la tavola, mentre voi andate a cambiarvi d'abito».

Giovanna si guardò la bella veste scarlatta: stropicciata dalla fatica del viaggio, ma pur sempre regale.

«Meglio di no», mormorò. «Bevo subito l'amaro calice fino in fondo».

E si diresse a passo deciso verso i giardini.

In abiti da laico, Matteo Bentivegna da Acquasparta, membro del Sacro Collegio ma anche riveritissimo teologo della Sorbona, perdeva quel tanto di carisma da patriarca che gli conferivano le vesti religiose: piccolo, rotondo, con la tunica rosso vivo dei maestri universitari, stretta ai fianchi da una cintura che gli metteva in risalto un'epa monumentale, aveva l'aspetto di una succosa mela matura al punto giusto, pronta per essere addentata.

«Madame», le disse. «Spero perdonerete il modo in cui mi presento a voi, reso necessario dalle circostanze. E vi sono grato di avermi ricevuto. Visto che il re vostro marito è uccel di bosco...».

Giovanna arrossì e improvvisò un sorriso enigmatico, fingendo di essere a parte di segreti inconfessabili che gravitavano intorno alla politica francese.

«Naturalmente il re non è andato a caccia, eminenza. Sta conducendo trattative molto riservate, che preferisce tenere nel fitto della foresta per godere di maggior discrezione».

«Sono proprio quelle trattative che mi preoccupano, signora. E preoccupano il papa».

«Sua Santità ne è forse informato?»

«Temo proprio di sì. So che voi siete stata assente da Parigi per quasi un mese, in viaggio al Nord. Non potete conoscere ciò che si mormora e ciò che ho paura sia ormai avvenuto. Pietro e Giacomo Colonna, già cardinali e in seguito ribelli contro papa Bonifacio, hanno valicato le Alpi diretti verso una destinazione ignota. Voci insistenti e del resto credibili li vogliono qui a Parigi per incontrare in segreto il re di Francia. Che li avrebbe ricevuti e ascoltati».

«Eminenza, come potete prestare fede a simili calunnie? Dare udienza a quei due, nemici del papa, equivale a un oltraggio verso il pontefice. Anche se fosse un incontro avvenuto in segreto. Pensate che mio marito sia tanto stolto da non saperlo?»

«Vedete, Madame, io sono appassionato di pesca. E posso dirvi con certezza che non esiste pesce, per quanto scaltro, che non possa essere preso all'amo o nella rete quando si appronti l'esca giusta».

La regina cominciò a sentire un inquietante tremore sottopelle.

«Cosa gli avrebbero promesso, per farsi ascoltare?»

«Un oggetto per cui chiunque farebbe una pazzia, Madame. Compreso vostro marito. Si tratta di una reliquia di valore inestimabile».

«Parigi è già illustre per la Sacra Corona, pertanto...».

«Madame, l'oggetto di cui parlo è tale che la Sacra Corona, in confronto, sembrerà una vile scheggia di legno».

La regina spalancò gli occhi.
«Di che si tratta, insomma?»
«Nessuno lo sa con precisione», disse Bentivegna. «Il papa mi ha spedito a Parigi senza fornire spiegazioni e, se devo essere sincero, l'intera vicenda mostra non pochi dettagli insoliti. Bonifacio VIII rivuole quella reliquia a ogni costo, questo è certo; ma più che l'oggetto sacro in sé, del quale pare importargli poco, sembra preoccupato dai Colonna: vuole impedire che vedano vostro marito, che prendano accordi con lui».
«La reliquia proviene dal Golgota?»
«Così pare, Madame. Ma non ne so molto: il papa ha incaricato delle ricerche uno dei suoi nipoti, un ragazzo di appena vent'anni. E anche questo è pazzesco... Conosce il greco, è vero, ma insomma!».
«Sua Santità dispone di studiosi accreditati e molto esperti. Perché incaricare un ragazzo così giovane?»
«Me lo sono chiesto anch'io, Madame. Ho trovato un muro di omertà: il cardinale Duraguerra, capo della diplomazia papale, mi ha detto di non badare ad altro se non a impedire che il re di Francia incontri i due Colonna».
«Ma quante reticenze, quanti misteri! Quasi come se...».
«Il vostro intuito non erra, Madame: c'è molto imbarazzo, per quel tesoro sacro. La reliquia è stata trafugata. Ha lasciato l'Oriente durante un orribile massacro che papa Innocenzo III colpì con la scomunica *latae sententiae*. Quella della tipologia più severa, che può essere revocata solo *in articulo mortis*. Sempre che il moribondo, in quei momenti estremi, abbia ancora fiato e lucidità per chiedere perdono, e un prete lì vicino per dargli il viatico dei morti!».
Il volto della donna era pallidissimo.
«Cosa che non accade mai quando un sovrano viene ferito in guerra», balbettò.
«O magari in un incidente di caccia, Madame: non c'è tempo, in certi casi. Il re vostro marito è esposto a entrambi questi rischi, perciò sono in dovere di chiederlo: commetterebbe l'im-

prudenza di accordarsi con i Colonna, se davvero gli offrissero la reliquia? Voi dovete saperlo, Madame. Siete sua moglie, la persona più vicina al suo cuore».

Giovanna ignorava ogni dettaglio di quella vicenda che ora le stava facendo venire i tremori, tanto era in allarme per il marito e l'intera famiglia: colpiti dalla scomunica del tipo peggiore! Ora capiva perché mai il cardinale Bentivegna avesse scelto di viaggiare in incognito: sperava che la missione si risolvesse in una sortita clandestina nella capitale di Francia, tanto rapida da poter tornare a Roma nel più breve tempo possibile con risposta gradita a papa Bonifacio. Filippo IV non aveva dato udienza ai due ribelli, né mai lo avrebbe fatto. Secondo suo cognato il principe Luigi d'Évreux, invece, la trattativa segreta doveva essere in fase avanzata, se non addirittura conclusa.

"La persona più vicina al suo cuore", ripeté lei dentro di sé, come un lamento. Forse era opera della Provvidenza, se il re si trovava fuori Parigi e il cardinale non poteva metterlo con le spalle al muro dinanzi all'imbarazzante domanda. "La Provvidenza, certo", pensò lei. "O magari, madame Artois…".

Più tardi, ormai nella sua stanza e sfinita da quella giornata spossante, Giovanna si profumò la pelle di un unguento odoroso e si pettinò i capelli. Il letto, fin troppo grande per dormirci da sola, le sembrò cosparso di spine. L'orologio di palazzo suonò le due. Sotto quel cielo sereno e stellato, Parigi era dolce e calda come una gatta amorosa che si struscia a coda ritta contro ogni spigolo nella notte. Quanto lo desiderava!

Distesa, gli occhi spalancati al soffitto e il cuore in angoscia, si torturava intorno a una domanda. Il convento di Longchamp non era lontano da Parigi, giusto una mezz'ora al galoppo. Sarebbe venuto da lei? O magari si sarebbe confuso con la città notturna, da solo, vestito come un mercante o un pellegrino per non farsi notare. Diretto chissà dove. A fare chissà cosa…

III

All'improvviso era venuto giù un acquazzone di quelli traversi, con i goccioloni che si stampavano sullo sterrato di Parigi come monete sonanti e fumavano sulle pietre del lastrico. Le rondini sembravano sbattere impazzite nei nuvoloni, mentre l'aria impregnata di polvere e di pioggia dava alla testa e mozzava il respiro. La gente sorpresa a tradimento si accalcava sotto i portici, nelle botteghe, al riparo dell'edicola di qualche santo, oppure correva qua e là colta alla sprovvista sotto la furia dei lampi e dei tuoni. Se non altro, la sfuriata violenta della Natura aveva ripulito la città dei suoi umori fetidi e purgato le immondizie che ora scivolavano verso la Senna in rivoli di schiume rivoltanti. Dalla soffitta di Notre-Dame, il vescovo Matifort guardava giù in strada quella calca popolare deformata dai vetri nei cerchi di piombo della finestra. La pioggia li aveva lavati, e ora Matifort poteva scorgere con chiarezza il digradare delle forme e dei colori che Parigi assumeva virando dalle belle pietre color biscotto e dai tetti d'ardesia azzurrina nell'Île-de-la-Cité fino ai sobborghi più sbrindellati e rissosi, dove il legno è nero di umidità e i muri sono corrosi dalla muffa. Gli sembrava quasi di vederli, quei miserabili per i quali poco o nulla si può fare. Eppure tacevano, portavano sulle spalle la loro croce insostenibile senza denunciare chi li aveva condannati a quel calvario, zittiti dalla paura di subire vendette o disperando di ricevere giustizia.

"Quanta miseria", si diceva. "Miseria morale, certo, ma prima ancora materiale. I derelitti per cui si può fare poco o nulla, un pasto caldo per strapparli alla morte, ecco tutto, e donare loro un altro giorno di abbrutimento nell'indigenza, di umiliazione e di degrado… Salvarli no, non è possibile. Non tutti. Ci vorrebbe un miracolo, per dare loro la speranza di una vita migliore. Bisognerebbe prima cambiare la testa e il cuore delle persone!".

In quello stanzone sottotetto, regno della polvere e di scartoffie dimenticate, i vescovi usavano archiviare gli incartamenti dei processi che ricadevano nella loro giurisdizione. Lui, Simone Matifort, in genere se ne liberava ricorrendo alla scappatoia cara ai timorati di Dio, che non vogliono giudicare per non essere giudicati, o agli ignavi, che non intendono assumersi la minima responsabilità. In breve, affibbiava la rogna al re di Francia, con la scusa di fare ricorso al suo braccio secolare. Stavolta però Filippo IV nicchiava, preoccupato soltanto di tutelare le nozze di suo fratello Carlo, che offrivano alla Francia un ventaglio di opportunità per riconquistare l'Oriente e le sue ricchissime materie prime.

Il vescovo doveva trovare qualcun altro cui affidare le indagini; magari sotto la sua supervisione, per poter dire che non stava voltando le spalle al dovere. Un tempo aveva sentito ardere nelle vene il fuoco dell'ira di Dio: giorni lontani in cui, ufficiale al servizio del prevosto di Parigi, aveva battuto i rioni più malfamati a caccia di criminali di ogni risma. In quei giorni, usava annotare su un quadernino certi fenomeni ricorrenti, certe dinamiche essenziali che gli sembrava accomunassero parecchie situazioni criminose. Nelle ultime pagine, se ben ricordava, c'erano altri appunti su una guerra diversa che comunque aveva forti analogie con la caccia all'assassino: tecniche del gioco di scacchi, il suo passatempo preferito. Che buffo vizio, quello di girare il quaderno per scriverci sopra come ne se avesse per le mani uno nuovo e intonso! Poi, di colpo, il servizio del prevosto s'era interrotto. Da allora aveva anche smesso di giocare a scacchi.

Perché stava ripensando a quei giorni lontani? Era acqua passata, un trascorso sopra il quale aveva volentieri messo una pietra, eppure quei ricordi continuavano a martellargli la testa, implacabili durante il giorno come pure nei sogni.

Sembrava tutto così vicino, nella memoria... Si rivedeva usciere d'armi: incaponito dietro un'intuizione come solo i giovani sanno fare, Matifort aveva trascorso una settimana fra i tuguri del sobborgo Saint-Antoine travestito da pellegrino povero, resistendo alla pena che provava per quell'umanità derelitta che gli ruotava attorno e al tanfo del suo stesso corpo non lavato da troppi giorni. Voleva conoscere. Vedere con i propri occhi. Sperimentare in prima persona. Nelle ore di luce mendicava con gli altri, mentre durante la notte schiacciava tra le dita le cimici sopra uno strato di paglia rancida che non era più buona neppure per le bestie. Al tramonto sedeva a tavola nell'ospizio dei poveri con due sole dita di vino davanti, appena il pane ma poco, giusto per dire di non morire, per tirare avanti un giorno ancora con la tentazione di credere però che sarebbe stato meglio farla finire subito. Più volte era stato sul punto di crollare, mandare al diavolo la ricerca e tornare alla comoda esistenza di certezze garantita agli stipendiati reali, però aveva resistito. Da dove gli era venuta la forza di restare? Amava credere che fosse stato Iddio ad avere pietà di lui, ma ci aveva messo anche del suo, l'energia di un'ostinazione che non accettava la sconfitta, costi quel che costi. E forse era anche curioso di capire cos'era che li teneva in vita, quei miserabili che s'accanivano a vivere alla disperata, così come viene, sempre a sgomitare e lottare tra loro anche se in realtà erano come poveri vermi che s'aggrovigliano in un carniere, tutti destinati a finire infilzati da un amo. Puro istinto, si diceva, istinto di sopravvivenza: ma avrebbe voluto che le sue amarezze fossero come le loro, che avevano sempre dentro un filo di speranza e di canto. Cantare e ridere con il cuore marcio, magari, per non dare soddisfazione al brutto destino ingrato.

Chi la dura la vince: così era stato. Alla fine lo aveva preso: un certo Le Verrier, ufficialmente fabbricante di fiasche, in realtà bieco usuraio che nel corso di dieci anni aveva silenziosamente e implacabilmente gettato sul lastrico duecento famiglie. A quel tempo Matifort si sentiva un leone e, forte della sua scoperta, con prove inoppugnabili in mano era corso a riferire ogni dettaglio al vescovo Stefano Templier. Egli s'era dato da fare al di sopra delle proprie possibilità, pover'uomo imbelle nato senza spina dorsale, e con audacia s'era recato al Louvre per denunciare l'abominio al re. Era stato celebrato un processo veloce, quasi una formalità. Le Verrier era stato assolto con formula piena. Incapace di credere alle circostanze, Matifort era andato a fondo della questione scoprendo che il maledetto strozzino, previdente quanto malvagio, s'era ritagliato un ruolo dominante nella potentissima corporazione dei vetrai, tra le più influenti in città. Dall'alto di quella posizione, favoriva diversi gran signori di corte liberandoli di tanto in tanto dai debiti di gioco: una specie di assicurazione salvavita che Le Verrier aveva congegnato per non incorrere in malintesi con le forze dell'ordine. Quel giorno, avvelenato di rabbia e di sfiducia verso lo Stato, Matifort aveva dato l'addio alle armi scegliendo di abbandonare il secolo per entrare nei ranghi del clero. Alcuni mesi dopo aveva saputo che il cadavere dell'usuraio era stato visto galleggiare lungo la Senna, anche se la gente non era proprio certa che si trattasse di lui, ridotto com'era a un orrendo troncone senza più gli arti in mezzo a un groviglio d'erbe campestri. In base ai tagli riscontrati sul corpo, si sospettò di un tale Samuele Lionel, boia non più in servizio ma ancora padrone del mestiere, che forse s'era incaricato di saldare i conti in privato a nome suo e d'innumerevoli altri. A Matifort la notizia non aveva causato alcun impeto di gioia, e nemmeno conforto, né lo aveva spinto a recuperare il quaderno dei suoi appunti dall'esilio polveroso in cui lo aveva relegato.

Oggi, pensando alla fine del povero abate Baldrico e alla faccia annoiata di re Filippo IV che non voleva muovere un dito per fare giustizia, Matifort provava lo stesso ribollente astio di allora; eppure il tempo, una volta tanto generoso e non tiranno, aveva posto nelle sue mani un potere tale che avrebbe potuto far sentire la propria voce molto in alto. Ma non aveva più la forza di combattere: servire Dio con il culto e la preghiera aveva depurato la sua anima da tutto lo squallore conosciuto nella vita da laico, ma l'aveva anche resa più fragile.

Era questo il cruccio di Matifort: avere un cuore che arde d'amore per il prossimo e sentirsi del tutto impotente dinanzi all'oscenità del male.

I suoi occhi distratti da quelle ruminazioni si persero giù in strada, confusi sullo scenario di calca popolare. "Quanta miseria", si ripeteva, "quella di chi ha già consumato tutta la sopportazione che infrollisce l'anima...".

Poi drizzò di colpo la schiena. Strano, davvero. Cosa ci faceva quella gran ressa di derelitti assiepati intorno a Notre-Dame, nel cuore nobile di Parigi?

La porta della soffitta sbatté contro il muro, aperta d'impeto.

«Monsignore!», ansimò l'arciprete. «Dovete andare via! Presto, in nome di Dio... C'è una sommossa!».

Il pover'uomo era senza fiato per via delle scale salite a due a due, e spiritato per l'angoscia.

Era cominciata quasi per caso: un mendicante più audace degli altri, spintonato dalle guardie vescovili perché non s'avvicinasse troppo con i suoi stracci puzzolenti ai signori per bene che salivano a messa, aveva afferrato una spranga per darci dentro, e in tre avevano dovuto torcergli il braccio per fargliela cadere. Aveva urlato di dolore ed era caduto in ginocchio sbavando, mentre un manipolo di birri si accaniva con il bastone su quelle spalle curve e tormentate. Da quel grido di dolore, però, si era generato il tumulto, come un seme di tempesta. All'imbocco delle vie che approdavano nella piazza della cattedrale erano comparse ali di folla che scalpitava e mugghiava come un mare infuriato. I soldati avevano capito di essere troppo pochi per prevalere e, sfiancati dal sole a picco che arroventava gli elmi, avevano cominciato ad arretrare nella piazza e ammucchiarsi sotto le scale del sagrato. Ben presto non erano più che uno sparuto ammasso inerme, occhi spalancati sulla marea di straccioni dinanzi a loro, contro di loro, come una fiumana di fango che dai rioni putridi si fosse riversata verso Notre-Dame.

«Che succede?», chiese Matifort. «Perché il popolo si agita in questo modo?».

L'arciprete era ingiallito di paura.

«Non lo so, monsignore! Ho mandato un servo a palazzo per invocare l'aiuto di Sua Maestà affinché ci mandi soccorsi. Il re però non c'è, e il capo della guarnigione ha le mani legate perché questa parte della città è soggetta solamente al vescovo... Che Dio abbia pietà di noi!».

La folla, molte spanne sotto le torri della cattedrale, continuava ad avanzare stretta in una comune difesa, in un comune sentimento di dolore, sospinta dalla paura non della morte, bensì di un futuro pronto a inghiottire i giorni come un abisso privo di luce. A Matifort parve di poterli vedere a uno a uno, benché così distante: le facce, le voci, gli occhi delle donne e dei figli bruciavano nella sua anima, togliendogli ogni possibilità di rassegnazione. Dinanzi al palpito nereggiante della folla, lo stomaco di colpo gli si chiuse come un sacco strozzato da una corda.

«Fate rientrare le guardie», ordinò. «Io vado in mezzo a loro a sentire cosa vogliono».

«No! Monsignore, per carità della Vergine Maria, sarete fatto a pezzi...».

Matifort scansò quelle obiezioni con una spallata decisa che fece rinculare contro il muro il gracile corpicciolo dell'arciprete. Si tirò su la tunica per scendere più in fretta e, gradino dopo gradino, si ritrovò ben presto dinanzi al portale del Giudizio.

«Aprite!», ordinò.

I canonici lo fissavano immobili, occhi sgranati, muto coro di proteste che gli davano del pazzo. Quando gli fu chiaro che non intendevano obbedire, il vescovo si rimboccò le maniche di seta fino al gomito e cominciò a sudare per disserrare da solo i pesanti chiavistelli del portale, concepiti per resistere a un assedio. Dopo molto penare, infine ci riuscì. Una ventata calda gli aggredì la faccia, abbagliante riverbero del giorno dopo sulla fresca penombra del santuario. La folla lo vide e la rabbia per un attimo si placò. Quelli che già gremivano la piazza smisero di sgomitare e si fermarono attoniti a guardarlo: intanto, nelle retrovie, un tumulto di miserabili si tiravano dietro le mogli, i figli e i vecchi in un corteo disperato che svuotava la periferia e s'ingrossava borgo dopo borgo, strada dopo strada.

«Mio Dio, quanti sono...», balbettò il vescovo.

Qualcuno suonò un corno: doveva essere un segnale, perché la folla smise di muoversi e rumoreggiare. Adesso le guardie erano accerchiate, ammaccate e intimidite in un silenzio canicolare. Tra le chiare facciate delle case nobili s'ammassavano più di mille vite umane senza che s'alzasse una voce, al punto che si poteva sentire l'ansimare dei fiati.

Simone Matifort alzò la mano destra, che brandiva il pastorale.

«Bravi uomini e donne di Parigi!», gridò. «Non so perché siete venuti qui a Notre-Dame, oggi, così in tanti. Ma so che ascolterò le vostre lamentele. E sarete esauditi, per quanto è in mio potere!».

Un parlottare sommesso serpeggiò nella piazza, la folla si mosse, ondeggiò, disegnò ombre instabili sui muri delle case, finché si aprì in due. Dal varco emerse lentamente una figuretta esile e scalza, una ragazza di dodici o tredici anni al massimo, che si faceva largo tra le ali della folla. Simone Matifort fissava stupito quel volto, quel corpicino magro con i piccoli piedi nudi induriti dalle avversità. Conosceva quella ragazzina, era certo di averla già vista. Ma dove?

La fanciulla arrivò sino all'ultima fila dove, petto contro petto, sguardo contro sguardo, la massa ribollente di bile finiva e quella aggranchita dei soldati episcopali cominciava. Spostò le loro maglie di ferro, salì le scale del sagrato e raggiunse il vescovo in piedi davanti al portale del Giudizio. Arrivata lì, s'inginocchiò e gli prese la mano destra. Disorientato dalla sorpresa, Matifort lasciò che gli baciasse l'anello pastorale. Compiuto quel gesto, la ragazzina si aprì lo scollo della veste e lasciò cadere sulla pietra bianca del sagrato ciò che teneva nascosto: un mazzetto di fiordalisi.

In quel momento, quasi fosse giunto un segnale dal cielo, cento, mille, diecimila steli di fiordalisi volarono in aria, inazzurrarono il giorno e ferirono gli occhi del vescovo, che solo pochi attimi dopo ne era quasi sommerso.

“Santissimo nome di Cristo…! Quanti fiori…”, pensò.

Cosa mai significava, quello spettacolo assurdo? Il popolo di Parigi aveva razziato ogni singolo campo nel raggio di miglia e miglia…

Un uomo esultò cantando vittoria, e quel grido ne chiamò infiniti altri, finché il centro di Parigi non fu che un’immensa cassa armonica risonante a quel coro di giubilo. La ragazzina scese le scale per mischiarsi di nuovo alla folla, che l’accolse come un grembo protettivo, e in essa ben presto scomparve alla vista. Di nuovo muta, ma con lo sguardo ora brillante e soddisfatto, la ressa di gente voltò le spalle e defluì silenziosa verso la periferia.

Basito e con i fiori azzurri che gli cadevano dai capelli, il vescovo Matifort pensava di aver appena assistito a un miracolo. E si chiedeva quale forza celeste l’avesse voluto.

IV

L'avevano chiamata "la sommossa dei fiordalisi", benché fosse assurdo dare un nome così truce a quella che, in fondo, era stata una pacifica ma enigmatica protesta popolare. Ma una protesta contro chi? E contro che cosa?

«Per me è chiaro», sentenziò l'arciprete. «Voi, monsignore, eravate sul sagrato di Notre-Dame. Proprio nel punto in cui abbiamo ritrovato il corpo del povero abate di Saint-Germain».

Anche Matifort, in cuor suo, era spinto dalle evidenze alla medesima deduzione. Il popolo onorava la memoria di un uomo, un religioso che aveva sfamato tante persone: portava fiori sul luogo della sua morte, e con quel gesto chiedeva giustizia. Filippo IV, sordo a ogni invocazione, se n'era andato nei boschi a trastullarsi con il suo passatempo preferito, la caccia, e perciò ora i poveri di Parigi si rivolgevano a lui, il vescovo, perché si facesse braccio e strumento della vendetta divina.

A furia di rimasticare rabbia e disagio, a Matifort era venuto in mente che esisteva un'altra autorità in grado di svolgere le indagini, oltre a quella del sovrano che se ne infischiava, a quella del papa troppo lontano da Parigi, e alla sua, incapace di rimettersi addosso i vecchi e frusti panni dell'ufficiale di polizia. Tale autorità spettava al nuovo abate di Saint-Germain, eletto secondo la regola dalla comunità monastica per succedere a quello recentemente assassinato. Signore feudale con poteri di alta e bassa giustizia, munito di anello e bastone pastorale proprio come un vescovo, il successore di Baldrico avrebbe fatto luce su quell'oscuro caso.

Caldeggiando in cuor suo quell'idea, dopo aver ordinato un

salasso per tenere a bada i furenti umori nocivi ed essersi scolato una pinta di decotto calmante, Matifort aveva fatto preparare il fulvo bardotto al quale era molto affezionato, figlio di un'asina e di uno stallone: vecchio compagno di battaglia, sopravvissuto proprio come lui alla lontana stagione in cui andavano insieme a stanare criminali nel ventre marcio della città.

In groppa al caro Fauvel aveva raggiunto l'abbazia di Saint-Germain: uno sconfinato quadrilatero di pietra grigia, perfetto, regolare, ampio quanto un intero villaggio e munito di mura solide, tanto imponenti da poter custodire il più inestimabile dei tesori. Al centro una solenne chiesa bianca di opulenza romanica, sveltita però da torri campanarie aguzze, e tutt'intorno campi feraci, vigneti, opifici, mulini a girare incessantemente sulla Senna, case di contadini raccolte a grappoli via via che l'occhio si allontanava coprendo le distanze tra Parigi e il circondario. Il complesso di Saint-Germain-des-Près non era semplicemente un luogo sacro, pio ritiro dal mondo in cui gli uomini glorificavano il Signore vivendo secondo il santo precetto dell'*ora et labora*: ricchissima, antichissima, prestigiosa e potente più di tutte le altre, l'abbazia poteva dirsi uno dei pilastri sui quali poggiava la storia di Francia.

Fermo in piedi dinanzi ai suoi alti portali, Matifort ne contemplava l'austera bellezza: quando quell'abbazia era già da secoli motivo di vanto e gloria per il regno, Notre-Dame neppure esisteva, e il vescovo di Parigi celebrava messa in un'angusta chiesa dei re merovingi, bassa e goffa come si usava a quel tempo. L'ardimento di decidere di recarsi lì vacillò all'improvviso: i venerabili abati di Saint-Germain portavano mitra e pastorale, le insegne pontificali riservate ai vescovi e che indossava il papa, Vicario di Cristo e di Dio.

Superata la spessa cortina muraria, fu rinfrancato dalla visione paradisiaca del giardino monastico, accudito da fraticelli ortolani che attendevano alle erbe curative. Attraversò il verziere, costeggiò il valetudinario e infilò la stretta porticina che immetteva al piano superiore fino a raggiungere la magnificenza dello *scriptorium*.

Si ritrovò in un locale vasto, grande più di qualunque sala capitolare che lui avesse mai visto, sotto volte cupe e non troppo alte sorrette da grandi pilastri. L'abbondanza di finestre donava a quello spazio una bellissima luce, e i vetri non erano colorati come nella chiesa, affinché la luce del giorno entrasse più pura. Era un opificio di scienza, di santità e di sapienza. C'erano alluminatori, rubricatori, copisti, inservienti che tagliavano la pergamena, stemperavano le tinte, affinavano penne con il temperino e rabboccavano i corni da inchiostro. Il bibliotecario sedeva in disparte, così preso da un codice miniato a colori squillanti che non si accorse nemmeno dell'intruso che passava, né smise di leggere e prendere veloci appunti su una tavoletta cerata. Superato un corridoio, Matifort venne introdotto in uno studiolo minuscolo, con le pareti rivestite di scaffali colmi di libri dal pavimento al soffitto. Più che una stanza, sembrava un armadio ingombro di volumi. Assiso su una cattedra non diversa da quelle episcopali, vide un frate dal volto glabro, la chierica rosata, la barba rossiccia e le guance cadenti. Aveva occhi di un azzurro slavato non privi di intelligenza e, forse, anche umanità.

«Reverendissimo padre, c'è qui monsignore il vescovo per voi», annunciò il monaco che lo aveva preceduto fino a quel punto.

«Vai pure», disse il monaco. «E non chiamarmi reverendissimo. Sono solo l'economo di quest'abbazia, non l'abate».

Per niente toccato da quelle proteste d'umiltà, il monaco s'inchinò profondamente e lasciò la stanzetta. L'economo si alzò in piedi per baciare l'anello pastorale di Matifort, poi gli offrì la sedia importante su cui sedeva prima.

«Reverendo, vi sono grato per il tempo che vorrete dedicarmi. E per la discrezione di cui darete prova tacendo con chiunque di questa mia visita. Come vedete, sono venuto nei panni di un semplice chierico. In incognito, per così dire».

«La vostra prudenza vi fa onore», disse il monaco riverente.

«Sono qui per sapere se i vostri confratelli hanno già scelto un nuovo abate. Immagino di sì. Temo che a breve riceverò da Roma una lettera in cui mi chiederanno notizie sull'atroce delitto che ha privato Saint-Germain del pastore e della guida. Annuncerò il nome del confratello che voi avete scelto come successore per Baldrico de Courtenay. Sarà lui a occuparsi delle indagini».

L'economo scosse la testa.

«I monaci sono turbati, monsignore. E molto scossi dalla disgrazia».

«Comprendo. Ma una comunità monastica grande e importante come la vostra non deve restare priva del suo capo. Dovete procedere quanto prima all'elezione».

«Temo che i miei confratelli non vorranno scegliere un nuovo abate prima che sia noto chi ha ucciso il precedente, monsignore».

«Questo non va bene!».

«Si parla di seduzione diabolica, monsignore. Compatiteli. Se il Maligno si accanisce sulla nostra venerabile casa, chi mai vorrà mettersi alla sua guida?».

L'obiezione non era priva di logica, ma irritò e spiazzò il vescovo più di quanto non avrebbe immaginato.

«Reverendo, questo è inaccettabile!», tuonò. «Sono stato militare, un tempo, e di quella vita ho conservato il gusto di parlare schietto. Perciò vi dico che non ho simpatia per il re, l'uomo che siede ora sul trono di Francia: è gelido, scostante, senza cuore. Dicono che non sia capace di amare nemmeno i suoi stessi figli. Eppure provo pena per lui. Vi rendete conto che il papa gli addosserà la morte dell'abate, se non sarà trovato il colpevole del delitto? Vi rendete conto che tutto il regno di Francia potrebbe soggiacere alla maledizione apostolica? Quanti innocenti pagherebbero un prezzo altissimo, per questo! Davvero volete permetterlo?».

Il volto dell'economo s'indurì.

«Monsignore, avete detto che vi piace parlare schietto. Posso farlo anch'io?»

«Dovete!».

«Perché non vi occupate voi delle indagini? Il nostro povero abate giaceva morto sul sagrato della cattedrale. L'onere di trovare l'assassino spetta a voi».

«Nient'affatto! Proprio voi, che curate tutte le questioni amministrative di Saint-Germain, ignorate forse che gli abati indossano le insegne pontificie? "*Cum anulo et baculo*", dicono i sacri canoni. La loro autorità è pari alla mia, non inferiore. Ne consegue che solo il papa, semmai, può farsi carico di questo caso».

«Monsignore! Potete appellarvi alla legge canonica e sbandierare certi cavilli dinanzi al tribunale degli uomini. Ma credete di poterlo fare anche dinanzi a quello di Dio? Siete voi che dovete farvi carico delle indagini. Lo dice la logica. Lo vuole il buon senso. Lo esige la carità cristiana. Soprattutto visto il rango del sigillo».

Matifort drizzò la schiena.

«Quale sigillo?».

L'economo sbirciò verso la porta, quasi temesse che ci fossero orecchie indiscrete là fuori in agguato.

«Se avete trovato voi il cadavere», bisbigliò, «vi sarete accorto di quanto sangue c'era nella stoffa del saio. Il povero abate è stato lavato e tumulato con indosso un abito nuovo, naturalmente. Io però ho tenuto il vecchio, invece di buttarlo».

«Come mai?»

«Era di una lana costosa. Lana di cammello, un peccato di vanità che l'abate si concedeva in deroga alle norme monastiche. Poiché lo portava sempre, mi sembrava un atto di carità cristiana che fosse tumulato con quello indosso. Ero scoraggiato da tutto quel sangue, mi chiedevo come fare per smacchiarlo, ma poi...».

L'economo non finì la frase. Si alzò e aprì un'anta del grande armadio a muro alle sue spalle. Ne trasse un involto scuro, raccapricciante.

«Ho notato qualcosa di molto strano, monsignore. Guardate anche voi. Vi sembra naturale?».

V

«*Degluptor degluptus*», disse il papa. «Ne sei sicuro, Duraguerra?».

Comodamente sprofondato su una cattedra tra soffici cuscini, schiena rilassata e piedi ammollo nell'acqua calda di un pediluvio balsamico, Bonifacio VIII si sentiva in pace con il mondo intero, perciò pronto ad affrontare l'ennesima rogna che Duraguerra gli avrebbe offerto senza alcuna pietà per i suoi poveri nervi strapazzati.

«Così c'era scritto sul cartello appeso al collo del povero abate di Saint-Germain. O ciò che di lui restava, Santità».

«*Deglubo* è un verbo raro, di uso squisitamente letterario», rifletté Bonifacio. «Così all'impronta mi viene in mente una frase di Svetonio. *Boni pastoris est tondere pecus, non deglubere*, ovvero "un buon pastore tosa le pecore, non le scortica"».

«Giusto, Padre Santo. La frase che voi citate è orribilmente adatta al caso».

«Che vuoi dire?»

«Il vescovo di Parigi Simone Matifort ci ha fatto pervenire, tramite un messo segreto, la triste notizia riguardo all'abate Baldrico de Courtenay denunciando la presenza di quel cartello. La lettera taceva alcuni dettagli assai macabri, che ho saputo comunque dai miei informatori piazzati a Parigi».

«Allora?»

«La faccia del pover'uomo è stata completamente scuoiata. La testa fracassata, al punto da farne uscire il cervello. Il corpo mutilato da uno strumento infernale. Una lama probabilmente ricurva, una scure affilata come la falce che imbraccia la Morte».

«Sant'Iddio, Duraguerra! Ho il voltastomaco… Ma chi si è accanito su Baldrico in questo modo? E perché?»

«Matifort non l'ha capito, o almeno così dice».

«Cosa ne pensa il re di Francia?»

«Beato voi se lo sapete, Padre Santo! Filippo IV è uccel di bosco da un pezzo. In senso letterale: se ne sta rintanato in una foresta dalla quale si sposta solo per andare in ritiro spirituale dalle monache di Longchamp».

«E sua moglie che ne pensa?»

«Lo ignoro, Santità. Se però Filippo IV ha il caratteraccio che dicono, magari la regina non è troppo scontenta di starsene alla larga dal marito».

«L'abate di Saint-Germain era leale a me, mi ha sempre sostenuto fermamente dinanzi ai miei denigratori. Ravvisi la mano dei Colonna dietro la sua morte?»

«Mi pare strano, Santità. I Colonna erano potenti a Roma. Se pure sono arrivati a Parigi, oltralpe non sono che due stranieri. Come potrebbero colpire un uomo potente quale l'abate di Saint-Germain, titolare di bassa e alta giustizia su un bel pezzo della capitale francese?»

«Non hai torto. Aspetta aspetta! Baldrico de Courtenay è stato invischiato in una causa, tempo fa. Una controversia in materia fiscale per i diritti di focatico su un'ampia parte di Parigi. Ricordi?»

«Certo, Santità. Si trovò in lite con il vescovo, colui che precedette Matifort. Correva l'anno 1289 ed era stato inviato lassù Adinolfo Conti, che poi morì prima di essere consacrato. Morì in circostanze mai appurate, peraltro».

«Adinolfo lasciò scritto qualcosa?»

«Certo, Padre Santo: la denuncia che aprì la causa contro Baldrico. Questione di focatico, come abbiamo detto poco fa, ma temo anche di *focalia*».

«Sì, Padre Santo. Perdonate se ve lo dico in latino, e nemmeno tanto *apertis verbis*… Del resto, so che mi avete compreso benissimo. Mi ripugna parlare di certe cose, trattandosi di un alto esponente della Chiesa».

«Credo di aver capito, infatti. Il buon abate realizzava questi *focalia*, ma un po' strettini».

«Avete inteso perfettamente», apprezzò Duraguerra. «Baldrico è stato ammazzato per vendetta, e Matifort non ci è arrivato. Che ne dite, Santità? Lo mettiamo sulla buona strada?»

«Meglio di no, Duraguerra. Conosci il proverbio sul letame, vero? Più lo si rimesta, più pute... Forse anche re Filippo il Bello lo conosce, e proprio per questo motivo si è reso uccel di bosco. Matifort ha la fama di uomo intelligente, mandagli il suggerimento di leggere Svetonio: se ci arriva da solo, bene, altrimenti...».

Duraguerra riservò al papa un inchino profondo al limite di quanto consentisse la sua povera schiena crocifissa dai reumi. Stavolta Bonifacio lo meritava, quell'omaggio, benché a prezzo di sentire un funesto scricchiolio nelle reni: aveva dato prova di arguzia, fiuto politico e ammirevole buon senso.

«E adesso, Padre Santo, ora che vi siete goduto fino in fondo questo bel pediluvio rilassante e l'acqua è diventata fredda, che ne dite di scendere in aula per le udienze? La lista odierna è fitta di nomi».

«Udienze! Sempre udienze!».

«Suvvia, Santità: i pellegrini arrivano dai quattro angoli della terra per inchinarsi dinanzi al trono apostolico, e voi non li volete ricevere?»

«Ahimè! Chi mi avrà ispirato l'infelice idea di questo Giubileo, che sfinisce le mie giornate e massacra le mie vecchie ossa?»

«Ma come, chi vi ha ispirato? È stato lo Spirito Santo!».

«Qualche volta forse lo Spirito Santo farebbe meglio a tacere...».

Duraguerra decise di mettere subito un freno a quelle lagnanze prima che Bonifacio, noto per certe sue intemperanze verbali, sconfinasse nel sacrilego. Doveva distrarlo, invogliarlo con qualcosa che potesse stuzzicare la sua curiosità.

«Ci sono in lista gli ambasciatori di Temür, il Gran Khan dell'Impero mongolo», disse.

«E che vogliono mai, quei musi gialli?»

«Portano tanti bei regali per voi, Padre Santo».

«Altre carabattole da piazzare nel Tesoro, che ne è pieno fino al soffitto».

«Ho sentito parlare di un medicamento portentoso che chiamano *cha*. È un infuso rossiccio che si beve caldo, tratto da un arboscello con foglie lucide e bei fiori bianchi».

«Di cosa sa?»

«Come di legno, Santità. Ma se ben zuccherato e con qualche goccia di limone… Preso ogni giorno, allunga la vita per molti anni di buona salute».

Negli occhi del papa scoccò finalmente una scintilla d'interesse: ipocondriaco come pochi al mondo, Bonifacio teneva i medici in altissima considerazione e spendeva una fortuna commissionando ricerche sulla teriaca di Andromaco, il misterioso farmaco dell'antichità capace di guarire ogni malattia. Prima o poi qualcuno dei tanti studiosi sguinzagliati alla ricerca di quel composto ne avrebbe scovato la formula; a quel punto, il corpo del pontefice avrebbe ritrovato il pieno vigore giovanile per guidare la Chiesa con piglio di monarca ancora per decenni e decenni.

"Sempre che non finisca altrimenti", pensava Duraguerra in apprensione. I Colonna erano vivi e attivi, benché nell'ombra. Un'ombra non troppo fitta, in ogni caso: lo diceva l'ultimo epigramma trovato appeso al collo di Pasquino, la statua parlante che da secoli esprimeva il sentire del popolo di Roma.

Un augurio diretto a papa Caetani:

> Fiore d'abete,
> te possino da' tante cortellate
> pe' quante messe ha detto l'arciprete!

VI

Una ressa di chierici con l'abito solenne, assiepati nella sala delle udienze, ammiravano fra gridolini d'eccitazione il cofano dei doni che il Gran Khan aveva inviato al papa: meraviglie esotiche e curiose di cui si sarebbe parlato per un mese almeno. In piedi, sotto i gradini del trono apostolico, c'erano i quattro francescani incaricati di tenere vivi e attivi i contatti diplomatici con il Catai che facevano la spola fra Oriente e Occidente: le loro natiche a dorso di mulo, cavallo, cammello o magari yak erano talmente avvezze alla sella che s'accomodavano a disagio su sedie e cuscini. Con loro, c'era un veneziano di età matura e bell'aspetto.

«Cinquanta drappi della seta più pregiata, Santità, per gli altari della basilica vaticana. Una tazza di giada bianca di valore enorme. Dieci vasi di un impasto finissimo simile alla ceramica ma di gran lunga più resistente e prezioso che si chiama "porcellana", e inoltre...».

«Dov'è il farmaco?», chiese il papa con fare un po' brusco.

«Un farmaco, Padre Santo?»

«Certo, messer Polo. Il nostro Vicecancelliere ci ha promesso che tra i doni del Gran Khan era compreso un medicamento di buona salute».

Il volto del veneziano si rischiarò.

«Forse Santità Vostra si riferisce al *cha* verde. Se bevuto ogni sera, in effetti aiuta il corpo a mantenere l'equilibrio fra le due energie dello *yin* e *yang*».

«*Gnigna*?!».

«Secondo la filosofia dell'Estremo Oriente, Padre Santo, sono nero e bianco. Luce e ombra».

«Quindi anche Bene e Male. Giusto, messer Polo?»

«Voi siete il Vicario di Cristo e di Dio, non potete sbagliare. Nelle terre del Sol Levante, comunque, questi concetti sono più sfumati che sotto i nostri cieli», glissò il veneziano.

«Se lo dite voi, ser Polo, che avete visitato tutto il mondo… A sentirvi decantare certe stramberie, pare di parlare con Arnaldo da Villanova!».

La cosa colpì felicemente il veneziano.

«Arnaldo da Villanova è qui? Ho avuto l'onore d'incontrarlo anni fa, nella città di Chemeinfu. Pochi uomini sulla terra sono sapienti come lui».

«Siete venuto a Roma dalla vostra Venezia per lucrare il perdono dei peccati, ser Polo?»

«Certo, ma non è solo il Giubileo che mi ha condotto al vostro santo cospetto. Ho con voi un grande debito di gratitudine, perché la mediazione apostolica è stata determinante per indurre i genovesi a scarcerarmi dopo tre anni di prigionia. Inoltre, anche se non servo più da tempo il Khan dei Mongoli, un'amicizia fraterna mi lega ancora a Temür, nipote del grande Kublai che fu come un padre, per me. Non ho potuto quindi sottrarmi alla preghiera che mi è stata rivolta, e cioè di essere proprio io a presentare i doni del Khan per voi. E l'offerta che con essi è giunta».

«Quale offerta?»

«Temür vorrebbe stabilire un'alleanza con voi, Santità. Un patto di sangue. Dunque chiede una vergine della vostra famiglia come sua sposa».

«Addirittura! E intende farsi cristiano?»

«Può darsi», replicò il veneziano, sul vago.

«Messer Marco Polo, come mai questa profferta ci viene presentata proprio ora, quando il principe Carlo di Valois sta per convolare a nozze con l'erede al trono di Bisanzio?»

«Perché Santità Vostra è un raffinato politico, oltre che il capo di tutti i cristiani, dunque immagina che l'idea di vedere l'Occidente unificato sotto un solo signore non è gradita al Gran Khan. Sarebbe un nemico temibile, se decidesse di attaccare l'Oriente».

Bonifacio VIII lo chiamò accanto a sé per parlargli in confidenza.

«A essere onesti, non piace nemmeno a noi. Non ci piace che quel signore sia francese».

Il veneziano s'inchinò, lieto che il pontefice fosse del suo stesso avviso.

«Bene, ser Polo. Fate sapere al Khan che prenderemo in seria considerazione la sua offerta».

«Il grande Temür ne sarà lieto. Quando avrete scelto la sposa, Padre Santo, vi prego di darle questo dono».

Si voltò e raccolse dal cassone un oggetto lungo, dal profilo elegante. Poteva sembrare una spada dentro un fodero di lacca nera, ma molto sottile.

«Una spada, ser Marco? Per una donna?»

«Non è una spada qualunque, Padre Santo. Venne forgiata per una principessa nelle mistiche acque della Sorgente del Drago, presso il lago Xi Hu. Lungo la lama corre una scritta in ideogrammi che dice così: "Io sono la prima luce del mattino e l'ultimo raggio della sera". Badate bene, è un'arma preziosa quanto pericolosa: un solo colpo può spezzare dieci maglie in una catena di ferro. L'acciaio di cui è fatta non potrà mai essere corrotto, nemmeno tra mille anni, perché ha qualcosa di magico. Perciò la spada porta un nome speciale: Volo della Fenice».

«Bella!», esultò il pontefice. E mentre Marco Polo lasciava l'aula seguito dai Mongoli nei loro abiti luccicanti e stravaganti, il cardinale Duraguerra si chiedeva quale stramberia fosse venuta in capo al papa, che lo chiamava accanto a sé. Conosceva bene certi guizzi negli occhi di Bonifacio, e li temeva come la peste: in genere erano gravidi di rogne che sarebbe poi toccato a lui liquidare.

«Fai mettere tutto nel Tesoro, Duraguerra», gli disse sottovoce. «A parte la spada. Quella me la tengo».

«Che ve ne fate, Santità? Non vorrete mandare davvero vostra nipote in mezzo a quell'orda di pagani, spero!».

«Fai acconciare una cinta d'armi per me. Il prossimo in lista è il principe Carlo di Valois: lo riceverò così, con la spada al fianco».

«Maria Santissima! I preti non portano armi, è un sacrilegio che la dottrina condanna fin dai primordi della Chiesa».

«Così ho detto e così farò. L'autorità del papa è doppia: non solo spirituale, ma anche temporale. La croce di Cristo, la spada di Dio! E sarà una spada mongola, guarda un po'! Il principe di Valois lo scriverà subito al re suo fratello, che non mancherà di cogliere l'allusione: Filippo IV fa la voce grossa con la Santa Sede perché comanda un esercito di diecimila cavalieri. Ciò lo rende arrogante ai limiti del sopportabile. Quando saprà che il Khan dei Mongoli può inviare addirittura un milione di cavalieri al mio comando, si calmerà e diverrà più ragionevole!».

Nulla lasciava credere che Bonifacio stesse scherzando, tutt'altro. Il cardinale Teodorico Ranieri, cameriere apostolico, assisteva al colloquio un passo dietro la cattedra e terreo in volto, prossimo a un mancamento. Anche Duraguerra, benché in tanti anni di servizio curiale ne avesse viste di cotte e di crude, doveva però ammettere che eresie di tale portata s'erano sentite raramente tra le mura dei Sacri Palazzi.

Bonifacio VIII era un uomo pieno di qualità, ma non sempre provvisto di moderazione. Guai a mettersi di traverso, quando prendeva una delle sue terribili impuntature! L'unica risorsa, in certi casi, era giocare d'astuzia.

«Padre santissimo», cominciò Duraguerra. «Davvero volete mostrarvi con una spada da femmina, fosse pure una principessa del Catai? Ciò non sminuisce la vostra sacra autorità? Non abbassa il carisma apostolico che vi distingue? Voi, custode delle anime di tutto il genere umano, al quale Nostro Signore donò il potere di sciogliere e legare così in Cielo come in Terra...».

Il cardinale Ranieri non aprì bocca, ma rivolse a Duraguerra un'occhiata d'ammirazione così veemente che avrebbe potuto spettinarlo. Quanta forza oratoria!

«C'è del vero in ciò che dici», ammise Bonifacio. «Il pallio papale è la più alta insegna di potere che esista al mondo. È l'arma più insidiosa. La sacra stola di lana candida consacrata sulla tomba del Principe degli apostoli».

Fu solo allora che Teoderico Ranieri prese parola, mellifluo.

«Avete ragione come sempre, Santità». E intanto pensava: "*Deo gratias*…".

VII

Il principe di Valois, accompagnato da venti cavalieri al seguito, faceva il suo ingresso nella sala delle udienze avvicinandosi al trono papale in un gran sferragliare di spade, che i francesi sfoggiavano con orgoglio.

«Santità», disse inginocchiandosi. «Sono sceso a Roma per lucrare il perdono dei peccati e pregare sulle tombe degli apostoli e, come voi sapete, anche a implorare la benedizione apostolica per le mie nozze imminenti con la principessa Caterina de Courtenay, erede della corona bizantina. Mentre entravo con i miei cavalieri, tuttavia, ho incrociato uomini vestiti alla maniera dei barbari. Ambasciatori mongoli, si direbbe. Spero che Santità Vostra non voglia prestare ascolto alle parole di quei pagani!».

Bonifacio VIII rideva sotto i baffi. "Ora t'aggiusto io!", diceva gongolando tra sé.

«Abbiamo ricevuto con molta benevolenza gli ambasciatori del Gran Khan, in effetti. Portavano alla Santa Sede l'offerta di molti cavalieri e arcieri per difenderci dai nostri nemici, che cospirano ai nostri danni in Italia e altrove».

«Vostra Santità allude forse alle voci secondo le quali i ribelli Colonna sarebbero arrivati a Parigi?»

«Ebbene sì».

«Calunnie! Maldicenze di uomini empi che seminano zizzania tra la corona di Francia e la Santa Sede. Ma voi avete buoni amici a Parigi. Vi diranno che i Colonna, se pure fossero arrivati lassù, non hanno mai messo piede né al Louvre, né a palazzo. Il re mio fratello e mio signore sa bene che riceverli sarebbe un oltraggio alla Santità Vostra, perché giustamente li avete esiliati».

«Lo vogliamo sperare, Valois. L'inviato dei Mongoli ha appena chiesto una vergine della nostra famiglia per farne la sposa del suo erede».

Il volto del principe avvampò di sdegno, ma si dominò.

«Padre Santo, voi avete una sola nipote. Una sola nipote legittima, intendo. C'erano precisi accordi per farla sposare a un nobile francese, se ben ricordate».

«No, non ricordiamo affatto. Anzi, ora che ne parlate, ci torna in mente che vostro fratello respinse la proposta perché giudicava la dote insufficiente».

«In effetti, Padre Santo, mille fiorini d'oro sono una miseria per la nipote di un papa che va in sposa a un nobile di sangue reale».

Un gorgoglio discreto dei chierici in sala dava sommessamente ragione a Valois. Il papa sapeva di essere in torto, ovviamente: i banchieri della Curia Spini e Chiarenti, che da buoni toscani non avevano peli sulla lingua, gli avevano spiegato in chiare note che il capo della Chiesa universale non poteva dare simile prova di taccagneria, ma lui ci aveva provato comunque. E non avrebbe desistito proprio adesso, ora che grazie all'offerta mongola teneva il coltello dalla parte del manico.

«Soldi, soldi!», sbottò il papa. «Nostra nipote è una perla rara, che ci verrebbe portata via da un imperatore senza un soldo di dote, nuda come mamma l'ha fatta, solo per il gusto di potersela godere! Non ci sono mica di mezzo solo i quattrini, quando si tratta di matrimonio, ma voi francesi pensate solo a quelli! Eppure, passate per una razza di sciupafemmine: non vi chiamano appunto Galli per tale motivo?».

I chierici cominciarono a ridere, divertiti dalla finezza di spirito che Bonifacio aveva dimostrato con quel buffo maneggiare doppi sensi. Pure Valois rideva, ma a denti stretti: adesso Sua Santità aveva addirittura voglia di sfottere…

Nel frattempo Duraguerra, che lottava contro un'emicrania infernale che gli era scoppiata tutt'a un tratto, si defilò dalla sala con la scusa di sorvegliare il deposito dei doni mongoli affinché la cassa non giungesse a destinazione vuota, o quasi. Nella stanza del Tesoro trovò maestro Ottone da Sermoneta seduto su un cofano monumentale, tra il bagliore di oro, gemme e vasellame d'argento. Il notaio attendeva per registrare numero, quantità e qualità dei nuovi arrivi.

«Bel bottino, eminenza, non è vero?»

«Mah! Al papa interessava solo il beveraggio che sa di legno e una spada da femmina».

«Una spada da femmina... Questi Mongoli ragionano proprio al contrario!».

«Visto che ci siamo, maestro Ottone, va deciso cosa inviare a Temür Khan. Sarà anche un barbaro, però ha mandato roba di pregio. Dobbiamo ricambiare come si deve».

«Potremmo inviare un mezzobusto di marmo con l'effigie di qualche Cesare dell'antichità. Qui non sappiamo più dove metterli!».

«E che cosa dovrebbe farsene, il Khan dei Mongoli?»

«Allora mandiamo una fiala dell'olio che arde presso il Sepolcro di Nostro Signore a Gerusalemme. I Mongoli hanno già ricevuto un'ampolla di Olio Santo anni fa, e venne molto apprezzata».

«Come no!», fece Duraguerra. «I missionari mi hanno raccontato che lo assaggiarono e poi ci condirono il riso...».

«Oh Signore!».

«Pensavo di regalare quella bella *lábrys* con le lame iridescenti».

Il notaio strabuzzò gli occhi.

«La che?!».

«Quella scure doppia che ci mandò il re di Cipro. La trovarono sull'isola di Creta. C'era tutta una storiella che girava intorno a quell'ascia. Eventi mitologici, con il Minotauro e mostri del genere. Pare che rappresenti la natura del potere, che è sempre un'arma a doppio taglio».

Quei dettagli illuminarono il faccione del notaio.

«Ma certo, mai vista mannaia più affilata. Ci si faceva male solo guardandola, così l'abbiamo dovuta mettere dentro una cassa di legno. Però non c'è più».

«I curiali, che razza di ladri!», tuonò Duraguerra. «Sono arrivati a rubare perfino qui dentro, li possin'ammaz...».

«No, eminenza. Non l'ha rubata nessuno. L'abbiamo regalata anni fa. Non ve lo ricordate?».

Il cardinale fece spallucce; con tutto ciò che gli passava per la testa, come poteva ricordare i regali spediti ai tanti re del mondo?

Ottone sfogliò all'indietro il registro.

«Anno 1289», lesse. «L'ascia doppia fu inviata a Parigi. Curioso! La corte di Francia non ha ancora risposto. Non abbiamo mai ricevuto i ringraziamenti per quel dono».

«Ci sarà qualche mano lesta pure al Louvre», sospirò Duraguerra.

«Non è mai arrivata al Louvre», obiettò il notaio. «Eppure era stata affidata a un messaggero di assoluta fiducia, proprio perché si trattava di un oggetto prezioso e raro. Ecco qui: l'abbiamo consegnata a un parente stretto del re di Francia».

«Possibile?»

«Sì, eminenza. Un uomo del suo stesso sangue».

Pietro Valeriano Duraguerra lesse quel nome e la sua faccia sembrò tramutarsi in pietra.

«Una lama affilatissima...», biascicò. «Di forma ricurva. Capace di infliggere ferite tremende...».

«Eminenza, vi sentite bene? Vi sono venute le labbra viola...».

Invece di rispondere, il cardinale afferrò il registro con foga e strappò di netto quel foglio per poi farlo in mille pezzi.

«Tu non sai niente di questa faccenda, hai capito?».

Ottone da Sermoneta, impressionato, giurò omertà perpetua. Duraguerra se ne andò dopo avergli rivolto un'ultima occhiata severa, come se avesse davanti un bambino.

Gli era balenato in mente un atroce sospetto sull'assassino di Baldrico de Courtenay, e non era prudente che qualcun altro arrivasse alle sue stesse conclusioni. Non mancava altro: un bieco assassino nella stirpe eletta di Luigi IX, considerato un modello per tutti i re cristiani proprio da Bonifacio VIII, che lo aveva proclamato santo!

VIII

Landrico. Leonardo. Lanfranco. E quanti ancora!

Dopo la visita a Saint-Germain, Simone Matifort non trovava pace, come se il fantasma di Baldrico de Courtenay si fosse attaccato alla sua persona per dargli il tormento fin quando non avesse riscosso ciò che gli era dovuto: giustizia. L'economo dell'abbazia, uomo dalla vista acuta e dall'intuito pronto, aveva notato sul saio del defunto abate due tracce dalla forma troppo regolare per credere che dipendessero dal caso: erano lettere maiuscole, una S e una L, segnate con un tratto netto, dal profilo senza sbavature. Iniziali di una sigla, probabilmente. Da ciò, l'atroce considerazione che l'assassino, per qualche ragione, aveva voluto lasciare sul cadavere precisi indizi capaci di ricondurre fino a lui.

Era indubbio che le due lettere appartenessero a un anello sigillare aristocratico, come ne avevano al dito i signori di più alto sangue. La S stava per *signum*, la L era invece l'iniziale di un nome. Ma quale?

Matifort pensava di continuo a certe parole pronunciate dal re in quel breve istante di avvedutezza in cui, finalmente, s'era degnato di riconoscere la gravità di quel delitto. "Nessuno infierisce in quel barbaro modo su un cadavere senza precise ragioni". Era un'osservazione scontata, ma l'unico contributo che quel vigliacco avesse dato alle ricerche non mancava di logica: l'assassino odiava l'abate, ed era un odio deflagrante, viscerale, capace di moltiplicare a dismisura le forze. Perché?

Ossessionato da quella domanda, il vescovo era salito nella soffitta di Notre-Dame per sfogliare gli annali di Francia. Respirò a fondo, poi soffiò via dallo scaffale quella specie di velo cinerognolo dovuto a fuliggine di camino e minuzzoli di piume d'uccello.

Lamberto. Leonardo. Lanfranco. Landri... Quanti erano i nomi che iniziavano con la lettera L... E quanti nobiluomini francesi portavano un nome siffatto!

Gran parte di loro si chiamava come il re santo, naturalmente. Luigi di Poitiers, Luigi di Borgogna, di Clermont, de Beaujeau, e chi più ne ha più ne metta...

Un nome fra gli altri spiccava nella schiera dei sospetti: Luigi di Dampierre, conte di Never e di Rethel. Nipote di quel Guido di Dampierre conte di Fiandra che il re aveva degradato, catturato e rinchiuso per sfregio allo Châtelet, la prigione riservata ai poveri. Dampierre nutriva senz'altro un rancore profondo verso re Filippo IV, in quel momento, ma perché sfogare la sua rabbia sull'abate di Saint-Germain?

Spazzò con la manica la polvere dagli altri volumi che ingombravano lo scaffale. Si accorse che uno di essi in realtà era una scatola di cuoio contenente vecchie tavolette di legno cerato, umile ed economico strumento con cui i notai prendono appunti. Proprio quel carattere estemporaneo, fragile e passeggero, le rendeva anche supporti ideali per redigere i documenti segreti, pronti a sparire in un battito di ciglia. Il vescovo cominciò a esaminarle. Ciarpame, più che altro. Tabelle fiscali, liste dei redditi, contabilità. E poi...

In una si leggeva un testo insolito.

Io Filippo, per grazia di Dio re dei Francesi, mi impegno a organizzare una spedizione militare per strappare agli usurpatori greci il trono di Bisanzio a vantaggio del mio terzogenito Luigi, che porterà la corona imperiale. Con tale scopo, e per reperire il denaro necessario all'impresa bellica, giuro un patto di non pregiudizio reciproco con il reverendo Baldrico de Courtenay, abate di Saint-Germain, il quale stipulerà le nozze del mio terzogenito con sua nipote Caterina, erede al trono di Bisanzio, e diverrà un giorno patriarca di Costantinopoli.

Matifort era allibito. Un patto di "non pregiudizio reciproco"... Che diamine voleva dire?

«Monsignore, sarebbe ora di compieta».

La faccia ossuta dell'arciprete faceva discretamente capolino dalla porta.

Praesta, Pater piissime,
Patrique compar Unice,
Cum Spiritu Paraclito
Regnans per omne saeculum. Amen.

Anche se le labbra mormoravano i salmi con la solita devozione, la mente del vescovo era lontanissima dalle cose divine. Non poteva smettere di rimuginare su ciò che aveva scoperto: una ridda di pensieri scombinati, ipotesi audaci e accuse latenti gli ronzava in testa dandogli il capogiro. Impossibile scacciare dalla mente quella tavoletta cerata!

Più si tormentava cercando di concentrarsi anima e cuore nelle lodi, più gli sembrava che gli ingranaggi del cervello girassero veloci disegnando un intreccio coerente di fatti legati fra loro.

Signum Ludovici. Il sigillo di Luigi d'Évreux, figlio di re Filippo III l'Ardito e pertanto fratello di Filippo IV. Fratellastro, per l'esattezza, perché nato da seconde nozze dell'Ardito con Maria di Brabante. Ma faceva forse differenza? Tutti sapevano che il re era affezionato a quel fratello, lo stimava molto e si serviva volentieri di lui per le missioni diplomatiche cruciali. Eppure, Luigi d'Évreux era stato scartato dai piani internazionali di Filippo il Bello, escluso dal gioco dei troni ai quali il re di Francia si dedicava con grande energia. Molti anni prima, l'Ardito aveva stretto un accordo segreto per legare il figlio Luigi a Caterina de Courtenay, e metterlo così in condizione di rivendicare il trono dell'Impero bizantino in quanto dote della moglie. Perché il matrimonio non era stato celebrato?

Matifort fece due conti: impedimento canonico, probabilmente, dato che a quel tempo gli sposi non erano ancora in età nuziale. Matrimonio *ritus, sed non ratus*, mai consumato, e forse non ancora benedetto dal prete. In concreto, restava soltanto una pia intenzione, cioè lettera morta. Filippo il Bello avrebbe potuto rispolverare il vecchio progetto paterno e dare in sposa al fratellastro l'ereditiera del trono bizantino, ma non era successo. Il re di Francia perseguiva tuttora la riconquista francese del trono di Costantinopoli con molto impegno, però a vantaggio del fratello uterino Carlo e non di Luigi, che in qualche modo poteva apparire una specie di mezzosangue. Naturale che Évreux si fosse sentito umiliato sino alla radice dell'anima, e che il livore per quell'affronto avesse alimentato in lui un devastante desiderio di vendetta.

E Baldrico? Quali colpe aveva, agli occhi del principe, per meritare una morte abominevole?

Forse era proprio lui quello insoddisfatto dalle trattative per le nozze di sua nipote Caterina. Magari c'erano state discussioni con il re di Francia, diverbi, persino litigi, e Baldrico, per qualche motivo, alla fine aveva preteso di deviare il piano a vantaggio del principe Carlo. Perché?

Matifort nutriva un sospetto. Tutti sapevano che Carlo di Valois, anche se meno brillante dal fratello minore, poteva contare su un protettore di caratura straordinaria: il papa. C'era un solo modo per arrivare alla verità: prendere il toro per le corna, ovvero affrontare il re di Francia.

IX

Poco dopo l'alba, un temporale estivo aveva di nuovo mutato l'aria facendo piangere di rabbia i contadini timorosi di perdere la vendemmia. La grandine scricchiolava sotto i piedi dei passanti, la ressa delle rondini fuggiva dentro i nuvoloni. L'aria penetrava in bocca amarulenta, sapeva di polvere impregnata di pioggia. Poi la gragnuola s'era placata, grazie a Dio troppo rapida per infliggere danni gravi alla campagna.

Fradicio come un pulcino, il vescovo Matifort aveva quasi raggiunto la sua destinazione in groppa al bardotto: dopo una notte passata a lottare contro scrupoli, dubbi e resistenze, aveva preso coraggio e s'era diretto nel fitto del bosco, dove Filippo IV viveva acquartierato con gli uomini della Venarie ormai da molti giorni.

Scorgeva da lontano la tenda rotonda del re, con i falconieri che addestravano i rapaci e i cacciatori intenti a concertare con mastro Simone Le Fauconnier gli ultimi dettagli per la grande battuta di caccia che si sarebbe tenuta di lì a breve.

Furono piuttosto sorpresi, i domestici del sovrano, quando lo riconobbero: il vescovo di Parigi era venuto senza scorta, grondante come un colabrodo, per giunta in sella a una specie di mulo rossiccio.

«Devo vedere il re», annunciò senza preamboli.

Il capo della Venarie accorse e lo aiutò a smontare.

«Sarete ricevuto subito, monsignore. Vi prego di aspettare solo qualche minuto. Sua Maestà sta compiendo la cigliatura di un falco, un'operazione molto delicata. Abbiamo il divieto assoluto di disturbarlo, in questi casi».

«Anche ciò che mi ha spinto fin qui è molto delicato», protestò il vescovo.

«Solo pochi minuti», ribadì Le Fauconnier sorridente, ossequioso, e tuttavia irremovibile.

Matifort accettò lo sgabello che gli veniva offerto. Con le mani a tenersi le ginocchia indolenzite dall'aria umida e un piede che batteva nervoso sul prato, voleva fare tesoro dell'attesa cercando le parole più adatte per affrontare lo spinoso discorso. Magari poteva esordire mettendo in rilievo la grande intelligenza del colpevole. L'assassino era sì un individuo capace di efferatezza senza pari, una belva, e di umano forse aveva soltanto l'intelletto. Però era un intelletto di prima qualità, per giunta nutrito da raffinate letture. Lo diceva, per esempio, quel cartello appeso al collo della vittima, scritto con il sangue, certo, ma in un latino squisitamente letterario. *Degluptor degluptus.* "Lo scorticatore è stato scorticato". Cosa mai volesse dire quella specie di indovinello macabro era un enigma insolubile. Nel frattempo, Matifort aveva fatto tesoro di un consiglio giunto dalla Curia Romana, scoprendo così che il verbo *deglubo* era di uso rarissimo, un termine aulico caro alla prosa ricercata di Svetonio e pochi altri autori nella cerchia dei più eletti. Luigi d'Évreux era un uomo colto, appunto, oltre che un abile stratega nelle trame diplomatiche. Lodare le molte qualità del principe poteva forse attutire il colpo che Filippo IV avrebbe ricevuto, sentendo fare il suo nome?

«Monsignore?».

Matifort si alzò in piedi mentre il re chiedeva la mano per baciare l'anello pastorale. Ma come s'era conciato? Da un corsetto di pelle di daino aderente al busto, stretto con una cinta da cui penzolavano arnesi da falconiere, spuntavano brache di tela nera e maniche di camicia di lino candido. Aveva un cappello di feltro verde a punta, grazie al quale si rischiava facilmente di scambiarlo per un boscaiolo, se non addirittura un bracconiere.

A un cenno del sovrano, gli uomini della Venarie si allontanarono per lasciarli a tu per tu.

«Maestà, non sapete quanto mi avvilisce ciò che sto per riferirvi».

«Avete novità riguardo all'abate di Saint-Gemain?»

«Purtroppo sì. E non delle migliori».

«Sarebbe a dire?»

«L'economo dell'abbazia ha conservato il saio che l'abate indossava al momento della morte. L'ho visto, sire. In un punto, la stoffa mostra due segni molto netti. Inequivocabili».

«Che segni?»

«Due lettere maiuscole. Una S e una L».

«E allora?»

«Quei segni sono stati impressi grazie a un sigillo, maestà. Non so se è stato fatto di proposito o se invece l'assassino, mentre manipolava la vittima, abbia inavvertitamente macchiato la veste monastica con l'anello che aveva al dito... Un anello aristocratico che reca delle lettere. Come quello che portate anche voi, per esempio».

Filippo IV guardò il prezioso *signet* d'oro con cui firmava gli atti più segreti e privati.

«L'impronta è un leone rampante», disse. «Le lettere sono tre. SIG, abbreviazione della parola *signetum*».

«L'assassino aveva al dito qualcosa di simile, maestà. Ma in quel caso le lettere erano solo due, le iniziali di *signum Ludovici*, ovvero "il sigillo di Luigi". Parliamo di un sigillo reale, maestà. Un anello che si trova sulla mano di un re o del figlio di un re».

Filippo il Bello si rabbuiò.

«Cosa state insinuando, monsignore?»

«Nell'archivio di Notre-Dame ho trovato la bozza di un patto segreto stipulato da vostro padre Filippo l'Ardito con la famiglia de Courtenay. Baldrico ne era il garante. Luigi d'Évreux, e non Carlo di Valois, avrebbe dovuto ereditare con le nozze il trono bizantino. Il piano è stato dirottato a favore del principe Carlo. Ne consegue che il principe Luigi, privato della donna e della corona imperiale, oltraggiato... Non serve che dica altro, maestà».

Il re raddrizzò la schiena. Chiuso in un silenzio ostinato, affondava lo sguardo lontano, nel vuoto. "Brutto colpo!", pensò Matifort. Alla fine aveva rinunciato a indorare la pillola: era un uomo schietto dai modi diretti, e non amava i giri di parole. Per fortuna il sovrano, visibilmente scosso, si dominava con una dignità impareggiabile. Tanta compostezza gli fece balenare in mente quegli immortali attori del passato che avevano dato voce, corpo e volto agli eroi del mito: Edipo, Aiace, Achille. Titanici persino nella sventura, vittime del fato, e tuttavia padroni di sé stessi. Forse era vero ciò che cantavano i poeti: dolore e bellezza sono le stigmate della regalità.

Dopo un lungo smarrimento, il re finalmente si riscosse.

«Osate accusare il principe d'Évreux? Carne della mia carne e sangue del mio sangue?».

Il vescovo apprezzò che in quel momento il re parlasse fuori dal *plurale maiestatis*. Ciò stracciava le formalità tra loro, accorciava le distanze.

«Non sono io che lo accuso, maestà. Esistono prove concrete».

«Prove concrete?», sibilò il re, gli occhi ridotti a due fessure ostili. «Come quella che avete al dito voi, per esempio?».

Matifort fu punto sul vivo. Solo allora realizzò che anche il suo anello pastorale portava le lettere S e L. Subito nascose la mano dietro la schiena.

«E allora? Nel mio caso stanno per *sancti Leonardi*. Dentro l'oro c'è una reliquia di...».

«San Leonardo di Noblac, lo so. Il santo patrono dei carcerati. Come voi. L'usciere d'armi Simone Matifort».

Aggranchito, il vescovo non trovava le parole per difendersi. Filippo IV ne approfittò per sferrare un fendente.

«Siete stato in galera, prima di diventare prete, avete ammazzato due uomini».

«Fui prosciolto da ogni accusa! Erano due malfattori, sono morti mentre sfuggivano alla giustizia».

«Le vostre mani restano comunque macchiate dal sangue di due cristiani. Avete chiesto perdono nel modo dovuto?»

«Certo che l'ho chiesto! Il vescovo Stefano Templier sapeva tutto di me. Ho fatto ammenda dinanzi a Dio, e lui mi ha assolto».

«Avete fatto ammenda dinanzi a Dio, ma non dinanzi al papa. Voi, Matifort, non avete mai ricevuto la necessaria assoluzione apostolica per i fatti di sangue. E questo perché non l'avete mai chiesta. Ciò avrebbe stroncato sul nascere la vostra carriera nella Chiesa, e Templier vi voleva vescovo di Parigi a ogni costo, dopo di lui. Ma certi luridi panni è opportuno sciacquarli in casa propria, no? Il papa non avrebbe mai accettato di consacrare vescovo un prete che aveva ucciso due persone!».

Matifort era rosso in volto, l'ira montava al punto da gonfiargli la giugulare.

«Cosa volete dimostrare con questo?», tuonò. «Che Baldrico de Courtenay lo avrei ammazzato io?!».

La faccia del re era una maschera di sospetto e strafottenza.

«Chi lo sa?! Nessuno a Parigi ignora che c'è una causa ancora aperta tra l'abbazia di Saint-Germain e l'episcopio. Una causa fiscale, ovvero denaro. Le persone si abbassano a compiere le azioni più turpi, per denaro».

«Tacete! Ricordatevi con chi state parlando: io sono il vescovo!».

«Sicuro? Chissà se la vostra consacrazione vale davvero... Io vedo solo un vecchio birro in disarmo, con la sottana da prete buttata addosso di traverso!».

Matifort perse completamente il lume della ragione.

«Figlio di puttana!», inveì.

Il re rideva di lui, e questo colmò la misura. L'uscire d'armi stracciò la pelle dell'uomo di Chiesa, mentre Matifort si scagliò contro Filippo IV sferrandogli un pugno così veemente e rapido che l'altro non lo parò, ma ne fu colpito dritto nell'addome. Il re si piegò, ma subito passò al contrattacco. Lottarono corpo a corpo, volarono pugni su una faccia e sull'altra, gomitate e colpi bassi, fin quando Matifort, più vecchio e fuori allenamento, perse l'equilibrio finendo faccia avanti dentro un cespuglio di rovi. Doveva aver battuto la fronte su una pietra nascosta: quando riportò la mano davanti agli occhi, si rese conto che era sporca di sangue. In piedi alle sue spalle, Filippo IV si toccava la mascella, dove forse sarebbe rimasto un lieve alone di lividura. Era uscito vincitore, ma ne aveva prese anche lui.

«Siete tutto intero?».

Matifort, ancora a terra carponi, si voltò. Il re non sembrava arrabbiato, anzi, pareva provare sollievo. Lo fissava in bilico tra spavalderia e imbarazzo.

«Vi rendete conto di quel che avete appena fatto, Matifort? Voi avete osato colpire il re di Francia!».

«Sono stato provocato», si difese. «Mi avete insultato, spinto all'esasperazione. Avevate in corpo una voglia dannata di menare le mani, maestà. E l'occasione non vi si presenta facilmente: chi mai oserebbe toccare il re?»

«Può darsi, ma in ogni caso voi mi avete aggredito. Io sono stato consacrato esattamente come voi, Matifort. Il Sacro Crisma è passato su di me ben sette volte, secondo il cerimoniale dei vescovi. Anch'io, come voi, governo in una cattedrale».

«Non dite eresie!».

Filippo IV spalancò le braccia, come se potessero contenere la foresta intera.

«Non la vedete, monsignore? Non è fatta di pietra, ma di legno e foglie verdi. Il suo incenso è dato dalle resine degli abeti. A suonare non c'è un organo, ma ci sono un coro di uccelli, il vento e il battito di milioni di cuori».

Stordito, Matifort guardava l'uomo in piedi dinanzi a lui e si chiedeva se davvero stesse parlando con il gelido, cinico e sprezzante re Filippo IV di Francia, o invece con un suo gemello, che aveva però un'anima abissalmente diversa.

«Siete mancino, sire».

«Ambidestro, in realtà. Merito dello speciale *tirocinio* che ho dovuto subire quando divenni l'erede al trono».

«Non vi chiederò scusa, in ogni caso», grugnì Matifort.

«Nemmeno io lo farò».

Il re gli tese una mano per aiutarlo a rialzarsi da terra. Lui la accettò. Mezzo intontito dalla botta presa in testa, la faccia contusa e graffiata, la veste tutta un reticolo di spini, il vescovo si ritrovò issato in piedi a forza.

«Vi muovete bene per la vostra età», concesse Filippo IV. «Ma siete lento. Anche di comprendonio».

«Che intendete fare riguardo a vostro fratello Luigi?»

«Ci rifletterò», disse il re. «Nel frattempo, voi farete una cosa per me».

«Quale?»

«Scriverete al papa. Deve convincere Arnaldo da Villanova a inviarvi qualcosa che il vecchio custodisce».

«Cosa?»

«Ceneri di Fenice».

Matifort era sconcertato.

«Sire, volete prendervi gioco di me?»

«Non vi siete accorto che non è raffigurata a Notre-Dame? Eppure è ritenuta un'immagine di Cristo. Perché manca?»

«Una ragione deve esserci».

«Appunto. Una ragione c'è. Fate come vi ho detto, monsignore. Scrivete ai vostri amici nella Curia Romana, e che sia una lettera convincente: Arnaldo da Villanova deve inviare a Parigi un po' di quel talismano. In cambio, vi accontenterò riguardo alla morte di Baldrico de Courtenay. Dopo la grande caccia reale, discuteremo ancora riguardo al principe d'Évreux».

Il re gli voltò le spalle senza cerimonie e fece per tornare sotto la sua tenda affollata di arnesi e falconi.

«Un momento ancora, maestà».

Filippo IV si voltò.

«Mi sono ammaccato le nocche, quando vi ho colpito all'addome. Portate la maglia di ferro, sotto quel corsetto. Dunque correte il rischio di essere pugnalato persino qui, in mezzo ai boschi, tra gli uomini a voi più leali?»

«Io sono sempre in pericolo, monsignore. Sin dalla nascita. Ma se qualcuno riuscisse a conficcarmi un pugnale dritto nel cuore, forse rimarrebbe deluso».

«In che senso, maestà?»

«Non lo vedrebbe sanguinare», rispose il re amareggiato.

X

Una tenue bava di luce brillava sulla Senna.

Non era ancora giorno, eppure un uomo esile, magro e spaurito si avventurava nelle strade di Parigi deserte e immerse nell'ultima ora di tenebre. Guglielmo Nogaret rabbrividì. Non certo per il freddo, ma per il timore di cattivi incontri. Affrettò il passo lasciandosi alle spalle il suo modesto appartamento sulla *rive gauche*, nel chiassoso quartiere universitario dove non era difficile trovare un tetto a buon mercato per chi non aveva grandi pretese. Infilò il reticolo di viuzze che da Porta Saint-Jacques s'irraggiavano nei quattro punti cardinali originando derivazioni, accavallandosi in crocicchi, moltiplicando passaggi, stradelli e scorciatoie per raggiungere la selva di scuole, facoltà, collegi regolari e secolari che rappresentavano il vanto di Parigi nel mondo, nonché la fonte della sua ricchezza. A ogni angolo, vedeva ombre minacciose.

Le strade erano anguste in quella zona dove le case sembravano accumularsi tra loro, pressate l'una contro l'altra, guizzanti in altezza come un fiume stretto fra gli argini e in procinto di esondare. Fu un sollievo, dopo tanto camminare in quella prospettiva asfittica, sapere di aver raggiunto il fiume. Imboccò il ponte che scavalcando il corso della Senna collegava la *rive gauche* all'Île-de-la-Cité. Cuore pulsante di Parigi, quartiere eliso in cui coabitavano in altalenanti condizioni d'armonia le sue due massime autorità: monsignore il vescovo, arroccato nella fortezza del proprio palazzo munito di una possente torre, e Sua Maestà il re di Francia, trincerato nel fasto del Palazzo reale che aveva voluto innalzare di fianco alla Sainte-Chapelle affinché l'inestimabile scrigno di marmi traforati e vetrate policrome potesse apparire come la sua cappella di corte.

Quatto quatto, come se la sua colpa ce l'avesse scritta in faccia e tutto il mondo potesse vederla, Nogaret raggiunse la sua meta. La piazza antistante il Palazzo reale, gremita di folla nei giorni di adunanze pubbliche, appariva solitaria e quieta nel tenue chiarore dell'alba. Al centro della facciata, scandita da un doppio ordine di alte colonne bifore, il Palazzo reale apriva idealmente e fisicamente i battenti al popolo in una monumentale scalinata di pietra bianca vigilata da ben sei statue di leoni accosciati, minacciosi e guardinghi: il loro aspetto evocava l'immagine della sfinge, simbolo del potere divino posseduto dai faraoni d'Egitto. Re Filippo il Bello non era ignorante come gran parte degli altri sovrani, né immune al fascino delle glorie e dei misteri dei popoli antichi. Al centro del vasto portale, affinché chiunque entrasse fosse costretto a rendergli omaggio, troneggiava la statua del sovrano effigiato con impressionante somiglianza. Tra non molto, quei gradini avrebbero visto un incessante viavai di piedi salire e scendere fino al coprifuoco, l'immancabile folla di gente che andava e veniva in udienza o per qualche servizio da rendere a corte. Doveva fare alla svelta!

Sulla sinistra del palazzo, Nogaret ammirò lo snello fianco della torre adiacente alla Sainte-Chapelle, all'ultimo piano della quale erano alloggiati gli archivi e la Cancelleria di Francia per desiderio espresso di Sua Maestà, a indicare che le carte di Stato non erano meno preziose del tesoro di ori e gemme ben chiuso nei cofani al pianterreno, né meno provvidenziali per il bene del regno rispetto alle santissime reliquie custodite sotto le volte a crociera della cappella superiore.

Bussò timidamente. La faccia di un chierico morto di sonno apparve tra le ante del portale e gettò un'occhiata di traverso a Nogaret, che invece appariva già ben sveglio e vigile nonostante la levataccia antelucana. Anche i notai della Cancelleria, del resto, erano al lavoro già da un po': ne era prova il vibrante chiarore delle candele che sembrava animare di vita propria i santi personaggi ritratti sulle vetrate.

Nogaret attraversò l'ambulacro basale a passi rapidi ma silenziosi, quasi a non voler turbare la sacralità religiosa e civile di quel luogo. La volta era un mirabile capolavoro di colori che imitavano un cielo trapunto di stelle, e sotto quel cielo, splendente d'oro in foglia profuso senza badare a spese, s'inchinò con riverenza dinanzi alla statua di re Luigi IX, che aveva voluto erigere Notre-Dame come un enorme, decoratissimo reliquiario per la Corona di Spine riportata dall'Oriente. S'infilò nella stretta scala a chiocciola che conduceva al piano superiore. Saliva a stento, ingombra com'era di giovani chierici dall'aria angosciata che cercavano di spalmarsi sulle pareti per fargli spazio.

"Che disdetta!", pensò. "Nei giorni d'esame c'è sempre tanta gente...". La voce tonante del guardasigilli riecheggiò dall'alto confermando la sua congettura. Il vestibolo dinanzi alla porta della Cancelleria era ugualmente affollato da candidati in attesa. Vedendo Nogaret, lo salutarono con cenni d'ammirazione.

«Chi c'è, dentro?», s'informò lui.

«Guglielmo de Plaisians».

«Come sta andando?»

«All'inizio piuttosto bene, poi monsignore è uscito dai gangheri perché Plaisians non sa dire quale immagine distingue il *signet* reale».

A Nogaret quello scivolone dispiacque, così prese le difese di Plaisians.

«Che domanda cattiva! Un vero trabocchetto. Sua Maestà usa quel sigillo solo in rarissimi casi. Io stesso lavoro qui da anni e non ho mai visto un solo documento firmato con quell'anello!».

Intanto la porta si aprì inquadrando un imbufalito guardasigilli.

«Vergognatevi, Plaisians!», infieriva. «Siete respinto! Avete capito? Respinto!».

Il poveraccio uscì con la testa rincagnata tra le spalle, occhi a terra e broncio come un bambino che stia lottando per non scoppiare in lacrime. Alcuni dei suoi concorrenti lo accolsero con sguardi apprensivi, perché temevano di subire la stessa sorte infausta. Nogaret gli batté la mano su una spalla.

«Su col morale», mormorò. «La prassi della Cancelleria di Francia è un labirinto di eccezioni e usi in deroga così ingarbugliato da perderci il lume della ragione».

«Il *signet*», balbettò il respinto. «Il maledetto *signet* dei sovrani francesi, che nessuno vede perché i re portano sempre le mani guantate. Me l'ha domandato apposta, quel vecchiaccio. Sapeva che non sarei stato capace di rispondere!».

«Andrà meglio la prossima volta, Plaisians».

Nogaret chiese permesso ai candidati, ben felici di farlo passare perché la sua comparsa era un diversivo capace di far sbollire al guardasigilli l'arrabbiatura solenne verso l'esaminando che era appena uscito. E s'intrufolò guardingo tra le carte della Cancelleria, pronto a sbrigare l'incombenza segreta per cui era venuto. Nel minor tempo possibile. E soprattutto, senza farsi scoprire.

Mezz'ora più tardi, Guglielmo Nogaret percorse di nuovo a ritroso il corridoio sotto lo sguardo perplesso degli aspiranti all'esame: se prima erano rimasti meravigliati perché il segretario del guardasigilli veniva al lavoro tanto presto, ora si chiedevano come mai lo lasciava quando non era neppure passata un'ora. Lui del resto s'era ben guardato dal rivelare che aveva rassegnato le dimissioni dinanzi al re: temeva infatti che gli altri, sbalorditi da un comportamento tanto sconsiderato, cominciassero a sospettare di lui. Forse l'integerrimo giurista di Tolosa nascondeva uno scheletro nell'armadio? "Un intero camposanto", pensava Nogaret, "più che uno scheletro e basta". Per quei maledetti sensi di colpa, aveva preso la precauzione di sottrarre un certo documento riguardante la sua famiglia, molto compromettente ma non più disponibile per chi, dopo la fine del suo incarico alla Cancelleria, fosse andato a frugare nello stesso plico.

Salutò frettoloso i colleghi impaziente di lasciare la torre e scivolò fuori dalla Sainte-Chapelle, pronto ad attraversare di buon passo la piazza, ma due uomini gli sbarrarono la via. Li conosceva già: il primo pareva un Giobbe piagato e dolente, tutto suppliche e lamenti, l'altro invece sfoggiava uno sguardo sprezzante e spericolato da birro senza legge.

«Dobbiamo parlarvi», disse Pietro Colonna. Il tono non era conciliante.

«E così voi siete il segretario del guardasigilli», mormorò Giacomo. Sorrideva accattivante, ma con un qualcosa di beffardo.

«Dire segretario è esagerato», si schernì Nogaret. «Svolgo per lui alcune mansioni, ecco».

I Colonna si scambiarono un fulmineo cenno d'intesa: l'avvocato voleva svicolare, cavarsi d'impaccio con false proteste di umiltà.

«Perciò non siete impiegato in pianta stabile alla Cancelleria?»

«Magari! Ci lavoro da un po' ma non ho un incarico effettivo, se è quello che intendete».

«Comunque sia, è chiaro che godete della stima reale».

«Voi sopravvalutate la mia importanza. A ogni modo...».

«Vogliamo scusarci con voi, mastro Nogaret. Solo che la vergogna ci soffoca le parole... Compatiteci! Siamo mortificati».

«Da cosa?»

«Ma come, Nogaret? Allora non avete letto il fascicolo che vi abbiamo consegnato!».

«Non ne ho avuto il tempo», mentì. «In ogni caso, ho sbirciato appena il primo foglio. Sono carte scritte in italiano».

«Potremmo darvene traduzione, se volete», insinuò Giacomo. «Ma non è questo il punto. Non è questo! Sta di fatto che quegli scritti, e di ciò mi scuso ancora, non sono ciò che intendevamo dare a voi».

«Ah no?»

«Assolutamente no! Dev'essere accaduta una svista, uno scambio di cartelle. I documenti che certificano l'autenticità della reliquia sono stati spediti a un nostro parente. Un equivoco dipeso dal fatto che le cartelle erano simili».

«Errore mio», disse Pietro senza alcun pentimento, mostrando invece i denti.

«Volete che vi renda ciò che mi avete consegnato?»

«Certamente, Nogaret. Vi faremo avere le carte giuste appena possibile. Nel frattempo, visto che ormai quegli scritti così privati sono finiti in mano vostra, ecco... Vorremmo un parere legale, se sarete tanto cortese da darcelo».

Nogaret affondò nel disagio. Come cavarsi d'impaccio? Improvvisò secondo quanto imparato in anni e anni di pratica forense: si appigliò a un cavillo e prese tempo.

«Se vorrete favorirmi una traduzione esatta, perché no...».

«Ve la daremo il prima possibile, Nogaret. Ci vorrà una settimana o due, non di più».

«Un tempo ragionevole», rispose. E li salutò.

I suoi passi in discesa e poi di corsa attraverso la città erano assai più nervosi di quelli camminati all'andata. "Una settimana o due", ripeteva farraginoso tra sé. Con un pizzico di fortuna, dopo pochi giorni sarebbe tornato solo un privato cittadino, del tutto estraneo alla corte di Francia e dunque fuori pericolo. I due Colonna non avrebbero più avuto alcun interesse a incastrarlo e coinvolgerlo nel guaio infernale che stavano macchinando con le loro carte piene di mostruosità.

XI

Sirene, ippocentauri, gorgoni, arpie, incubi, dragontopodi, monotauri. Linci, pardi, chimere…

Dalla finestra aperta nello studiolo del palazzo episcopale, Simone Matifort fissava attonito l'immenso bestiario di pietra scolpito sulla facciata di Notre-Dame.

Ali. Code. Squame. Fauci. Spire. Corna. Erano strabilianti la ricchezza, la varietà e la complessità di quelle figure: un'enigmatica polifonia di forme viventi in cui si mischiavano attorte fra loro angeliche membra e infernali lacerti. Si poteva dire che sulla facciata di Notre-Dame era stata ritratta l'intera fauna del Creato, tutta la popolazione di bestie che Noè portò in salvo dal Diluvio universale. Come insegnavano i filosofi, ciò che sta in Terra sta anche in Cielo: dunque la grande chiesa, immagine e specchio del Creato, doveva portare impressi tutti i simboli con i quali s'era manifestata la potenza generatrice dell'amore divino. Però il re aveva ragione: la Fenice non c'era. Non la vedeva da nessuna parte! Possibile che i geniali architetti al servizio del vescovo Maurice de Sully se ne fossero dimenticati? Oppure l'avevano omessa di proposito, proprio perché era solo una leggenda priva di fondamento?

Matifort aveva inviato una lettera a Roma, come richiesto dal re di Francia, e per meglio sopportare l'attesa, visto che Filippo IV non avrebbe preso una decisione sul fratellastro se non dopo la grande battuta di caccia reale, s'era immerso in ardue ricerche storiche sui testi antichi.

La Fenice sarà anche stata una leggenda, ma di essa parlavano gli autori più antichi e accreditati. Secondo il profeta Enoch, per esempio, la Fenice aveva un ciclo vitale di ben cinquecento anni: lo stesso lunghissimo arco di tempo in cui potevano vivere i giganti di cui parla la Genesi. Ma un lasso di cinquecento anni corrisponde esattamente alla durata di dieci giubilei degli antichi sovrani d'Israele, essendo il giubileo un anno speciale di gioia e di grazia divina voluto da Mosè a beneficio del popolo eletto.

Era un caso che il re di Francia cercasse le ceneri della Fenice proprio ora che papa Bonifacio VIII aveva rispolverato l'antica usanza giudaica dell'anno giubilare? Oppure bisognava vedere in quella strana coincidenza il risveglio della mistica creatura?

Per quanto incredibile fosse, la storia dell'uccello capace di morire e rinascere prodigiosamente dalle proprie ceneri era accreditata fra le più grandi autorità. Procopio di Cesarea, per esempio, il vescovo che battezzò l'imperatore Costantino, ne parlava nel trattato *La preparazione evangelica*. E che dire di Tacito? Persino lui, uno storico pagano, la riteneva un animale in carne e ossa: rarissimo, certo, però reale.

«Monsignore...?»

«Entrate, mastro Nogaret».

Il giurista varcò la soglia dello studio in punta di piedi, e ben attento a dove li poggiava: non è che ci fosse molto spazio libero sul pavimento o nel resto della stanza. Che razza di caos regnava lì dentro! Il vescovo di Parigi, in quel momento, stava ritto in piedi, la faccia volta alla luce di una lucerna, gli occhi puntati su una miniatura che stregava la sua attenzione.

«Accomodatevi pure».

Nogaret si guardò attorno. Di sedersi da qualche parte non se ne parlava proprio: la sedia era infatti oberata da una pila di volumi accatastati l'uno sull'altro in equilibrio precario, che Matifort aveva consultato e poi subito negletto così, lasciandoli impilati come una minacciosa Torre di Babele prossima al crollo. Il lungo tavolo era completamente ricoperto di fascicoli sciolti, appena scritti e lasciati ad asciugare. Si poteva riconoscere il colore e l'essenza del legno di cui era fatto il mobile solo dalle gambe. Da una sola gamba, per l'esattezza. L'unica delle quattro su cui non erano poggiate altre pile di volumi. Gli scaffali in fondo alla parete erano strapieni di libri messi in piedi di taglio, su vari ripiani addirittura in seconda o terza fila, quando le dimensioni dei tomi erano abbastanza piccole da consentirlo.

«Devo parlarvi di una questione importante, monsignore. Se però non vi disturbo. Vedo che siete molto occupato con i vostri studi».

«Per carità! Sto solo inseguendo una certa teoria che ho appena formulato… Sapete, mastro Nogaret… Le snervanti letture che ho condotto nelle ultime due settimane m'inducono a credere che le famose ceneri della Fenice, di cui molto si favoleggia, altro non fossero se non i resti terreni della verga divina con cui Mosè compì molti prodigi per volere del Signore».

«Ah sì?».

Lo sguardo del giurista e il timbro della sua domanda non erano fatti per lusingare la vanità intellettuale del vescovo. "Questioni di lana caprina", pareva voler dire. Matifort si sentì un pochino ridicolo: s'era gettato a corpo morto in quelle dotte ricerche sulla Fenice perché consapevole che di favole si trattava, e forse era proprio un viaggio nel favoloso, la deriva nell'irrazionale, che sperava potesse distrarlo. Gettò esasperato il tomo sul tavolo, provocando la caduta di altri testi lì male ammonticchiati. Nogaret si precipitò a raccoglierli e li assestò in un modo più stabile.

«Voi siete un maestro in diritto civile, Nogaret. Cos'è un patto di non pregiudizio reciproco?»

«Un accordo stretto fra due autorità, monsignore. Detto in soldoni, ognuno si farà santamente gli affari suoi qualora dovesse accorgersi che l'altro ruba o magari commette altri abusi».

«Che laida cosa! Vi sembra possibile che un re e un abate si lascino coinvolgere in certi accordi?»

«Monsignore, ho sentito molte volte il guardasigilli dire che in politica conviene avere la memoria corta. Ma direi anche la vista debole, talvolta. E l'udito fiacco. Non avete una bella cera, sapete?»

«Da giorni ho perso il sonno e l'appetito».

«Ho svolto le ricerche che mi avete chiesto tra le carte di Cancelleria».

«Ahimè, Nogaret! Lo avete trovato?»

«No. In compenso ho scoperto che un sigillo come quello che voi cercate è una prerogativa dei sovrani regnanti. Niente principi, nemmeno se eredi al trono».

«Dunque l'assassino di Baldrico aveva alla mano un anello regale...».

«Senz'altro, monsignore».

«Di quale sovrano si tratta? Ho visto con i miei occhi il *signet* di Filippo IV, ci sono tre lettere e non due soltanto».

«Sul *signet* di suo padre Filippo l'Ardito non sappiamo nulla».

«E allora?»

«Ho visto un documento che parla del *signet* di Luigi IX», proseguì Nogaret. «Aveva nel castone un grosso zaffiro di forma quadrata, sul quale si vedeva la figura del sovrano in piedi accompagnata dalle due lettere S e L. Stanno per "*signum Ludovici*"».

«Madre santissima! Coincidono».

«Tutti gli oggetti che furono di san Luigi sono reliquie, monsignore. Reliquie preziose custodite nel tesoro dell'abbazia di Saint-Denis, dove riposano le spoglie mortali del re santo».

Simone Matifort si passò la mano sulla fronte.

«La profanazione di una santa reliquia... Ciò renderà ancora più increscioso il momento in cui dovrò trattarne con Sua Maestà. Fremo che quel giorno arrivi presto, eppure lo temo come se fosse il *Dies irae*!».

«Anche per me ci sarà presto un *Dies irae*, monsignore. Se voi non mi aiutate».

«In che modo posso aiutarvi, mastro Nogaret?».

In silenzio, soffocando per la vergogna, il giudice gli mostrò il documento che aveva trafugato dalla Cancelleria. Riguardava la sua famiglia, ed era tutt'altro che lusinghiero.

Il vescovo riconsegnò il documento scottante a Nogaret.

«L'originale deve trovarsi a Roma, nei registri papali», soggiunse. «Così voi pensate che i due Colonna vogliano ricattarvi?»

«Ne sono sicuro, monsignore. In caso contrario, perché mettere in atto la messinscena che stanno recitando da un pezzo?»

«Spiegatemi tutto».

«Papa Bonifacio ha tolto loro ogni dignità, e i due cercano sostegno dal re di Francia. Sua Maestà ovviamente ha fatto orecchie da mercante, così Giacomo, il quale è tutto fuorché sciocco, ha pensato di allettare Filippo IV con la promessa di consegnargli una reliquia molto preziosa. Anzi, inestimabile».

«Di che si tratta?»

«Questo è il punto! Impossibile avere dettagli al riguardo. Sono scaltri, ve l'ho detto. Solo mezze parole, vaghe allusioni. Hanno parlato di un panno intriso di sangue e sudore. L'icona di un martirio che è lo specchio dell'amore divino».

Il vescovo sbarrò gli occhi.

«Dio onnipotente! Una reliquia proveniente dalla Via Crucis. Una testimonianza della Passione di Gesù Cristo...».

«Lo credo anch'io. L'idea di ottenere un'altra reliquia del Golgota da mettere nella Sainte-Chapelle accanto alla Corona di Spine ha addormentato la prudenza del re. Perciò li ha ricevuti, benché in modo clandestino. Naturalmente Filippo IV esige garanzie: la reliquia dev'essere autentica e trasmessa in modo onesto, cioè per donazione».

«Hanno documenti?»

«In teoria sì. In concreto, mi hanno consegnato una cartella piena di elementi innominabili. Un equivoco, secondo loro. Penso che volessero mostrare al sovrano ciò che hanno raccolto, e cioè le prove che Bonifacio VIII è dedito a ogni bassezza. Filippo IV non si sarebbe mai lasciato invischiare in una simile trappola, ma la reliquia è stata un'esca formidabile».

«Non avete parlato al re di quella cartella, vero?»

«Assolutamente no! Ma per quanto tempo ancora potrò sottrarmi? Sua Maestà mi chiederà notizie, prima o poi».

«Cosa pensate di fare?»

«Se il mio segreto venisse alla luce, sarei disonorato per sempre. Perderei ogni incarico pubblico, qualunque cosa, a cominciare dal diritto di insegnare all'università. Tornando un privato cittadino, ho più speranze che la faccenda resti nell'ombra. Perciò ho rassegnato le dimissioni, ma il re non vuole accettarle».

«E ha ragione. Voi siete un ottimo giurista, con un alto senso dell'etica e dello Stato».

«Questo non mi salverà, quando il mio segreto verrà a galla».

«Cosa posso fare, per aiutarvi?»

«Spiegarmi, monsignore. Voi siete stato a Roma, conoscete l'ambiente della Curia. Intendo sconfessare punto per punto ciò che i Colonna affermano con prove certe e inoppugnabili. Scardinerò dalle fondamenta il castello accusatorio che hanno messo in piedi. E quando crollerà, anche le loro minacce nei miei confronti non avranno più consistenza».

«Bene, mastro Nogaret! Sono dalla vostra parte».

Il giurista aprì una pesante cartella di cuoio nero che teneva sottobraccio ed esibì ciò che, nella sua ordinata classificazione dei referti, aveva designato come "prova numero uno".

«Ho aggiunto anche la traduzione, monsignore. Quella che state leggendo è un'invettiva scritta da fra' Jacopone da Todi, dell'ordine dei francescani spirituali. Bonifacio l'ha gettato da anni nel fondo di una prigione proprio per le sue rime a dir poco tossiche. Fra Jacopone marcisce in gattabuia da due anni, ma come vedete non ha perso il vizio».

Il vescovo accostò il foglio alla vista e vi lesse questi versi:

O papa Bonifazio, molt'ài iocato al mondo:
pensome che iocondo non te 'n porrai partire!

«Inaudito!», sbottò il vescovo. «Usare un frasario del genere parlando del sommo pontefice!».

«Leggete più sotto, monsignore. I versi che ho segnalato con il minio».

Matifort scorse con occhi schifati quella ridda di accuse e insulti, fino a raggiungere il punto annunciato.

Se alcuno ovescovello pò covelle pagare,
mìttili lo fragello che lo vòl' degradare;
poi 'l mandi al cammorlengo, che se deia acordare;
e tanto porrà dare che 'l lassarai redire.

Letto che ebbe sia l'originale sia la traduzione arrangiata dal giurista, il vescovo abbassò lo sguardo un po' impacciato.

«Fra Jacopone accusa Bonifacio di estorcere denaro ai vescovi», lo incalzò Nogaret. «Sembra descrivere una strategia intimidatoria: prima il malcapitato riceve una lettera in cui gli si dice che potrebbe vedersi privato della carica. Poi viene convocato alla presenza del camerlengo, che comincia a fargli varie proposte. Se si mettono d'accordo sulla cifra da sborsare, il vescovo può lasciare la Curia felice e soddisfatto. Senza danni, voglio dire, tranne che per la sua borsa».

Matifort non disse nulla, ma era molto a disagio.

«Voi siete passato attraverso questo procedimento, monsignore. Potete confermare che fra' Jacopone è un bugiardo».

«Non è del tutto falso, quel che dice il frate», fece Matifort un po' riluttante. «Quando scesi a Roma per essere consacrato, dopo la mia elezione, il papa tenne dinanzi a me e altri vescovi un sermone particolare: il succo del discorso era che dovevamo tutti versare un obolo distinto rispetto alle tasse comuni. Una specie di *una tantum*».

«*Una tantum?*»

«Esatto. Il camerlengo la chiamava *sportula*, che in latino vuol dire "borsetta". Solo che in quella borsetta ci andava messo tanto peso in oro o argento che si sarebbe sfondata, anche se di ferro».

Nogaret ci restò assai male.

«Monsignore, questa è simonia. Di sicuro vi siete ribellato a simili esazioni indebite».

«Tutt'altro, Nogaret. Io sono uno dei pochi che ha pagato subito. E senza ribattere nulla».

«Senza ribattere?»

«Forse vi sembrerà incongruo, ma il ragionamento tenuto dal

camerlengo per giustificare la richiesta a mio giudizio non faceva un piega».

«Mah!».

«Eppure è così, ve lo garantisco. Il cardinale ha spiegato che il denaro maneggiato dai vescovi, come pure le terre e ogni tipo di bene giunto nelle loro mani tramite la carica episcopale, non appartiene a loro. Né ai loro figli, che non ne debbono avere. Né ai nipoti, che non possono beneficiare dei beni ecclesiastici. Quelle ricchezze, in breve, sono della Chiesa. Solo temporaneamente, e per delega, il Santo Padre le affida ai capi delle varie diocesi, che sono tenuti a renderle immediatamente e senza levare proteste al capo della Chiesa, qualora le richieda per necessità. Capito?».

Impressionato, Nogaret aveva in gola una valanga di proteste. Ma più la sua mente logica ruminava quei dati, più si tratteneva dal proferire parola. Squallido quanto si vuole, quel discorso; eppure fondato.

«Ammetto che la Curia di Roma non è un angolo di Paradiso», continuò Matifort. «E di certo non incarna quella Gerusalemme celeste profetizzata da sant'Agostino. Bonifacio VIII non è assolutamente il *pastor angelicus* che Gioacchino da Fiore descrisse nelle sue visioni mistiche, ma neppure questi Colonna sono degli stinchi di santo».

Nogaret rivide in un lampo le immagini dei due italiani: il colto Giacomo, raffinato, astuto quanto il diavolo e non meno subdolo. Accanto a lui il nipote Pietro, iracondo e violento, con quel suo vizio di sfiorare spesso il pugnale alla cintura e l'aria di chi sa usarlo fin troppo bene. "Una serpe acquattata nell'erba e un drago sputafuoco", pensò.

«Siate molto cauto, Nogaret. È triste che il papato sia in ostaggio delle faide tra le grandi famiglie di Roma, ma Dio lo permette, e dobbiamo accettarlo. Il re di Francia deve restare fuori da questa squallida faccenda che non lo riguarda in alcun modo. Siete d'accordo?»

«Senza dubbio. Ma dovrò pur difendermi fingendo di assecondare i due Colonna che vogliono ricattarmi, mentre voi, monsignore, cercate di aiutarmi tramite le conoscenze che avete nella Curia...».

In quel momento, quasi per un segnale divino, l'aria di colpo si riempì di note leggere e guizzanti, che per molti minuti colorarono il cielo di Parigi di porpora e d'oro. Le campane di Notre-Dame suonavano l'Angelus.

«Mio caro Nogaret...», disse il vescovo quando il concerto finì. «Scriverò subito ai miei contatti romani perché trovino un antidoto al male che vi affligge, per così dire. Nel frattempo, procedete con i piedi di piombo. La ricerca che state svolgendo non può e non deve avere un carattere ufficiale».

«Non lo avrà, monsignore. I Colonna mi hanno affidato certi documenti in loro possesso, che devo custodire: ho ricevuto un incarico di tipo privato. Sono il loro avvocato, ecco tutto».

Uno sguardo d'assenso dimostrò al giurista che aveva imboccato la direzione giusta.

«Cercate qualcuno che venga dall'Italia», raccomandò Matifort. «Che sia estraneo al clero, possibilmente, libero dai voti, dunque in grado di parlarvi in modo spassionato. In breve, dovete sentire l'altra campana!».

Intanto ammiccava alle torri della grande chiesa, che proprio allora avevano smesso di risuonare vibrando in un melodioso tremito.

XII

Lasciato il palazzo episcopale, Guglielmo Nogaret subì la tentazione di affidare le carte consegnate dai due Colonna alle acque della Senna perché ne facessero poltiglia. Non osò farlo, tuttavia: le conseguenze di quel gesto rabbioso sarebbero state irrimediabili.

I due italiani non avrebbero dimenticato chi voltava loro le spalle. Giacomo avrebbe scritto immediatamente ai suoi amici nascosti nei corridoi della Curia chiedendo che mettessero in bell'evidenza il fattaccio vecchio di decenni, pur tuttavia valido, che se rinverdito poteva costargli la reputazione e il futuro. Ma quel brutto ceffo di Pietro, per l'amor di Dio, quello era capace di cose peggiori! Senza troppo disagio poteva infilargli il coltellaccio che portava alla cintola dritto nell'inguine, per poi aprirlo fino alla bocca come se fosse un merluzzo al mercato.

Seguì il consiglio del vescovo, ovvero cercare conferme in qualcuno estraneo alla Curia e al clero, ma italiano e possibilmente di Roma, che sicuramente ne sapeva assai di più di un abitante di Parigi. Credette di avere sottomano l'individuo giusto, e lo raggiunse nel luogo in cui poteva trovarlo.

Il testimone in questione era un ragazzotto bruno sui vent'anni o giù di lì, magro, allampanato, con l'aria scaltra e furtiva di un ratto svelto a rubare fuggendo rasente i muri. Vestiva una tunica con il cappuccio studentesco di lana bigia, frusta e lisa sui gomiti, adornata da una lunga fila di bottoni che lamentava parecchi vuoti mai rimpiazzati, come una vecchia bocca sdentata. Si chiamava Vannuccio de' Sinibaldi, o almeno come tale si presentava: di certo era giunto a Parigi da Roma per motivi di studio, ma tanto nobile non doveva essere, o almeno non era un figlio legittimo, perché aveva più volte chiesto e mai ottenuto d'iscriversi al collegio della Sorbona, dove per tradizione non erano ammessi bastardi.

Nogaret gli aveva impartito qualche lezione di diritto e il ragazzo, che non aveva di che pagarlo, scontava il debito ricopiando per lui alcuni libri di testo. Possedeva infatti una bella grafia metodica, ordinata, leggibilissima, grazie alla quale aveva trovato un lavoretto in una delle botteghe librarie più rinomate in città. Proprio lì Nogaret lo raggiunse per spillargli con discrezione più dettagli possibili, messa avanti la scusa di procurarsi dei testi.

La bella bottega grande, ordinata e allestita con cura apparteneva alla signora Margherita de Sauze.

Era una donna bruna e formosa, strizzata in una veste di saia color tortora e galloni ricamati a fil di seta azzurra sullo scollo. Una veste pretenziosa, grazie alla quale poteva forse passare per la moglie di un nobiluccio campagnolo, se non fosse stata così brava a mercanteggiare sul prezzo, con le cinque dita di entrambe le mani poggiate sui fianchi, come una mezzana alla fiera.

Nogaret individuò la sua preda e la abbordò.

«Buondì, Vannuccio».

«*Ave, magister!* Qual buon vento vi conduce dentro questa libreria?»

«Ordinarie incombenze. Avete in vendita il sesto libro delle *Decretali*?».

La domanda in realtà era una trappola e Vannuccio, non altrettanto ferrato quanto Nogaret in cose giuridiche, ci cascò con tutte le scarpe.

«Eh no... Scusate, mastro Nogaret: i libri delle *Decretali* sono solo cinque».

«Ahi ahi, figliolo!», lo bacchettò. «Ignori forse che papa Bonifacio VIII ha da poco redatto, pubblicato e approvato altre *regulae iuris* tratte dal diritto romano e scritte con l'aiuto dell'insigne canonista Dino del Mugello?»

«Ma veramente...».

«Ho bisogno di quel testo im-me-dia-ta-men-te! Devo studiare varie costituzioni di Gregorio IX e anche i canoni varati nei due concili di Lione del 1245 e del 1274. Mi sono spiegato?».

Nogaret barava spudoratamente scodellando una raffica di nomi, date e referenze per confondere Vannuccio e, se possibile, metterlo in soggezione.

«Papa Caetani è un faro del diritto canonico, oltre che uomo dai costumi esemplari», sentenziò infine. La faccia perplessa di Vannuccio sembrava dissentire.

«Oddio, proprio esemplari...».

«Che intendi con quella smorfia, figliolo?»

«Ma nulla. Semplici chiacchiere di popolo».

«*Vox populi, vox Dei.* Cosa si dice a Roma di lui, dunque?».

Vannuccio alzò le spalle.

«Ci morite di vecchiaia, mastro Nogaret, se volete sentirle tutte».

«I fatti salienti», lo invitò. «Dato che sono venuto qui certo che avrei trovato il sesto libro delle *Decretali*, e invece in questa bottega non lo avete... Ho fatto un noioso viaggio a vuoto, mentre sarebbe stato molto meglio andare nella bottega di mastro Haudri a rue du Château-Fêtu, che è sempre ben rifornita...».

Sentir lodare il nome del concorrente più temibile che madama de Sauze avesse sulla piazza parigina assestò a Vannuccio il colpo di grazia. Non poteva permettersi di perdere un cliente assiduo come mastro Nogaret, di quelli che pagano sempre e subito! Quanti ce n'erano, così?

Il ragazzo spostò la sua tunica bigia, stinta e anche un po' impolverata verso uno scaffale in disparte, poi aprì un volume facendo segno al giurista di avvicinarsi a lui. Come se insomma dovesse mostrargli i pregi di quel libro all'evidente scopo di venderlo.

«Su papa Bonifacio ne raccontano tante, mastro Nogaret», sussurrò. «Io non so se è tutto vero. Ciò che ora vi dico, in ogni caso, l'ho visto con i miei occhi».

Raccontò che un suo lontano parente, uno di quei nobili signori de' Sinibaldi che aveva tra i consanguinei, era stato costretto a svendere una bella proprietà da lui posseduta nel centro di Roma, adiacente a quel vasto spiazzo costellato di auguste rovine che un tempo erano i Fori e il mercato di Traiano. Bonifacio VIII, o meglio quel suo nipote Pietro che chiamavano il Marchese, s'era presentato in casa del Sinibaldi con un drappello di uomini armati fino ai denti. E dopo aver chiesto se per caso il proprietario intendeva vendere quel fondo, il suddetto proprietario, con il coltello puntato alla gola, aveva educatamente risposto che accettava l'accordo presentato in così garbata maniera. Il prezzo era irrisorio e, in ogni caso, Pietro il Marchese non lo aveva masi sborsato, alla faccia di qualunque equità.

«I parenti del papa volevano quel terreno e lo volevano a ogni costo, perché è proprio sotto la Torre delle Milizie».

«Che cos'è?»

«La fortezza più alta e imponente che ci sia in tutta l'Urbe. Risale al tempo dei Cesari e per tanti secoli fu la roccaforte dei Colonna. Pietro Caetani se l'è presa per farne la sua residenza, e lì riceve gli ambasciatori che arrivano a Roma per parlare con il papa. Dopo, il Caetani fece fuori due fratelli della famiglia dei Rossi, che non volevano vendere. Li mise uno contro l'altro con l'inganno. A lungo andare, uno ammazzò l'altro, quindi finì sulla forca e i loro beni vennero sequestrati».

«Fratello contro fratello...», mormorò Nogaret.

Lasciando la bottega di madama de Sauze, dovette constatare che aveva appreso più di quanto desiderasse. Alcuni versi di fra' Jacopone gli risuonarono cupi nella mente:

> Quando nella contrata t'aiace alcun castello,
> 'n estante mitti screzio enfra frat'e fratello;

> all'un getti el braccio en collo, all'altro mustri el coltello;
> se no n'assente al tuo appello, menaccili de firire.

Proprio lo scenario inquietante che Vannuccio aveva appena descritto.

XIII

Plenilunio d'estate.

Era una notte benedetta dal vento sottile che spandeva su Parigi il profumo dei fiori estivi, cullata dal canto dei grilli che ossessionavano la campagna. Sembrava un fatto normale, una semplice pausa dallo scorrere del tempo astronomico, intervallo di tenebra fra una luce e l'altra. Invece era una notte magica, di quelle in cui si possono compiere grandi cose e ognuna di esse giunge a buon fine.

Mastro Pedro Mercader lo sapeva, perciò s'era messo al lavoro su certi preziosi appunti presi molti anni prima, i cui segreti non avrebbe condiviso con la corporazione degli speziali nemmeno sotto tortura.

La dragontea è un'erba prodigiosa, dai molti poteri. Ti sarà utile per espellere dal corpo un veleno ingerito per bocca, elimina le macchie dal viso, impedisce la fecondazione dell'utero, stimola i rapporti sessuali, migliora l'acutezza della vista, combatte l'emicrania.

Poco sotto, con l'inconfondibile grafia personale di Arnaldo, erano state aggiunte due righe:

Attento, però: è una pianta che si presta a scopi magici. Possiede infatti l'arcano potere di fomentare l'odio fra un uomo e una donna.

Sulla sua efficacia Mercader non aveva dubbi, invece lo attanagliava lo scrupolo se fosse o non fosse giusto procedere nel lavoro. Come tante altre ricette in suo possesso, quella risaliva ai tempi della sua gioventù, quando serviva re Giacomo d'Aragona il Giusto e prendeva lezioni dal suo medico personale: Arnaldo da Villanova. Quest'ultimo era un uomo singolare sotto ogni punto di vista: geniale, pieno di carisma, dotato di una sensibilità infallibile per la cura dei malati, capace di individuare in tempi rapidissimi il morbo che affliggeva la carne o lo spirito. E, nonostante questo, era pervaso come da un alone oscuro, guardato con diffidenza dai colleghi che ne invidiavano le capacità, e persino da molti pazienti, spaventati all'idea che tutto quel successo non potesse che provenire da poteri diabolici. E lui cosa pensava? Qualche sospetto sull'integrità morale di Arnaldo ce l'aveva. Ma come resistere alla tentazione di stupire il prossimo, salvare vite umane, guadagnare somme notevoli predicendo alla gente ciò che le stelle lasciavano intravedere del loro destino?

Il rischio esisteva, e Pedro Mercader non poteva nasconderlo a sé stesso. La gente di Parigi faceva il nome del Catalano sottovoce, con superstizioso timore, quasi lo annoverasse in fondo alle gerarchie degli angeli caduti. Tutte le accuse a carico di Arnaldo erano ormai cadute dopo che aveva trovato accoglienza presso il papa a Roma, dov'era tenuto in altissima considerazione; qualcuno però mormorava che persino laggiù, presso la tomba degli apostoli, *sancta sanctorum* della cristianità, il vecchio si dedicasse ancora alla magia.

Inevitabile perciò che Mercader si facesse mille domande.

Perché la contessa d'Artois gli aveva chiesto proprio un elisir di dragontea, per esempio? Quale uso doveva farne? Quale risultato desiderava ottenere?

Era bella, la gran dama: quel suo lento passo felino, quegli occhi verdi, a volte dolci a volte imperiosi, le davano un fascino ambiguo da fata delle foreste che può rivelarsi secondo il capriccio benigna oppure malefica. Magari non voleva più avere figli, chissà, o forse temeva di essere avvelenata, un rischio che nella sua posizione sociale si profilava come tutt'altro che remoto. Di macchie sul viso proprio non ne aveva: era un petalo di rosa, quel volto. E se per caso soffriva di emicranie frequenti, c'erano altri preparati più idonei.

Ma no, no! La bella Matilde era stata lapidaria: dragontea, in forma liquida.

Pedro Mercader rilesse le due ultime righe:

Attento, però: è una pianta che si presta a scopi magici. Possiede infatti l'arcano potere di fomentare l'odio fra un uomo e una donna.

E se fosse stato proprio quello lo scopo che la signora voleva raggiungere? Ma certo, la gran dama voleva conquistare per sé soltanto l'amore di un uomo, che sentiva però legato anche a un'altra! Una rivale pericolosa, in qualche modo, da respingere e se possibile annientare. Ma chi era questa rivale? E chi era l'uomo per cui la bella contessa cercava l'ausilio della magia?

I pettegoli di corte giuravano che il re stimava moltissimo sua cugina Matilde. E la bella contessa si accontentava della stima, o voleva ricorrere alle arti oscure per trasformarla in rovente passione? Mercader sentì un brivido a fior di pelle. Si stava forse cacciando in guai seri?

L'uomo che Matilde voleva completamente irretire non poteva che essere Sua Maestà. E la rivale da respingere lontana da lui, oltre lo schermo inviolabile di un artificio magico, era la dolce e un po' ingenua regina Giovanna.

«Maestro? Siete in casa?».

Quale sorpresa e tumulto d'emozioni nel petto, quando Pedro Mercader mise il naso fuori dalla finestra e vide proprio lei, giù in strada! "Ossignore", pensò. "Forse Iddio mi sta mettendo alla prova...".

Si precipitò ad aprire il portone, scansandosi poi affinché la sovrana, lasciati in strada i due gendarmi e la dama di compagnia che la scortavano, potesse raccogliere lo strascico della veste e infilarsi su per lo stretto budello di scale che conduceva al primo piano. Accodato a quella figura snella ed elegante, lo speziale sudava freddo e si chiedeva se per caso la regina avesse sospetti su di lui, sul re o sulla contessa Matilde d'Artois. Lo sguardo trasparente e gentile di Giovanna lo affrancò da quel brutto presentimento.

«Mastro Mercader, ho bisogno del vostro aiuto», gli disse quando fu entrata in quel confortevole appartamento.

«Un po' di vino, Madame? Perdonatemi, se sono impacciato. Non mi capita spesso di ricevere nella mia modesta abitazione niente meno che la regina di Francia!».

«Non vi date incomodo per me. Tutto quel che vi chiedo è un piccolo favore».

«Sono ai vostri ordini, Madame. Come vi posso servire?»

«Al re succede di fare un sogno ricorrente, mastro Mercader. E il sogno lo tormenta. Vede Notre-Dame in preda alle fiamme, senza che lui possa fare nulla per spegnere l'incendio».

«Mio Dio... Credete che abbia un senso profetico?»

«Lui ne è convinto. Ha consultato il confessore e anche diversi teologi senza ricevere da loro alcun conforto».

«Cosa gli hanno detto?»

«Che il sogno rispecchia il suo zelo per la fede. Che vorrebbe arricchire Notre-Dame con un segno tangibile della sua devozione».

«Non è difficile da farsi, per un re. Perché non innalza le cuspidi mancanti, per esempio?»

«Ormai la chiesa ha quella forma, mastro Mercader. Ai parigini non piacerebbe diversa, è bella così com'è. E poi il senso del sogno è ben diverso. Purtroppo!».

«Un cattivo presagio?»

«Temo di sì. Mio marito crede che la visione annunci uno scontro feroce tra la Francia e il papato. E farà di tutto per evitarlo, se potrà. Ma voi, che siete un uomo colto, sapete bene che a volte il destino prende vie traverse, che trascendono il controllo umano. Il Maligno sobilla i cuori e fomenta le guerre».

«Avete ragione, Madame. Ma come possiamo opporci al Maligno? Non io. Non voi!».

«Ma Dio può. Lo fa per mezzo di uomini speciali, ai quali ha consegnato grande potere. Uno di essi voi lo conoscete bene: è un vostro conterraneo, Arnaldo da Villanova».

Lo speziale arrossì fino alla radice dei capelli.

«Ecco, Madame, non dovete credere a tutto ciò che si dice. Veniamo entrambi dal regno di Aragona, è vero, tuttavia...».

«So che avete servito insieme re Giacomo il Giusto. Sappiate che io nutro molta stima per Arnaldo. Ho bisogno di lui. Il re e la Francia ne hanno bisogno!».

«Cosa potrebbe fare per voi, Madame?»

«Mio marito non ha più avuto un giorno di pace, da quando Arnaldo da Villanova se n'è andato. Non so quale rapporto ci fosse tra loro, ma sento che il re sarebbe molto più sollevato se quel vecchio sapiente tornasse qui».

«Mia signora, io non credo proprio che Arnaldo vorrà tornare. Non dopo la disavventura che ha patito in questa città...».

La regina stracciò ogni formalità e gli prese entrambe le mani, che strinse con calore.

«Scrivete al Catalano», implorò. «Chiedetegli che ci mandi almeno un po' di quelle ceneri che mio marito desidera! Fatelo per me, vi prego. Il re mi tiene a distanza, e non ne capisco il motivo. Non c'è stato alcun litigio tra noi, prima che io partissi per il viaggio nella Champagne! Siamo caduti in preda a una forza oscura, come se un maleficio si fosse abbattuto su di noi!».

Il povero speziale aveva le vertigini, e un senso di colpa che poteva mangiarselo vivo.

«Vi supplico, maestro», implorò lei. «A voi il Catalano non negherà un pizzico di quelle ceneri. Sarà solo un gesto di gentilezza, per ora, un semplice favore. Ma con l'aiuto di Dio, magari, condurrà a una riconciliazione tra lui e mio marito!».

«Tenterò», balbettò lui pianissimo.

Giovanna di Navarra lo incantò con la luce dei suoi occhi che brillavano di gratitudine. Stava per lasciarlo, quando notò la boccetta che lo speziale aveva sul banco. La stappò portandosela al naso.

«È un profumo di vostra invenzione?».

Mercader si fece piccolo piccolo e con un colorito giallognolo, come il latte quando va a male.

«No, mia signora. Un elettuario venuto male. Stavo per buttarlo via».

Sul bel volto della regina passò un'ombra.

«Ho saputo che la contessa d'Artois ha regalato al re un elisir contro i veleni, mastro Mercader. Lo avete preparato voi?»

«Io?! No, mia signora. Non ne so nulla…».

«Se non lo avete prodotto voi, deve valere poco. Siete il miglior speziale di Parigi, mastro Mercader».

Quando la regina se ne andò, lui si gettò in ginocchio battendosi il petto con violenza.

«Perdonami, Signore!», gridò affranto.

Quali sventure potevano abbattersi su quella povera donna innocente per colpa della sua imprudenza e della sua dannata avidità?

3
VIRTÙ E POTESTÀ

I

Il lungo lamento del corno risuonò per tutta la valle: una voce che esaltava gli uomini, li chiamava alla guerra oppure alla caccia, la quale altro non è se non una guerra che si combatte corpo a corpo misurando la propria forza contro quella di una bestia selvaggia.

Non c'era foresta più bella o più amata dal sovrano di quella che si estendeva per più di tremila arpenti a sudovest di Parigi, non lontano dal castello di Meudon. Durante l'estate, se non era impegnato nelle campagne militari, re Filippo il Bello conduceva spesso la corte lungo quei sentieri in grandi battute affollate da centinaia di persone, cavalli, cani e uccelli rapaci addestrati a dovere. Distante dalla capitale solo qualche lega, il bosco di Meudon si prestava a simili adunanze: eventi sociali e mondani, più che venatori in senso stretto, offrivano al sovrano l'occasione di intrattenere gli ambasciatori stranieri senza troppe spese e di solleticare la vanità dei borghesi importanti, che si sentivano con un piede in Paradiso per il fatto di essere stati invitati, fosse pure una sola volta nella vita, a godere delle meraviglie della corte. Lo scenario naturale che i visitatori avevano dinanzi agli occhi celebrava la gloria del re e della sua nazione: grandi specchi d'acqua che scintillavano come diamanti immensi sotto il gelido e chiaro sole dell'inverno, mentre l'estate faceva stormire il verde scuro delle querce secolari. Alcune di esse, si narrava, erano sacre e avevano visto gli antichi sacerdoti druidi compire i loro oscuri rituali pagani. Spuntoni di roccia calcarea emergevano improvvisi dal nero della terra, nudi e aguzzi come punte di freccia. Radure di prati in fiore s'aprivano a sorpresa tra il fitto della boscaglia, sorprendenti come un bel dono inatteso.

In uno di questi angoli baciati dal sole del mattino, la regina Giovanna passeggiava a cavallo accanto a sua madre Bianca, un tempo regina consorte di Navarra e in seguito contessa vedova di Lancaster. Madre e figlia non si vedevano da tempo.

«Quindi Filippo non è venuto a riceverti», disse Bianca.

«Madre, per favore...».

«Per settimane distanti l'uno dall'altra, lui a Parigi e tu nella Champagne. Rientri nella capitale e lui non è lì per accoglierti!».

Giovanna spostò lo sguardo altrove, confusa. Aveva evitato di rispondere, ma l'intuito di una madre sa leggere ogni minimo trasalimento, ogni più lieve battito di ciglia.

«Tu non l'hai ancora visto, figlia mia. Avanti, confessa. A me puoi dirlo: sono tua madre!».

Giovanna cercò di tenerle testa, di opporle uno sguardo fermo e un volto sereno per fare scudo contro quelle insistenze che frugavano importune nelle piaghe del suo cuore, ma non le riuscì. Aveva incontrato Filippo solo quel mattino stesso, e di sfuggita. Lui rientrava a palazzo giusto il tempo per cambiarsi d'abito, lei ne usciva a cavallo, pronta per la grande battuta di caccia.

«Filippo!», lo aveva invocato. «Marito mio!».

«Marito?», era stata tutta la sua risposta, pronunciata a mezza bocca e senza fermare il cavallo.

«È così, madre», ammise Giovanna a testa bassa.

«Dov'è stato per tutto questo tempo? All'estero?»

«Nella foresta di Rouvray».

«Rouvray!», tuonò Bianca. «Se tiri un sasso dal Louvre, è facile che tu possa colpire un albero di Rouvray! Perché non ti sei precipitata da lui, allora? Potevi farlo. Dovevi!».

Giovanna gonfiò il petto.

«Non volevo disturbarlo», si difese. «Quando va a rintanarsi nei boschi, è perché deve fronteggiare gravi problemi. Bisogna capirlo. A nord ci sono i fiamminghi, con la contea delle Fiandre sempre incline alla rivolta, il conte allo Châtelet e le città che ribollono in fermento. A sud la Linguadoca non è meno turbolenta, tra i sussulti di rivolta e la predicazione di frati esaltati a contagiare la gente con dottrine che la Chiesa riprova. Ed ecco che gli eretici si alleano ai ribelli, scalmanati contro il papa e affratellati contro il re!».

Aveva parlato tutto d'un fiato, il bel volto accalorato e rosso d'emozione.

«Con quanta foga lo difendi, figlia mia! A sentirti, si potrebbe quasi credere che hai un marito affettuoso, pieno di premure, che si prende cura di te e non ti fa mancare nulla...».

«In un certo senso è così».

«Come no! Lo dice quel tuo faccino avvilito e smunto, quanto sei felice! Lo sapevo che era un grave errore lasciare che sposassi lui. Mille volte meglio suo fratello Luigi d'Évreux, come era stato stabilito nei piani originari. Solo che tu eri così presa, talmente ostinata... E quel che è peggio, eri già regina. Io non avevo armi per impedire le nozze. Capisco l'onore di salire sul trono di Francia. Il prestigio, i gioielli, tutto il resto... Ma una donna ha anche bisogno d'amore, figlia mia. Soprattutto di amore!».

Giovanna taceva, ma il suo bel volto imporporato di passione e rimpianto parlava un linguaggio universale. C'erano aspetti della sua vita che non intendeva rivelare a nessuno, forse nemmeno al prete in confessione. Sua madre, del resto, non era mai riuscita a capacitarsi del trasporto che lei provava verso Filippo. Lo riteneva un uomo dal carattere pessimo, insopportabile, riscattato nient'altro che dalla sua prestanza fisica. Giovanna non si sentiva di sconfessare questo giudizio, ma come poter spiegare la forza delle emozioni? Quali parole trovare per dire che lui, a porte chiuse, diventava un'altra persona? Pieno di attenzioni e premure per lei, nel segreto dell'alcova, per quanto gelido e distante apparisse dinanzi agli altri. Sembrava averla studiata con attenzione, fino a conoscere i tempi segreti della sensualità che animava quel corpo di donna. Non c'era mai bisogno di chiedergli «Con dolcezza, piano», e dopo implorare la dovuta forza. Dove avesse maturato quella sapienza nel darle piacere era una domanda che incendiava l'anima di Giovanna con dubbi e gelosia. I re di Francia erano consacrati, unti sette volte con il Sacro Crisma come i vescovi: guai a commettere fornicazione e adulterio, perché Dio li avrebbe puniti togliendo alle loro mani il carisma di guarire i malati. Ma tutti i sovrani erano davvero stati ligi al precetto?

Filippo IV era un uomo torturato dagli scrupoli religiosi, a volte fanatico, ma non ipocrita. A Giovanna piaceva dunque pensare che quel talento gli provenisse dalla Natura, simile al dono di certi rozzi montanari ignoranti che però costruiscono strumenti musicali, legni sonori da accarezzare come curve femminili fatte di carne tiepida, che vibrano di melodia quando dita sapienti ne sfiorano le corde.

Quel suo rimasticare silenzioso su un rosario coniugale di misteri gaudiosi e dolorosi non passò inosservato agli occhi di Bianca. La contessa di Lancaster preferì cambiare discorso, anche perché era venuta a Parigi con uno scopo segreto che non s'era ancora sentita di rivelare alla figlia.

«Prendo atto della tua infatuazione», si arrese Bianca. «Ogni coppia in fondo trova un equilibrio proprio. E magari Filippo ti ricambia, benché a modo suo. So che non ti nega mai un favore quando glielo chiedi, per esempio».

Il tono mise Giovanna sugli avvisi.

«Cosa volete, madre? Sentiamo».

«Quanta ruvidezza, figlia mia... Non chiedo nulla per me, intendiamoci bene».

«Allora?».

Bianca sospirò in un modo un po' teatrale, prima di vuotare il sacco.

«Il re d'Inghilterra mi ha inviata qui per una reliquia», confessò. «Un pezzo della reliquia inestimabile che tuo marito sta per ottenere».

«Io non ne so niente, madre».

«Per forza! Te ne stai da sola a Parigi a rimasticare il tuo stupido orgoglio, invece di correre al fianco di tuo marito e consigliarlo per il suo bene!».

«A voi interessa il bene di re Edoardo, a quanto vedo. Vi ripeto che non so niente di quella reliquia, a parte alcune indiscrezioni di scarsa importanza. In ogni caso, mutilare gli oggetti sacri è un atto empio».

«Non esageriamo, cara. Quale cattedrale del mondo cristiano non possiede un frammento della croce di Nostro Signore? E la *Sancta Camisia* custodita a Chartres, allora? La tunica che la Vergine indossava quando partorì Nostro Signore non è mica intera: ne vennero prelevati brandelli diverse volte, per farne dono a vescovi e abati».

«Non credo che Filippo accetterebbe, madre».

«Tu devi insistere, figlia mia. Usa ogni risorsa a tua disposizione. Re Edoardo è stato chiaro, con me: "Non tornate a Londra senza un pezzo di quell'oggetto", mi ha detto. "E che sia bello grosso!". Cosa dovrei fare a questo punto? Forse potrei rivolgermi a Matilde, che è mia nipote. Lei non mi dirà di no, e magari riuscirebbe a convincere tuo marito. Ma sarebbe un tantino imbarazzante doverle chiedere il favore, non ti sembra?».

Giovanna era disgustata dal cinismo della madre e dalla leggerezza con cui le aveva appena inferto quella pugnalata intinta di veleno. Possibile che fosse tanto crudele con lei?

«Mi state forse provocando, madre?»

«Per forza, Giovanna. Un modo per spezzare il tuo dannato orgoglio bisognerà pur trovarlo! L'orgoglio è un peccato maschile, a noi donne non viene perdonato. Abbiamo altre armi, noi. Altre frecce al nostro arco. La seduzione, per esempio. La persuasione. È stato un errore gravissimo non aver raggiunto immediatamente tuo marito appena arrivata a Parigi, per dargli modo di riscuotere da te quel che gli devi, se m'intendi... Non sai che gli uomini hanno certe necessità? Persino uno gelido come il tuo. La richiesta di re Edoardo ti offre una scusa di prima qualità per affrontare Filippo. Parlagli della reliquia quando potrai essere con lui da sola. Con una veste scollata ai limiti dell'indecente. Vedrai che non ti negherà il favore».

Giovanna rise.

«Avete decisamente il pallino degli affari, voi. Dispensate al prossimo ottimi consigli e intanto portate acqua al vostro mulino!».

La voce del corno risuonò a interrompere le loro confidenze. Negli occhi neri di Giovanna passò tutto il disgusto del mondo. Bianca se ne avvide.

«Avanti, figliola. So che tu detesti la caccia, ma credevo che ci avessi fatto il callo, oramai».

Educata nell'etica dei nobili di più alto sangue, la regina sapeva che in tempo di pace i cavalieri non dovevano infiacchirsi e ingrassare nell'ozio, perché avrebbero perso l'allenamento alla guerra. Le foreste reali, dove a nessuno era lecito cacciare se non al sovrano, diventavano grandi riserve di selvaggina in cui le specie più prolifiche presto abbondavano per poi esondare al di fuori del bosco e invadere i campi distruggendo i coltivi. Non le era neppure ignota la triste e scabrosa condizione del Tesoro, gravemente a corto di finanze: ogni volta che il sovrano si spostava per visitare qualcuno dei suoi feudi, aveva diritto di presa sul popolo. Grano, vino, carni e altre derrate che i contadini avevano sudato in mezzo a mille stenti e cedevano solo perché costretti, con le lacrime agli occhi. Abbattere gli animali selvatici significava procurare cibo pregiato per la corte di più di cinquecento fameliche bocche che re Filippo IV doveva sempre tirarsi dietro, anziché sfamarle a spese dello Stato.

«Non potrò mai abituarmi, madre mia. Conosco le ragioni per cui mio marito organizza queste battute, e le comprendo. Ma non posso fare a meno di disprezzare la foga di tutta quella gentaglia eccitata dalla vista del sangue che scorre a fiotti e provare una pena che mi stringe il cuore per quelle povere creature massacrate senza pietà!».

Di nuovo l'appello di un corno, e che altri corni ripresero in coro. Da oriente si udivano in lontananza gli abbaiamenti della muta sciolta sulle orme della preda.

«Oggi è giorno di *chasse à courre*, se non sbaglio», osservò Bianca.

«Sì, madre. Si rincorre un cervo magnifico avvistato da queste parti. Un capobranco di quattro anni, così imponente che al garrese, secondo i boscaioli, misura quanto un cavallo».

«La caccia al cervo non è poi così rischiosa, per il cacciatore. Insomma, tuo marito non si espone a gravi pericoli».

«Sarebbe anche uno spettacolo stupendo da vedere, se non fosse per il modo in cui va a finire».

Sospirò pensando al povero animale. Il segnale appena sentito era probabilmente l'*hallalì* per annunciare la cattura della preda: Filippo IV lo suonava di persona con un antico corno da caccia in avorio. Da ore i cavalieri s'erano lanciati sulle orme del magnifico animale con il loro latrante corteo di cani impazziti al sentore della sua traccia olfattiva. Il cervo aveva lasciato il bosco per gettarsi tra i giunchi delle rive palustri e attraversare poi lo stagno cercando di far perdere le proprie tracce. Avevano udito il segnale del *bat-l'eau*, cinque o sei suoni brevi e rapidi seguiti da una nota di richiamo a indicare la direzione che la preda aveva imboccato.

Poi un secondo segnale. Giovanna immaginava lo spettacolo straziante cui si era sottratta grazie al pretesto di quel colloquio privato con la madre: il grande cervo, con la forza della disperazione, cercava di guadagnare la terra dell'isolotto al centro dello stagno, sostenendo il peso della sua bella testa coronata, mentre cinquanta cani aizzati dai cacciatori lo braccavano, lo circondavano e lo chiudevano in un cerchio di feroci zanne acuminate. La regina aveva terrore di quei cani, segugi di razza alaunt grandi come molossi, brutti come i guardiani dell'inferno e più aggressivi dei lupi con cui erano addestrati a combattere. Presto, per fortuna, l'agonia sarebbe finita. Stremato dall'inseguimento, aggredito da ogni parte, il povero cervo sarebbe affogato nello stagno.

«È atroce!», esclamò Giovanna. «Ma pur sempre meglio della caccia al cinghiale».

Al solo pensiero, il suo cuore saltò un battito e il bel volto diventò esangue. Filippo adorava quel genere di battuta e vi si dedicava ogni volta che poteva. Perché era violenta, la caccia al cinghiale: la bestia nera e irsuta dalle zanne capaci di sventrare un cavallo andava inseguita a piedi, e bisognava essere armati solo di uno spiedo. Occorrevano forza, ardimento, brutalità. Un contatto carnale e fisico tra l'uomo e la bestia, scambi di respiro e di sangue. Solo uno dei due ne usciva vivo, e non sempre era l'essere umano; ma quando capiva di aver abbattuto la belva, il cacciatore sapeva di averne anche catturato la potenza. Sentiva scorrere nelle proprie vene la forza che animava l'animale, una forza della natura.

Giovanna tremava ogni volta. Piangeva, implorava, scongiurava. Prometteva. Arrivava al punto di ricattare e minacciare... Tutto, pur di sapere che Filippo non avrebbe corso tali pericoli lottando con la belva corpo a corpo. La caccia al cervo era un affare più scenografico che rischioso, invece, un grande svago aristocratico che consentiva ai partecipanti di sfoggiare i cani, i cavalli di razza e i venatori professionisti dei quali menavano vanto. Neppure in quel caso, tuttavia, mancava la parte truculenta.

«Ora viene la *curée*», disse Bianca sentendo l'ultimo lamento del corno.

Giovanna strinse gli occhi per la pena: era il momento più detestabile, la cerimonia che seguiva la morte dell'animale.

«Dobbiamo raggiungere la corte, figlia mia», la richiamò Bianca.

E Giovanna, conscia delle costrizioni che il suo ruolo di sposa del sovrano comportava, chinò la testa e spronò il cavallo per seguire la madre.

II

«Maledizione!», imprecò Pietro Colonna fra i denti.

Insieme allo zio Giacomo e con l'aiuto del parente acquisito Giordano di L'Isle-Jourdain, Pietro aveva potuto infiltrarsi nella lista dei nobili ammessi alla grande caccia reale. Lui e Giacomo immaginavano però che la battuta si sarebbe svolta come in Italia, con trenta o quaranta partecipanti tutt'al più. Quale irritazione provarono, scoprendo invece che quel mattino la foresta di Meudon era più affollata di place de Grève in un giorno di fiera!

«Non riusciremo a incontrare il re», insisteva Pietro stizzito. «È già difficile scorgere in lontananza le sue guardie del corpo!».

«Guarda bene e non sbaglierai», lo calmò Giacomo. «Filippo IV è quello più alto».

Pietro aguzzò la vista e lo riconobbe. Indossava una tunica aderente sui fianchi e stretta in vita da un cinturone nero, le gambe fasciate da brache di tela leggera infilate dentro alti stivali di cuoio. Poteva passare per un guardaboschi o un bracconiere, se non fosse stato per l'eleganza dei suoi movimenti e il tessuto pregiatissimo del corsetto.

«Pazienza, nipote mio. Ora re Filippo uscirà senz'altro dalla cerchia dei suoi cavalieri: ciò che avverrà tra poco dev'essere visto da tutti».

«Che intendi?».

Giacomo Colonna non rispose, ma si limitò ad ammiccare a quel che intanto si svolgeva a circa cento passi da loro. Un omone alto, grosso e rosso di pelo si avvicinò al sovrano e gli consegnò, dopo un inchino, la verga coronata da un piede di cerbiatta che era l'insegna del suo titolo: mastro Simone Le Fauconnier, capo della Venarie e sovrintendente alle cacce reali. Filippo IV la ricevette e a sua volta porse a mastro Simone un'altra verga, sormontata da giglio. A un suo cenno, quattro valletti avanzarono portando una lunga asta di legno dalla quale penzolava il grande cervo abbattuto. Un coro d'ammirazione accolse l'arrivo della bestia: il palco delle corna era tanto grande e armoniosamente formato che il re ordinò di adattarlo per forgiare un nuovo trono. Il trono di un re cacciatore.

Mastro Simone afferrò un pugnale acuminato e lo offrì al conte Guido di Châtillon, gran coppiere di Francia e primo ufficiale del regno. Un colpo secco, rapido, esiziale: il conte aprì la gola della bestia facendo sprizzare un caldo fiotto di sangue. Sotto lo sguardo dei presenti, rapiti da quella visione, squarciò il ventre per lasciar fuoriuscire le interiora, poi raccolte nella sacca della pelle, quando la preda venne scuoiata. Quell'orribile fardello sanguinolento fu condotto ai cani, che guaivano con la bava alla bocca. In un solo istante cento corpi voraci si gettarono sulla preda famelici, gorgoglianti, eccitati dal gusto del sangue. Ogni tanto si azzannavano tra loro, e Le Fauconnier li separava con fischianti colpi di frusta.

Pochi minuti appena e del superbo animale che fino alla notte precedente bramiva nella foresta di Meudon non restava più che una triste carcassa scarnificata. Mastro Simone afferrò una lancia e la conficcò nel candido intercolunnio delle costole ormai svuotate.

Tornato a debita distanza, le mani conserte, il re guardava quell'atroce spettacolo di morte con un'aria di compassata rassegnazione.

«Sono dei selvaggi, questi signori francesi», bisbigliò Pietro Colonna all'orecchio dello zio.

«Ti meravigli, nipote? Hanno nelle vene il sangue dei Celti, mischiato per giunta a quello dei Vichinghi arrivati in seguito».

«Un'orda di barbari, eccetto il loro re. Lui è un damerino che li guarda un po' schifato».

«C'è del vero in quel che dici, nipote. Filippo il Bello ha nelle vene non poco sangue ispanico. Sua madre era figlia del re d'Aragona, e la madre di suo nonno Luigi IX era castigliana. Il risultato è un incrocio assai pericoloso: una mescolanza di ferocia nordica e scaltrezza latina».

«Non sembra molto feroce. Se ne sta immobile tre passi indietro, per paura che qualche schizzo di sangue possa macchiargli la costosa zimarra di damasco. Non si sporca certo le mani, lui!».

«Perché dovrebbe? Ha a servizio ben quaranta cacciatori professionisti, i migliori d'Europa: che si occupino loro di faccende così rivoltanti».

«Per me è un vigliacco. Dicono che non va mai in guerra, che assiste ai combattimenti dall'alto di un poggio dove non arrivano le frecce. Mi chiedo se sia l'uomo giusto per le nostre esigenze».

«Lo è di sicuro, Pietro. Aspetta un momento. Qualcosa forse succede».

Mastro Simone aveva impugnato un'accetta dal manico decorato, che serviva per segnare la fine della cerimonia. La passò al re, che la prese con un po' di riluttanza. Benché addestrato alla nobile arte della spada, il sovrano impugnò quell'arma popolare senza il minimo imbarazzo e se ne servì per squartare la bestia. Rapido, senza sbagliare un colpo. Tutti gli occhi erano fissi su di lui in silenzio, come intorno all'altare.

«Guarda, nipote mio», bisbigliò Giacomo Colonna. «Guardalo e impara come si sta al mondo. Credi ancora che Filippo IV sia un damerino senza nerbo, tutto preghiere e devozioni? Ha lasciato agli altri le fasi più faticose della caccia, mentre lui si muove solo alla fine, quando arriva il momento di raccoglierne i frutti. O di sferrare il colpo ferale che fa vincere una guerra».

«Credi che sia un messaggio, zio?»

«Di più: è un'ammonizione. Il re mostra ai vassalli la propria forza. La straordinaria freddezza di nervi che lo distingue. Fa vedere che certe atrocità non gli procurano particolare fastidio. Chiaro, no? Casomai qualcuno di loro meditasse una rivolta...».

«Mi fa paura».

«E fai bene a temerlo, nipote. Non so se sulla faccia della terra esista un uomo più pericoloso. A ogni modo, noi non siamo una minaccia per lui. Il nostro scopo è proporre un accordo, tutto qui. Può rifiutare, se vuole, ma non ha motivo di provare livore nei nostri confronti».

«Sì, certo! Ma davanti a un individuo malvagio io so cosa fare. Gli tengo testa, lo affronto. Uno così, invece, quella specie di sfinge con il sangue di un rettile... Mi dà i brividi...».

Anche gli altri, sebbene si guardassero dal dirlo, provavano un intenso disagio dinanzi all'inaudita freddezza del re: durante l'orrendo cerimoniale con cui il cervo era stato fatto a pezzi, mentre gli altri levavano grida di eccitazione e ribrezzo, il sovrano era rimasto impassibile e distante. Si muoveva con gesti sicuri e ben noti, come un macellaio al mercato o un prete intento al rito. Nessuna emozione in lui. Niente compromissione dell'animo.

«Anche la regina è una donna pericolosa», soggiunse Pietro. «Bella come un'alba d'estate, ma non la vorrei nel mio letto per nulla al mondo!».

Ammiccava con lo sguardo a una dama di sfolgorante bellezza che poco prima, durante l'inseguimento, lo aveva stupito con le sue prodezze da amazzone. Cavalcava come un uomo, dritta in sella nonostante l'impaccio dei veli e delle vesti di seta. Pietro rivedeva la sua immagine lanciata in corsa selvaggia dietro le orme del cervo, quel galoppo all'impazzata che faceva sprizzare fasci d'acqua attraverso lo stagno. Spettinata, sudata, accalorata dalla foga dell'inseguimento, aveva il volto in fiamme e i suoi grandi occhi verdi rilucevano intensi e trasparenti come il mistero delle sorgenti boschive.

«Quella non è la regina», soggiunse Giacomo. «I tuoi bollenti spiriti sono eccitati dalla contessa Matilde d'Artois. Cugina del sovrano, come pure di sua moglie Giovanna».

«Non è la regina?», chiese Pietro stupefatto. «Eppure sta vicinissima al sovrano. Diciamo pure al suo fianco».

«Infatti», sogghignò. «Forse è per non vedere la gloria di un'altra che Madame ha creduto bene di defilarsi, quest'oggi…».

Era la sacrosanta verità. Incapace di sostenere più a lungo la visione di quel volto bellissimo, audace e trionfante, di quei verdi occhi predaci che divoravano Filippo, Giovanna aveva lasciato il resto della corte. Immaginava i commenti di dame e cavalieri alle sue spalle: uno strazio per lei, cui aveva dovuto sottrarsi.

"Avete visto la contessa d'Artois? Per san Dionigi, ha seminato persino il re!".

"Quella donna è un demonio, in fede mia. Anche se bella come un angelo!".

"E quelle gambe che saltavano su e giù sulla sella, mentre andava al galoppo? Che Iddio mi perdoni i pensieri impuri…".

"Che donna straordinaria!".

"Meritava di essere la nostra regina!".

Giovanna non aveva mai udito davvero simili frasi, però le temeva come la peste, e la paura le faceva sembrare reali alla sua coscienza torturata. Matilde governava il feudo più importante e strategico di Francia, che la Corona non poteva e non doveva inimicarsi per nessun motivo. Ma era proprio necessario tutto quel riguardo che Filippo le riservava? Per giunta, non faceva un bel nulla per frenare l'inventiva perversa delle malelingue! Anzi, a volte pareva quasi che lui godesse, a vederla furiosa di gelosia… Il prestigio e l'ammirazione che circondavano la bella contessa d'Artois erano un martirio per il suo povero cuore di donna innamorata.

Cavalcando in disparte, lontana dalla confusione di uomini e bestie che attorniava il sovrano, Giovanna cercò sollievo dalle sue angosce infilandosi in uno stretto sentiero ombroso tra fronde di allori alti come torrioni. "Vediamoci al bivio per Fleury", diceva il biglietto che aveva ricevuto. "È urgente". Nessun nome, ma il sigillo parlava chiaro: lo aveva mandato il principe di Évreux.

Non aveva idea di cosa volesse dirle: forse aveva scoperto il tradimento di qualche vassallo della Champagne, durante la visita di Stato, e preferiva comunicarle il nome lontano dalle spie del Louvre? Non importava!

La sua pazienza ormai era allo stremo, e quel messaggio le aveva offerto un pretesto per allontanarsi e non dover più sopportare la tortura dello spettacolo cui suo marito sembrava volerla condannare. Una punizione, avrebbe detto la regina, ma per quale colpa? Benché la madre l'avesse ammonita più volte, benché sapesse che il marito esigeva la sua presenza alla *curée*, vedere il volto raggiante di Matilde che riscuoteva l'ammirazione collettiva per la prova di coraggio dimostrata nella sua folle corsa all'inseguimento del cervo le avvelenava l'anima. Giovanna non si sarebbe umiliata più a lungo. Meglio andare via, isolarsi nella pace di quello scenario naturale di una bellezza esaltante.

Conclusa la cerimonia, il re sarebbe stato costretto a rientrare a palazzo: allora avrebbero fatto i conti. Nel frattempo voleva percorrere la foresta silenziosa gustandone i mille profumi. Ricordava con rimpianto i giorni in cui, due anni prima, Arnaldo da Villanova era stato a Parigi. Il vecchio sapiente aveva cominciato a insegnarle come riconoscere la miriade di sentori con cui la natura ritempra, consola e talvolta persino cura l'animo dell'uomo. L'aveva guidata a orientarsi nella magia delle famiglie olfattive.

Era un peccato che il vecchio avesse lasciato Parigi così all'improvviso! Nonostante quella brusca separazione, Giovanna aveva fatto tesoro degli insegnamenti ricevuti dal Catalano. Così ora poteva avanzare nella foresta riconoscendo e assaporando una per una le sue fragranti e innumerevoli note.

Ora la colpiva il sentore ombroso e umido delle foglie in marcescenza che si mischiavano alla terra nera e scricchiolavano sotto gli zoccoli del cavallo. Ora le note verdi, liquide e pungenti di linfa vegetale fresca, sprizzata dalle erbe appena calpestate, o quelle resinose e secche emanate dalle cortecce.

Passò dinanzi a una fila di grandi alberi eretti, alti, longilinei. Alzò lo sguardo per raggiungerne le cime.

«Abete bianco», sussurrò compiaciuta.

L'albero della luce, il più alto fra tutte le conifere. Quello che per primo riceve i raggi del nuovo giorno all'alba e per ultimo risplende al sole del tramonto. Giovanna fermò il cavallo, smontò di sella e legò le redini ai rami di un cespuglio. Raggiunse quel grande fusto dalla corteccia argentea, così in contrasto con il colore cupo e verde-bluastro della chioma. Sapeva che le piccole sacche resinose, premute fra le dita, diffondevano un sublime profumo balsamico. Ne staccò una con le unghie. Un sentore forte, legnoso, dolce, fresco, pinaceo, esaltante e consolatorio, il profumo delle foreste dove l'uomo quasi non osa entrare. Si diceva che quell'albero potesse vivere addirittura seicento anni, perciò simboleggiava la rinascita dopo un lungo periodo di oscurità. Chissà se esisteva un arcano potere racchiuso in quel profumo. Anche la sua vita attraversava un momento di oscurità, e aveva bisogno di una magia che la aiutasse a rinascere.

Poco lontano da lì, il bosco tornava a infittirsi ma il terreno era poco ingombro di arbusti: cominciava il regno silenzioso e solenne delle immense querce secolari che si diceva fossero state piantate dai re merovingi. Cosa fare? Il sentiero che portava verso il bivio per Fleury era a sinistra, e il messaggio che Luigi doveva affidarle era molto importante, se aveva deciso di stracciare ogni regola dell'etichetta e del buon senso dandole appuntamento nel fitto del bosco da soli. A destra, però, le sembrava di riconoscere un paesaggio familiare, anche se non era in grado di dire quando lo aveva già visto. Quelle tre pietre confitte nel terreno come a indicare una specie di segnale, solcate da simboli dal significato indecifrabile…

Una voce le risuonava nella testa, parole amiche: "La casa delle fate, Madame". No, la voce non diceva Madame, bensì *Midons*, perché parlava francese al modo meridionale, nel dialetto vicino alla lingua dei trovatori. Chi aveva pronunciato quelle parole, e quando? Era stato soltanto un sogno, forse?

Attratta da quel ricordo, dalla magnetica sensazione di aver già vissuto una scena lontana nel tempo, la regina lasciò il cavallo e s'inoltrò in quella zona d'ombra. Vide, o forse rivide, una quercia molto antica sul tronco della quale erano stati incisi altri segni misteriosi, all'altezza degli occhi di un uomo. "Che strano", pensò lei. "Mi sembrava di ricordare che fossero molto più in alto". Si avvicinò, sfiorò con la punta delle dita quelle incisioni. "Rune dei Vichinghi", mormorava la voce nella sua testa, perduta nelle nebbie della memoria.

Albero sacro di lunga vita, nodo di congiunzione tra il cielo e la terra, era il luogo di elezione in cui s'abbarbicavano il vischio sacro agli antichi dèi e il prezioso lichene che emanava un profumo terroso e legnoso, carico di note del sottobosco.

Il profumo rievocò altri ricordi, stavolta precisi, dolci e strazianti al tempo stesso. Era certa di esserci già stata, in quell'angolo della foresta di Meudon. Lo scenario boschivo era cambiato, in tanti anni, ma poteva sul serio essere quello il posto in cui, tanto tempo prima, aveva fatto un incontro capace di cambiarle la vita.

Avanzò guardinga, scostando i rami. Se fosse stato vero, in quel punto avrebbe dovuto trovare... Ma sì, non si era sbagliata! Un sussulto di gioia le fece tremare il cuore: solo a pochi passi da lei si apriva una graziosa pozza d'acqua sorgiva intorno alla quale fiorivano gigli lacustri.

Un dio potente e crudele, invocato e maledetto sin dall'alba del mondo, la rapì fuori dal tempo e dallo spazio. Si rivide bambina di appena otto anni, solenne in un prezioso abito rosso e oro di broccato bizantino indossato per la grande occasione. Rivide la sua tenera manina nella mano del conte Roberto di Clermont, zio di re Filippo l'Ardito, che gli aveva affidato la sorveglianza di suo figlio, l'erede al trono di Francia.

«*Midons*», la chiamava il conte, con il sorriso galante che avrebbe riservato a una bellissima dama. E si sentiva nettamente, che quella M iniziale era maiuscola: lo diceva la nota profonda, ammirata e ossequiente con cui la parola era scandita. A quel tempo, Giovanna era già regina.

Intimidita, ma anche incuriosita, la ragazzina s'era lasciata guidare fino alla sorgente presso la quale stava seduto di spalle un ragazzo di tredici anni. Di lui vedeva solo la schiena diritta, le belle spalle larghe, i capelli chiarissimi, un mare di riccioli spettinati che scendevano fin oltre la nuca. Il ragazzo aveva scortecciato un ramo e lo stava intagliando nella forma di una faccia buffa, che mostrava un ghigno.

«*Messire neps... La dompna de Navarre es vengutz*».[2]

Il giovane principe s'era voltato. Lentamente, dolcemente, con movenze già regali. Aveva posato sulla ragazzina uno sguardo altero, distante. Le aveva rivolto un saluto breve ma garbato. Gli occhi del principe... Mai visti, occhi di quel colore!

Nel centro, attorno alla pupilla di una profondità che sembrava il varco verso un abisso d'oltremondo, c'era un chiarore luminoso, quasi bianco, circondato da un'aura screziata di pagliuzze dorate. L'iride era di un azzurro assurdo, scuro, intenso, saturo, prossimo a quella varietà di violetto che i pittori chiamavano indaco. Occhi che sembravano scolpiti nella durissima pietra di zaffiro, nobile, sacra, eletta, priva di qualunque impurità. Occhi che l'avevano stregata all'istante, e per sempre.

Imbambolata, lei aveva risposto al saluto del ragazzo, o meglio farfugliato qualcosa che neppure ricordava. Di sua iniziativa, il principe aveva colto uno dei gigli gialli che sorgevano lì vicino per offrirglielo.

Com'era lontana quella scena! E immortale, dentro di lei...

Alle sue spalle la puledra annitrì nervosa, ma Giovanna non ci badò: troppo bello e caro era quel ricordo ritrovato dopo tanto tempo, così all'improvviso, come un dono benedetto del cielo. Si chinò sulla fonte per contemplare la sua immagine riflessa: sorrideva felice. Allungò la mano e colse uno dei gigli gialli che popolavano ancora le acque della sorgente. Il gesto di Filippo verso di lei... Quanti significati sottesi, in quel dono! A otto anni Giovanna non aveva la minima idea che proprio quell'umile fiore di palude costellasse a tinte dorate la bandiera di Francia,

[2] «Signore mio nipote, ecco la donna di Navarra».

il giglio giallo che un angelo mostrò a re Clodoveo per salvarlo dalle acque di un fiume. Simbolo, da allora, di tutti i sovrani francesi. E lo donava a lei, quasi a donare sé stesso… Improbabile che Filippo covasse certi intenti mentre compiva quel gesto istintivo, frutto della sua educazione cortese. A Giovanna però piaceva pensare che fosse proprio così, illudendosi che quel giorno lontano lui avesse voluto fare un sortilegio, e per mezzo di quel gesto simbolico, unire magicamente i loro destini.

Come siamo inesorabilmente schiavi dei nostri sogni di bimbi! Come diamanti che brillano nel ventre oscuro della terra, le nostre tenere fantasie infantili restano nascoste in noi, così dure a morire…

Un suono animale dietro di lei. Rauco. Cavernoso. Le si gelò il sangue nelle vene. La sua puledra nitrì furiosa, strappò le redini, fuggì via.

«Salomè!», la chiamò.

Intanto, una forma grande e oscura si aggirava seminascosta tra i cespugli. Una belva, e lei non aveva difese…

L'orso bruno uscì allo scoperto. Un immenso bestione contro di lei. Tanfo ferino. Un ringhio rauco, artigli affilati come pugnali.

«Aiuto!», gridò con tutto il fiato che aveva in corpo.

L'urlo spiazzò per un istante la belva. Lei corse disperatamente verso uno spuntone di roccia. Saltò. Doveva arrampicarsi, salire più in alto che poteva. Le mani scivolavano, le unghie si scheggiavano contro la parete liscia e nuda della pietra… Si dette slancio, si sollevò, ma poi ricadde pericolosamente a portata del mostro che ruggiva sotto di lei. Lo sentì avvicinarsi, una zampata possente le stracciò l'orlo della veste.

«Aiuto!», gridò ancora.

Di nuovo si issò, cercò un appiglio, si ferì le mani.

"Mio Dio, salvami!", pregò. "Che io non muoia oggi, non ora, non qui… Che fine ignobile per una regina!".

Il cuore le batteva così forte che riusciva a udire solo quel tamburo impazzito. Non s'accorse di un cavallo che arrivava a gran galoppo e frenava in una nube di terra e foglie mentre gli zoccoli mandavano scintille sulle pietre. Il cavaliere balzò a terra, raggiunse la belva, la aggredì alle spalle con un grido selvaggio. Stordita dalla tensione, Giovanna percepì che non era più in pericolo di vita. Voltò la testa in basso, e ciò che vide le bastò a pentirsi con tutta l'anima di aver chiamato aiuto poco prima.

Il re era accorso, e adesso affrontava da solo il bestione feroce alto diverse spanne più di lui. Ruggivano entrambi, avvinghiati l'uno all'altro. Istanti d'inferno. Uno scontro furente all'ultimo sangue.

Aggrappata al suo misero appiglio, Giovanna era incapace di pensare e di piangere, e respirava a malapena. Udì un rantolo. Un urlo più acuto degli altri. Chiuse gli occhi pregando Iddio con tutta l'anima: che l'orso la uccidesse subito, se lui era morto!

Fu questione di attimi, impossibile dire quanti. Cento mani s'avvinghiarono su di lei, le abbrancarono le vesti, le gambe, le spalle, la trassero giù di peso da quella roccia, più morta che viva.

«Per tutti i santi, Madame! State bene?»

«Che spavento ci avete fatto prendere! Quando abbiamo sentito le vostre urla, quando abbiamo visto la vostra puledra che accorreva spaventata, senza di voi...».

La fecero sedere e le cacciarono in gola vino forte, speziato, ma amaro quanto il fiele. Una pozione che ebbe il potere di scuoterla, di farla tornare lucida. Allora lo vide: il re era poco distante da lì, in piedi. Riprendeva fiato dopo la lotta titanica appena sostenuta. Dai capelli fino agli stivali, era una maschera di sangue, sudore e terriccio. Metà della tunica era lacera e cadeva giù scoprendo il petto nudo, solcato da lunghe strisce sanguinanti. Brandiva ancora il pugnale con il quale aveva abbattuto la grande bestia. In un attimo il re fu circondato dai suoi cavalieri. Uno scroscio fragoroso di applausi gli tributò un'ovazione.

«Evviva Sua Maestà!».

«Complimenti, sire! Il coraggio di un leone!».

«Solo Carlo Magno poteva abbattere un orso armato di un solo coltellaccio! Carlo Magno e voi!».

I dignitari di corte, ruffiani dalla bocca sempre piena di lodi, in quel momento tributavano al loro capo un omaggio d'ammirazione sincera. Sostenuta da due cavalieri, intanto, la regina si fece portare dinanzi a lui.

Il re la guardò torvo, pieno di risentimento.

«Perché vi siete allontanata? Sapete che è rischioso».

«Non me lo ricordo», mormorò lei.

Gli occhi del re furono attraversati da un lampo: la sua mano volò rapidissima, decisa e violenta sul volto della moglie. I presenti levarono un grido. Seguì un silenzio da catacomba. Schiaffeggiata davanti all'intera corte, la povera regina si teneva la guancia. Occhi sbarrati, senza fiato, incapace di credere a quell'oltraggio.

Mastro Simone s'interpose fra i due: mai gli era capitato di vedere così alterato il suo signore, quel miracolo di nervi d'acciaio al limite del disumano. Prese un secchio d'acqua e un asciugatoio, che inzuppò affinché il sovrano potesse ripulirsi almeno la faccia e i capelli da quell'orrido impiastro di sangue.

«Tutto è bene quel che finisce bene», azzardò il capo delle caccie reali. Era evidente che disapprovava il gesto del re, come lo disapprovavano anche tutti gli altri.

«Assicuratevi che Madame non sia ferita», gli disse Filippo IV. «Poi conducetela a Vincennes. Può fare la calzetta, se crede. O ciò che le pare. Purché rimanga lì, visto che non è in grado di seguire la corte a caccia».

Sguardi carichi d'imbarazzo corsero da un volto all'altro, si fissarono sulla regina compatendola di cuore per l'offesa appena ricevuta, prima che un discreto chiacchiericcio sommesso tornasse a diffondersi per cercare di dissipare quel momento atroce.

Sostenuta da due cavalieri, quasi sollevata tra le loro braccia, Giovanna si lasciò issare di nuovo in sella alla sua puledra e seguì docilmente la scorta che la conduceva lontano da lì. Panico, vergogna e dolore lottavano in lei fino a sfinirla: le ultime energie rimaste le usò nell'eroico sforzo di non scoppiare in pianto, mentre le lacrime bruciavano sull'orlo delle ciglia.

III

«Ma porc…!».

Giacomo Colonna fece appena in tempo a mordersi la lingua per non proferire in pubblico lo sproposito che gli era balenato nella mente. Provava una gran voglia di bestemmiare: tutto preso dallo sforzo di tenere sempre d'occhio il sovrano nella speranza di trovare il momento buono per accostarlo, aveva smesso di guardare per terra, finendo quindi con i piedi su un grosso mucchio di sterco cavallino appena deposto. Ora aveva le calze insozzate fino al ginocchio. Dietro di lui, Pietro si teneva le costole nello sforzo quasi vano di non ridere.

«Smettila, gaglioffo!», ringhiò. «Ti ho visto, cosa credi? Te la spassi alle mie spalle. Renditi utile, invece di sghignazzare».

Pietro si tolse dal volto l'espressione divertita che mandava in bestia lo zio e corse a cercare un po' d'acqua e uno straccio per ripulirlo dalla lordura. Tornò dieci minuti dopo con sottobraccio l'elmo di un soldato a mo' di recipiente e un paio di brache di tela che uno dei valletti della Venarie gli aveva ceduto per una cifra da denuncia; almeno, però, erano pulite.

«E dovrei mettermi quei mutandoni lì?», protestò Giacomo.

«Solo se volete, zio. Sennò potete tenere addosso le vostre calze smerdate».

L'altro levò gli occhi al cielo. Cercava nell'ironia una medicina per quella giornata infausta, nata sotto una cattiva stella.

«*Vere sumus in Gallia bracata*», sospirò con una certa enfasi teatrale. «Siamo proprio ridotti a stare in mezzo ai Galli che portano le brache!».

Intanto accettava di togliersi le calze lorde e infilare le gambette nude, stortignaccole e fiorite di peluria grigia dentro quelle brache estranee alle sue abitudini che infatti gli causarono una fastidiosa costipazione alle pudenda.

«Avessimo almeno incontrato quel tanghero di Nogaret!», esclamò assestandosi meglio il cavallo dei pantaloni per dare sollievo al pacco.

«Io l'ho visto, zio».

«E dove?»

«In mezzo ai valletti della Venarie, quando sono andato a cercarvi le brache».

«Allora portalo qui davanti a me. Subito!».

Avvezzo da una vita a subire quei toni dispotici tanto che ormai nemmeno ci faceva più caso, e consapevole che senza l'aiuto dello zio sarebbe rimasto soltanto un figlio cadetto con una risicatissima parte del patrimonio di famiglia da ereditare, Pietro Colonna obbedì all'istante e si diresse di gran carriera verso la sua meta. Poco prima gli era parso di scorgere una faccia conosciuta, in quel marasma di gente forestiera. E non si era sbagliato: fra i quaranta cacciatori professionisti che re Filippo IV teneva in servizio, spuntò infatti il muso da faina, furbetto e smunto, di Guglielmo Nogaret. Sembrava quasi volersi nascondere, là in mezzo, sfuggendo così a un occulto persecutore che lo stesse cercando. Cosa che in fondo non si discostava dal vero.

Nogaret era andato di malavoglia, alla caccia reale. Non amava quel genere di svaghi signorili efferati e cruenti, ma qualcuno doveva pur rappresentare la Cancelleria di Francia! Gli altri impiegati erano troppo giovani, e monsignore il guardasigilli temeva che gli sbarbatelli senza esperienze di mondo, gettati di punto in bianco nell'alta società, potessero commettere qualche follia dando perciò disdoro alla sua reputazione. Quanto al guardasigilli, l'integerrimo vescovo Tebaldo de Pouancé, era impedito dalle rigidissime norme con cui il diritto canonico proibisce al clero di praticare la caccia di qualsivoglia genere. Altri insomma non restava che Nogaret: in bilico nella difficile posizione di ufficiale regio dimissionario, ma con dimissioni mai ratificate da Sua Maestà, credeva prudente comportarsi come se niente fosse, per non alimentare sospetti. Aveva dunque chinato il capo e preso a nolo un completo da cacciatore, ottenendo un forte sconto dopo aver giurato di riportarlo senza macchie. Non doveva cacciare sul serio, solo fare presenza. Una volta arrivato nella foresta di Meudon s'era fatto vedere dal sovrano, benché in lontananza, e con ciò sentiva di aver assolto l'incarico che il superiore gli aveva affidato. Cosa poteva fare per tutto il resto del tempo? Come ammazzare la noia?

Si era diretto presso la graziosa stalla smontabile che i valletti della Venarie avevano approntato nella radura in cui era stato suonato il segnale di partenza. Era un locale di legno munito di porta, finestrelle, paglia fresca sul terreno e molti posatoi per i bellissimi uccelli rapaci di cui Filippo IV menava gran vanto: i migliori di tutta Europa, o forse del mondo intero. La *venatio placita*, il garbato e paziente gioco di caccia che si svolge con gli uccelli da preda, si adattava all'indole intellettuale e metodica di Nogaret molto più della *venatio clamosa*, quella violenta, scalmanata, un'assordante rissa di belve e cani feroci.

Anche se quel giorno i superbi rapaci reali se ne stavano quietamente in ozio, il sovrano aveva comunque richiesto la loro presenza per un indispensabile abbellimento della cerimonia. Fermi sul pugno dei loro addestratori o sguazzanti nelle vasche piene d'acqua approntate per farli giardinare, i falchi divertivano le nobildonne e i garzoncelli troppo giovani per prendere parte alla battuta: di tanto in tanto, a turno, i falconieri li lanciavano in aria provocando ammirati: «Oh!» per le loro stupefacenti prove di scesa in picchiata.

Immerso in quel beato spettacolo di dame e di veli, di ali e di voli, Nogaret sobbalzò addirittura quando si vide raggiunto dal più giovane dei due Colonna. Quello manesco, con poca pazienza e ancor meno scrupoli!

Non si sognò di fare domande e meno che mai obiezioni alla

richiesta di seguirlo, sicché in breve si ritrovò al cospetto del patriarca.

«Buondì, mastro Nogaret».

«Buondì, signore».

«Allora? Avete saputo se il re accetta la nostra offerta?»

«Mi spiace, non vedo Sua Maestà da molti giorni. E non ho potere di farlo, a meno che io non sia convocato».

«Avete almeno esaminato le nostre carte?»

«Ci ho provato, ma senza la traduzione che sto ancora aspettando, purtroppo…», mentì il giurista.

«Non manca molto. Così almeno mi ha detto il copista. Nel frattempo, mastro Nogaret, vorremmo chiedervi cosa è più saggio fare nella nostra particolare e sfortunata posizione».

«Vi riferite al titolo cardinalizio che vi è stato revocato?»

«Il titolo non ci preoccupa, in realtà. Non quanto il fatto che entrambi siamo stati scomunicati. Credo sia per questo motivo che re Filippo IV accampa scuse per non darci udienza, non è vero?»

«Signore, voi dovete capire Sua Maestà. La scomunica estromette dalla società cristiana. Chiunque dia accoglienza o aiuto a una persona scomunicata si rende suo complice. A ogni modo, dovete rivolgervi a un canonista. Io sono esperto in diritto civile».

«Vorremmo il vostro aiuto come parte in causa, non come esperto in diritto canonico».

«Parte in causa?».

Giacomo Colonna sfoderò un sorriso di raffinatissima crudeltà. E sferrò il colpo.

«Anche voi siete in stato di scomunica, Nogaret. Nessuno lo sa, per vostra fortuna».

«Io…».

«Via, non serve fare misteri con noi. Ho lavorato a lungo ai registri del Tribunale Apostolico, e qualche anno fa mi capitò di vedere una supplica scritta proprio da un tale Guglielmo Nogaret, maestro all'Università di Montpellier, con la quale si chiedeva l'assoluzione per una scomunica vecchia di decenni. Vecchia ma mai revocata, dunque ancora vigente. Il nome non mi era nuovo, così ho chiesto ai cardinali francesi. Senza dare troppi dettagli, ci mancherebbe! Sono venuto a sapere che un rampante avvocato della Cancelleria di Francia, forse il più brillante di tutti, portato dal guardasigilli in palmo di mano, nasconde fra i suoi antenati un nonno eretico…».

Nogaret sentiva i piedi traballare e non capiva se le ginocchia stessero per cedere o se la terra si sarebbe aperta per inghiottirlo. Giacomo Colonna era un giocatore troppo abile per non gettargli subito la fatidica àncora di salvezza.

«La prassi delle suppliche papali è lunga, mastro Nogaret. Spesso servono anni per ottenere una risposta. Nel frattempo, voi restate in stato di gravissima illegalità. Non potete esercitare alcuna professione, alcun mestiere. Figuriamoci poi ricoprire incarichi nella pubblica amministrazione! Ma certe lungaggini della Curia possono essere abbreviate, a volte. Sapete come si dice, vero? La ruota gira meglio, se unta a dovere…».

«Volete ricattarmi?»

«Mastro Nogaret, per chi ci avete presi? Il vostro segreto così scabroso è al sicuro, con noi. Siamo sulla stessa barca, compagni nella medesima sventura. La revoca della scomunica, nel nostro caso, non è possibile perché deriva da un'aspra guerra che Bonifacio ha giurato a tutta la famiglia Colonna. Per voi è molto più semplice: bisogna soltanto sollecitare una lettera di assoluzione che verrà comunque spedita, visto che è stata richiesta. Potrete così ottenerla fra un mese, invece che fra tre, cinque o magari dieci anni. Intesi?»

«Vi ho inteso benissimo, signore. Cosa volete da me, in concreto?»

«Fate in modo che Filippo il Bello ci riceva ufficialmente. Che prenda impegno con noi. Se ciò avverrà per opera vostra o per interposta persona non fa differenza».

Il giurista annuì e se ne andò con l'epiglottide che andava freneticamente su e giù, come se avesse ingoiato un calabrone.

«Quel tanghero non conta un bel nulla», protestò Pietro.

«Porta pazienza, nipote. Diamogli tempo. Più a lungo resteremo vicini al re meglio ne impareremo lo stile, il pensiero, gli umori».

«Abbiamo quasi finito i soldi, zio. Non possiamo restare in eterno ospiti dei nostri parenti francesi».

«Su questo hai ragione. Comincia a seccarmi l'atteggiamento equivoco che sta tenendo il re. Non ci scaccia ma nemmeno ci dà udienza. Siamo come una vivanda da consumare in seguito, che intanto viene mantenuta al caldo in un angolo del camino. Credo che dovremo punzecchiarlo, sai? Dargli una scrollatina».

«Cosa volete fare?»

«Potremmo cercare qualcuno che sia molto vicino al re, magari un suo stretto congiunto, e piazzargli la reliquia in casa. La corte ne verrà a conoscenza: tutti penseranno che il tale signore custodisce l'inestimabile oggetto per ordine del re. Allora Filippo IV rimarrà compromesso e dovrà scegliere: ripudiare il consanguineo e mandarlo in esilio oppure prendere le nostre difese in modo chiaro e inequivocabile, una buona volta!».

«A chi pensate, zio? Il parente più prossimo al sovrano è suo fratello Carlo di Valois, che però in questo momento si trova a Roma».

«Filippo IV ha anche un secondo fratello. Fratellastro, in realtà. Il principe Luigi d'Évreux».

«Non sarebbe meglio puntare alla regina, allora? La scena cui abbiamo assistito farà sparlare tutta Europa, c'è da giurarlo. Fino a un paio di ore fa avrei detto che Sua Maestà non si ricorda nemmeno di avere una moglie, tanto poco si cura di lei. Ma quando abbiamo visto la puledra della regina tornare indietro a sella vuota, furiosa di paura, quado abbiamo sentito le urla terrorizzate di lei, il re è diventato pallido come la morte!».

«Giovanna di Navarra o Luigi d'Évreux fa lo stesso, nipote. Li studieremo. Cercheremo di capire chi dei due è più incline ad abboccare alla nostra esca. L'uno non esclude l'altra, però: c'è un filo sottile che li lega. Te ne sei accorto?»

«Come no? Anche Évreux sembrava sconvolto al pensiero che la regina forse non sarebbe uscita viva dalla foresta».

Giacomo Colonna fece scintillare i denti bianchissimi in un sorriso malandrino.

«Il re di Francia dovrebbe trattare con maggior riguardo la sua sposa. Rischia di ritrovarsi una bella testa coronata come quella del cervo squartato poco fa...».

IV

Vayse meu
corachón de mib.
Ta Rab,
si me tornarád?
Tan mal meu doler
li-l-Habib!
Enfermo Yed,
cuánd sanarád?[3]

Entro un cerchio di volti attoniti, occhi stregati e cuori vibranti, una bella donna danzava e cantava una nenia d'amore della sua terra lontana. Era alta, e ancor più lo sembrava tanto la sua vita era arditamente slanciata. Candida la pelle, i capelli di fuoco. I piedini gentili parevano perfettamente a loro agio dentro le graziose calzature andaluse. Danzava al ritmo di un tamburello basco: girava, volteggiava su un vecchio tappeto persiano gettato ai suoi piedi. E ogni volta che la sua radiosa figura passava davanti agli spettatori, i suoi grandi occhi neri lanciavano un lampo. Snella, fragile, vivace come una farfalla con la veste variopinta che si gonfiava, le belle spalle strette in uno scialle gitano, le gambe sottili che il movimento ogni tanto scopriva, gli occhi pieni di luce. Una creatura del Paradiso.

Dopo essere riuscito a ricavarsi un posticino in mezzo a quei servi adoranti, troppo inebriati per notare il suo arrivo, il principe Luigi d'Évreux contemplava la donna con il fiato sospeso,

[3] «Il mio cuore / mi ha lasciato. / Oh signore, / tornerà da me? / Io mi struggo / per colui che amo! / È malato, / quando guarirà?».

e come gli altri era stregato dalla danza sul ritmo scatenato di quel tamburello basco. Qualcuno parlottava sommessamente.

«Giovanna di Navarra è ampiamente francese, in quanto contessa di Champagne e di Brie. Però è prima ancora iberica. Si nota, vero? Un temperamento focoso...».

«Dicono che il re l'ha colpita in faccia davanti a tutti. Possibile? Quando è arrivata qui, povera donna, sembrava uno straccio... Poi la sua dama ha tirato fuori dal cassone ai piedi del letto il tamburello basco, le scarpe andaluse e lo sciale gitano. Devono contenere una magia, quegli oggetti della sua terra nativa. Quando li ha messi, pareva rinata...».

Luigi era fiero di lei: Giovanna aveva troppo coraggio per abbattersi. In quella donna superba, che ora rapiva gli occhi e il cuore di tutti, non c'era più nulla della creatura intimidita e disfatta che aveva lasciato la caccia reale con la coda fra le gambe. Il momento della cena che radunava la servitù due ore prima del tramonto gli offrì l'occasione propizia. La regina, congedati i suoi, si avviava da sola a passeggiare tra gli alberi del giardino. Sembrava pensierosa, adesso: la foga gioiosa messa nella danza era completamente svanita.

«Madame...», l'accostò con discrezione.

Giovanna si voltò.

«Luigi! Come mai qui?»

«Sono venuto a inginocchiarmi dinanzi a voi, a chiedere perdono per l'oltraggio che avete subìto».

«Voi chiedete scusa?!».

«Perdonate mio fratello, Madame. Giuro che ignoro cosa gli sia capitato. Una simile brutalità non è da lui».

«Non avete niente da farvi perdonare, Luigi. Non era vostra la mano che mi ha colpita».

«Però era mio il biglietto che vi ha indotta ad allontanarvi dalla battuta. Ho agito con leggerezza seguendo un consiglio inopportuno. Così facendo, ho commesso un'imprudenza che poteva costarvi la vita. Dio, quando ho capito che eravate in pericolo mortale!».

«Mi avete scritto quel biglietto dietro suggerimento di qualcuno? Di chi, se posso saperlo?»

«Mia cugina Matilde d'Artois. Non vi ho vista stamane, quando la battuta si è riunita. Matilde mi ha detto che voi detestate la caccia, dunque sareste rimasta in disparte fino al momento della chiusura: difficile potervi incontrare e parlarvi. Lei mi ha suggerito di inviarvi un biglietto per darvi appuntamento in un posto diverso, specie se il messaggio che portavo era riservato. Diamine, se lo era!».

La regina strinse forte il pugno della mano destra affondando le unghie nel palmo fino a farsi male. "Dannata Matilde! Lei e le sue mille astuzie sempre giocate in malafede!", pensò.

«Cosa volevate dirmi, Luigi?»

«Volevo supplicarvi di prendere le mie difese davanti al re».

«Da cosa dovrei difendervi?»

«C'è un pericolo senza volto che incombe su di me. Qualcuno vuole rovinarmi. Ho saputo che il vescovo di Parigi ha parlato con il re in segreto. Gli ha parlato di me. Matifort mi accusa per la morte di Baldrico de Courtenay, l'abate di Saint-Germain. In breve, vuole la mia testa».

La regina si coprì la bocca con le mani.

«È assurdo...», balbettò. «Quale motivo potrebbe avervi spinto a tanto? E poi voi non siete un assassino!».

«Vi chiedo di dire esattamente questo al re».

«Glielo dirò. Ma, ora che ci penso, Baldrico è stato ucciso mentre voi eravate con me durante il viaggio nella Champagne. Siamo stati sempre insieme, senza lasciarci un momento».

Quel fatto poteva scagionarlo, ma il principe voleva supplicarla di non farne parola al re, perché temeva drammatiche conseguenze. Non ebbe tempo di parlare: la baronessa Galard piombò fra loro tenendosi con la mano i velami della sua complessa acconciatura.

«Madame...», disse trafelata. «Hanno portato questo per voi».

Consegnò alla regina un involto di tela scura avviluppato intorno a qualcosa di piccolo e rigido. Giovanna ne saggiò la forma con le dita, prima di slegare lo spago. Già al tatto indovinò cosa fosse, e un lampo di felicità si accese in lei.

«Sono nacchere!», esclamò raggiante. «Le manda il re?».

Non avrebbe potuto immaginare un più gradito, segreto e amorevole tentativo di chiedere scusa, da parte di Filippo. Un ricordo della terra di Spagna che lei aveva sempre nel cuore! Purtroppo quell'empito di calore che le illuminava il volto era destinato a spegnersi.

«No, Madame. È una ragazza che le ha portate. Voi la conoscete. Ricordate quella fioraia che aveva un banchetto nella piazza davanti a Saint-Germain?».

Giovanna accusò il colpo di quella disillusione, ma reagì con una dignità che lasciò suo cognato pieno d'ammirazione.

«Certo. Come potrei dimenticarla? Ogni volta che uscivo dal Louvre o da palazzo, quella giovane si appostava per lanciarmi mazzi di viole, margherite, primule. Dentro ognuno c'era un messaggio. Sempre lo stesso…».

«Li ho conservati tutti, Madame. Dicevano: "Giustizia per mia madre!"».

Gli occhi della regina si chiusero con rammarico.

«Quella donna impiccata sull'isolotto dei Giudei», disse. «Alla fine è stata giustiziata. Io ho supplicato il re di intervenire. L'ho tormentato, credetemi, baronessa… Lui era irremovibile. Mi ha ordinato di ignorare l'intera questione e di non farne più parola».

«Lo rammento, Madame. Quanto eravate afflitta…».

«Credo che quella povera donna fosse innocente. Ma l'abate di Saint-Germain ha diritto di vita e di morte sulle persone soggette alla sua autorità. E il re diceva che, se fosse intervenuto presso di lui per chiedere la grazia, si sarebbe innescato un contenzioso nocivo per la Corona. È atroce, lo so: ma non ho potuto fare nulla per salvarla!».

«Oggi però è venuta a ringraziarvi, Madame».

«Ringraziarmi? Di cosa?».

Inutile fare altre domande: lo sguardo vacuo della baronessa denunciava nel modo più sincero la sua completa confusione.

«Va bene, Maria. Potete andare».

Accennato un inchino, la baronessa si voltò per tornare verso il castello. Giovanna, intanto, passava il dito medio nel cordoncino delle nacchere. Sorrideva con gli occhi persi lontano, inseguendo chissà quali gioiosi ricordi.

«Cosa vi hanno regalato, Madame? Se non sono troppo indiscreto».

«Uno strumento musicale», fece lei. Il principe non sembrava convinto.

«Ah, è così? Non mi credete!».

«Lungi da me porre in dubbio la vostra parola, Madame, ma converrete...».

Giovanna lo zittì con un gesto netto della mano.

«Sapete cantare, Luigi?»

«Me la cavo piuttosto bene».

«Intonate un ritmo allegro, per favore».

Il principe cercò fra le canzoni che conosceva e ne trovò una adatta. La sovrana chiedeva ritmo... Si schiarì la gola e iniziò a cantare. Aveva una bella voce, non delle più potenti, certo, ma capace di procurargli l'ammirazione della società gaudente che frequentava e innumerevoli conquiste galanti. Il cuore in palpito, i piedi schiavi del ritmo, Giovanna dimenticò chi era e dov'era, lasciò il tempo e lo spazio, s'inoltrò nelle regioni misteriose dell'oblio sull'onda del piacere che la danza accendeva in lei.

Luigi cantava e batteva le mani guardandola senza poter staccare anche per un solo istante gli occhi abbacinati da quei piedini veloci come piccoli elfi tra l'erba, da quella gonna che ruotava senza posa, da quel volto che irraggiava bellezza e voglia di vivere, da quel corpo che si lasciava pervadere dal ritmo gitano. In ogni suo movimento c'era un candore perverso, una sensualità istintiva che confondeva l'uomo davanti a lei, lo sollecitava e lo metteva a disagio. "Ho visto donne più belle", pensava. "Ma questa può spingere un maschio alla follia... Insinua la provocazione della sua bellezza nel sangue di chi la guarda!".

Giovanna si abbandonava ai vortici di quel ritmo, ebbra di vita: sentiva la carne risvegliarsi, il cuore rinascere. "E se fosse con lui?", pensava. "Quest'uomo dagli occhi audaci che brillano come carboni ardenti quando mi guardano, dalla voce carezzevole e appassionata... Una volta sola, ma da portarne per sempre il ricordo in un angolo segreto dell'anima...". Ed era tutta un invito, una promessa e un'attesa d'amore.

Di colpo Luigi smise di cantare. La fermò afferrandole le braccia, la catturò e la coinvolse in un bacio rovente. Giovanna non fece resistenza, si lasciò conquistare dal calore virile che la invadeva con il desiderio di una donna che non riceve più l'amore da tanto tempo. Poi, di colpo, si rese conto di cosa stava facendo e lo allontanò con gesto brusco.

«Basta!», implorò. «Siete mio cognato...».

Molto a malincuore, il principe arretrò. Giovanna aveva il volto in fiamme, le labbra socchiuse per il respiro concitato, gli occhi scintillanti. Era davvero di una bellezza rapinosa, persino adesso che lo fissava severa, piena di divieti. La conturbante Salomè capace di far sragionare un santo con la danza dei sette veli era scomparsa, ora sembrava di colpo tutta senno e raziocinio. Anche questo secondo volto di lei lo ammaliava, l'altra faccia della luna: oltre che una bella donna, lei era anche un saggio stratega.

«Torniamo indietro, Luigi. Si è fatto tardi», ordinò.

Si ricompose lisciandosi la gonna della veste, legò le nacchere alla cintura come per riporre al sicuro un pericoloso strumento di seduzione reso in tal modo inoffensivo, ahimè inutilmente. Mentre camminava verso il castello, le nacchere maliarde scandivano il rullo dei suoi fianchi, il sensuale *tic-tara-tatta-ta-ta* dei suoi passi. Il principe la seguiva in silenzio: aveva gli occhi a terra, umiliati, di chi è stato respinto, ma sulle labbra un sorriso che dissimulava a fatica, e il sapore della bocca di lei carpito in quel bacio così a lungo atteso. Era solo l'inizio, un assaggio di ben altri piaceri che sarebbe riuscito a ottenere, un giorno.

«Allora, Madame, posso sperare che parlerete al re in mio favore?»

«Ve lo prometto, Luigi. Ma come immaginate, dispero di incontrarlo a breve».

«Addio, Madame. Vi rivedrò molto presto».

«Meglio di no», disse lei. «Anzi, vi prego di dimenticare quel che è appena successo».

«Dimenticherò senz'altro», disse Luigi. «Quando sarò nella tomba e sarà divenuto cenere anche l'ultimo brandello delle mie ossa».

S'inchinò e la lasciò con un ultimo sguardo di fuoco, sola nel tramonto a chiedersi se per caso non avesse ragione sua madre Bianca, quando diceva che Giovanna aveva scelto di sposare il fratello sbagliato.

V

«Fermati, scellerato! Cosa pensi di fare?!».

Aggredito da quella voce senile che lo accusava come se stesse addentando il frutto dell'albero del Bene e del Male, Crescenzio si bloccò.

«Voglio solo bruciare uno di questi fili, maestro Arnaldo. Non riesco a capire se è lino, cotone oppure canapa sbiancata. Quando bruciano, però, i tessuti emettono odori diversi».

La faccia del Catalano s'inviperì.

«E non ti viene in mente che in questo modo commetterai sacrilegio? Quei fili appartengono a una reliquia, un oggetto sacro. Tu li vuoi bruciare?!».

Il ragazzo approvò. Non condivideva nulla della metafisica riverenza che leggeva sul volto del vecchio, ma non poteva negare le sue valide ragioni.

«In effetti, se li brucio avrò ottenuto una prova sperimentale, ma l'indizio andrà perduto. Aristotele mi darebbe torto».

Arnaldo era deluso.

«Prova! Esperimento! Aristotele! Vedi soltanto questo?»

«Cos'altro dovrei vedere, scusate?»

«Lasciamo stare!», tagliò corto il vecchio. «Conosci il nome di chi ha ucciso quel povero frate?»

«No, e nemmeno perderò tempo a cercarlo».

«Cosa?!».

«I mandanti si sono costituiti, per così dire. O meglio, hanno fatto in modo che il papa conoscesse da subito la loro identità: Giacomo e Pietro Colonna vogliono sfidarlo, intimidirlo. Fargli capire che, nonostante l'esilio, a Roma sono ancora così potenti e pieni di amici fidati da poter tranquillamente trafugare un oggetto destinato a lui sotto il suo naso e restare impuniti. Cosa dovrei fare, a questo punto? Passare al setaccio l'Urbe, battuta da frotte di anonimi pellegrini che vanno e vengono ogni giorno, nella remota speranza di capire quali malfattori o banditi di campagna hanno ammazzato frate Angelerio al soldo dei Colonna? Gli ordini di mio zio sono ben diversi: lui rivuole la reliquia trafugata. La rivuole a ogni costo».

«Che cos'era?»

«Il papa lo sa. Ne sono convinto, anche se nega e non vuole dirmi una sola parola al riguardo. Duraguerra segue le tracce dei Colonna e crede che vogliano offrire quell'oggetto a qualche sovrano. Filippo il Bello, probabilmente».

Arnaldo si fece subito il segno della croce. Ciò fece sorridere Crescenzio.

«Che diamine, maestro! Non ho mica nominato l'Anticristo…».

«Ma un suo degno discepolo».

«Il re di Francia ha molte risorse, potrebbe impadronirsi della reliquia senza mettere in allerta gli osservatori fedeli al papa e che Duraguerra ha piazzato a Parigi. Mio zio pensa che la faccenda si possa accomodare grazie a un baratto: Filippo il Bello farà riavere al papa il maltolto, e in cambio il principe di Valois potrà sposare l'erede al trono di Costantinopoli con la benedizione apostolica, per poi strappare di nuovo ai greci il trono bizantino. Niente reliquia, niente benedizione».

«La conquista di Bisanzio porterebbe a una guerra sanguinosa», protestò Arnaldo. «Migliaia di morti e stupri, monasteri e chiese profanati… A cosa mai può servire una benedizione apostolica se i francesi intendono commettere un simile scempio?».

Crescenzio accarezzò con gli occhi il buon vecchio, e quello sguardo gli dava dell'ingenuo.

«Serve, invece. Eccome! Senza proclama del papa non è una crociata. E la crociata è benedetta, se non da Dio almeno da una valanga di privilegi, deroghe ed esenzioni fiscali che voi neanche immaginate. Un immenso giro di quattrini, per capirci. Per non parlare di cosa implica conquistare Costantinopoli! La città è da sempre il crocevia tra Oriente e Occidente, possederla vuol dire controllare l'intero mercato delle derrate più costose: spezie, seta, oro, gemme e perle. Re Filippo il Bello sarà pure un discepolo dell'Anticristo, come dite voi, ma il sale in zucca non gli manca. Mica si sporca le mani per due carabattole!».

«Sono disgustato, Crescenzio! Ragionare in modo tanto cinico quando ci sono di mezzo la dottrina religiosa e la fede, è un abominio!».

«Non capisco perché Filippo IV vi sembra più abominevole rispetto agli altri re. I potenti della terra sono tutti così, perseguono lo stesso obiettivo: sconfiggere gli avversari nell'eterna guerra dei troni che è la storia del genere umano. La differenza secondo me è una sola: lui può vincere».

«Tu sei giovane, figliolo, alla tua età dovresti essere pieno di ideali e ardere per il desiderio di cambiare il mondo... Invece sembri così rassegnato a certe logiche del demonio!».

«Più che altro ci sono abituato, maestro: la mia famiglia le segue dacché sono venuto al mondo. Comunque, tutto ciò non m'interessa. Io sarò un medico, che il papa lo voglia o no. Il potere ha l'effetto di una sostanza tossica sull'anima: l'avvelena fino a farla marcire».

Arnaldo da Villanova sorrise: finalmente un discorso come Iddio comanda! Il ragazzo meritava senz'altro un premio.

«Io posso dirti che tipo di fibra è quella, figliolo. E soprattutto rispondere al quesito che più ti assilla: le macchie rosso scuro che vediamo, sono macchie di sangue?»

«Tutto ciò senza bruciarla?»

«Precisamente».

Lo sguardo del vecchio era carico di promesse, quello di Crescenzio invece di sospetto, ma voleva fidarsi. Arnaldo era un uomo imprevedibile, dalle mille risorse.

«Facciamo a modo vostro, allora».

«Bene! Prendi l'acqua bollente che tengo in serbo sul fornello. E un pizzico di liscivia».

«Volete forse fare il bucato?»

«Precisamente, figliolo. Ma obbedisci. Sei un allievo molto indocile, sai? Controbatti alle parole del maestro, sollevi obiezioni, fai un mucchio di domande...».

Crescenzio seguì le istruzioni del vecchio, che immerse i fili nell'acqua in ebollizione per qualche istante.

«Ecco», disse Arnaldo. «Dovrebbe bastare. Prendi il sapone, adesso. Sfrega i fili con una certa energia, finché non saranno smacchiati».

Crescenzio obbedì e si mise al lavoro di buona lena. Fin quando rinunciò.

«Inutile!», esclamò. «La macchia non viene via».

«Allora si tratta di sangue», sentenziò il Catalano. «Il potere del calore fa in modo che esso, per via della sua particolare natura, intrida le fibre diventando indelebile. Adesso occupiamoci del filato. C'è una lente che ingrandisce molte volte, sul mio tavolo. Prendila».

Il ragazzo si scoraggiò. Sant'Iddio, cosa non c'era in quel mucchio di oggetti astrusi accatastati l'uno accanto all'altro, ma più spesso l'uno sopra l'altro! Siccome Arnaldo gli aveva rinfacciato il suo temperamento indocile, non chiese nulla e cominciò a rovistare in quella babele di cianfrusaglie con tanta buona volontà, solo che ogni suo gesto scatenava una ridda di timori e imprecazioni da parte del vecchio.

«Non quello: è una scatolina piena di realgar. Piano! La fiala azzurra contiene mercurio, puoi intossicarti. Attento! Quelli sono *urim* e *tummim*, i sassi divinatori dei giudei: se li tocchi, saranno sconsacrati!».

Il peggio venne quando il ragazzo, esasperato da quella litania di proteste e dal fatto che era impossibile trovare la lente lì sopra, peggio che cercare un ago in un pagliaio, non volendo fece rotolare via un oggetto tondeggiante che rischiò di finire a terra. Arnaldo si lanciò a prenderlo prima che finisse sul pavimento.

«Sacro potere degli astri!», tuonò. «Stavi per commettere il più grave dei disastri!».

«Quell'aggeggio non si rompe mica, maestro. Non è fatto di lapislazzulo?»

«Certo che lo è! Ma urtando contro il pavimento poteva aprirsi, e in tal modo le ceneri della Fenice che in esso stanno racchiuse sarebbero finite disperse».

Crescenzio sgranò gli occhi. Una specie di terremoto gli si scatenò nello stomaco per risalire prepotente via via fino alla gola, inarrestabile: scoppiò a ridere senza ritegno, mentre Arnaldo lo fissava inorridito.

«Cosa ridi, miscredente? La Fenice solcava in volo i cieli dell'Eden, perciò conserva un'aura capace di annullare ogni maleficio, anche se prodotto con l'aiuto dei demoni. Il suo potere è simile a quello delle intelligenze angeliche».

«Scusate, maestro. Non ditemi che un sapiente della vostra età, della vostra caratura, crede davvero a certe buffe fanfaluche! Cosa sono quelle ceneri, in concreto?».

Basito e deluso, Arnaldo ripose la preziosa scatolina al sicuro dentro una cassa.

«Polvere di orpimento», borbottò.

«Bene», disse il ragazzo. «Ora ditemi che razza di fibra è questa. Il cardinale Duraguerra tratterà in segreto la restituzione della reliquia, ma non può inoltrare una richiesta così al buio: deve conoscere con esattezza di cosa si tratta».

Il Catalano, un po' abbattuto, recuperò dal tavolo la lente cui aveva accennato. Simile nell'aspetto a quelle in uso presso ogni *scriptorium* in cui si dipingessero miniature, ma realizzata a Bassora secondo gli insegnamenti ottici di Alhazen, perciò capace di ingrandire un oggetto addirittura venti volte.

«È sicuramente lino», mormorò il vecchio. «Lino di qualità illustre. E inoltre... Vedi in che modo si presentano attorcigliate le fibre?».

Crescenzio accostò l'occhio, ma non notò dettagli per lui inconsueti.

«Strappa un filo dalla tua camicia, ragazzo».

Osservato attraverso la lente convessa, il filo si rivelò differente dal reperto che stavano esaminando.

«Sembra attorcigliato in senso inverso», disse Crescenzio.

«Infatti», mormorò Arnaldo. «È molto strano, sai? Quando viene messo al sole, lo stelo del lino si secca e le sue fibre prendono naturalmente la forma che vedi sul filo strappato dalla tua camicia: si attorcigliano su sé stesse, e questa torsione spontanea sembra disegnare una S. Nel filo che stai studiando, invece, è accaduto l'opposto».

«Ciò significa che la torsione non è avvenuta in modo spontaneo».

Arnaldo lo lodò con uno sguardo di viva ammirazione.

«Hai ragione, ragazzo mio. Le mani che filarono quel lino lo sottoposero a un trattamento particolare, capace di rendere la stoffa finale molto più pregiata e morbida. Ma soprattutto...».

Arnaldo aveva interrotto la frase, come abbacinato da una verità che all'improvviso fosse deflagrata nella sua mente.

«Che succede, maestro?».

Il vecchio non rispose: si voltò di spalle, aprì una grande cassa e iniziò a frugare lì dentro, come se Crescenzio fosse scomparso nel nulla. Ne emerse solo quando ebbe recuperato una scatola cilindrica, stretta e lunga. Quando la aprì, il ragazzo si rese conto che conteneva un rotolo di papiro.

«Santo cielo, maestro! Voi ci capite qualcosa, in quella sfilza di disegnini?»

«Sono scritture del tempo dei faraoni», rispose il vecchio. «Clemente Alessandrino li chiama "geroglifici". Questo papiro descrive un rituale di sepoltura vecchio di tremila anni, figliolo. Si parla delle bende sacre con cui venne fasciato il corpo del dio Osiride quando Iside lo mummificò perché fosse immortale. Erano tessute con un lino magico, speciale, perché si credeva che i semi fossero caduti dal cielo: perciò era immarcescibile e rendeva eterno tutto ciò che in esso veniva avvolto».

Crescenzio aggrottò la fronte.

«I Colonna avrebbero trafugato una reliquia dei faraoni? Per farne cosa? E perché il re di Francia dovrebbe esserne attratto?»

«Sembra molto strano anche a me», borbottò Arnaldo. «Lascia che ci rifletta. Forse troverò una risposta a questo enigma, e allora te la farò conoscere».

Crescenzio se ne andò masticando fra i denti parole di gratitudine. Tutto sommato non era troppo scontento del raccolto: la visita nell'antro di quel vecchio lunatico che lo guardava in modo strano, ora con fare sprezzante ora invece come se riponesse mille aspettative in lui, qualche frutto lo aveva pur dato. Adesso sapeva che la reliquia trafugata dai Colonna era fatta di lino, ma un lino molto particolare che veniva dall'Oriente.

Rimasto solo, Arnaldo da Villanova chiuse a chiave la porta. Cadde in ginocchio, si prostrò con le mani sul pavimento e la fronte a terra dinanzi al tavolo sul quale Crescenzio aveva lasciato quei fili. E dal profondo del cuore li adorò.

«Io ti rendo lode, Altissimo Onnipotente!», mormorò. «Perché di me, tuo umile servo, hai voluto fare un testimone!».

VI

«Ormai è tardi, Santità. Avete già fatto ieri il vostro pediluvio balsamico».

«Il pediluvio sì, ma non la pedicure».

«Ma Santo Padre, gli ambasciatori tedeschi aspettano. E poi, vostra nipote Maddalena... Non è opportuno. Stipendiate un intero collegio di medici famosi, a cominciare dall'archiatra papale Guglielmo Corvi da Brescia. Perché non vi fate servire da loro in certe incombenze?»

«Non serve l'archiatra per levarmi i calli. Guglielmo da Brescia è come Ippocrate».

«Non è vero, Santità. Ippocrate ci sarebbe costato assai meno».

«Insomma basta!», tuonò il pontefice. «Nostro Signore Gesù Cristo ha riposto nelle mie mani il potere di aprire persino le porte dell'inferno, se voglio, e non sarei padrone di farmi curare i piedi da chi dico io?!».

Pietro Valeriano Duraguerra, con mezzo inchino e un sospiro sfiatato, si rassegnò a lasciare la stanza del pontefice facendo entrare la giovane Maddalena Caetani, come richiesto.

Il papa non aveva chiamato Maddalena solo per far curare le sue dolenti callosità da quelle dita minute, lievi come carezze di bimbo, ma già così esperte nell'arte di giovare alla carne sofferente. Aveva una precisa missione in serbo per lei, sua nipote, la cara progenie del compianto fratello Roffredo. Secondo Duraguerra non era decente, per il papa, rinchiudersi in camera da solo con una ragazza ancora in boccio. Ciò avrebbe fomentato la cattiveria delle malelingue, di cui la Curia era tutt'altro che a corto. Serpi velenose, sempre a malignare con il cuore gonfio di pensieri impuri!

Per alcuni minuti Bonifacio ammirò la perizia della ragazzina che armeggiava con il bisturi, intenta a occuparsi di quella pedicure complicata.

«*Tìs èimi?*»,[4] le chiese quindi a bruciapelo.

«*O àghios Pètros*»,[5] rispose lei pacata, senza interrompere il suo certosino ritaglio sui cascami di pelle morta.

«Male!», sbraitò il papa fingendosi adirato. «Anzi malissimo! Non devi rivelare a nessuno che intendi il greco. Non te l'ha forse detto la madre badessa?»

«Certo, Padre Santo. Con voi però non serve fingere».

«Devi fare attenzione, figliola. Una donna intelligente viene sempre malvista. Gli uomini sono in gran parte stolti e la guardano con diffidenza. Sei fina di cervello, e per giunta istruita. T'intendi addirittura di medicina, leggi testi segreti cui solo pochi hanno libero accesso. Potresti essere sospettata di stregoneria, lo sai? Devi sempre tenere nascosto ciò che conosci. Mi hai capito?»

«Sì, Padre Santo».

«Bene. Ora un altro segreto che non dovrai mai rivelare. Giorni fa ho ricevuto un'ambasceria di nobili del popolo mongolo, inviati dal Gran Khan che regna sulla Cina. Che razza singolare... Mischiano tranquillamente la dottrina cristiana con il paganesimo della loro tradizione, e questo a loro sembra non solo lecito, ma addirittura utile per l'anima! Ti assicuro però che sono gente di qualità, con una propensione eccezionale per le scienze e per l'arte. Ti piacerebbero, insomma».

Maddalena si preoccupò.

«Volete mandarmi in sposa all'altro capo del mondo, Santità?»

«Perché no? Immagina quanta gloria per la nostra famiglia: la stirpe dei Caetani assisa sul trono del più vasto impero che esista in terra... Il Khan chiede una vergine del mio stesso sangue per uno dei suoi figli e mi ha inviato doni che tu devi assolutamente

[4] «Chi sono io?».
[5] «San Pietro».

vedere. Apri la cassa lì in fondo. Quella di lacca nera con le figurine di giada».

Lei obbedì. Sopra un'imbottitura di seta scarlatta erano adagiati quattro bellissimi vasi invetriati di un tenue color verde malva, fatti di un impasto sottilissimo, troppo fine e lucido per essere terracotta: in mezzo, una spada racchiusa nel suo fodero, ma molto sottile.

«Sembra che la spada sia stata forgiata per una principessa guerriera. Combatteva come le Amazzoni del mondo antico. C'è una storia, su quell'arma. Riguarda un drago. Forse era una Fenice. Non me lo ricordo!».

«Ci sono anche due rotoli pieni di strani disegni, Santità».

«Dovrebbero essere libri, quelli. L'Oriente è una terra piena di leggende, e ora te ne voglio raccontare una. Quando ero bambino, ho sentito dire dai vecchi di casa che uno dei nostri antenati era un pirata e veleggiava per i sette mari. Come sarei voluto partire anch'io verso mille avventure in terre sconosciute! Mi fecero chierico a dodici anni, invece, ma non ho mai smesso di pensare a quel mio avo vissuto secoli fa. In qualche modo quell'uomo libero è sempre dentro di me. Si racconta che rapì una donna bellissima nelle terre dove sorge il sole, figlia di un Khan e di una schiava persiana. Ebbene, Maddalena, quando guardo te, io sento che quella leggenda è vera. Tu sei regale, nipote mia. I tuoi capelli sembrano fatti di seta nera. La grana della tua pelle è bianca, fine e cristallina come l'impasto di quei vasi che chiamano "porcellana". Perciò ho deciso: quella spada è tua».

«Mia? Andrò dunque alla crociata?»

«No, mi servi qui in Occidente. Estraila dal fodero lentamente. Bada bene a quel che fai: non toccare la lama per nessun motivo. Sono armi così taglienti che possono infliggere ferite terribili al minimo sfiorarle».

Piano, con timore reverenziale, Maddalena snodò il cordone di seta verde che manteneva il fodero connesso all'impugnatura. Un bagliore violetto le ferì lo sguardo.

«Ma è dipinta!».

«No, figliola. L'acciaio di quella lama è talmente ben lavorato, talmente adatto alla funzione di uccidere, e nello stesso tempo riluce di bellezza... Vedi il filo? La tempra di un artigiano geniale l'ha reso iridescente come un drappo di damasco, mentre la lama è lucente al punto da riflettere il volto come uno specchio. Quel capolavoro che stai impugnando può insegnarti tante cose, Maddalena. Forse ti stupirà sapere che le concubine del Khan usano simili spade per danzare».

«Davvero?»

«Così mi dissero gli ambasciatori. Quelle giovani donne volteggiano con grazia inimitabile impugnando queste lame mortali senza ferirsi né squarciare le vesti preziose che indossano. C'è una grazia raffinata nei loro gesti. Eppure basterebbe poco, a ognuna di loro, per uccidere il Khan che le ammira disarmato mentre volteggiano sui passi di quella danza».

«Cosa volete dirmi, Santità?»

«Ragazzina perspicace! Tu sei come una di quelle spade, Maddalena: un oggetto regale, senza prezzo. Come quella lama, vorrei farti volteggiare e danzare per riempire la stanza della tua luce... Ma mentre la musica volge al termine, conficcarti di colpo dritta nel cuore del mio nemico. Nel punto più segreto e nascosto, lì dove fa più male».

«Chi è questo nemico che odiate così tanto?»

«Non importa, figliola. Sono solo sciocche fantasie prive di significato. Sposerai un gran signore francese, in realtà, ma non intendo sacrificarti a qualche giovinastro foruncoloso senza un buon tornaconto! Hai uno scopo alto e nobile, tu. Stammi bene a sentire!».

L'intento del papa era molto chiaro. Grazie al principe di Valois, con il quale intratteneva ottimi rapporti, aveva trovato un uomo d'alto rango, imparentato con il re. Non sarebbero state rare, per Maddalena, le occasioni di incontrare il sovrano faccia a faccia. Il compito che le spettava era tenere occhi e orecchie ben aperti. Ogni mese circa avrebbe dovuto spedire alla Curia una lettera cifrata per comunicare come andavano le cose a Parigi. Fra loro avrebbero usato un linguaggio fatto di simboli. Bonifacio le consegnò una tavoletta cerata sulla quale aveva scritto di suo pugno le corrispondenze necessarie. Tutto doveva figurare come la conduzione di un giardino: il re di Francia era la *quercia*, sua moglie la regina una *rosa rossa*. I cattivi consiglieri del sovrano, che lo esasperavano eccitandolo alla lotta, le *erbacce infestanti*. Se Filippo IV avesse manifestato intenzioni favorevoli al papa, lei doveva parlare di *frutti copiosi*, in caso contrario, di *cattivo raccolto*. Persone della massima fiducia avrebbero fatto periodicamente la spola fra Roma e la Francia raccogliendo a voce i dettagli, che non dovevano essere scritti da nessuna parte.

«Hai capito bene, figliola?», chiese. Intanto raschiò la cera della tavoletta facendo svanire i segreti del suo codice.

«Certo, Padre Santo. Ma non so se ne sarò all'altezza».

«Il tuo compito è uno solo, Maddalena, obbedire. Obbedire a tuo marito, innanzitutto, finché resterà un devoto figlio di Santa Madre Chiesa. Obbedire al re di Francia, fin quando non gli verranno in capo idee ostili alla Santa Sede. Obbedire a me, sempre e dovunque, qualunque cosa ti ordinerò. Non è difficile, vero?».

Lei annuì.

«Quando sarai a Parigi, mandami subito notizie sui Colonna. Una razza perversa sempre pronta al tradimento, gente che non ha scrupoli di sorta. Pare che abbiano addirittura fatto ammazzare il povero padre Angelerio da Ferentino... Maledetti! Guarda che fine ha fatto tuo fratello, povero scemo, irretito da una di loro!».

Maddalena incassò il colpo. Della tresca amorosa tra suo fratello e Immacolata, figlia dell'arrogante Agapito Colonna, si sparlava molto nella Curia: non era l'invenzione di qualche prete linguacciuto. Lei in realtà dubitava che quella ragazza avesse adescato Crescenzio perché istigata dai suoi parenti, che tramavano in ogni modo per annientare la famiglia Caetani. Conoscendo la protervia dello zio, si guardò bene dal fare obiezioni.

«Santità, secondo voi Giacomo e Pietro Colonna sono davvero arrivati a Parigi?»

«Dio non voglia, nipote mia! La corte di Francia è come il cuore del mondo cristiano. E tu, che un po' ti intendi di cose mediche, sai bene cosa accade a un corpo quando il male della cancrena arriva a contaminare il cuore...».

Bonifacio aveva una mente sottile, e quella mente labirintica aveva partorito un espediente infallibile per bloccare le rovinose strategie dei Colonna a suo danno. Maddalena era il tramite, la medicina salvifica, la chiave di volta della sua ingegnosa costruzione: ormai imparentati per via di matrimonio, il re di Francia sarebbe stato obbligato a mantenere il più cordiale dei rapporti con la famiglia Caetani.

VII

Dichiarerete santo il cinquantesimo anno e proclamerete la liberazione nel paese per tutti i suoi abitanti. Sarà per voi un giubileo; ognuno di voi tornerà nella sua proprietà e nella sua famiglia.

«Perciò è così che è nato il Giubileo? Da quel passo della Bibbia?»

«Del Levitico, per l'esattezza».

In piedi dietro lo scrittoio del cardinale Jacopo Stefaneschi, Crescenzio sbirciava rispettoso la mano del porporato mentre attendeva alla sua ultima fatica, il trattato *De centesimo seu iubilaeo anno*. Stefaneschi era un uomo di vastissima cultura, una figura molto amata nella Curia perché non aveva in corpo speciali pruriti di carriera, dunque non cospirava, non corrompeva e non tagliava gole nella speranza di diventare un giorno papa. Era detto "l'uomo dei libri", nella corte di Bonifacio VIII. A Crescenzio faceva molta simpatia per la mancanza di arrivismo, ma anche per la generosità con cui dispensava la sua sterminata erudizione a chiunque gli chiedesse aiuto. Intorno a loro, intanto, maestro Ottone da Sermoneta sbuffava come un mantice per la fatica di sistemare le centinaia di grossi tomi fatti portare dai papi nella residenza di Viterbo anni prima e ora richiamati tra le mura vaticane. Con le braccia ingombre da quel peso, per fare prima ne carreggiava addirittura uno in bilico sopra la testa, come le donne portano la brocca dell'acqua; sembrava un buffo essere mitologico: metà carne, metà pergamena.

«Se ho ben capito», disse Crescenzio. «Tutto sarebbe nato in modo spontaneo».

«Diciamo pure che non è stato Bonifacio VIII a indire la Grande Perdonanza», precisò Stefaneschi. «Il popolo gliel'ha estorta, in un certo senso. Frotte di devoti cominciarono ad affluire a Roma per lucrare un'indulgenza speciale che chiamavano "del centesimo anno": erano sicuri che esistesse da tanto tempo e pretendevano che il papa la rinnovasse. Abbiamo cercato testimoni e li abbiamo trovati. Un vecchio di ben centosette anni, incapace di camminare ma ancora lucido, raccontò dinanzi al papa che da piccolo suo padre lo aveva portato a Roma per lucrare la grande indulgenza bandita da papa Innocenzo III. Suo padre gli fece giurare che sarebbe tornato per il Giubileo seguente, se fosse stato ancora vivo».

«Ho capito: fatta la Grande Perdonanza, bisogna trovare le pezze d'appoggio. Il compito naturalmente spetta a voi: siete un profondo conoscitore dei costumi giudaici. Potete sbizzarrirvi, perché Roma trabocca di antiche iscrizioni ebraiche. Come il *titulus crucis* che si custodisce a Santa Croce in Gerusalemme, il "Golgota dell'Occidente"».

Il cardinale ammiccò compiaciuto. In quella grande basilica, luogo tra i più venerati in tutto il mondo cristiano, l'imperatrice Elena madre di Costantino aveva riposto le preziose reliquie della Passione riportate dalla Terrasanta. Vi si poteva venerare la Santa Croce in uno scrigno dorato adorno di pietre preziose, oltre alla spugna usata per dare l'aceto a Gesù, quattro chiodi, la metà del *titulus* scritto in greco, ebraico e latino, e parti della croce dove era morto il ladrone. Entrando in quel sacrario, si aveva l'impressione immediata di stare sui luoghi stessi della crocifissione: il pavimento della cappella era stato cosparso con la terra di Gerusalemme, che l'imperatrice aveva fatto prelevare direttamente dal Golgota. Non era strano, in fin dei conti, che Roma attirasse tutta quella gente: era la Città Eterna, l'Urbe immortale, quella in cui la fede cristiana aveva trovato testimonianza nella morte degli apostoli Pietro e Paolo, e in cui le strade s'erano tinte del sangue dei martiri.

«Anche il re di Francia medita di bandire una specie di Giubileo, secondo voi?»

«Non ho dubbi», rispose Stefaneschi. «Quale altra ragione potrebbe indurlo a prestare orecchio alle lusinghe dei Colonna, nemici del papa? Filippo IV deve sperare in un vantaggio enorme, se rischia di compromettere i buoni rapporti con la Santa Sede».

«I vantaggi economici della manovra sarebbero straordinari, in effetti».

«Certo, ma non credo che il re punti solo a quelli. Chi lo conosce afferma che è un uomo dalla fede sincera, benché incline al fanatismo».

«So che Duraguerra vi ha informato sulla reliquia rubata».

«Infatti. Pregandomi inoltre di prestarti assistenza, se ne avrai bisogno. Cos'hai scoperto finora, Crescenzio?

«Quasi niente. Ferentino è una cittadina piccola, senza reliquie particolarmente illustri. A parte il corpo di Celestino V, ovviamente, che è stato tumulato nella chiesa di Sant'Antonio».

«Dubito che il re di Francia si metterebbe in rotta con la Santa Sede per avere qualche costola di papa Celestino. Né potrebbe sperare di attrarre un gran movimento di pellegrini».

«L'ho pensato anch'io, eminentissimo. Del resto, non ci sono ossa in ballo: la reliquia trafugata è fatta di tessuto. Il monastero delle clarisse, proprio perché fondazione modesta e povera, dunque insospettabile, è servito come nascondiglio temporaneo di un oggetto che veniva da un altro luogo. Magari anche lontano».

«Lontanissimo, forse».

«Che intendi, figliolo?»

«Ho chiesto aiuto al Catalano per esaminare i fili ritrovati sul frammento che il povero padre Angelerio aveva con sé».

«Ah!», bofonchiò Stefaneschi. «E cosa ti avrebbe detto, quel vecchio barbogio?»

«Il lino di quei fili è molto particolare, eminenza. Diverso da quelli che si lavorano sotto i nostri cieli. Segue una pratica antichissima in uso presso l'Egitto dei faraoni, che lo consideravano addirittura un dono degli dèi. Lo lavoravano in modo che le fibre, una volta asciutte, risultassero attorte in senso contrario al naturale, e così si producevano tessuti sacri, riservati al culto e ai sacerdoti».

«Tessuti sacri per il culto...», rifletté il cardinale.

Di colpo Stefaneschi si alzò, ma con tale impeto che avrebbe buttato all'indietro la sedia, se non fosse stata un tutt'uno con il legno della scrivania. Cominciò a muoversi in modo convulso tra gli scaffali della biblioteca papale: annaspava, farfugliava sottovoce, sbuffava, pareva un cane da caccia eccitato per aver fiutato l'odore della selvaggina. Quando cominciò a svuotare gli scaffali l'uno dopo l'altro ammucchiando i libri per terra, il povero Ottone da Sermoneta levò disperato gli occhi al cielo: ore e ore di fatica gettate alle ortiche!

«...'tacci sua!», gli sentì dire Crescenzio sottovoce.

Infine il cardinale ritornò allo scrittoio con occhi trionfanti e un libro tra le mani.

«Ecco qui!», esclamò. «Il Libro di Isaia menziona un panno prezioso chiamato *sadîn*, una parola che in altri testi giudaici indica anche un drappo di grandi dimensioni, riservato ai sacerdoti e al culto. *Sadîn shel buz* è il nome esatto: il telo puro con cui venivano confezionati i velari del santuario, usato dal sommo sacerdote per avvolgersi dopo aver compiuto ben cinque volte il bagno rituale obbligatorio nel giorno in cui si celebrava il rito dell'espiazione. Quel giorno si sarebbe presentato al cospetto di Dio per chiedere che i peccati di Israele fossero lavati via con il sangue delle vittime perfette immolate in sacrificio».

«Questo panno sacro ha qualcosa a che fare con i nostri fili, eminenza?»

«Poteva essere confezionato solo con lino della qualità più eletta, lavorato in modo che le fibre fossero "ritorte ad arte"».

«Come nel nostro caso», convenne Crescenzio.

«Il *sadîn shel buz* era usato anche per confezionare gli abiti sacri che il sommo sacerdote indossava durante il rito: l'*efod* e il pettorale. Ma, soprattutto, serviva per il Velo del Tempio».

«Cos'era, esattamente?»

«Una tenda lunghissima, di circa venti o trenta passi», disse Stefaneschi. «Chiudeva alla vista il Santo dei Santi, l'inaccessibile sacello che era completamente vuoto perché vi aleggiava l'ineffabile presenza del Signore. In qualche modo, quel telo segnava il limite umano, il punto di passaggio fra uomo e Dio».

«Il Velo del Tempio… Non è quello che si squarciò quando morì Nostro Signore Gesù Cristo?»

«Precisamente. Ci fu un terremoto spaventoso, e la grande tenda, appesa ai lati della porta, finì squarciata dall'alto in basso. È interpretato come un segno di sconsacrazione: la fine del vecchio Tempio e l'inizio della nuova Legge, quella di Cristo».

Crescenzio si morse il labbro, preso da una curiosità improvvisa.

«A parte le interpretazioni religiose, eminenza, cosa ne fu di quei pezzi, secondo voi?»

«Non lo so, ma posso immaginarlo. Per la legge ebraica, che era molto rigida, ogni oggetto riservato al culto era in sé sacro e non poteva essere usato in modi profani. I due pezzi devono essere stati riposti da qualche parte, magari tagliati per ricavarne panni sacerdotali».

«Panni sacerdotali, dite. Che però non avrebbero nessun valore per i cristiani, naturalmente. A meno che, beninteso, quei lini non fossero serviti a qualcuno che professava il cristianesimo in segreto».

«No, Crescenzio. La casta sacerdotale giudaica era serrata nei suoi privilegi, nessuno era ammesso. Figuriamoci poi i seguaci del Nazareno, perseguitati come eretici!».

Crescenzio alzò un sopracciglio.

«Ne siete proprio certo, eminenza?»

«Ora che mi ci fai pensare, figliolo, un uomo in realtà ci sarebbe…».

«Uno importante», arguì Crescenzio. «Membro del sinedrio. Tanto potente e altolocato nella Gerusalemme di quel tempo da professare liberamente le sue simpatie per il Nazareno senza temere rappresaglie di alcun tipo. Influente presso i dominatori romani al punto da ottenere che Ponzio Pilato gli consegnasse il corpo di un certo condannato, affinché potesse seppellirlo nella sua tomba di famiglia».

Stefaneschi si portò la mano al petto: aveva le palpitazioni.

«Giuseppe di Arimatea», balbettò. «Un nobile giudeo della stirpe più illustre. I Vangeli dicono che si procurò una "sindone monda"».

«Il testo greco parla di *sindón*. Non vi sembra un termine molto vicino a quello ebraico, eminenza? *Sadin. Sindón*».

«Non lo so, Crescenzio. Può darsi che tu abbia ragione. Ma l'idea di usare un pezzo del Velo del Tempio per avvolgere il corpo di un defunto era così dissacrante, secondo la religione giudaica! I morti erano impuri in sommo grado: sarebbe apparso come un atto empio, un sacrilegio».

«Prima, eminenza, avete detto che il Velo segnava il punto di passaggio fra uomo e Dio. E che quella stoffa era riservata ai sacerdoti. Non so citarvi i libri esatti, ma la Sacra Scrittura dice che Gesù Cristo era come Melchisedec: re e sacerdote. Questo significa che quel lino sacro poteva essere usato per una sepoltura a certe precise condizioni».

«Per seppellire un uomo fuori dal comune», convenne Stefaneschi.

«Un uomo fuori dal comune», approvò Crescenzio. «Come il Messia d'Israele, per esempio?».

Nella basilica vaticana, un chierico salmodiava l'inno composto da monsignor Giacomo Duèze, vescovo di Fréjus.

Salve Sancta facies
nostri Redemptoris,
in qua nitet species
divini splendoris,
impressa panniculo
nivei candoris
dataque Veronice
signum ob amoris...

Avvolta in una nube azzurrina d'incenso, nel bagliore dei mosaici d'oro riflessi dalla fiamma di cento lampade votive, la santa Veronica mostrava i tratti arcani e sfuggenti del Salvatore ai tanti pellegrini inginocchiati al suo cospetto.

Muti, trepidanti di sacro raccoglimento, i devoti non osavano nemmeno pregare sottovoce nel timore di spezzare il silenzio di quel sacello benedetto, così vicino alla tomba di Pietro.

In fondo alla navata c'era un uomo dall'aria severa con un volto dai lineamenti nobili e duri, come intagliati nel legno, e indosso la toga rossa degli speziali. Al suo orecchio bisbigliava un ragazzo sui vent'anni dall'aria preoccupata, che allo spettacolo della divina ostensione era ormai abituato.

«Non è la sola reliquia del Golgota fatta di tessuto che si conosca, vero ser Dante?»

«No di certo, signor Caetani. In realtà la santa Veronica non proviene dal Golgota. L'impronta si produsse per miracolo quando il Redentore era ancora vivo, durante la salita al Calvario. Una donna del popolo, impietosita dal suo dolore, gli pulì con un panno il volto coperto di sangue e di sudore».

«E le altre?»

«So che nella cattedrale di Treviri si conserva la Sacra Tunica inconsutile, quella preziosa e priva di cuciture che i soldati tolsero al Salvatore prima di crocifiggerlo. Una seconda si trova in Francia, nella città di Argenteuil, ma l'originale dovrebbe essere quella tedesca».

«Neppure la tunica sarebbe una reliquia della sepoltura, però».

«Avete ragione. Cos'altro posso dirvi? Il sudario di Oviedo, ecco: nella città delle Asturie è custodito il panno che fu messo sul volto del Nazareno durante il trasporto verso la tomba, che in seguito san Giovanni trovò nel Sepolcro vuoto, ripiegato in un angolo. Quel lino proviene sicuramente dalla sepoltura del Messia».

«Si vede un'impronta, nel sudario di Oviedo?»

«Vi riferite a un'immagine, come nella Veronica?»

«Proprio così».

«Nessuna immagine, che io sappia. Il lino è impregnato da due vistose colate di sangue che corrispondono ai lati del naso. Il sangue uscito dalle fosse nasali del volto di Nostro Signore, devastato dalle percosse».

«E riguardo alle immagini, ser Dante? Voi, che siete un appassionato di queste cose, sapete dirmi se la tradizione cristiana conosce immagini del Redentore disteso nel Sepolcro?»

«Certo!», fece il toscano. «Molte attestazioni ne parlano; non sono tuttavia sicuro che si riferiscano al medesimo oggetto. Prendiamo una lettera di Epifanio, per esempio, che fu vescovo di Gerusalemme poco dopo i tempi di Costantino: vide in una chiesa di quella zona un lungo lenzuolo sul quale si notava l'immagine di un uomo».

«Cos'altro potete dirmi?»

«Una tradizione orientale molto antica riferisce che la moglie di Ponzio Pilato, affranta dalla morte di Gesù nel quale credeva, s'incaricò di custodire la sindone con cui il Redentore fu deposto nel Sepolcro. E in seguito ne fece dono a san Pietro».

«Avete mai sentito parlare dell'immagine di Edessa, ser Dante?»

«Sì, ovvio. Custodita in segreto per secoli in quella città armena, poi ceduta in cambio di una cifra enorme agli imperatori di Bisanzio, che ne fecero il palladio della loro città. Scomparsa quasi un secolo fa nell'eccidio innominabile che fu il sacco di Costantinopoli al tempo della Quarta crociata».

«Quanto era grande quell'immagine?»

«Questo non è affatto chiaro. L'intera vicenda che ruota intorno a quella reliquia pare avvolta nel mistero, in effetti. I greci la chiamavano *mandylion*, che significa "fazzoletto". Altre fonti invece affermano che era ripiegata su sé stessa ben otto volte».

«Dunque non era un sudario, ma piuttosto un lenzuolo funebre. Si vedeva un'immagine su quel lino, vero?»

«Si vedeva, e faceva impressione».

«Che intendete?»

«Non lo so con esattezza», disse l'Alighieri. «Un pellegrino di ritorno dall'Oriente mi disse che quell'immagine aveva qualcosa di oscuro. Di terribilmente spaventoso o scandaloso. Questo indusse gli imperatori bizantini a non mostrarla mai nella sua interezza, ma sempre ripiegata in modo che solo il volto apparisse allo sguardo».

«Dov'è finito il sacro lino di Edessa?»

«Impossibile dirlo!».

«E se volessi conoscere altri dettagli al riguardo?»

«Allora vi toccherà partire per Costantinopoli, signor Caetani. Laggiù troverete molti studiosi e anche uomini di religione ben informati sulla reliquia, che era la più importante e preziosa del tesoro imperiale».

Crescenzio s'era distratto un attimo, voltando indietro la testa a guardare chi stava arrivando nel sacello.

«Credo che non dovrò viaggiare tanto», insinuò. «Anche a Roma c'è qualcuno ben informato sulle questioni dell'Oriente. Qualcuno che conosce anche ciò che rimane oscuro per tutti gli altri».

In quel momento la ressa dei pellegrini si aprì in due come il mar Rosso sotto la verga di Mosè: venti guerrieri in vesti candide entravano per accostarsi all'altare. Il Gran Maestro de Molay e gli altri dignitari del Tempio s'inginocchiavano per venerare il volto del Figlio di Dio.

VIII

«Nel sogno mi trovavo qui», disse Filippo IV. «In questo preciso punto sul tetto di Notre-Dame, alla base della guglia. Ero come imprigionato fra le sue travi di legno. Tentavo di arrampicarmi il più in alto possibile. Gridavo. Chiamavo aiuto, perché la gente accorresse a debellare le fiamme. La voce però era intrappolata in gola. Nessuno veniva in mio soccorso…».

Ogni figura aveva preso vita nel chiarore tremendo di quel rogo. Serpenti che parevano sibilare e sciacalli guaire. Salamandre che soffiavano tra le fiamme, orride tarasche che muovevano nel fumo le loro corazze irte di aculei.

Uno di quei mostri che l'incendio aveva risvegliato dal loro sonno di pietra saltava senza pace fra le travature della guglia, pazzo di paura e d'angoscia come un pipistrello davanti a una candela…

Simone Matifort alzò lo sguardo al di sopra della sua testa. Cento passi umani: tanto era alta la guglia al centro del tetto di Notre-Dame perché, più che un dettaglio ornamentale, doveva ospitare un concerto di campane capaci di spandere il loro suono argentino fino ai limiti della città e oltre, in modo che tutta Parigi e persino i sobborghi fossero al sicuro dal demonio grazie allo squillo della voce divina.

«Il sogno è chiaro, maestà: voi temete per questa chiesa. Ma non ce n'è motivo. La sua architettura è solida».

Gli occhi del sovrano corsero in vertiginosa ascesa lungo la guglia che svettava rapida verso il cielo, azzurro come la bandiera di Francia. Non si poteva dare torto a Matifort: per quanto d'incomparabile altezza, e tanto esile che a stento si poteva credere che restasse eretta, la guglia poggiava su una possente piattaforma ottagonale sì che il suo peso, grazie a un gioco ingegnoso di travi lignee, veniva scaricato sui quattro imponenti pilastri sottostanti che sostenevano la volta a crociera. Un geniale meccanismo di spinte e controspinte impediva che la struttura potesse compiere anche la minima torsione su sé stessa, avendo alla base otto punti d'appoggio capaci di contrastare mediante l'angolazione delle travi la forza del vento proveniente da qualunque direzione.

Nel numero otto, del resto, stava racchiuso un arcano potere magico: Filippo IV lo sapeva, anche se il suo percorso nella mistica decifrazione delle leggi universali era stato bruscamente e prematuramente interrotto.

«Vedete, sire?», riprese il vescovo. «Non c'è motivo di allarme per il santuario. Altre questioni più importanti richiedono la vostra attenzione. Questioni molto gravi».

«Sapete che il mio santo avo Luigi IX fu prigioniero dei saraceni, quando si recò a Gerusalemme per la prima volta», disse il re. «Fu trattato bene dagli infedeli. Il sultano gli rese l'olifante del conte Rolando, catturato quando l'eroe fu ucciso nella rotta di Roncisvalle».

«Maestà, avevate promesso di parlare riguardo a vostro fratello, il principe di Évreux».

«San Luigi ricevette anche un consiglio dagli astrologi saraceni. Tornato a Parigi, ordinò di innalzare sul tetto di Notre-Dame, nel punto in cui s'incontrano le navate, un'immensa meridiana che svettasse fino al cielo. Sotto i raggi del sole, durante l'arco diurno, la guglia avrebbe tracciato un cerchio magico capace di proteggere la chiesa da qualunque danno. In questo modo, infatti, le forze cosmiche che attraversano la terra sotto Notre-Dame avrebbero trovato un perfetto equilibrio».

«Avete finito, sire?».

Prese sfumature quasi oltraggiose, la voce del vescovo, che faticava a esercitare la virtù cristiana della pazienza con quel sangue bollente che sentiva in corpo: il re di Francia continuava a menare il can per l'aia, a stornare il discorso lontano dall'argomento spinoso che dovevano affrontare.

«Intendo donare un'altra campana alla chiesa», fece il re per tutta risposta. «Ogni sovrano di Francia deve aggiungere qualcosa a Notre-Dame in ossequio verso Carlo Magno, che pose la prima pietra, e a re Filippo Augusto che mise l'ultima. Anch'io lo farò. La nuova campana sarà issata in cima alla guglia centrale. Avrà un suono prodigioso, capace di proteggere la chiesa: alla fusione del piombo, infatti, verrà aggiunta una reliquia di valore inestimabile: ceneri di una Fenice. Dovrà avere anche un nome, ovviamente».

«E va bene, maestà! Accetto il vostro dono. Ora però...».

«Guardate lì, monsignore. Proprio alla base della guglia. C'è la figura di un re impressa nella malta. La lasciò san Luigi usando il *signet*, l'anello con cui siglava gli atti segreti. Anch'io imprimerò il *signet* della mia mano a Notre-Dame, quando aggiungeremo la nuova campana. Quella voce di bronzo spargerà la protezione divina sulla chiesa, su Parigi, su tutta la Francia, forse sul mondo intero».

«Maestà, basta cambiare argomento. Siete venuto nella cattedrale per affrontare la questione di vostro fratello, invece mi avete fatto salire sul tetto per parlare della Fenice!».

«Mi preme salvare questa chiesa, monsignore. Perciò vi ho chiesto di usare i vostri contatti nella Curia per obbligare Arnaldo da Villanova a inviare qui un po' di quel talismano. Lo avete ottenuto?»

«No, sire. Pare che il vecchio non concepisca neppure l'idea di essere "obbligato" da qualcuno. Il cardinale Duraguerra, benché molto influente, non è riuscito a convincerlo».

Filippo IV si rabbuiò.

«Eppure, un modo bisognerà trovarlo!».

«Insisterò. Ora però esigo che si parli del principe d'Évreux. Lo avevate promesso!».

«Non c'è altro da dire, Matifort. Vi ho mostrato l'impronta del *signet* di mio nonno, ma voi evidentemente non avete occhi per vedere».

Incuriosito, il vescovo accostò il viso a quel segno che prima aveva notato distrattamente, da lontano. Quando la ritrasse, aveva lo sguardo carico di sospetto.

«Ci sono le impronte di due lettere», mormorò. «Esattamente una S e una L».

«*Signum Ludovici*. Non vi serve altro, monsignore. Avete scovato l'anello che lasciò l'impronta sul saio dell'abate ritrovato a Saint-Germain».

«Certo!», sbraitò il vescovo. «Dunque san Luigi sarebbe disceso dal Paradiso per uccidere Baldrico de Courtenay!».

Filippo IV affondò nell'azzurro stinto dell'orizzonte l'azzurro intenso del suo sguardo.

«Perché no? È confortante l'idea che i santi vogliano occuparsi delle nostre tristi vicende», replicò assorto. «Siete un uomo di Chiesa, Matifort. Non volete forse ammettere l'esistenza dei miracoli?»

«Sono un uomo di fede, certo!», ringhiò il vescovo. «Ma in nessun caso sono disposto a credere che sia stato lo spirito di vostro nonno a massacrare quel pover'uomo!».

«E io non sono disposto ad affrontare un processo contro un membro della famiglia reale», fece il re, calmo ma irremovibile. «È già successo molti anni fa, sotto il regno di mio padre. La Sacra Corona di Francia venne sommersa da un fiume di fango. La dinastia dei Capetingi fu ridicolizzata e screditata agli occhi del mondo intero. Non permetterò che succeda di nuovo, capito? Mai più!».

«Ma sire…».

Sarebbe stato inutile dire altro: il re aveva voltato le spalle senz'appello.

«Insomma! Tra poco è buio…».

«Ma che fa il re? Sarà un'ora che se ne sta sul tetto della cattedrale!».

«È insieme al vescovo. Gli confessa i suoi peccati».

«E quali? Lui non fa nulla. Lascia tutto ai suoi ministri!».

Il popolo di Parigi, che gremiva la piazza antistante Notre-Dame, borbottava e rumoreggiava. La gente era lì da un bel pezzo, accorsa di gran carriera non appena s'era sparsa la voce che Sua Maestà si sarebbe recato nella cattedrale per la funzione dei Vespri. Uno spettacolo raro, quello, visto che re Filippo il Bello era un uomo schivo, riservato e gelosissimo della propria persona al punto di cenare da solo nella sua stanza ogni volta che fosse possibile e di ricevere i sacramenti in una cappella del Louvre così angusta che c'era posto soltanto per l'altare, sul quale il prete officiava, e per lui stesso, calato in ginocchio.

Parlava pochissimo, ma con un'ironia affilata che andava sempre a segno. Non amava le grandi adunanze, le cerimonie solenni, i bagni di folla, anche se non faceva mancare alla corte il livello di lusso consono alla corona più potente del mondo cristiano: la sua. Nelle rare uscite pubbliche, cavalcava in arcione un destriero candido, impareggiabile, dono del sultano del Cairo che non voleva certo inimicarsi il signore di un esercito come quello francese, forte di ben diecimila cavalieri e un numero imprecisato di fanti. Cavalcava da solo, tenendo persino i principi suoi fratelli a debita e ossequiosa distanza. Non si fermava mai, e mai accettava che qualcuno del popolo osasse avvicinarsi.

Irraggiungibile e glaciale, persino verso i membri della sua famiglia. Da giorni in città non si parlava d'altro che dello schiaffo alla regina Giovanna, la crudele severità con cui il re aveva voluto punire la moglie perché aveva lasciato la caccia reale senza permesso. Il popolo lo biasimava, nondimeno lo amava e lo attendeva volentieri. Come quella sera, con i parigini fermi da ore a schiattare di caldo nella piazza dinanzi a Notre-Dame pregando che Sua Maestà si decidesse finalmente a uscire.

Nel frattempo, i borghigiani si godevano lo spettacolo della corte. Cinquecento tra cavalieri e dame, ministri, ciambellani, segretari e consiglieri tutti agghindati a festa per l'uscita pubblica del re: impettiti sotto il sole, paludati in costosi abiti ancora invernali, sorridenti a oltranza in velluti e rare pellicce che sono appannaggio della casta nobiliare, mentre la calura di quel giorno afoso tracciava aloni sudaticci sotto le ascelle dei signori e incollava i veli alle tempie delle donne.

E intanto che guardava, la folla commentava, malignava e ricamava sulle storie di quei signori infronzoliti e impennacchiati per l'occasione, vicende strettamente private e di rigore segrete che correvano tuttavia sulla bocca di chiunque. Le nobili dame in prima fila non erano certo meno pettegole di quelle popolane estatiche alle quali stavano offrendo spettacolo con la foggia sfarzosa delle loro vesti e acconciature. Ammazzavano la noia dell'attesa con l'ultimo scandaletto del giorno.

«Ieri sera la moglie del cavaliere di Vitry è stata beccata a passeggiare beatamente nel giardino del Louvre con il signore di Langéac. A passeggiare, insomma... La poveretta era tutta congestionata in volto, la gonna sul davanti più gualcita del lenzuolo che battono le lavandaie sulle pietre del fiume...».

«Per fortuna il re l'ha saputo prima di tutti. Pare che abbia convocato immediatamente il cornuto, ignaro di tutto, per mandarlo in missione non so dove e lasciarcelo per un mese almeno. Al suo ritorno la chiacchiera sarà già roba vecchia, nessuno avrà più voglia di parlarne. Con un po' di fortuna, il becco non lo verrà mai a sapere».

«Che uomo impagabile, il nostro signore! E quale peso grava sulle sue spalle, per quanto siano immense e forti come quelle di un gigante! Trattare le questioni di uno Stato vasto quanto la Francia... Schivare gli intrighi, tenere lontani i nemici e per giunta badare alle corna dei suoi cavalieri!».

Si esaltavano, le dame, mentre decantavano i pregi del re. Sbavavano tutte per lui, naturalmente, che lo ammettessero senza falsi pudori o invece lo nascondessero come un segreto scabroso.

In mezzo a quel rutilante arcobaleno di sete e broccati, damaschi e veli impalpabili, si muoveva un intruso: il vile burello scuro indossato da una ragazza del popolo che piano piano, con garbo e con audacia, si faceva spazio tra le nobili signore. Nota stonata, voce fuori dal coro, riscattata però dal colore sfavillante del mazzo di fiordalisi freschi che la villanella stringeva tra le mani.

«Quella chi è?», si chiesero le nobildonne curiose.

«La fioraia che tiene banco all'imbocco del Petit-Pont. La chiamano Gisquette, ovvero "Monella". Questo perché si dà parecchio da fare con gli uomini».

«Così giovane? Avrà dodici o tredici anni al massimo!».

«Non è per vizio, ma per fame. Lavorava con sua madre, che però è morta lo scorso inverno. L'hanno impiccata sull'isolotto dei Giudei».

«Meschinella!».

«Povera Gisquette!».

E passarono di punto in bianco a discorsi più lieti. Non c'era tanto posto per la compassione nel cuore di quelle dame, che somigliava a una bestiolina primitiva, irta di aculei pungenti e dura a morire; in caso contrario, non sarebbero sopravvissute a lungo nella corte di Francia.

«Eccolo! Il re!», esultò una di loro.

Un coro di ammiratissimi «Oh» accolse la visione di quella figura maschile vestita di seta e di porpora, bella e temibile come l'icona di un arcangelo con la spada al fianco che si stagliava contro l'ogiva buia e profonda inquadrata dal portale. Filippo IV conosceva bene quella debolezza del suo popolo, straordinariamente orgoglioso che la Provvidenza avesse donato alla Francia un capo tanto magnifico. Se ne serviva con diabolica abilità, sfruttando la propria bellezza come arma vincente di un'astuta demagogia.

Un boato d'entusiasmo serpeggiò nella piazza quando la gente si accorse che i valletti reali stavano portando piccole paste di zucchero e anice, distribuendole senza risparmio tra la folla: allora fu tutto un tafferuglio di mani avide, braccia che spingevano e gomiti che scansavano gli altri, un piglia piglia chiassoso che per qualche minuto costrinse anche le lingue più affilate a zittirsi.

«Guardateli, monsignore», mormorò il re. «A un giovane principe si insegna che un re deve fare buone riforme, governare con saggezza, logorarsi la vista sulle carte di Stato. Dio lo esige. Eppure, nessun capo sarà mai amato per questo. Il mondo non vuole verità, vuole spettacolo. *Panem et circenses*, dicevano gli antichi. La ricetta infallibile per il consenso popolare».

Simone Matifort non disse nulla. Era molto fiero di sé, della temperanza di cui aveva dato prova durante quel colloquio spossante per i suoi poveri nervi esasperati dalla protervia del re, che non voleva sentire ragioni. Benché gli avesse voltato le spalle senza fare promesse, benché in concreto non avesse ancora ottenuto nulla, il vescovo sentiva che qualcosa, nell'animo di Sua Maestà, era cambiato. La sua fermezza aveva fatto breccia nel muro di riluttanza con cui Filippo IV voleva proteggere l'onore della dinastia.

Il ciambellano Pietro di Chambly si accostò timidamente al re.

«Sire, è quasi buio. Fra poco suonerà l'Ave Maria delle ventitré ore».

Il re accennò un sorriso. Era proprio per quel motivo che i suoi piedi restavano incollati sul sagrato di Notre-Dame: cercava consolazione per le sue angosce segrete. Abbracciò con lo sguardo i tre grandi tre portali incavati a ogiva, il cordone ricamato fiancheggiato dalle sue due finestre laterali come il prete dal diacono e dal suddiacono. L'alta e fragile loggia di archi trilobati che sosteneva una pesante piattaforma sulle sue sottili colonnette, le due nere e massicce torri con i loro tetti di ardesia: parti armoniose di un magnifico insieme, sovrapposte in cinque giganteschi piani, si sviluppavano sotto il suo sguardo, in gran numero ma ordinatamente, con multiformi particolari di statuaria, scultura e cesellatura potentemente armonizzati nella tranquilla maestà dell'insieme. Sembrava racchiudere tutta la storia di Francia come un libro vivente, una stupenda e imperitura cronaca di pietra.

«Sire!», supplicava il ciambellano. «La cena finirà per raffreddarsi...».

Poi di colpo la chiesa cantò. In un attimo, la sua magica voce risvegliò tutte le altre voci della città. Note alate, leggere e fischianti dalla campana d'argento, ottave cupe e opache dalla *clopette* fatta di legno. Guizzanti e querule come rondini le sette campane di Saint-Eustache, cui rispondeva roca quella romanica di Saint-Martin. Il timbro severo della Torre maggiore del Louvre con la sua voce di basso, i trilli della suoneria di palazzo, frivoli e sfavillanti come scintille tra l'incudine e il martello.

Solo a quel punto il re si mosse per fare ritorno al Louvre, con gran sollievo dei suoi dignitari innervositi dal languore di stomaco come un branco di cani famelici. Ma un attimo prima di scendere gli undici gradini che lo avrebbero ricondotto al livello della piazza, Filippo IV si voltò per gettare lo sguardo sul portale del Giudizio Universale. Satana e l'arcangelo Michele pesavano le anime dei defunti per poi spartirsele di buon accordo: alcuni verso la Città Celeste, gli altri giù a precipizio negli abissi di fuoco dell'inferno. Ghignante e spaventoso l'uno, bello e serafico l'altro, ma entrambi temibili e senza misericordia. Solo giustizia: inesorabile e tremenda.

«Dove lo avete trovato, monsignore?»

«Proprio lì, maestà. Il cadavere giaceva dove ora state poggiando i piedi».

Gli sembrò che fosse davvero lì, accasciato, mutilato, inerme, rosso viluppo cruento di carne senza vita che gridava vendetta al cospetto di Dio. Per un attimo l'invulnerabile sicurezza del sovrano vacillò e Filippo divenne pallido, le labbra che sembravano aride.

Qualcosa piovve dal cielo. Filippo IV lo afferrò al volo: era un mazzo di fiordalisi freschi, dal colore così fulgido che incantava lo sguardo. Un dono anonimo quanto inatteso per Sua Maestà.

«Il convento, forse», sussurrò il re. «Certe azioni possono essere espiate in anni e anni di clausura trascorsi a meditare sulle proprie colpe. Per salvarsi l'anima».

Simone Matifort esultò nell'intimo.

«Una saggia decisione, maestà».

Luigi d'Évreux non avrebbe mai pagato davvero in ragione del misfatto: niente forca o decapitazione, e nemmeno la vergogna di un'infamia pubblica, per i figli di Francia! Ma, caduto in disgrazia agli occhi di suo fratello il re, sarebbe stato allontanato dalla corte, privato di ogni incarico, spogliato persino del nome, gettato nella paglia di una cella monastica a riflettere sull'abominio commesso fino all'ultimo suo respiro.

"Ergastolo", pensò Matifort. E l'idea gli infuse una soddisfazione così intensa e golosa da scaldargli il petto.

IX

Da ore i fagiani, le anatre, le quaglie e le pernici giravano sullo spiedo, mentre il loro ricco grasso saporoso colava in capienti teglie di rame cosparse di foglie di salvia, rosmarino, timo, menta e maggiorana. I garzoni tiramantici, addetti alla cura del fuoco di cucina, non s'erano fermati un solo istante e crepavano di caldo sbuffando più degli attrezzi che agitavano tra le mani. I salsieri pestavano senza sosta spicchi di aglio nei pestelli di pietra, i zuppieri trituravano con grandi coltelli affilati le cipolle bianche da ridurre in profumata poltiglia: cotta a puntino nel brodo, sarebbe stata versata bollente su fette di croccante pane bianco, sciogliendo così il formaggio dolce depostovi sopra.

In un locale attiguo, nel frattempo, il ciambellano Pietro de Chambly sorvegliava con occhi scrupolosi la quantità e la qualità dei pesci destinati al servizio della tavola reale. Anguille fritte in carpione, marinate in una mescola d'olio battuto con aceto, prezzemolo, cannella e un cucchiaio di miele, una prelibatezza di cui andava pazzo già papa Martino IV di venerata memoria. Gamberi giganti dell'Atlantico appena scottati, lasciati sfrigolare in tegame con un intingolo di burro, cipolla e chiodi di garofano, e infine sfumati con vino bianco dell'Auxerrois. Luccio stufato e poi lo storione, principe dei pesci, che Chambly faceva arrivare dalla Norvegia per la tavola reale: anche se re Filippo era un uomo frugalissimo quanto al vitto, e non di rado si accontentava di un'umile zuppa di ceci, pretendeva che alla sua corte fosse imbandito quanto di meglio e più costoso la natura producesse per nutrire gli esseri umani.

Il fumo denso che saliva verso le volte di pietra nelle cucine di palazzo era un gran caleidoscopio di odori e profumi, dominati dalle note delle spezie più rare. La radice di galanga rossa, calda e secca, dal profumo dolce e pungente, fruttato, canforato. Il cubebe amarognolo, agrumato, piperaceo. E il costosissimo cardamomo dal gusto frizzante, fresco, aspro e mentolato.

Tutto pareva in ordine e sotto controllo, compresi i maestri cialdonai intenti a montare la crema di latte con cui, a fine pasto, avrebbero guarnito i fragranti *gaufres*, quando all'improvviso un valletto fece irruzione con la faccia esagitata.

«Arrivano!».

La frenesia dilagò all'istante in quel cosmo di individui che sino ad allora avevano lavorato in armonia perfetta, girando a tempo e senza collidere tra loro come le stelle lungo le proprie orbite.

Lo stesso Chambly, benché pratico da vent'anni di certi rituali, congestionato dall'ansia prese una strana coloritura che gli rendeva esangue il viso ma paonazzo il collo.

«Presto!», gridò a squarciagola. E fu tutto un tramestio di piedi che arrancavano, mani che strofinavano, tagliavano, tritavano, sbattevano, giravano, soffiavano, spennavano, squamavano e spennellavano sempre più in fretta.

Due piani al di sopra di quel putiferio, dove l'atmosfera era invece rarefatta e pacata, Sua Maestà aveva appena finito di udire messa nella Sainte-Chapelle e s'avviava verso il pranzo che offriva ai suoi ospiti: monsignor Diether di Treviri, arcivescovo nonché principe elettore del Sacro Romano Impero; l'ambasciatore del sovrano d'Ungheria e la delegazione inviata da Giacomo il Giusto, re d'Aragona. Tutti erano venuti a chiedere esattamente la stessa cosa.

Rosso in volto, la vena del collo gonfia che pareva in procinto di scoppiare, il ciambellano Chambly risalì quasi volando le scale per farsi trovare al momento giusto nel posto giusto: alla fine, cioè, del lungo corridoio che immetteva nei giardini di palazzo, proprio appena il re aveva iniziato a percorrerlo, per celebrare a gran voce il momento del *crier au queux* che inaugurava la cerimonia. Sarebbe morto volentieri d'infarto, pur di non mancare alla funzione cui teneva in sommo grado e che lo rendeva il più invidiato tra i funzionari di corte.

Subito uno stuolo di valletti spalancò le porte, si riversò veloce nel vasto pergolato di colonne tortili ombreggiato da viti rampicanti e si dispose intorno al lungo tavolo imbandito a intervalli regolari, apparecchiato con un tovagliato di lino candido e decorato con una quantità di fiori estivi. Una volta lì, immobili e silenti come statue, i valletti avrebbero preso vita solo per servire acqua profumata al gelsomino al sovrano e agli ospiti perché si pulissero le dita, mescere vino mielato, far sfilare l'una dopo l'altra le tante vivande previste e distribuire i panini da bocca con cui i signori potessero nettarsi le labbra tra un servizio e l'altro.

I portieri accompagnarono lontano coloro che, pur essendo stati invitati alla messa del sovrano, non avevano diritto a sedersi a tavola con lui. Ritto in piedi su un palchetto rivestito da un drappo azzurro come la bandiera di Francia, il factotum chiamato scherzosamente "re dei ribaldi" sorvegliava, da quella postazione privilegiata, che tutta la complessa scenografia studiata per l'evento non fallasse nel benché minimo dettaglio. Ma ahimè: una faglia c'era, e grossa!

Giunto al posto che l'etichetta di corte gli riservava, il coperto distinto dal grande trono rivestito in foglia d'oro, Filippo IV notò con disappunto che il seggio al suo fianco era vuoto. Vecchio lupo di mare della corte, Pietro de Chambly fu così lesto da prevenire l'ovvia domanda.

«Sire, la regina si trova ancora nel castello di Vincennes, dove Vostra Maestà ha chiesto che si recasse. Madame è una sposa ubbidiente», concluse con voce melliflua.

«Madame è una sposa ubbidiente», gli fece eco il re. «E da quando?».

Nonostante la palese irritazione, il sovrano mostrò agli ospiti lo stesso volto sereno e inespressivo che avrebbe esibito qualora fosse stato invece al settimo cielo per la soddisfazione. "Giovanna me la pagherà", pensò intanto fra sé.

Quel giorno, durante il banchetto, avrebbe dovuto tenere negoziati che potevano essere gestiti bene solo sopportando una spossante guerra di nervi. I sacri doveri di moglie e regina consorte obbligavano Giovanna a presenziare accanto a lui, per dire parole che mitigassero i rifiuti del sovrano, se troppo netti, o al contrario frenassero le speranze dell'ospite, quando ciò era opportuno; il suo ruolo, secondario ma nient'affatto marginale, doveva insomma controbilanciare gli atteggiamenti del re, che era l'ultimo a decidere, ma non il solo.

Lei invece non c'era. Non c'era!

Quella defezione lo feriva. Lo offendeva alla stregua di un vile tradimento.

Rinchiusa con la sua dama nel castello di Vincennes, la regina teneva gli occhi fissi sulla finestra spalancata sul giardino, senza pace. Contemplava il bosco in lontananza, una massa di colore verde cupo e scuro su cui incombeva un cielo pesante, livido di tempesta. Presto l'ira di un temporale avrebbe spazzato via l'afa soffocante del solleone, ma l'arrivo del vento fresco e l'odore rigenerante della pioggia non potevano dare conforto al suo cuore.

«Non vi piace, Madame?», chiese la baronessa Maria Galard.

«È molto buona», mentì lei.

Non sapeva neppure che sapore avesse, quella minestra. Continuava a rimestare svogliatamente il cucchiaio d'oro nel piatto. Aveva chiesto che le servissero una frugale zuppa di cavoli, cibo da poveri e penitenti, adatto allo stato d'animo in cui versava. Erano trascorse già due settimane dalla caccia nella foresta di Meudon. Dal giorno atroce in cui Filippo l'aveva oltraggiata e umiliata in modo spietato dinanzi a tutta la corte. Non si erano più incontrati, da allora. Né parlati o scambiati messaggi, fosse per iscritto o tramite interposta persona. Le visite domenicali dei suoi figli, che il re teneva quasi sempre lontani dalla corte per ragioni di sicurezza, le davano qualche conforto; ma Luigi, il primogenito undicenne, era troppo cresciuto per non notare quella anomalia. «Madre», le aveva chiesto quando erano stati soli per un momento, «come mai voi siete qui, mentre il signore mio padre si trova a Parigi?».

Giovanna non se l'era sentita di rispondere a quella domanda. Anche lei del resto aveva mille interrogativi che le ronzavano in testa, dandole il tormento.

Come aveva fatto lui a trovarla, nel bosco? Dal momento in cui aveva gridato aiuto a quando lui era piombato lì vicino, pronto a salvarla, era trascorso pochissimo tempo. Cinque minuti? Forse anche meno. Ciò significava che il re aveva già lasciato il resto dei cacciatori e si stava aggirando nella foresta, quando era stata attaccata dall'orso. Una piccola parte di lei, infima fiammella a brillare sperduta nell'abisso del buio, voleva sperare che lui fosse andato a cercarla proprio alla sorgente dei gigli, perché ricordava il luogo in cui s'erano visti la prima volta.

Giovanna moriva di rammarico e rimpianto. Non lo aveva neppure ringraziato per averle salvato la vita mettendo a repentaglio la sua... Ma cosa doveva fare, del resto?

Filippo non avrebbe mai dovuto rivolgerle certe parole oltraggiose in pubblico. E il fatto di schiaffeggiarla, poi! Non lei, che era già regina prima ancora di sposarlo. Il ruolo dominante assegnato da Dio e dalla Natura al marito sulla moglie non gli dava diritto di stracciare quella sacrosanta verità: era tenuto a rispettarla sempre, come avrebbe fatto con qualunque altro regnante suo pari. E invece!

Come doveva regolarsi, adesso? Quanto a lungo doveva restare lì, in quella specie di esilio volontario?

La ragione, la cortesia, il buon senso e persino la prassi di corte imponevano che Giovanna non rimettesse piede alla presenza del marito fin quando lui, pubblicamente come l'aveva offesa, pubblicamente non le avesse rivolto formali parole di scusa. Ma lei disperava, pensando a quella prospettiva. Filippo IV non aveva mai chiesto scusa una sola volta in vita sua: probabilmente non ne era capace. Forse la sua assenza prolungata non lo rendeva affatto scontento. Anzi! Si sentiva sollevato dal non dover continuamente fare i conti con lei? A suo agio, libero di fare i propri comodi con la cugina Matilde, alle spalle del povero marito di lei, ridotto a zimbello della corte?

Giovanna trangugiò il vino tutto d'un colpo. Doveva calmarsi, tenere a freno la sua gelosia. Perdere lucidità significava perdere tutto. Filippo aveva la legge dalla sua parte: un marito è onnipotente sulla propria consorte, figurarsi poi se è anche un re! Poteva arrivare al punto di tenerla separata dai figli per molto tempo, forse addirittura per sempre. Qual era la cosa giusta da fare, allora? Capitolare dinanzi a lui, arrendersi, tornare al Louvre a testa bassa e con la coda fra le gambe, e magari addirittura scusarsi per il suo comportamento maldestro... Mai!

Lui avrebbe senz'altro approfittato di quella docilità per trattarla in modo ancora più tirannico. Filippo non si aspettava che lei cedesse, del resto. Conoscendolo bene, Giovanna non era neppure sicura che potesse apprezzare una resa senza condizioni.

«Vado a coricarmi, Maria».

«Madame, non avete mangiato nulla...».

Giovanna si strinse nelle spalle. Sentiva lo stomaco stretto e raggelato proprio come il suo cuore. Lui era stato crudele a esigere che se ne stesse confinata proprio a Vincennes. Quel castello non era una dimora come le altre, ma una specie di sacrario dei loro momenti più belli, rari attimi paradisiaci strappati alla grigia monotonia dei rituali e dei doveri di corte.

Vincennes aveva una cinta di mura modeste che isolavano un enorme giardino e un castelletto più simile alla dimora di un signorotto di campagna che a una fortezza reale. Erano mura concepite non per resistere all'assalto dei nemici, ma per tenere a bada un tipo di assedio che re Filippo il Bello temeva sopra ogni altro: quello della corte, dei rituali di Stato, del suo altissimo e asfissiante ruolo. Rappresentavano un cerchio magico entro il quale lui, dismessi i ricchi panni di sovrano come pure tutte le formalità monarchiche, poteva liberamente parlare in dialetto con i consanguinei o anche in un'altra lingua che non fosse il francese. Poggiare i piedi sul tavolo, se per caso ne aveva voglia. Bere il vino dalla brocca e asciugarsi la bocca con la mano. Issare sulle spalle la piccola Isabella, che chiedeva sempre di vedere il mondo da più in alto. Intagliare cavalieri di legno per far giocare i principini Filippo, Carlo e Roberto, o tirare scapaccioni e persino pedate al primogenito Luigi, che attaccava briga con tutti.

Nei pochi momenti che poteva trascorrere a Vincennes, smetteva di essere re e ritornava un uomo. Proprio per quella ragione, di conseguenza, l'accesso al castello era riservato a uno strettissimo numero di persone elette: dieci in tutto, comprese le guardie e gli sguatteri di cucina, oltre a una domestica che si curasse di pulire la stanza e rifare il letto. Quel letto…

Giovanna si avvicinò e sfiorò le coperte con le dita tremanti. Era proprio lì che avevano trascorso la prima notte insieme. E tante altre. Anche lontana da Vincennes, se chiudeva gli occhi ne vedeva l'immagine, così nitida da poter contare tutti gli intarsi della spalliera arricciolata, da risentirne nel cuore l'eco ritmica dei tonfi contro il muro.

"Baciami", lo implorava nel fremito dei ricordi. E le sembrava che fosse davvero lì, nudo tra le lenzuola a trascinare piccoli baci su di lei dal seno in giù, fino alle ginocchia, a quei piccoli piedi bianchi, all'unghia rosa di quelle dita delicate, nervose di piacere e di impaziente attesa.

Perché ora quel letto carico di ricordi le sembrava quasi spettrale, sotto gli ultimi deboli raggi del giorno? Perché la stanza tante volte complice del loro amore preso e dato era di colpo fredda e invasa dall'ombra?

Nocche importune battute contro la porta la costrinsero ad alzare la faccia dalle coperte.

«Vi chiedo perdono, Madame».

Giovanna era sfinita di tristezza. «Che succede?»

«Una visita per voi».

«A quest'ora? Dite di tornare domani».

«Scusate se insisto, Madame… Mi pare importante».

Un sussulto di gioia la fece scattare in piedi. In un attimo si vide spettinata, stropicciata, gli occhi arrossati di lacrime, senza trucco. La dama di compagnia la conosceva bene, dunque immaginò i suoi pensieri.

«Non agitatevi, Madame. Non è Sua Maestà. Si tratta di due signori stranieri. Un po' strani, a dirla tutta. Indossano abiti di seta color porpora come fossero cardinali, ma uno di loro porta addirittura la spada...».

Giovanna ricadde seduta sul letto. Perché si faceva sempre del male con quella sua puerile tendenza a illudersi?

«Illusioni», mormorò affranta. «Sono la mia colpa, la mia condanna».

«Voi non avete colpe, Madame. Sua Maestà vi ha schiaffeggiata davanti a tutta la corte».

«Io l'ho provocato, Maria. Forse non me ne sono resa conto, all'inizio. O forse sì. Sono stata io a chiedere che Luigi mi scortasse nel viaggio verso la Champagne. E quando eravamo lassù, da soli, ho accettato che mi facesse la corte. Ho gustato le sue attenzioni, per giunta, fino in fondo».

«Santo cielo, Madame! Non avrete mica ceduto...».

«Non con il corpo», disse la regina. «Ma con il cuore sono stata sua. Appassionatamente».

«Allora non è grave, mia signora. Gli uomini non sono troppo gelosi di ciò che una donna fa con il proprio cuore».

«Il mio invece sì. Pretende dedizione totale a lui, fino all'ultimo pensiero, mentre il suo cuore è tutto e solo per la Francia! Sarebbe pronto a sacrificare non solo sé stesso, ma tutti i suoi affetti più cari... Una parte di me voleva scuoterlo. Colpirlo. Ferirlo. Tutto, per essere al centro del suo mondo! Ci sono riuscita, alla fine: l'ho condotto all'esasperazione, e lui ha reagito con una violenza che non gli appartiene. Quella parte di me che urlava nel profondo ora è soddisfatta: il mio amor proprio è vendicato, ma ha segnato la rovina di Luigi».

«Madame, il principe d'Évreux non è la povera vittima che voi state descrivendo. Poteva rifiutarsi di accompagnarvi nella Champagne accampando una scusa gentile. Ma anche scegliendo di partire con voi, avrebbe dovuto tenere una condotta adatta a una relazione priva di ombre».

«Mi sono approfittata di lui, Maria. Della passione che cova per me da anni».

«Siete troppo severa con voi stessa, Madame. Se nulla di irreparabile c'è stato tra voi, allora niente è successo. Sia lode al Signore, che vi ha reso tanto saggia da evitare i trabocchetti del Maligno. Dandovi a lui, avreste stracciato il vostro onore per nulla. Cosa potevate ottenere? Un legame passeggero, di qualche mese o poco più. Gli uomini sono fatti così: quando si tolgono lo sfizio, una donna perde qualunque valore ai loro occhi».

«Vi sbagliate, Maria. Ero io che lo avrei usato. Non per un mese, né per una settimana. Una volta sola, come un'arma affilata per scalfire quella pietra che è il cuore di mio marito. Sono stata sciocca e crudele!».

«Anche Sua Maestà è in torto», osservò la baronessa Galard. «Vi trascura».

Gli occhi della regina brillarono di rimpianto.

«Ma io lo sapevo», mormorò. «Ero stata avvisata di quel che avrebbe significato stare al suo fianco. Ero con lui, il giorno in cui fu incoronato nella cattedrale di Reims. Poco più che una bambina, a quel tempo, ma lui no. Aveva solo pochi anni più di me, ma le sue ossa portavano già i segni della fatica e del dolore di un re».

«Che significa?»

«Ho giurato di non dirlo, Maria. Ma un fatto almeno potete saperlo: quel giorno, a Reims, il conte di Clermont mi chiamò in disparte un momento. Mi mostrò la spada destinata a lui, il re di Francia».

«La celebre *Jouyeuse* che fu di Carlo Magno?»

«No, la sua personale. Quella che era stata forgiata per lui, che avrebbe portato per tutta la vita. Ricordo perfettamente la strana impressione che mi procurò: l'elsa d'oro racchiude reliquie di san Dionigi, e sui pomelli laterali sono incastonate due piccole figure intagliate nell'ametista. Una donna a sinistra e un piccolo coniglio a destra. Due scritte accompagnano le figure: *Nec mulier. Nec pusillus*. Comprendete che significa, Maria?»

«Credo di sì, Madame. Vuol dire che nel cuore di un sovrano non c'è posto per gli affetti privati. Il cuore di un re batte solo per il suo popolo».

La regina abbassò la testa, addolorata.

«Dunque io lo sapevo, Maria. Conoscevo benissimo ciò che sarebbe stata la mia vita. Eppure, ho creduto di poter cambiare tutto questo. Mi sono illusa di poterlo avere per me come se fosse un uomo comune. Il mio errore è grave, e soffro giustamente».

«Forse c'è un modo per sentirvi meno in colpa, Madame. I due signori stranieri che chiedono di essere ricevuti da voi… Sono molto insistenti, sapete? Affermano che un pericolo tremendo incombe su vostro marito il re, ma voi potete metterlo al riparo. E se fosse vero?».

X

Solenne nella sua lunga zimarra color porpora, il cardinale Matteo Bentivegna d'Acquasparta si avvicinò alla tavola del re. Voleva benedire la mensa, i commensali e il cibo in procinto di venire servito. Gli fu accordato, naturalmente. E, naturalmente, ciò fece inviperire il domenicano fra' Nicola di Fréauville, confessore reale, cui la prammatica di corte conferiva in via esclusiva il diritto di espletare quel rito. Il sovrano aveva scongiurato in vari modi il rischio di doverlo ricevere, nei giorni precedenti: tutti sapevano che il papa aveva affidato a Bentivegna una missione molto delicata presso il re di Francia, e il cardinale del resto s'era adoperato senza risparmiare energie affinché persino l'ultimo scabino del regno fosse al corrente della notizia, al puro scopo di legare le mani a Filippo IV. Il quale, ormai, non aveva scelta: o dava udienza al porporato o dava scandalo per il disprezzo verso la Santa Sede. Consapevole che il re lo stava ricevendo, per così dire, *obtorto collo*, Bentivegna cominciò con i convenevoli di rito.

«Mi hanno detto che Vostra Maestà è riuscito ad abbattere un orso da solo. Corrisponde al vero, sire?»

«Corrisponde».

«E com'è successo? Raccontatemi di questa caccia straordinaria, vi prego».

«Non c'è molto da dire», rispose il re. «L'orso aveva attaccato una tigre capitata nei paraggi. Dovendo scegliere tra due fiere selvatiche, abbiamo creduto saggio affrontare l'orso. La meno pericolosa tra le due bestie».

I dignitari soffocarono nelle coppe d'argento un risolino gorgogliante, fingendo di bere.

Il cardinale era sorpreso. «Ci sono tigri, in Francia?»

«Una. Nel castello di Vincennes».

«Non è la vostra residenza privata, sire?»

«Pare che la nostra persona sia in balia delle belve, eminenza».

A quel punto i cortigiani non si tennero più, e uno scroscio di risate, benché composte, celebrò il commento del sovrano. C'era bisogno di ridere, del resto, per smorzare la tensione. Si capiva che Filippo IV era fuori di sé, dietro la maschera impeccabile della cordialità che indossava, e ognuno dei cortigiani immaginava quale fosse la causa di quella stizza: l'assenza imbarazzante della regina. E chissà quali altre complicanze a quel fatto collegate.

Il cardinale aveva riso con gli altri, anche se sapeva poco della caccia reale: e quel poco lo aveva orecchiato di sfuggita dalle chiacchiere altrui, delle quali non era mai stato ghiotto. Nondimeno, una certa idea sulle strambe allegorie che il re di Francia componeva sorridendo, però a denti stretti, se l'era fatta: fu perciò con l'intuito affilato e la benevola ipocrisia dei preti che si permise di dare al sovrano un certo suggerimento.

Bentivegna si accostò al re bisbigliandogli nell'orecchio.

«Provate a foraggiare meglio quella tigre, maestà. Si sa che persino le belve più feroci diventano mansuete, quando sazie. Un cavaliere delle mie parti, in Umbria, trovò un certo modo per sanare un inconveniente simile al vostro, sapete? Dovette sacrificare molte lance e molti scudi. Certi rimedi all'italiana sono costosi e macchinosi. Però efficaci».

«Un rimedio un po' troppo "all'italiana" per i nostri gusti, eminenza».

Il sedimento di rancore nella voce calma del re fece capire all'altro di aver appena messo il piede su terreno franoso, dunque cambiò discorso all'istante.

«Maestà, si fa un gran parlare della reliquia che certi signori di Roma vi hanno offerto», cominciò. «L'avete accettata?»

«No, eminenza. Non ancora».

«Allora rifiutate, se posso darvi un consiglio. Un consiglio paterno. Quell'oggetto deve tornare nelle mani del papa».

«Perché dovremmo respingere l'offerta?»

«Per l'identità di chi ve la presenta, innanzitutto. I due "signori" sono uomini che non vi è possibile incontrare senza che Sua Santità sia molto risentito. Volete forse offendere Bonifacio VIII?»

«Non hanno mai messo piede a palazzo o al Louvre. Né lo faranno».

«In compenso, maestà, so che avete già ricevuto gli ambasciatori di vari regnanti cattolici. Vescovi, anche. E abati di monasteri importanti e facoltosi... Ognuno di loro è venuto a chiedervi la grazia di ottenere un brandello di quella reliquia. Una striscia del sacro sudario in cui Nostro Signore fu deposto nel Sepolcro, testimonianza della Resurrezione».

Filippo IV non rispose né batté ciglio. Forse neppure respirò.

"Chi tace acconsente", pensò Bentivegna. Poi disse: «Ebbene, sire, innanzitutto voglio dirvi che mutilare un oggetto del genere è già di per sé un atto sacrilego e indecente. Abbiamo scoperto che venne tagliata una striscia sul fondo per farne dono a papa Innocenzo III, cent'anni fa, ma sfortunatamente la Chiesa ne è rimasta privata: Celestino V portò via con sé quella striscia quando rassegnò le dimissioni e depose la tiara. In effetti era l'unica cosa che volle tenere come ricordo del tempo in cui era stato papa. Ma se voi, sire, doveste accogliere davvero la richiesta di tutti coloro che ci risultano venuti da voi a chiederne un pezzo, ecco che quel sacro telo finirà a brandelli!».

«Chiedere non è ottenere», ribatté il sovrano.

«Davvero? Eppure so che ognuno di questi postulanti ha già consegnato nelle vostre mani una pesante borsa di monete d'oro quale caparra per la sua parte di reliquia, e altro oro verrà ceduto in seguito. Ignorate che il traffico delle reliquie è punito con la forma più severa di scomunica?»

«Nessuno chiede nulla, eminenza. Ciascuno dona di sua volontà».

«Non mi riferivo soltanto ai donativi portati da quelle persone, sire. Parlo del possesso della reliquia in sé. Quel telo venne trafugato dal palazzo imperiale di Costantinopoli durante un orrendo bagno di sangue. Non importa il modo in cui giungerà a voi: sapete benissimo che non potrebbe mai essere un modo onesto!».

Filippo IV si voltò di tre quarti e sorprese il cardinale con un accenno di sorriso.

«Il sacro sudario apparteneva agli imperatori bizantini», mormorò. «Dunque è proprietà di chi detiene la corona imperiale di Costantinopoli. A breve nostro fratello Carlo di Valois sposerà Caterina de Courtenay, e da lei riceverà appunto in dote la corona di Bisanzio. Perché parlate di furto, di traffico illecito? Il sudario di Nostro Signore ritorna ai legittimi proprietari».

Matteo Bentivegna accusò il colpo e rimase qualche attimo senza parole. Solo pochi istanti di smarrimento, però: non era un caso, se il capo della diplomazia papale aveva scelto proprio lui per quella missione così delicata.

«Capisco, sire: il "re di ferro" ragiona con logica di ferro. Ci sono tuttavia dettagli che voi ignorate, e che io avrei tanto volentieri evitato di raccontarvi. Mi vedo però costretto a farlo: è mio dovere mettervi in guardia sui pericoli che correte».

«Quali pericoli?», chiese il re. Non si preoccupò di nascondere lo scetticismo verso le sibilline allusioni del porporato, futili minacce volte a scippargli la magnifica preda che stava per agguantare.

«Forse conoscete di nome il cardinale Jacopo Stefaneschi, maestà. È l'uomo più colto che il papa abbia con sé nella Curia, il custode dei suoi preziosi libri. Da settimane Stefaneschi si consuma la vista studiando gli antichi testi per capire quale sia, in concreto, la natura di questa reliquia. Con l'aiuto di altri studiosi è arrivato a sapere che il sudario contiene l'impronta del corpo di Nostro Signore. L'impronta doppia, frontale e dorsale, di un corpo che venne adagiato nel Sepolcro avvolto in quel lino».

Gli occhi glaciali del re parvero accendersi di una fiamma azzurra.

«No, maestà, non pensate che ciò sia un bene! Al contrario, è un fatto catastrofico».

«Non vi credo, eminenza. Se quel che dite è vero, allora guardando quel lino si è davanti a un prodigio. Si può vedere quale aspetto umano aveva il Figlio di Dio. Guardare il suo volto!».

«Il volto è la parte meno drammatica, infatti. Per questa ragione gli imperatori bizantini decisero di ripiegare il telo molte volte e presentarlo ai fedeli racchiuso dentro una cornice d'oro. In tal modo, si poteva credere che in realtà fosse solo un asciugatoio. Il panno che venne offerto a Nostro Signore per detergersi il volto durante la Via Dolorosa».

«Perché non mostrare il corpo? Avrebbero potuto contemplare le stigmate della Passione».

«Certo, maestà. L'immagine su quel telo mostra con dovizia di particolari Nostro Signore morto. Fin troppo morto, ecco».

«Volete dire... Come un uomo qualunque?»

«Assolutamente sì. Piagato. Coperto di lividure. Di sangue, sudore e terriccio. Ma quel che è peggio, maestà, quel corpo è completamente e vistosamente irrigidito dalla morte».

Filippo IV ebbe un atroce presentimento. «Temo di aver capito, allora».

«Sono contento di sentirvi parlare senza il *plurale maiestatis*», disse Bentivegna. «È un segno di confidenza che mi onora, e la dice lunga su quanto siete scosso da questa rivelazione. I monarchi di Bisanzio erano grandi condottieri ma anche astuti capi di Stato, e dominarono per secoli su un impero lacerato da continue guerre causate dalle eresie. Si resero conto che la visione di quell'impronta, di quella realtà, poteva seminare tra la gente la peste della dissidenza religiosa. Il popolo, fatto di animi semplici e ignoranti, non avrebbe mai accettato di vedere il Figlio di Dio come un morto stecchito: la sua natura divina a quel punto sarebbe stata messa in dubbio, e forse anche la Resurrezione. Il Nazareno doveva essere un uomo come gli altri, se il suo corpo aveva subìto la stessa sorte di qualunque altro corpo umano! Gli uomini dotti, invece, quelli capaci di andare oltre le apparenze, erano in grado di comprendere che il corpo aveva lasciato quel telo prima che il rigore delle membra si sciogliesse, prima che iniziasse la decomposizione. Ma uomini così accorti sanno anche

che nessuna carne lascia sulla stoffa un'immagine così prossima al vero».

«Quanto prossima?»

«A un punto che è persino difficile immaginare. Molto più che un ritratto, simile a ciò che si vedrebbe nel riflesso dell'acqua. Se sapeste, maestà... Chi lo vide assicura che si possono contare i muscoli a uno a uno, le onde dei capelli, i fili di barba, ogni singola scalfittura inferta nella carne dai colpi di flagello!».

«Nessun corpo può fare questo», mormorò il re. «Gli uomini colti sono indotti a pensare che il Nazareno non aveva vera carne umana. Ma carne divina. Angelica. Soprannaturale».

«Esattamente, sire. L'eresia ariana e quella gnostica: le peggiori contaminazioni che abbiano mai decimato il gregge di Cristo e riempito le fosse dell'inferno».

«Non c'è combustibile migliore dell'eresia, quando si vuole appiccare l'incendio della rivolta in un regno», convenne il re.

«Mostrare l'immagine e scatenare il flagello, maestà, oppure tenerla nascosta: questa è la scelta che si presentò ai monarchi bizantini. E che oggi si presenta a voi».

XI

Il rimbombo assordante di un tuono zittì i commensali seduti al banchetto reale. Il temporale che poco prima minacciava Vincennes s'era spostato rendendo umida e fosca l'aria di Parigi.

«Per la misericordia del diavolo!», imprecò il ciambellano. «Non poteva aspettare un'oretta, questa dannata pioggia?!».

Goccioloni caldi come lacrime caddero sui capelli del re, che subito fece cenno a Chambly di spostare il pranzo all'interno. Il povero ciambellano si precipitò a dare ordini, ridicolo fino al grottesco, mentre si reggeva a piene mani quel panzone ballonzolante nello sforzo di correre più veloce. Filippo IV si alzò da tavola, subito attorniato dai cavalieri che lo scortavano in ogni situazione. Ma tra loro si aprì un varco per lasciar passare don Alfonso de la Cerda, cugino del sovrano e suo confidente. Dal volto si intuiva che portava un messaggio importante per il re: glielo riferì in castigliano, perché nessun altro, a parte loro due, potesse capire.

«Sire, è tornato proprio ora il barone Galard dal castello di Vincennes. Ha costretto sua moglie a riferire quel che ha fatto la regina durante questi giorni. Le visite che ha ricevuto».

Filippo IV non aprì bocca, ma il suo silenzio era eloquente.

«Madame ha visto sua madre, donna Bianca di Lancaster. La regina d'Inghilterra è rimasta con lei due giorni, prima di ripartire. Poi vostro fratello, sire, il principe Luigi. Si è recato da lei a consolarla dopo la battuta di caccia».

«Quanto tempo è rimasto?»

«Poco, maestà. Un'oretta o anche meno. Hanno fatto una passeggiata nei boschi. E infine...». Il castigliano s'interruppe in modo brusco, come se stesse cercando il modo opportuno per dare la ferale notizia al suo re. «I Colonna, sire. Sono andati dalla regina per offrirle la reliquia».

Gli occhi del re balenarono di rabbia.

«A lei», sibilò. «L'hanno offerta a lei, quando io non l'ho neppure vista!».

«Così pare, maestà. Forse la vostra esitazione è stata fraintesa. Non hanno capito che state cercando un modo per togliervi dall'impaccio, per evitare una guerra con il papa. Avranno creduto che la transazione non v'interessa».

Il volto del re divenne più livido del cielo che incombeva. Dopo alcuni attimi passati a riflettere, si alzò da tavola e prese congedo dal cardinale.

«Ci vedremo ancora domani, eminenza. Ora dobbiamo andare a caccia».

Il fragore di un tuono fece rimbombare l'aria e sottolineò il carattere paradossale di quanto il re aveva appena detto.

«A caccia, maestà? Con questo tempaccio? Fa buio, per giunta...».

Filippo IV accennò una smorfia crudele.

«Il tempo è perfetto», soggiunse. «E certe prede bisogna catturarle con il favore delle tenebre».

Un urlo da qualche parte nel buio. I vicoli rimbombavano quel rantolo agghiacciante di dolore e angoscia, centuplicandolo. Il principe si gettò contro un muro, cercando il completo rifugio della tenebra. Dov'era la pattuglia di ronda?

Un gruppo di delinquenti aveva sicuramente accoppato un povero passante inerme, tanto incauto da aggirarsi nottetempo in quei paraggi. Terribili, certi anfratti dei quartieri bassi di Parigi, dopo il calar del sole. Posti infrequentabili, dove chiunque avesse un po' di sale in zucca sapeva che non avrebbe mai dovuto mettere piede. A meno che, beninteso, non dovesse risolvere qualche grossa rogna per cui entrava in gioco la propria pelle. Questione di vita o di morte, in breve. Come nel suo caso.

Oltre l'arco che lo proteggeva sotto la sua ombra, vide tre sagome scure avvicinarsi. Imprecavano e bestemmiavano litigando fra loro. Il principe impugnò la spada. Attento a non far rumore, la estrasse dal fodero, ma di un palmo appena. Il lucore della sua lama poteva tradirlo: scintillava al minimo raggio di luce. Acciaio bianco dello Yemen, forgiato dai migliori maestri d'arme che si trovino in Oltremare. Lucente come uno specchio, e soprattutto estremamente affilato. Se i malintenzionati erano briganti ordinari, senza né elmo né usbergo, poteva tagliarli in due.

La ridda di voci e bestemmie passò oltre, finché di loro non restò altro che un'eco vaga, mista di improperi e passi strascinati, che si perse tra le vie oscure. Il principe recitò sommessamente una preghiera di gratitudine a Dio. Rinfoderò la spada e si accostò alla strada per capire se il passaggio fosse libero. Avanzò rasente i muri scrutando ogni anfratto, crocicchio o volta che gli si presentava dinanzi, per capire se nascondesse nemici in agguato. Il gracchiare di una vecchia ghironda gli segnalò che era quasi arrivato. Quelle note zoppicanti si intonavano al coro di voci sgangherate sul ritmo di una vecchia lirica d'amore. Voci di ubriachi, canzoni da bordello. In un vicolo, due prostitute accovacciate stavano orinando. Lo disgustò la massa delle loro gonne sollevate sopra quei culoni immensi bluastri sotto la luna, l'orina che formava due rivoli lucenti lungo la pubblica via.

Il principe si coprì la faccia con un lembo del mantello. C'era un puzzo rivoltante, in quel vicolo. Forse i frequentatori del postribolo lo usavano come latrina a cielo aperto. Comunque, si disse, era quasi arrivato. Cinquanta passi dopo aver superato la casa equivoca gestita da tale Isotta Pelrosso: così diceva il messaggio.

Ecco, gli pareva di vedere l'edificio. Un mattatoio isolato, appena fuori città. Lo riconobbe dal fetore e dal latrato dei cani che si azzannavano fra loro contendendosi gli ultimi ossi spolpati. Dio del Cielo, perché era dovuto andare proprio lì?

Con cautela accostò la mano all'uscio. Aperto, com'era stato convenuto. Entrò. All'interno il locale era completamente vuoto.

Enormi ganci di ferro corrosi dalla ruggine pendevano dal soffitto arrivando ad altezza d'uomo. Era orribile pensarli carichi del loro grosso peso di carne morta. Il principe rabbrividì, notando grosse mannaie e altri strani arnesi abbandonati sul legno di un tavolo. Si chiese se quell'orrendo scannatoio venisse usato anche come luogo clandestino di tortura dei nemici politici del re, quelli che sparivano all'improvviso senza che nessuno ne sapesse più nulla. Come poteva succedere a lui, per esempio. Le urla dei poveri disgraziati straziati dal cavalletto o dai ferri arroventati si confondevano con quelle delle bestie macellate, nel disordine che di giorno affollava le vie del foborgo.

Doveva essere cauto. Cercare di capire quali fossero le intenzioni dell'altro. Perché qualcosa di subdolo doveva pur esistere, nel suo agire: e non erano pretese decenti, se gli aveva fatto sapere che voleva vederlo proprio lì, di notte, in un posto tanto lurido.

Luigi d'Évreux sussultò. Dalla finestra in fondo al locale era entrato qualcuno. Vide una sagoma scura avanzare verso di lui. Camminava lentamente, per incutergli soggezione. Quando gli fu abbastanza vicino, si tolse dalla faccia lo straccio che la ricopriva.

«Siamo alla resa dei conti», disse Filippo IV.

Vestito così, nulla più che una sdrucita tunica corta da popolano sopra stivalacci e calzoni da viandante, il re consacrato da Dio aveva decisamente l'aspetto sinistro di un sicario. Minaccioso. Irremovibile.

«Sono innocente!», protestò il principe. Ma gli occhi del sovrano non smisero affatto di fissarlo, addossandogli una colpa che non poteva essere perdonata.

«Ne sei sicuro, fratello?»

«Lo giuro, in nome di Dio!», sbraitò Évreux. E dopo abbassò lo sguardo, per abbandonarsi alla piena delle confessioni. «È vero, odiavo Baldrico de Courtenay. Era un uomo intrigante come pochi. Falso, ipocrita, corrotto... L'ho anche minacciato, lo ammetto. Non doveva immischiarsi nelle faccende politiche di Francia. Negoziare le nozze di Carlo con l'erede alla corona di Costantinopoli è stato un errore ferale: a cosa ci serve quella corona? Non abbiamo speranze concrete di riprenderci l'Impero d'Oriente perché non abbiamo denaro per allestire una nuova crociata. L'accordo può solo irritare i greci e metterli in allerta, ed è esattamente ciò che è successo: il commercio di derrate esotiche ha pagato un prezzo altissimo! E sì, ammetto anche questo: mi rode che Carlo abbia una sposa più nobile della mia. Tu non hai occhi che per lui! Lui, un buono a nulla capace soltanto di leccare i piedi del papa con l'assurda idea che gli assegni un regno chissà dove. Lo si manda a mettere pace in una città, e lui solleva rivolte. Se invece gli si dà l'esercito per la guerra, tutto ciò che sa concludere è una pace umiliante. Ma tu lo preferisci a me. Sempre e comunque, anche se io mi sono consumato il fegato e la salute, a furia di risolvere i tuoi guai!».

Impassibile, le mani conserte sul petto, il re lo fissava con l'aria paziente di chi aspetta di arrivare al punto.

«Non sono stato io», disse il principe. «Avrei voluto ammazzarlo, ma non in quel modo selvaggio. Non ho in corpo la ferocia per compiere certe atrocità. E non farei mai nulla che possa danneggiarti. Perché ti voglio bene, fratello mio. E tu lo sai».

Il re si avvicinò di un altro passo. Ora gli stava dinanzi: occhi negli occhi, pugnale contro pugnale. Il principe si sentì intimidito.

«Sono innocente!», gridò di nuovo Luigi.

«Non è vero», disse il re. Sembrava il ringhio di un cane feroce.

Luigi d'Évreux si vide perduto: perché il fratello non voleva credergli? Poi improvvisamente gli fu tutto chiaro: era un'altra, la colpa abominevole che il sovrano gli stava addossando con quello sguardo da belva pronta a scagliarsi sulla preda. Una colpa dinanzi alla quale il principe, uomo senza doppiezza, non poté fare altro che abbassare lo sguardo.

«Tu non meriti Giovanna», protestò. «Sei arrivato al punto di schiaffeggiarla in pubblico!».

«Per colpa tua», disse il re con rancore.

Con la testa bassa e la schiena curva, Luigi d'Évreux ora non si difendeva più dal biasimo e dalla collera del fratello maggiore, che sapeva di meritare appieno. Filippo aveva spie eccellenti, evidentemente devote e invisibili come fantasmi. Infine, Luigi trovò il coraggio di fare una domanda.

«Come posso avere il tuo perdono?»

«Il mio perdono?! Da mesi insegui la regina, ostinato come una lurida mosca che vuole posarsi sopra un vaso di miele. Passeggiate nei boschi da soli, biglietti segreti per incontri clandestini… Ho sopportato questo vile tradimento solo perché mi sono detto che, se Giovanna avesse un figlio tuo, non sarebbe un bastardo qualunque, no, ma sangue di san Luigi. Sangue dei re di Francia. La purezza della dinastia è salva in ogni caso. A parte questo… Credi che non ti voglia sbudellare con le mie mani?!».

Dalle finestre della stamberga sbucarono fuori sei armigeri che si gettarono sul principe: in un attimo, Luigi si ritrovò immobilizzato.

4
ARCANGELI E PRINCIPATI

I

L'uva passita corrobora lo stomaco, però può costipare l'intestino. Quanto più il succo sa di dolce, tanto più possiede qualità calda.

Era già da un po' che Maddalena, seduta su una panca dei giardini vaticani, se ne stava a leggere quel passo di Galeno in cui viene descritto il potere curativo degli alimenti. Chiunque fosse passato di lì avrebbe lodato la compostezza e la diligenza di quella ragazzina studiosa, che già di buon mattino attendeva alle proprie letture scansando il padre di tutti i vizi. In realtà era improbabile che qualcuno la vedesse: chierici, famigli e servi della Santa Sede facevano l'impossibile per non imboccare quel sentiero che conduceva alla sommità del colle Vaticano, dove abitava arroccato l'anziano sapiente dalla fama tetra. Su di lei non faceva presa la diceria che Arnaldo da Villanova fosse in grado di affatturare chiunque, corrompendo persino il senno del papa, illuminato dalla grazia divina: troppo potente la curiosità che s'era insinuata nel suo cuore dopo aver conosciuto il vecchio e parlato con lui. Da quel giorno, Maddalena aveva desiderato nient'altro che poter entrare nel misterioso giardino, fortificato come un castello inespugnabile, per scovarne i mille segreti. Si era convinta che il Catalano l'avrebbe presa in simpatia, se si fosse dimostrata utile; e chissà, con un pizzico di fortuna, sarebbe forse riuscita a farsi insegnare qualcuna delle sue prodigiose ricette.

Ogni tanto Arnaldo faceva capolino dalla porta del suo recinto fortificato e la notava. La sua faccia era fosca, severa: s'informava su cosa stesse leggendo, è vero, però mai una volta che le avesse detto di entrare! Pazienza, si ripeteva lei; il vecchio era davvero un osso duro, ma il momento propizio prima o poi sarebbe arrivato. Nel frattempo, avrebbe se non altro guadagnato una ferrea preparazione in materia erboristica, di cui le monache di Salerno sue educatrici si sarebbero certo compiaciute.

«No! Mio Dio… Aiuto!».

Maddalena sussultò, poi gettò a terra il libro e si precipitò verso la porta, tempestandola di colpi.

«Maestro! Maestro Arnaldo, vi sentite male?!».

Dopo qualche istante, si aprì un sottile spiraglio attraverso il quale vide la faccia del vecchio. Tirata, angosciata. Gli occhi pesti tradivano un intenso malessere.

«Non ho niente», biascicò.

«Volete che vi porti qualcosa?»

«Magari un po' di vino…».

In casa Arnaldo non ne aveva neanche una goccia: non per ragioni igieniche, in realtà, poiché ne conosceva bene i grandi benefici quando assunto con moderazione. In tanti e tanti anni trascorsi a viaggiare in terre abitate dai saraceni si era abituato a fare a meno di quella bevanda che il popolo di Allah considerava peccaminosa.

«Vado a prenderlo subito!».

Dieci minuti dopo la ragazzina tornava portando tra le mani una brocca di cesanese con tanta solennità che sembrava sorreggere l'ostensorio del Santissimo Sacramento. L'agognata occasione di entrare nell'antro del vecchio ed essergli utile le si offriva di colpo…

«Lascialo lì sul tavolo», le disse Arnaldo.

Visto a figura intera, il Catalano sembrava ancora più tribolato di quanto le era apparso prima. Curvo, per giunta, come se un peso enorme opprimesse le sue gracili spalle senili.

«Vi preparo un infuso calmante, maestro?»

«Sì, ti dirò come fare. Il secondo barattolo sullo scaffale di destra. E dopo…».

Arnaldo s'interruppe: la ragazzina sembrava a proprio agio tra i tanti albarelli che affollavano la sua casa. Laddove il nome del contenuto era scritto in arabo, lei stappava e annusava, riconoscendo all'istante di quale erba si trattasse.

«Dimenticavo che studi a Salerno sotto la guida di Gàita Silvatico», mormorò il Catalano. «Cosa ci hai messo?»

«Valeriana. Melissa. Anche semi di papavero, perché mi sembrate molto scosso. Dormire un pochino non può farvi che bene».

«Hai ragione, ragazzina. Sono diverse notti che non chiudo occhio. Gravi pensieri mi rubano il sonno».

«Mi sono spaventata, quando vi ho sentito gridare. Ho temuto un malore, alla vostra età...».

«Il mio corpo non ha nulla, figliola. La mia anima, invece, è aggredita da una visione terribile che ricorre anche durante le ore di veglia. Forse dovrei recitare l'*istikhara*, perché mi sia concesso di trovare la via».

«Cos'avete detto?»

«È un'antica preghiera che si rivolge ad Allah affinché ci guidi quando siamo afflitti da un grande smarrimento».

Maddalena fece tanto d'occhi.

«Maestro, una preghiera degli infedeli...».

Arnaldo scacciò le sue remore con un gesto stanco della mano. Il potente infuso soporifero cominciava a giovargli.

«Chiamalo pure Dio, se preferisci. O magari Yahweh. L'Altissimo non è tanto cavilloso. La fede conta, il fatto di affidarsi alla sua santa volontà. Il resto sono pagine scritte dagli uomini...».

Occhi chiusi, testa reclinata di lato, il vecchio era crollato dolcemente contro la spalliera della sedia. Maddalena non credeva alla sua buona stella: finalmente si trovava in quell'antro di saperi preclusi al resto del mondo, libera di guardare tutto e di aprire ogni boccetta! Non proprio tutto, in realtà: la cassa dei libri proibiti era sprangata con un'inviolabile serratura. Frugò sul tavolaccio ingombro di vari strumenti per i calcoli astrali, minerali iridescenti, pepite di metalli a lei ignoti. C'era persino un cestello di noci ancora chiuse nel mallo, con cui il vecchio realizzava l'inchiostro. Sperduti lì in mezzo, due fogli sotto un sasso di cristallo a forma di teschio. Sbirciò il Catalano: beatamente cullato tra le braccia di Morfeo! Non c'era nulla di male a dare uno sguardo ai due fogli: probabilmente erano ricette segrete, di cui non avrebbe fatto parola ad anima viva.

No, invece. Erano due lettere. La prima arrivava al vecchio da Parigi, e la legenda iscritta sul bel sigillo di cera verde a forma di navetta diceva che a scriverla era stata Giovanna, regina consorte di Francia.

Maestro Arnaldo,

è passato molto tempo dal nostro ultimo incontro, e so bene che il vostro addio alla Francia non fu lieto, ma funestato da tragiche circostanze e gravi accuse nei vostri confronti che credo, e ho sempre creduto, vuote quanto odiose calunnie: forse per tale ragione, cioè il vostro giusto risentimento, non avete inviato a mastro Pedro Mercader, che vi scrisse dietro mia preghiera, un po' di quelle ceneri di una Fenice che voi custodite. Spero che in futuro vorrete farlo, perché non solo io stessa, ma l'intera famiglia reale di Francia sembra caduta sotto il potere di un maleficio!

Nella fervida attesa di ottenere da voi tale grazia, oso porvi un quesito al quale saprete sicuramente dare risposta. Vi apparirà strano, ne sono certa, ma non posso del resto rivelare il motivo per cui mi trovo nel bisogno di sapere al riguardo. Voi che avete viaggiato in tutto l'Oriente, e sicuramente visitato più volte Gerusalemme, avete mai sentito dire da qualche sapiente se a Nostro Signore Gesù Cristo, quando fu deposto nel Sepolcro, venne prelevato il cuore dal petto?

Alla sovrana il Catalano stava rispondendo con una lettera che non aveva finito di scrivere.

Illustrissima signora,

non occorre che diciate in modo aperto quali siano le ragioni e le circostanze per cui mi rivolgete quella strana domanda. Anche se ho il privilegio di vivere sulla sommità del colle Vaticano entro un giardino cinto da mura imprendibili come quelle di una fortezza, le voci che circolano nella Curia sono tanto forti, e tanto insistenti, da raggiungere persino le mie orecchie nella dorata prigionia in cui mi sono isolato per libera scelta. La congettura che voi avanzate è non solo erronea, ma anche eretica: se così fosse, infatti, bisognerebbe pensare che Nostro Signore sia risorto privo del cuore, quel cuore che batteva di un amore sconfinato per tutta l'umanità. Bestemmia! Inganno! Mistificazione!

Posso intuire cosa vi abbia indotta a formulare un'idea così fuorviante; e, grazie alle informazioni di cui in vari modi sono giunto a conoscenza, posso spingermi a dirvi questo: ciò che avete visto, e che forse vi è stato offerto, non è un oggetto sacro, bensì opera del Maligno.

Non accettatelo per nessun motivo! Esso può scatenare una guerra all'ultimo sangue tra la Corona di Francia e la Santa Sede, dalla quale verranno grandi mali per tutta la cristianità.

«Sei ancora qui?».

Maddalena sussultò e finse di riordinare certi grossi minerali confusi sul tavolaccio con pezzi di metallo.

«Sì, maestro. Vi ho sentito parlare nel sonno. Ancora la visione che vi ha turbato tanto?».

Il vecchio si coprì la faccia con le mani. Non era certo di fare bene parlandone con una ragazzina, ma a qualcuno doveva pur confidare l'atroce segreto che gli stava logorando la coscienza!

«Mi trovavo dentro Notre-Dame», le disse. «Forse ne hai sentito parlare».

«So che è la chiesa più grande di tutta la cristianità. Anche la più bella, dicono».

«No, figliola. Non è questo l'importante… Di chiese meravigliose ve ne sono tante nel mondo. Come Santa Sofia a Costantinopoli. San Marco a Venezia. O la stessa grande basilica di San Pietro. Ciò che rende speciale Notre-Dame è altro. La sua particolare ubicazione».

«Al centro di Parigi?»

«Al centro del mondo. Il santuario fu innalzato esattamente nel punto in cui convergono innumerevoli correnti di energia tellurica. Le sue alte pareti di pietra le raccolgono e le convogliano verso quattro punti cardinali, come la voce delle sue tante campane diffonde sul popolo cristiano la benedizione e la protezione di Dio. Per questo non può crollare. Non deve accadere mai!».

«E voi l'avete vista in rovina?».

Arnaldo sospirò affranto. Come descrivere il terrore e l'angoscia vissuti in sogno? Quel sogno tremendo che ormai lo torturava da settimane...

Sopra le fiamme voraci le due torri si stagliavano nere, come se già fossero soltanto misero carbone. Al di sotto della cupa balaustra, rossi trifogli di brace. Due doccioni come fauci di mostri vomitavano senza posa quella pioggia ardente che si stagliava, con la sua colata argentea, sulle tenebre della facciata inferiore. A mano a mano che si avvicinavano al suolo, i due getti di piombo liquido si allargavano a fascio come l'acqua che zampilla da mille fori, mentre le travi rovinavano giù, divorate da lingue di fuoco...

«Oh mio Dio! C'erano tante persone nella chiesa?»

«Forse sì. Non lo ricordo».

«Non ve lo ricordate? Ma è importante!».

«Ciò che conta è il significato simbolico di questa visione. La recondita allegoria che in essa sta racchiusa, come la perla che brilla dentro le brutte valve di un'ostrica. Se Notre-Dame crollasse, il mondo intero sarebbe in pericolo. Io potrei impedire questo sfacelo, in realtà...».

«Voi potete impedirlo? E come?»

«Se mi giuri che terrai il segreto, te lo dirò».

Maddalena fece subito il gesto di incrociare gli indici sulle labbra, serrate dal voto del silenzio perpetuo. Il vecchio annuì, poi si alzò e aprì uno scrigno dal quale estrasse una specie di piccolo gioiello. Lo poggiò sul tavolo.

«Cosa ti sembra, ragazzina?»

«Ha la forma di un uovo, però è fatto di materia preziosa».

Arnaldo infilò di taglio l'unghia dentro un'invisibile fessura, e la parte superiore di quello strano uovo si aprì di scatto.

«Guarda dentro», le ordinò.

Maddalena sbirciò circospetta nella piccola cavità che si era spalancata sotto il suo naso. La scatolina sembrava contenere solo ceneri, che però avevano una luminescenza insolita. Brillavano come se racchiudessero fuochi segreti.

«Cos'è?»
«Polvere di orpimento».
Lei lo guardò in tralice: forse non s'era svegliato del tutto?
«Maestro», osò obiettare. «L'orpimento è giallo vivo. Questa polverina è fatta di schegge simili al metallo, di colore tra il rosso e il viola».
Arnaldo annuì con una punta di ammirazione. La piccola aveva saltato a piè pari il tranello che le aveva teso.
«Sono ceneri di una Fenice», mormorò. «Una creatura che vide il Paradiso terrestre e ne conserva l'aura soprannaturale. Ne basterebbe un solo pizzico per tutelare in eterno Notre-Dame o qualunque altro edificio della terra».
«Non andrà mai a fuoco?»
«La sua scorza terrena forse sì, ma sarà sempre ricostruita. Più bella che mai».
«Allora mandatele a Parigi. Il re di Francia senza dubbio...».
Non finì la frase: gli occhi del vecchio erano diventati grifagni e infuocati di un rancore velenoso. Al solo sentir nominare il sovrano, Arnaldo aveva completamente smarrito il tono bonario con cui s'era rivolto a lei fino a quel momento.
«Non voglio più avere nulla a che fare con quell'uomo!», tuonò. «Quell'individuo abbietto. Esecrabile. Ingrato! Uno incapace di amare chiunque, compresa quella santa donna di sua moglie!».
Maddalena avrebbe voluto insistere, proporre di scavalcare l'odiato sovrano e inviare quelle ceneri salvifiche al vescovo di Parigi o magari alla regina, dato che il vecchio sembrava avere di lei un'opinione altissima e aveva deciso di rispondere alla sua lettera. Non se la sentì. Il Catalano era chiuso in un rancore granitico impossibile da scalfire. Meglio non irritarlo, ora che timidamente si apriva con lei.
«Visto che avete nominato la Fenice, maestro Arnaldo... Posso chiedervi una cosa?»
«Avanti, parla».
«Il re dei Mongoli ha inviato molti doni al signor papa zio, e tra essi c'è anche una spada. Una spada da donna», precisò.

«Non mi stupisce. I popoli dell'Oriente hanno conosciuto molte gloriose donne guerriere».

«Sua Santità l'ha donata a me. Dice che quella spada ha una storia e anche un nome molto bello. Sembra che sia legata a un drago e a una Fenice».

«Un drago e una Fenice insieme? Strano. Quelle creature divine sono antitetiche fra loro e raramente s'incontrano. Quando ciò accade, è un prodigio voluto dal cielo».

«Eppure mi ha detto proprio così».

«Il drago e la Fenice...», ruminò il vecchio. «Forse questo tuo discorso sconclusionato una spiegazione potrebbe averla, ma è molto improbabile».

«Perché?»

«Perché la spada dovrebbe essere il Volo della Fenice, forgiata nelle acque della Sorgente del Drago. Ma si tratta di un'arma straordinaria, unica al mondo».

«È magica?»

«Per me, senza dubbio. Un indovino che incontrai nelle montagne del Wudang mi disse che, un giorno, l'avrei rivista. E che quel giorno si sarebbe avverato anche il mio più grande desiderio».

«Posso conoscerlo?»

«Trovare un degno allievo al quale trasmettere tutte le mie conoscenze», sospirò Arnaldo.

«Quindi voi sapreste riconoscere quella spada, se vi fosse mostrata?»

«Come potrei non farlo? Sono stato proprio io a decidere cosa incidere sulla lama. Scelsi una frase adatta alla Fenice di cui l'arma porta il nome: "Io sono la prima luce del mattino e l'ultimo raggio della sera". Segno di eternità. Circolarità. Divina perfezione».

Maddalena incassò in silenzio la notizia, gongolando in cuor suo. Un tramestio di passi concitati sull'erba del giardino, intanto, annunciava visite.

«Maestro Arnaldo!», chiamava la voce affannata di Ottone da Sermoneta. «Venite, maestro. Il papa ha bisogno di voi!».

Il Catalano si rivolse a Maddalena.

«Torno fra poco. Non lasciare che nessuno entri, in mia assenza».

Si diresse verso la porta poggiandosi al suo nero bastone iscritto di segni sacerdotali.

Ormai sola, Maddalena contemplava assorta quell'uovo scolpito nel prezioso lapislazzuli. Ripensò al carisma della Fenice, che donava immortalità...

Un senso d'impotenza le mordeva il cuore. Arnaldo aveva visto in sogno le travi del tetto di Notre-Dame crollare giù, e orribili colate di piombo fuso rovesciarsi dai doccioni. Al vecchio importavano solo i suoi simbolismi, le astruse allegorie recondite... Ma ai poveri cristiani là sotto non pensava? Molti innocenti sarebbero morti, se non si decideva a inviare a Parigi quelle ceneri dal mistico potere!

Cominciò a rosicchiarsi le unghie, brutto vizio per una nobile fanciulla, che tuttavia acuiva la sua concentrazione. Forse poteva rubare un pizzico di quelle ceneri. Un pizzichino minuscolo, impossibile da notare. Sì, ma dove metterlo?

Gettò intorno a sé uno sguardo furtivo. Ed ebbe una magnifica idea.

Il Catalano rientrò nel suo giardino fortificato mezz'ora più tardi. Il papa scoppiava di salute, per fortuna, anche se raramente gli era capitato di avere in cura un paziente tanto ipocondriaco.

«Ragazzina!», chiamò.

Inutile. Maddalena se n'era andata, sicuramente stufa di stare lì ad aspettarlo. Sul tavolo vide l'uovo di lapislazzuli con le ceneri della Fenice. "Tutto in ordine", pensò. Rinchiuse la reliquia nella cassa dei libri proibiti, finì il vino che lei gli aveva portato e, perché non gli desse alla testa, mangiò una manciata di noci.

II

Seduto sopra una rozza bitta in pietra, Guglielmo Nogaret guardava le onde della Senna che fluivano davanti al porto di place de Grève. Si era messo lì due ore prima, quando per l'ennesima volta era tornata ad assalirlo la tentazione di gettar via le carte dei Colonna perché il fiume inghiottisse tutte quelle cose oscene liberando lui e la Francia dall'imbarazzo di sapere. Ogni tanto cercava di distrarsi dai suoi neri pensieri, allora fissava il correre ipnotico di certi piccoli vortici che si formavano nelle insenature presso la riva. Girano tutti nello stesso verso, i mulinelli: eppure un viaggiatore che era stato nel cuore dell'Africa, una volta, gli aveva detto che laggiù andavano in senso contrario.

Il re lo aveva convocato in capo a tre giorni. Non dormiva più bene, da quando un valletto reale gli aveva portato quell'annuncio, un privilegio per il quale molti signori avrebbero dato dieci anni di vita. Doveva riferire a Sua Maestà il contenuto delle carte dei Colonna, mettendosi con ciò al riparo dalla cordiale minaccia che i due ventilavano, oppure tacere per tenere il sovrano al sicuro dalle ferali conseguenze che la rivelazione avrebbe comportato? Atroce dilemma! Perché, una volta scoperchiato il vaso di Pandora, Dio solo poteva sapere cos'altro sarebbe saltato fuori! Forse il vescovo, il buon vecchio saggio Matifort, aveva ragione a dire che la carità a volte viene prima della verità. Ma prima ancora della carità, per Nogaret, veniva il bene della patria.

Alle sue spalle c'era una locanda frequentata da clienti goderecci, marinai gagliardi di vino che cantavano abbracciati a donnine compiacenti. Lottò contro l'impulso di entrare lì dentro, tanto era da escludere che potessero riconoscerlo. Ma sì, una bettola squallida piena di gentaglia volgare: l'ideale per stordirsi e non rincorrere più le angosce! Era proprio l'ambiguità che stava cercando, confondersi in quella bolgia di pulsioni senza freno in cui ogni parola è lecita e i confini della legge sfumano dinanzi all'unica regola che impera: il piacere. Voleva entrare, ma non trovava il coraggio: che ne sarebbe stato della sua reputazione?

Una pacca sulla spalla. Sobbalzò.

«Ohilà, mastro Nogaret! Cosa fate? Ve ne state tutto solo a guardare la Senna?»

«Rifletto», borbottò. Davanti a lui c'era la faccia compiaciuta di Guglielmo di Plaisians, l'aspirante ufficiale di Cancelleria piuttosto bravo, però sfortunato. L'ultima volta che lo aveva visto non era così allegro.

«Volevo ringraziarvi», gli disse.

«Per cosa?»

«Per il vostro incoraggiamento. Ricordate quel giorno in cui mi bocciarono all'esame? Ero talmente giù di corda… Voi però mi avete detto di non mollare. Che ero vocato per il mestiere e che prima o poi ce l'avrei fatta. Avevate ragione!».

«Quindi…».

«Avete davanti a voi un collega, Nogaret!».

«Lo sapevo! Le mie più sincere congratulazioni».

«Perché non andiamo a festeggiare in taverna? Magari un posto un po' meno chiacchierato di questo qui dietro. Alla Maschera d'Argento si mesce un sidro che è un nettare degli angeli. Che ne dite?».

Nogaret accettò e si alzò da quella bitta in pietra che, a furia di starci sopra, gli aveva appiattito il sedere. S'avviarono insieme verso quel locale di buona nomea, nel quartiere universitario. Plaisians parlava e parlava, infervorato dai propri successi.

«Proprio non m'andava giù, quella bocciatura! Eh sì, perché ero preparato. Poi mi arriva a tradimento quella maledetta domanda sul sigillo privato dei sovrani… Pare una beffa della sorte: io lo avevo visto con i miei occhi, il dannato *signet*. Lo avevo visto!».

«Magari vi sbagliate con un altro sigillo simile, Plaisians. Io lavoro nella Cancelleria da anni, ma che Dio mi confonda, se ho idea di quale sia l'impronta del *signe*t sulla mano di Sua Maestà!».

«Re Filippo IV non c'entra», obiettò Plaisians. «Io parlo del *signet* di suo nonno Luigi IX».

«Il re santo?»

«Ebbene sì! L'impronta era nitida, fatta probabilmente con una pietra molto dura».

«Che forma aveva?»

«Si vedeva la figura del re in piedi. Molto piccola, certo, però netta. Con tanto di scettro nella mano destra e corona in capo. E poi, sui lati, due lettere a formare una sigla».

Nogaret si bloccò.

«Ma non mi dite... Erano una S e una L, per caso?»

«Bravissimo! Avete un intuito straordinario, caro collega!».

«La sigla sta per *signum Ludovici*», mormorò Nogaret a labbra strette. «Dove si trova, adesso, quell'anello? Forse a Saint-Denis, presso la tomba del re santo. Se è un oggetto suo, va considerato una reliquia al pari degli altri effetti personali».

«Vi sbagliate, Nogaret. L'atto sul quale ho visto l'impronta era anche l'ultimo che Luigi IX firmò con quell'anello».

«Quale atto?»

«Una donazione. Ormai in punto di morte, dopo giorni e giorni di malattia, il re santo decise di fare testamento. Aveva tre oggetti cari più di ogni altra cosa: la sua spada, il *signet* d'oro e zaffiro, e l'olifante antico che i saraceni avevano strappato al conte Rolando, restituito però a Luigi IX dal sultano quando lo aveva tenuto prigioniero. Decise di farne dono ai suoi tre nipoti maschi. Il primogenito di re Filippo l'Ardito, l'erede al trono di Francia che tuttavia morì molto giovane, ricevette la spada. Il secondogenito Filippo, ovvero il nostro re, ereditò il *signet* con il grande zaffiro inciso».

«E Carlo di Valois, il terzogenito, ereditò l'olifante».

«Vi sbagliate, Nogaret. A quel tempo il principe Carlo non era ancora nato. Il re santo però aveva un terzo nipote, partorito da sua sorella Bianca, regina di Castiglia».

«Don Alfonso de la Cerda, il cugino di Sua Maestà...».

«Che infatti ereditò il prezioso olifante suonato dal conte Rolando a Roncisvalle. Ma Nogaret! Dove state andando?!».

«Berremo insieme un'altra volta, amico mio. Ora mi tocca correre a Notre-Dame. Ci sono un paio di questioni che devo assolutamente riferire al vescovo Matifort!».

"Devo fare presto!", pensò Nogaret in affanno. "Prima che sia troppo tardi e il principe d'Évreux debba pagare per una colpa che forse non ha mai commesso!".

III

I parigini, con la bocca ancora allappata dopo la sbornia presa durante la festa della Vergine di mezz'agosto, si preparavano a fare di nuovo bisboccia per una solennità forse ancora più sentita, poiché accarezzava l'amor di patria. Ricorreva infatti il giorno in cui san Luigi IX era spirato sotto le mura di Tunisi nel lodevole ma vano tentativo di riscattare la Terrasanta. Ma il caso – o la volontà divina? – aveva deciso che re Filippo il Bello venisse al mondo nel castello di Fontainebleau due anni prima rispetto alla morte del santo, però esattamente nello stesso giorno.

Nell'anno di grazia 1300, con l'occasione del grande Giubileo il vescovo Matifort aveva preteso un allestimento di fasto spettacolare: voleva infatti chiedere al santo una grazia speciale, e credeva che il suo patrono nei Cieli sarebbe stato più incline a concederla, se onorato in modo memorabile. La grazia che chiedeva era in realtà enorme come lo scossone che Matifort aveva ricevuto dalle recenti confidenze di Nogaret: che il principe di Castiglia, se era colpevole, decidesse di costituirsi dinanzi a Sua Maestà confessando di aver ucciso Baldrico de Courtenay e sgravando in tal modo il vescovo dal compito di rivelare al sovrano che aveva fatto pesare la mannaia della giustizia sull'uomo sbagliato. Perché s'era macchiato di quello scempio? Un motivo semplice: vendetta. Brama di rivalsa contro suo cugino Filippo IV, che lo teneva presso di sé con la promessa di aiutarlo un giorno a riscattare il trono di Castiglia, che Alfonso doveva ricevere per diritto di sangue, tuttavia occupato dall'usurpatore Sancho IV ormai anni prima. Un usurpatore con il quale Filippo IV filava d'amore e d'accordo, per giunta, al punto da immaginare un legame dinastico tra le due famiglie. Perché no, in fin dei conti? Sancho el Bravo era cugino di primo grado del re di Francia, proprio come lo era Alfonso. La differenza tra i due consisteva unicamente nel fatto che il primo era potente, assiso sopra un trono e con un esercito ai suoi ordini, mentre il secondo, nonostante la fedeltà, il coraggio e molte altre buone qualità morali, restava pur sempre un cane randagio, spossessato e diseredato. Inutile per gli scopi della Francia. Sconfortato da anni di promesse vane, Alfonso aveva forse sperato di poter sposare Caterina de Courtenay, grazie alla quale avrebbe comunque ricevuto un titolo reale. E forse Filippo IV, in perfetta malafede, glielo aveva lasciato credere. Deluso anche da quell'attesa, Alfonso aveva deciso di colpire colui che, a suo giudizio, non s'era fatto valere con sufficiente energia: il tutore della sposa troppo cedevole alle prepotenze del re di Francia. Gettando il cadavere sul sagrato di Notre-Dame, l'assassino aveva sì inguaiato il vescovo, ma soprattutto generato tra la Corona francese e la Santa Sede un imbarazzo molto grave, dal quale poteva nascere la scintilla della guerra.

La situazione sembrava disperata. Évreux era sparito e nessuno aveva idea di che fine avesse fatto. Per alcuni aveva viaggiato in incognito fino a Marsiglia, e da lì aveva raggiunto Costantinopoli per rivelare all'imperatore greco le mire del fratellastro Carlo di Valois sul trono bizantino e i piani bellici segreti. Altri invece lo dicevano espatriato nei territori dell'Impero tedesco per sobillare Alberto d'Asburgo contro la Francia.

Difficile dire quale previsione fosse la più nera delle due: Matifort, in ogni caso, era un uomo di fede e perciò sperava. Sperava che il principe fosse prigioniero in qualche castelletto del circondario di Parigi, un luogo discreto dal quale poteva raggiungere la capitale nel volgere di un'ora o due. Nella magnificenza straordinaria di quella festa che celebrava al contempo la gloria celeste di Luigi IX e quella terrena di Filippo il Bello, il vero colpevole della morte di Baldrico poteva trovare un'occasione ideale per gettarsi ai piedi del trono e implorare il perdono. La circostanza avrebbe forzato la mano del re alla grazia: confessata la propria colpa e rimessosi nelle mani del re, Alfonso de la Cerda sarebbe stato condannato a scontare un congruo periodo di riflessione in un convento di clausura, pena che saziava la giustizia e non infamava la famiglia reale. Il vescovo pensava a Longpont, dimora dei monaci cistercensi nella foresta di Retz: lontana dai clamori del secolo, ma abbastanza vicina a Parigi da consentire al re di visitare il cugino, vuoi per affetto, vuoi per avere il suo consiglio.

Con il cuore caldo di quella speranza, Matifort non aveva badato a spese per curare anche i minimi dettagli e s'era persino messo la preziosa dalmatica con strascico lungo del vescovo Stefano Templier, che indosso a lui sembrava in realtà solo una misera codina, per via dell'altezza imponente. Con i migliori auspici, sotto un sole tiepido di fine estate che pareva benedire l'impresa, il baccano era cominciato alle prime luci dell'alba, segnato dalla frenesia dei grandi eventi. Per tutta la mattina una folla di chierici vestiti con i paramenti di seta, tanti quanti non ne aveva nemmeno il papa a Roma, sfilò lungo le strade urbane levando al cielo il canto dei salmi e gli inni di lode a Dio. Dal colle di Montmartre scendeva una processione di mille bambini in vesti candide e ali di carta sulla schiena, a impersonare un'angelica turba diretta alla Sainte-Chapelle. In tutte le strade dentro le mura, barbagli di tinte squillanti dai parati alle finestre, mentre la gente inebriata dall'incenso intonava all'unisono preghiere di lode. Il trono sormontava il grande scalone d'ingresso al Palazzo reale e, assiso lì sopra, il sovrano riceveva l'omaggio collettivo: dopo il clero la nobiltà, quindi il popolo. In coda a tutti gli ordini, anche poveri, mendicanti e accattoni s'erano aggiunti al corteo senza vergognarsi delle tuniche stracciate, dei piedi scalzi, dei cappellacci sbrindellati messi a coprire teste spelacchiate dalla tigna.

Li guidava il vecchio sciancato dalla faccia per metà violacea a causa di un'enorme "voglia" di vino, che la gente per dileggio chiamava Palichon, cioè "Palliduccio". Su molti di quei derelitti, in realtà, pesava una brutta nomea di ladri, truffatori e svaligiatori di case, ma non erano mai stati colti sul fatto, dunque rivendicavano anch'essi il diritto di porgere omaggio a Sua Maestà: ultimi, certo, ma comunque presenti.

Ognuno vestiva l'abito della propria corporazione, sicché la parata aveva l'aspetto di un lungo serpente a strisce di tinte in contrasto. Con una sola e vistosa eccezione, di cui la gente parlottava.

«Bella ragazza! Chi è?»

«Non lo so. Ma dev'essere nobile».

«Macché nobile! Sfila in testa alle fioraie».

«Io la riconosco. Non è quella che chiamano Gisquette?»

«Caro compare, è mattino ma voi avete già alzato il gomito parecchio. Gisquette non può avere un vestito come quello. Non vedete che è seta di color indaco? Non sapete che l'indaco costa una fortuna?»

«E io vi dico che siete orbo, amico mio! Sarà pure ben vestita, ben pettinata e con le scarpe ai piedi, certo… Però è Gisquette. La sua corporazione dev'essersi dissanguata per fare una colletta e comprarle quell'abito».

«E perché lo avrebbe fatto?».

Già. Perché? Era la stessa domanda che si poneva anche il vescovo Matifort, che dalla galleria superiore della Sainte-Chapelle osservava lo svolgersi della cerimonia. Arrivata ai piedi dello scalone, la ragazza ammantata di cielo s'inchinò davanti al trono del re e depose a terra una ghirlanda di gigli palustri.

"I gigli", pensò Matifort. C'è sempre un messaggio nascosto, nei fiori. Quei gigli parlavano, grondavano verità trasmesse in silenzio nel linguaggio discreto dei simboli e dei colori.

Bello come un antico dio di pietra, re Filippo IV presiedeva la cerimonia dall'alto del suo seggio tenendo la folla sotto il fuoco costante dei suoi occhi glaciali, il volto disteso e sereno, privo di espressione. Difficile dire se gradisse quell'omaggio o se invece avrebbe preferito andarsene a caccia, e lo sopportava reprimendo sbadigli di noia mortale. Il vescovo trovò il modo di avvicinarsi a lui.

«Maestà, ho urgente bisogno di parlarvi ancora riguardo al principe d'Évreux, appena potrete».

«Non serve, monsignore. Il nostro fratellastro ha già lasciato Parigi. A breve lascerà anche la Francia per salpare verso la Terrasanta. C'è bisogno di guerrieri, laggiù. Per riscattare il Santo Sepolcro».

Matifort era basito. L'infida luce che leggeva negli occhi del re gli faceva tremare i polsi. Sul campo di battaglia le frecce arrivano da ogni parte, non necessariamente dal campo saraceno. Sarebbe stata un'inezia, per un balestriere francese, colpire a morte Luigi trapassandogli il torace da parte a parte. Un deplorevole incidente, un tragico sbaglio di mira. Poi anche il sicario sarebbe stato eliminato, affinché nessuno mai sapesse che aveva ricevuto precisi ordini dal Louvre. Matifort si sentì sopraffatto.

«Maestà, dobbiamo parlare ancora!».

«Andate, monsignore. Avete ottenuto esattamente ciò che state chiedendo da settimane. Non abbiamo altro da dirci».

Gentilmente, ma con mani d'acciaio, le guardie del corpo reali scansarono il vescovo per respingerlo via, lontano dal trono. Matifort non oppose resistenza. Tutto era perduto, ormai, e il senso di colpa lo soffocava.

Finito l'omaggio dei tre Stati – clero, nobili e popolo –, era tempo che fossero presentati a Sua Maestà i regali inviati da tutti i regnanti che volevano mantenere ottimi rapporti con il capo dell'esercito più temibile del mondo cristiano.

Furono offerti drappi di porpora dall'imperatore greco, fili di perle dal sultano di Baghdad, scrigni di ambra grigia dal re di Norvegia, mentre lo zio Carlo II di Napoli inviò una maliziosa statuina d'avorio che ritraeva Venere nuda, sbucata fuori dalla terra intorno a Pompei; e così via, in una lunga sfilata di manufatti preziosi e ammirevoli, spesso unici al mondo. Fece parlare molto il trono pieghevole inviato congiuntamente dal re d'Aragona, da Dionigi del Portogallo e dal reggente di Castiglia: non che valesse molto, fatto di legno e placche d'oro, ma il legno era cedro del Libano, albero sacro della Terrasanta, e da anni ormai si parlava con sempre maggior insistenza di quella grande alleanza tra monarchi cristiani per una crociata che, dopo lo sbarco in Africa settentrionale, avrebbe condotto al riscatto di Gerusalemme. Oltre alle miniere d'oro e di gemme, alle riserve d'avorio e di spezie costosissime di cui l'Africa abbondava, per Filippo il Bello era anche questione d'onore: significava riprendere e condurre alla vittoria la crociata per la quale suo nonno Luigi IX era morto davanti alle mura di Tunisi.

Al centro di tutta quella gloria, il re non era affatto contento. Nel suo sguardo vibrava come un senso di attesa, benché fosse abilissimo a mascherarlo. E di tanto in tanto guardava il ciambellano ponendogli una domanda silenziosa: "Lei dov'è?".

Chambly riteneva che una certa durezza di comprendonio da parte sua, in quel frangente, non potesse che giovargli. Così finse di non capire che il re voleva notizie di sua moglie, fin quando il sovrano fu costretto a diventare esplicito.

«Senza dubbio abbiamo ricevuto un dono dalla regina», disse con la sua voce piana, priva di inflessioni.

"Qui cascò il somaro!", pensò Chambly. Ma rispose: «Ovviamente, maestà».

Da giorni la corte, come pure Parigi intera, ragionava, discuteva e faceva scommesse su quale sarebbe stato l'atteggiamento della regina durante la cerimonia. C'erano due fazioni distinte, due schieramenti di pari consistenza ma di sentire diametralmente opposto. Secondo alcuni, Giovanna era tenuta a presenziare la festa al fianco del sovrano, poiché una moglie non può esimersi da certi doveri: il re le aveva dato uno schiaffo e ciò non era bello, ma molti uomini battevano le proprie mogli ogni santo giorno, e lei non poteva fare drammi per averle prese una sola volta in vita sua. Altri invece erano irremovibili: Giovanna non doveva muoversi da Vincennes fin quando non avesse ricevuto scuse formali, ufficiali, eclatanti. Filippo IV l'aveva sposata quando lei già portava in capo la corona di Navarra: non era semplicemente una moglie, ma un capo di Stato, e colpirla in volto equivaleva senza mezzi termini a una dichiarazione di guerra. Per ore si era temuto che la regina non inviasse alcun dono, in segno di sommo disprezzo.

Alfonso de la Cerda, arrivato in fretta e furia da Vincennes e ancora un po' spettinato per la corsa a cavallo, presentò al sovrano l'omaggio della reale consorte.

Filippo IV guardò il bel cuscino di velluto color smeraldo sopra il quale era adagiato un piccolo oggettino a forma di globo, ovaloide più che sferico, e di colore bruno. Il ciambellano impallidì, ma si rincuorò pensando che i dignitari, a una certa distanza, potevano crederlo un topazio di ragguardevole caratura. Gli occhi glaciali del re erano inchiodati su quell'oggetto: una noce. Piccola, umile, nuda. Una vilissima noce da nulla, come dono per un sovrano…

Allungò la mano per toccarla. La guardò incredulo, sollevandola, e le sue dita tremavano di rabbia, tanto che quasi gli sfuggì. Quando la ripose sulla stoffa, per fortuna senza che fosse scivolata a terra, il ciambellano levò un muto ringraziamento a Dio per aver dato alla Francia un capo dai nervi così saldi. Ora doveva fare la sua parte perché l'incidente rientrasse e la comprensibile ira del re non trascendesse i limiti che quel fatto poteva giustificare.

«Sire», cominciò Chambly, «la noce era sacra agli antichi, richiama la fertilità e la forza. La regina ha scelto un dono simbolico e di ottimo augurio, ha avuto nei vostri riguardi una delicatezza di sentimenti che vale mille volte più dell'oro sonante!».

Dalla folla dei presenti esplose un applauso fragoroso, scrosciante quanto fasullo: celebrava infatti la fantasia del funzionario, più che il gesto della regina, perché ognuno pensava ai molti proverbi francesi in cui le noci erano definite ciarpame, o peggio, alludevano a inverni di freddo maledetto. Checché ne dicesse il ciambellano, il gesto non aveva nulla di conciliante; somigliava piuttosto a un oltraggio raffinato, la provocazione di una sovrana trattata con scortesia inqualificabile dal re di Francia.

L'amabile chiacchiericcio di corte riprese assai presto intorno ai gradini del trono. La "noce dello scandalo", così battezzata all'istante, avrebbe fatto fremere tutte le buone lingue della città, per poi cadere ben presto nel dimenticatoio come ogni screzio della coppia reale.

Qualcuno però non avrebbe dimenticato: il re. Assiso sul trono, bello e impassibile come sempre, Filippo IV non faceva che rimuginare sull'affronto appena subìto. Ardeva di rabbia e lottava contro la tentazione di inviare i gendarmi a Vincennes per assaltare il castello.

IV

Costipato nella ressa dei funzionari in piedi, quelli senza diritto di sedere a tavola ma ammessi ad assistere al pranzo di Stato, Guglielmo Nogaret tentava di farsi largo per avvicinarsi abbastanza e riuscire a parlare con una certa persona. Mingherlino com'era, non aveva il fisico ideale per fare a spallate con il prossimo. Ma l'uomo che stava cercando era ancora più basso di lui, al punto che, per sperare di vedere almeno qualcosa, era salito sul fusto di una colonna e si era aggrappato con entrambe le mani ai rilievi fronzuti del capitello. Si chiamava Musciatto Guidi, era un abile banchiere oriundo di Firenze, e insieme al fratello Albizzo serviva ormai da anni il re di Francia come consigliere per le finanze. Si sarebbe detto quasi un nano, a vederlo; quanto all'intelligenza e al senno, invece, era un individuo di statura gigantesca.

«Ehi voi!», gridò Nogaret. «Mastro Guidi! Vi prego, scendete da lì. Ho bisogno urgente di parlarvi!».

Un po' seccato di dover lasciare quello spettacolo che lo intrigava, Musciatto staccò le dita dal capitello, abbrancò tra le cosce il fusto della colonna e scese giù veloce, con la destrezza di un ragno lungo un filo d'erba.

«Scusate, mastro Guidi. Sono spiacente di guastarvi lo spettacolo».

«Fa niente, Nogaret. Tanto so già come andrà a finire».

«Lo sapete già?!».

«Posso intuirlo. Ora il re fa buon viso a cattivo gioco, come sempre. Più tardi, in camera sua, schiaccerà quella noce con un pugno così possente che i servi faticheranno a trovarne le schegge, domattina! Bisogna dire che non ha tutti i torti, però».

«Per fortuna Sua Maestà ha ricevuto regali sontuosi che gli hanno risollevato il morale. Come la superba aquila delle steppe inviata dal Khan dei Mongoli».

«Anche la nostra bella città di Firenze ha fatto la sua parte», ci tenne a dire l'italiano. «Un dono in fiorini sonanti, che chiunque gradirebbe».

«Quanti, mastro Guidi?»

«Duemila», fece con orgoglio.

«Però! Dev'essere ricca da fare invidia a re Mida, la vostra città».

«Ricca, ma senza un esercito che la possa proteggere. I cavalieri di Francia ci servono come l'aria per respirare, in realtà».

«Chi minaccia Firenze?»

«I Caetani. Gli ambiziosi, spudorati e scostumati familiari del papa», disse Musciatto con sommo disprezzo. «Certi nostri contatti affermano che papa Bonifacio VIII avrebbe chiesto ai suoi canonisti di fare carte false, pur di avere la Toscana in pugno».

Nogaret colse la palla al balzo: sperava proprio che quell'italiano influente potesse dargli notizie riservate sul pontefice.

«Bonifacio cerca appoggi per difendersi dai partigiani dei Colonna?»

«Questo lo credevano anche i miei concittadini di Firenze. Tant'è vero che la Signoria inviò truppe al papa perché lo difendessero contro i mercenari al soldo dei suoi nemici».

«Invece?»

«Le mire di Bonifacio sono ben altre. Vuole mettere le mani sulla Toscana intera per consegnarla ai parenti. Quella specie di sanguisuga insaziabile che è il nipote Pietro il Marchese, e suo figlio Loffredo, un bellimbusto privo di scrupoli e di ritegno!».

Catturato dall'enfasi patriottica del fiorentino, che parlava come un fiume in piena, Nogaret seguì attentamente quel racconto. Le malefatte dei Caetani nell'Italia centrale erano causa di gran danno e disonore per la Chiesa. Papa Bonifacio, dal canto suo, sapeva ogni dettaglio eppure non muoveva un dito per impedirle o almeno contenerle entro confini accettabili, come avevano fatto altri papi prima di lui.

Sfacciato, tracotante, irrispettoso per le cose umane e quelle divine, il giovane Loffredo condensava in sé tutti i peggiori vizi della razza Caetani senza peraltro aver ricevuto in dono qualcuno dei pregi. Di lui s'era parlato tanto, a Roma e oltre, per gli scandali di alcuni anni prima e certi insopportabili eccessi commessi di recente, durante le cerimonie del Giubileo. Nonostante avesse poco più di vent'anni, il papa lo aveva nominato rettore del Patrimonio di San Pietro, mentre suo padre Pietro era stato messo a capo della Marca d'Ancona. Poi Loffredo, venticinquenne nel pieno del suo vigore virile, era convolato a nozze con Margherita Aldobrandeschi, erede di una delle famiglie più nobili e potenti dell'Italia centrale, contessa di Fondi, titolare di un patrimonio sconfinato che si estendeva su gran parte della Maremma. La sposina non era esattamente di primo pelo, e tantomeno illibata. Due precedenti matrimoni l'avevano già resa madre di tre figlie ormai adulte. Ritrovandosi già quarantenne, ovvero quasi alle soglie della vecchiaia, non si rassegnava a dormire sola. Invocava il trattato *Sull'amore* di Andrea Cappellano, secondo il quale si conclude a cinquant'anni il dolce tempo che Natura riserva alla donna per godere i carnali diletti: aveva dunque ancora un decennio per cavalcare a briglia sciolta, la signora. E, data la sua ricchezza, pretendeva un marito giovane, aitante, vigoroso. Capace, insomma, di farla divertire.

Il bel Loffredo, ardito e impudente, faceva al caso suo. Lo sposò convinta di ricevere da lui un gran piacere, non solo nello spirito. Le nozze erano state celebrate ad Anagni con una magnificenza degna di un matrimonio imperiale: ben cinquemila fiorini d'oro sperperati solo per vestire gli sposi e per il corredo dei nuovi diciotto cavalieri che erano stati armati durante quella felice occasione. Ma ciò non era affatto la cosa peggiore. Quel giorno, mercoledì, cadevano le Quattro Tempora d'autunno, quando la Chiesa comandava digiuno e astinenza di precetto;

eppure papa Bonifacio aveva concesso un'indulgenza speciale affinché il sontuoso banchetto di nozze non restasse privo di carne, la derrata dei principi e dei nobili. Fu dispensata la città intera, perché tutti potessero festeggiare le nozze del signor Loffredo.

Concluso il banchetto, mentre la sposa si rinfrescava nella sua stanza aiutata dalle domestiche, Loffredo era andato a ubriacarsi in taverna con gli amici: per fare il suo dovere con quella befana, diceva, doveva scolarsi una botte di vino buono. In seguito, già un po' brilli, i giovinastri avevano fatto una gara di rutti e di peti nella quale il nipote del papa si era distinto, incurante del disonore che arrecava al suo illustre parente. Poi avevano buttato all'aria i tavoli e spaccato tutto.

Una simile dispensa generale e la baldoria indecente seguita alla festa avevano suscitato l'indignazione generale; però nulla, in confronto a quanto era successo durante la cerimonia con cui Loffredo era stato armato cavaliere.

Benché corresse allora la Settimana Santa, tempo di penitenza e contrizione, il giovinastro aveva fatto bisboccia con gli amici senz'alcun ritegno, s'era lanciato in una cavalcata a briglia sciolta per le strade di Roma gridando oscenità irripetibili e spezzando lunghe lance in corsa contro i muri delle case. Fulminei, nella mente di Nogaret, apparvero alcuni versi scritti dal frate che denunciava il papa dalle segrete di Todi:

> La Settemana Santa, ch'onn'omo stava 'n planto,
> mandasti tua famiglia per Roma andare al salto;
> lance giero rompenno, faccenno danz' e canto;
> penso ch'en molto afranto Deo 'n te deia ponire.

Ormai completamente ubriachi, proseguiva Musciatto, i cavalieri che accompagnavano Loffredo Caetani avevano fatto irruzione nel cortile della basilica di San Pietro, improvvisando una giostra e spaventando a morte i pellegrini raccolti in preghiera nel sacro recinto. Quando gliel'avevano riferito, il papa aveva accusato un malore. Gli era montata in corpo un'arrabbiatura tanto furiosa che era stato necessario praticargli subito un salasso. E dopo, indebolito dei suoi più neri umori collerici, era caduto in uno stato di prostrazione e si era messo a piangere. Tanto avvilimento non aveva comunque sortito buoni risultati: le nefandezze dei suoi parenti erano infatti proseguite più truci e ignobili che mai. Quella famiglia di farabutti, il papa non sapeva e non voleva tenerla a freno.

«Il nipote del papa che giostra a cavallo nella basilica di San Pietro...», balbettò Nogaret. «Questo è sacrilegio!».

«Tutti lo sanno. E quel che è peggio, lui e gli altri giovinastri cantavano a squarciagola canzoni oscene da taverna, di quelle che gli ubriachi blaterano in mezzo alle puttane. I pellegrini sono fuggiti all'impazzata davanti a quell'orda selvaggia. Terrorizzati. Increduli per lo sdegno!».

Allibito per quanto aveva appena ascoltato, Nogaret ripensò ad altri versi di fra' Jacopone.

> Intro per Santo Petro e per Santa Santoro,
> mandasti tua famiglia faccenno danza e coro;
> li pelegrini tutti scandalizzati fòro,
> maledicenno tu' oro, e te, e to' cavalieri.

«Vi sentite bene, mastro Nogaret?»

«Sì, grazie. Solo un capogiro. Sono digiuno da stamattina».

«Scendete nelle cucine a nome mio, allora. Il capocuoco vi darà qualche avanzo da mettere sotto i denti».

Le mani poggiate contro il muro dello scalone, Nogaret non era affatto sicuro di potersi rimettere, anche se avesse fatto una scorpacciata epocale. Il racconto di ser Musciatto confermava e rafforzava oltre misura la posizione di gravissima illegalità in cui versava Bonifacio VIII. Era paradossale ritrovarsi coinvolto, suo malgrado, nella cospirazione ordita dai Colonna, invescato nella ragnatela per il semplice fatto di conoscere i loro segreti! Non avrebbe mai dovuto prendere nulla, da quei due: accettando di leggere la diabolica cartella, era inevitabilmente divenuto custode di essa e pertanto complice nella congiura. Giunto nelle cucine, vide il capocuoco che rimestava una brodaglia messa a bollire. Era la cena dei servi, il cui odore non era malvagio, in ogni caso. Nogaret pensò di chiedergliene una tazza, e dopo, rimesso in sesto dal fatto di non aver più lo stomaco vuoto, sarebbe corso a casa per distruggere tra le fiamme i documenti dei due cardinali ribaldi.

«Buongiorno», disse un uomo in abiti da speziale.

A Nogaret parve di riconoscere il catalano Pedro Mercader, che riforniva la corte.

«Avete portato il veleno per i topi, mastro Mercader?»

«In questa fiala. Vi avverto però che è molto pericoloso. Anche per gli esseri umani».

«Sarà anche pericoloso, ma è un toccasana contro i topi che devastano le scorte in dispensa».

«Mi raccomando», insisteva lo speziale. «Riponete la fiala in un luogo ben nascosto, dove nessuno potrà trovarla, a parte voi».

Lo sguardo assente su quella scena da teatrino, Nogaret all'improvviso si riscosse.

"In un luogo ben nascosto", pensò tra sé. "Dove nessuno potrà trovarla, a parte me...".

Forse poteva dire addio alle ambasce che ormai da settimane gli toglievano la pace per colpa di quella stramaledetta cartella. Dei Colonna non aveva notizie da molti giorni, e chissà, forse non avrebbe più sentito parlare di loro. Quanto ai documenti rimasti in mano sua, non erano tanto diversi dal veleno di cui parlava lo sguattero: veleno mortale, secondo l'uso. O al contrario, persino una risorsa.

V

Simone Matifort ascoltava il rumore dei suoi passi: uno zoccolare rude e schietto prima sui marmi del chiostro e poi sui ciottoli e sui marciapiedi, infine attutito e sordo sulla terra delle vie che, allontanandosi dal centro, non erano lastricate. Un po' i piedi gli dolevano, in quei duri zoccoli di pioppo, e immaginava che al tramonto li avrebbe riportati a casa pieni di vesciche. L'arciprete, che gli ansimava dietro, temeva invece che non li avrebbe affatto riportati a casa.

«Ripensateci, monsignore!», supplicava. «Perché volete andare solo?»

«State tranquillo. Conosco quel sobborgo come il fondo della mia borsa».

«Almeno andate in groppa al bardotto!».

Matifort fece spallucce e non si degnò di rispondere. Dopo poco avrebbe varcato le mura, e la devota insistenza dell'arciprete era destinata a fermarsi con lui, che non s'arrischiava a procedere oltre, troppo cara gli era la sua vecchia carcassa fragile benvestita di sciamito verde.

Ad appena cento passi di distanza vedeva Porta Saint-Antoine e il ponte, lì dove il fiume respirava con un lieve alito di putredine. Attraverso il fornice, dopo la cinta delle case artigiane abitate da plebei perbene, cominciava il faborgo più povero e malfamato della capitale. Era un dedalo di straducole storte, seppellite da rifiuti e malerbe, tra lenzuola crivellate di toppe che sbandieravano al sole una fioritura di macchie indelebili. Un soldato assestò un manrovescio brutale a una prostituta che aveva cercato di varcare il ponte per entrare in città, come una povera cagna famelica attratta dalle molte immondizie di un benessere superfluo. Matifort gli chiese di lasciarla andare: i gendarmi trasecolarono, quando riconobbero monsignore il vescovo in quei miseri panni. Gli rivolsero un cenno complice senza aprir bocca, anche se insospettiti da quella specie di mascherata sacrilega.

Il vescovo passò il ponte e s'inoltrò in quel labirinto cieco di miseria in cui, lo sapeva per esperienza, a dispetto di ogni logica continuava a esistere la speranza. Lo accolsero uno sventolare di cenci appesi al sole, di braccia e di urla, il chiasso delle donne che litigavano tra loro stringendosi ognuna lo straccetto sulle spalle. Vicoli sgangherati dove la gramigna prosperava e s'arricciava cedendo il posto, in lontananza, a una misera fetta di campagna intristita da messi così tisiche che parevano fatte di polvere, tanto erano secche.

Provava affettuosa pietà e dolente simpatia per la gente delle borgate, rassegnata da secoli al peccato che nasce dal dolore. Vicoli come quelli erano stati anche la sua culla, prima che le simpatie del vescovo Stefano Templier trasformassero un pretino senza appoggi né prebende nell'invidiabile canonico di Notre-Dame. Si rivide bambino in casa del padre, del nonno e dello zio vasaio. Le bocche dei forni stavano piantate sopra al soffitto, e in estate faceva un caldo maledetto, tanto che a fine giornata non era più tela quella che portavano addosso, bensì una seconda pelle attaccata al corpo, e che bisognava strapparsi via. Eppure gli era cara, l'immagine della sua infanzia in quella casa popolata di madri, padri, zii e cugini, sotto i salti dell'insegna scardinata che sbatteva a ogni alito di vento, allegra come loro, e allegro pure l'odore di minestra a borbottare sul fuoco e quello del vino da due soldi che risaliva dal ventre della cantina.

E si rivide ragazzo nella chiesupola in cui serviva messa a fra' Gervasio, quella cappella dai muri scalcinati e sghembi che stavano in piedi per grazia di quattro tralicci pencolanti, eppure accogliente come un grembo materno, come se quelle pareti fossero fatte di carne viva. Com'era contento, il vecchio parroco, quando trovava pane per i poveri… Quelle scapole ossute che s'agitavano nella tonaca come ali d'angelo pronte a spiccare il volo, la faccia imperlata da goccioline di sudore felice, le guance infiammate di gioia come un campanaro che suona la Resurrezione!

Quello era Vangelo: via verità e vita. In confronto, era avvilente la sua comoda esistenza fatta di privilegi, che però chiudeva gli occhi per non vedere il dolore altrui. Notre-Dame gli sembrava un prigione di marmo, i canonici una baracca di ipocriti, e lui stesso un inutile osservatore di regole e convenzioni.

Una voce di vecchia sdentata lo chiamò dall'alto.

«Attenti, là sotto!».

Matifort fece appena in tempo a scansarsi per evitare la pioggia fetida del pitale.

«Brava donna, cerco una ragazza chiamata Gisquette. Mi hanno detto che vive da queste parti».

«Andate sempre dritto finché trovate una statua di santo», rispose quella. E chiuse le imposte sbattendole senza grazia.

Matifort imboccò la direzione che gli era stata indicata, raggiungendo in breve un piccolo slargo tra case fatiscenti, fatte di travi marce, come tane di topi. La statua c'era davvero, raffigurava sant'Antonio da Padova, protettore dei poveri e degli oppressi, con in mano il giglio candido che lo distingueva. Solo che qualcosa proprio non andava, in quella rappresentazione. Il saio non aveva il colore bigio dell'ordine francescano, ma era di un bell'azzurro vivace che ricordava il manto della Madonna.

«Che stranezza», borbottò Matifort. Si guardò intorno: lo slargo era deserto, c'era solo un vecchio seduto a terra, la schiena contro un muro corroso dal tempo e, vicino, una gruccia cui poggiarsi per camminare.

«Dico a voi, buon uomo!».

«Fate la carità...».

Matifort spalancò le braccia in un gesto d'impotenza.

«Non ho niente da darvi».

«Va bene quel crocifisso di legno che portate al collo».

«E io ve lo regalo volentieri. Siete un uomo di fede?»

«Certo», disse il vecchio. «Ho fede che domani il vescovo

Matifort mi darà una bella mancia per avergli riportato quel ninnolo di bosso».

Il vescovo sorrise disarmato.

«Mi avete riconosciuto! Anch'io sento di conoscervi, in qualche modo. La vostra faccia mi dice qualcosa, ma non ricordo quando vi ho incontrato».

«Chissà!», fece il vecchio mendicante.

Mentre parlava aveva scostato il cappellaccio sformato che portava calcato sulla fronte, scoprendo così l'enorme "voglia" di vino che gli tingeva di viola gran parte della mandibola fino al naso. Quel volto… Impossibile dimenticarlo, con quel marchio, eppure Matifort non sapeva dargli alcun nome.

«Come vi chiamate, buon uomo?»

«Palichon. Per servirvi».

«È un soprannome, vero? Insomma, significa "Palliduccio", e voi invece…».

«Mi chiamano in questo modo. Un tempo avevo un altro nome: Gualtiero Polars».

Anche il nome gli sussurrava parole indecifrabili, senza che Matifort potesse recuperare nulla dal ripostiglio buio e muto della memoria.

«Sto cercando una ragazza. Gisquette. Voi la conoscete di sicuro».

«Come no! Abita in quella casa lì all'angolo».

«Vedo uno straccio nero appeso alla finestra. Sembra un paramento a lutto».

«Ahimè, monsignore! La povera Gisquette ha perso la sorella più piccola. Era tutta la sua famiglia».

Matifort trattenne le parole di cordoglio che gli risalivano prepotenti dal cuore: a cosa mai serviva dire «Mi dispiace»? Raggiunse la porta sbrecciata di quella topaia e bussò. Venne ad aprire un visino smunto con due grandi occhi neri cerchiati di stanchezza e di malinconia.

«Sei tu quella che chiamano Gisquette, vero?».

La ragazzina annuì.

«Devo farti qualche domanda».

«Sprecate il fiato, monsignore», disse il vecchio. «È muta dalla nascita. Però parla a gesti».

«Voi la capite?»

«Benone».

«Allora venite qui e fate da interprete! Aspettate, vi aiuto...».

Curvo su quel corpo disagiato per tirarlo su da terra, Matifort sentì scoppiare in cuore la forza di un leone, l'amore folle e rapinoso che muove i santi. Cosa diavolo ci faceva in mezzo al broccato che riveste gli altari, l'oro e le perle dei vasi liturgici? Perché non era lì tra quella gente come lui e come fra' Gervasio, che gli aveva insegnato i fondamenti dell'amore divino?

Trascinò di peso il vecchio fino alla porta, che la ragazza teneva socchiusa, giusto quanto bastava per guardare cosa stesse capitando là fuori.

«Sai chi sono, vero?».

Gisquette annuì.

«Ti ho vista, il giorno in cui il popolo è venuto in massa a Notre-Dame per lanciare fiordalisi sul sagrato. Tu eri lì. Però non è stata una tua idea quella messinscena, vero?».

Lei confermò con un cenno timido.

«Chi l'ha voluta?».

Gisquette parve esitare un attimo, poi aprì di più l'uscio fino a far vedere il movimento delle dita.

«Dice che è stata la Giustizia».

«Quale giustizia?», chiese Matifort. «Ce ne sono tante, a Parigi. Quella del re. La mia. Quella dell'abate di Saint-Germain, che però è andato all'altro mondo. Infine, sul quartiere universitario comanda il rettore».

Ci fu un movimento concitato di mani, dietro la porta.

«Gisquette dice che è stata proprio la Giustizia in persona. Giustizia incarnata».

La tronfia sicurezza con cui il vecchio proferiva quelle parole irritò Matifort. Era evidente che il popolo, chiuso a riccio nell'omertà, voleva proteggere l'assassino che aveva scempiato

Baldrico de Courtenay. Il vescovo espirò, prima di porre una domanda che ormai gli pesava sull'anima da molto tempo.

«L'abate di Saint-Germain ha fatto uccidere tua madre. Vero?».

La ragazzina abbassò lo sguardo e poi subito lo rialzò, velato di un pianto rabbioso.

«La fece impiccare sull'isolotto dei Giudei», tradusse il vecchio. «Senza processo. Era andata a chiedere un rinvio perché non poteva più pagare l'affitto della casa. Il marito morto, la figlia ammalata... Aspetta aspetta! Vai così veloce, con quelle tue dita, che fatico a seguirti!».

Con dolore, Simone Matifort guadagnò allora i tasselli mancanti di quel mosaico di orrori e crudeltà che, suo malgrado, aveva dovuto comporre. La madre di Gisquette e suo marito rifornivano da anni l'abbazia di Saint-Germain di fiori pregiati destinati al culto divino, specie per abbellire l'altare maggiore. Mentre serviva l'abate, la donna venne a scoprire per caso un segreto terribile, una macchia che poteva rovinare Baldrico e addirittura decretarne la morte. Ma preferì tacere, la poveretta, temendo di perdere la casa e l'introito dal lavoro che le permetteva di tirare avanti. Passarono gli anni, lei restò vedova e la figlia si ammalò. Per curarla, la povera donna finì i soldi e non fu più in grado di pagare l'affitto. Disperata, decise allora di affrontare Baldrico e supplicarlo di farle credito: quanto chiedeva era nulla per il ricchissimo abate, meno ancora di una goccia nel mare. Lui le negò l'aiuto: era un uomo dal cuore arido, senza pietà per quelle misere vite. Messa alle strette, la donna decise di giocare il tutto per tutto e rivelò ciò che aveva scoperto, il segreto capace di far cadere su Baldrico una disgrazia dalla quale non si sarebbe mai risollevato. Per tutta risposta, l'abate l'aveva fatta rapire e, dopo un processo sommario, o meglio senza alcun processo, era stata impiccata dalle guardie in quell'isolotto che ricadeva sotto la giurisdizione di Saint-Germain. Nessuno, né il papa né il re di Francia, poteva contrastare o giudicare il suo operato. Anche perché era stato consumato prima ancora che potessero venirne a conoscenza.

Mentre ricostruiva quegli eventi, Matifort si portò la mano sul petto: il suo cuore non più giovane avrebbe retto tutto quel dolore? La tragedia si era consumata mentre lui era vescovo di Parigi, mentre le anime di tutti gli abitanti erano state affidate da Dio alla sua custodia, anche quella della povera madre di Gisquette... Senza che lui avesse potuto fare nulla per impedirlo, senza che ne avesse avuto il benché minimo sentore. In un lampo, rivide il cadavere scempiato di Baldrico. L'orrore lo fece precipitare indietro nel tempo, al caso del fiascaio Le Verrier che aveva rovinato mezza città, il bastardo che lui aveva tallonato interi mesi per poi dover assistere muto e imbrigliato alle scaltrezze con cui s'era messo al riparo dal giusto castigo, e cadere in seguito sotto la scure di un vendicatore ignoto. Gli risalì in gola quasi un rigurgito della bile ingoiata a suo tempo: anche quel demonio di Baldrico, in fondo, aveva subìto una morte efferata che meritava appieno. Provò una vampata di soddisfazione, di cui chiese silenziosamente perdono a Dio.

«L'abate era un lurido usuraio», concluse. «L'ho capito tardi, purtroppo. Vuoi dirmi chi l'ha ucciso?».

La ragazzina prese un bel respiro ed emise un soffio muto, prima che le sue mani rilasciassero freneticamente la verità.

«Non ve lo dirà, monsignore».

«Teme per la sua vita?»

«No», disse il vecchio. «Ma voi potete fermare la Giustizia incarnata. E questa città ne ha bisogno. Dio solo sa, se Parigi ha bisogno di quella mannaia!».

Matifort si stupì per le strane parole pronunciate dall'accattone. Cosa mai voleva insinuare? E quel suo volto così inusuale, deturpato in modo grottesco... Ebbe un'idea.

«Io so chi ha ucciso l'abate, in realtà», le disse. «Voglio solo una conferma».

La ragazzina lo guardò in tralice.

«Don Alfonso de la Cerda», sparò Matifort dritto come un colpo di balestra. «Il cugino di Sua Maestà».

Gisquette sembrò perplessa. Girò la testa verso il vecchio e agitò le dita in modo frenetico, quasi risentito. Il pitocco le rivolse uno sguardo complice e ridacchiò.

«Dice che avete una brutta opinione del principe, monsignore. Adesso deve andare via, poverina».

La ragazzina infatti uscì, tolse lo straccio nero che pendeva dalla finestra e si velò il capo.

«Dove sta andando?», chiese il vescovo.

«Al funerale della sorella. Ha fatto di tutto per curarla, povera piccola».

Simone Matifort restò muto a guardare quella fragile sagoma che si allontanava sul terreno accidentato, le spalle curve di dolore impotente. Provava una vergogna insostenibile per sé stesso, e aveva il cuore in frantumi.

Quella sofferenza stizzita aveva attirato la curiosità del vecchio Palichon, che lo fissava quasi sogghignando. Il vescovo ebbe la precisa sensazione che lui sapesse molto più di quanto volesse dare a vedere.

«Perché sono sicuro di avervi già visto?», chiese il vescovo.

Il vecchio si appoggiò di peso al muro.

«Perché è successo, monsignore».

«Quando? E dove?»

«Eh! La clessidra del tempo va girata all'indietro di parecchi anni», fece il pitocco. «Non c'era un orologio che scandiva le ore, al Palazzo reale. E sulla nostra dolce Francia regnava un uomo che era ardito solo per il modo scervellato con cui gli piaceva cavalcare… Eravate poco più che un ragazzo, allora. Un pretino con gli occhi zelanti che reggeva lo strascico al vescovo Templier».

Matifort aggrottò la fronte. Reggere lo strascico al vescovo? Quando mai lo aveva fatto? Stefano Templier era un uomo frugale che non portava strascichi, né gli sarebbe venuto il buzzo di farseli reggere da un accolito, poiché non era il papa e nemmeno un cardinale…

Come un fulmine a ciel sereno, l'abisso della memoria si spalancò e restituì un'immagine. Filippo III in procinto di partire verso sud, per l'assurda crociata non contro gli infedeli, bensì contro i cristiani d'Aragona. Il re che si porta in guerra il primogenito, l'erede al trono, colui che un giorno dovrà guidare l'esercito francese forte di ben diecimila cavalieri. Bisogna che sia esperto in materia militare, il ragazzo, perciò suo padre lo fa istruire per mesi dal miglior maestro d'armi che ci sia tra Parigi e le terre dei mori andalusi: è un mezzosangue nato in Oriente, metà francese e metà saraceno, abile quant'altri mai nella spada e nel maneggio di tutte le armi note.

«Sì, ora mi ricordo di voi!», esclamò Matifort. «Il vescovo Templier benedisse re Filippo l'Ardito e tutto l'esercito. Fu una cerimonia solenne, lui indossò la dalmatica con lo strascico per la prima e unica volta… E c'eravate voi, accanto al re. Il nostro re, che era un ragazzo. Voi, Gualtiero Polars. Come ho potuto dimenticare un volto come il vostro?»

«Ho fatto il possibile perché la gente si scordasse di me».

«È vero. Perché siete qui, in mezzo a questo squallore? Dovreste trovarvi a corte. O in una bella casa sulle colline, con un lauto vitalizio».

«Re Filippo l'Ardito mi cacciò».

«Com'è successo?»

«Non eravamo d'accordo su certe cose», rispose evasivo.

«Però Filippo IV teneva molto a voi. Deve avervi cercato per anni!».

«Mi ha trovato, monsignore».

«Perché non siete tornato a corte?»

«Ormai avevo fatto il callo a questi vicoli. In fondo, lo servo meglio standomene qui».

«Voi servite il re? In che senso?».

Il vecchio fece spallucce.

«Voi abitate accanto a Notre-Dame. Non l'avete sentita, la voce dell'olifante?».

VI

«Vi devo parlare. Assolutamente. Subito!».

«Dato che lo chiedete con tanta premura...».

«Lo esigo!».

La faccia del vescovo Matifort, che aveva inviato un messaggio a don Alfonso de la Cerda pregandolo di raggiungerlo con urgenza, in effetti trasudava un'ansia febbrile.

«Ditemi solo una cosa, monsignore: è una questione che andrà per le lunghe? Scusate se vi sembro sfrontato, ma... Stasera a corte c'è un banchetto».

Tanto svagata indifferenza irritò il vescovo, che perse le buone maniere.

«Voi siete un uomo arrogante, signor principe. E non avete alcun timore di Dio! Sappiate che esistono prove importanti contro di voi in merito alla morte dell'abate di Saint-Germain. Vi inchioderanno alle vostre responsabilità. Se però giocate d'anticipo, se correte a gettarvi ai piedi del sovrano confessando la colpa e implorando il suo perdono, sono sicuro che...».

«Voi siete *troppo* sicuro, monsignore», disse il castigliano rabbuiato. «Tanta sicurezza e un mare di fatti che restano completamente al buio, per voi. E presumete di sapere che io ho ucciso Baldrico de Courtenay!».

Lo sdegno del principe non era una posa, almeno su questo Matifort si sentiva tranquillo. O Alfonso de la Cerda era il più grande attore del mondo, oppure esistevano risvolti cruciali che lui non aveva affatto preso in considerazione. Si difese attaccando.

«Nella notte in cui Baldrico venne trucidato, gli abitanti del quartiere sentirono suonare un olifante. Un olifante come quello antico del conte Rolando che voi possedete, signor principe. Ve lo donò vostro nonno il re santo!».

«Mi onoro di custodire l'oggetto, è vero», rispose fiero.

«Siete stato così audace da farvi consegnare il *signet* di san Luigi: chissà con quale menzogna avrete indotto il re a darvelo... E con quello, profanando una santa reliquia, avete lasciato l'impronta sul saio dell'abate. So chi era Baldrico de Courtenay, so quel che ha fatto a più di mille persone, dunque non esprimerò giudizi sul vostro gesto. Sono persino disposto a darvi l'assoluzione sacramentale, se farete ammenda nel modo dovuto, con pentimento sincero, e subito! Non rischiate certo la forca, né la mannaia. La vostra amicizia fraterna con il sovrano infatti...».

«L'amicizia con il re», lo interruppe Alfonso. «Sapete quando è incominciata, monsignore?».

C'era nello sguardo del castigliano una fervida allusione, come se volesse parlare d'altro, in realtà, comunicando per vie traverse significati clandestini che non ardiva pronunciare in modo aperto. Matifort decise che valeva la pena dargli spago e sentire ciò che aveva da raccontare.

Nell'estate del 1285, disse Alfonso, re Filippo III scendeva verso Perpignano, lungo la costa catalana, determinato a spodestare il re d'Aragona per mettere su quel trono il suo secondogenito Carlo. Lui, figlio di don Ferdinando de la Cerda e perciò legittimo erede al trono di Castiglia, era stato liberato dal castello di Jativa, dove aveva vissuto per anni poco meglio di un prigioniero. Liberarlo voleva essere un gesto amichevole verso il re di Francia, suo zio e protettore, una silenziosa profferta di pace. Perciò il ragazzo era corso a rendergli omaggio, e lì aveva conosciuto il principe Filippo. Bello anche allora, ma con una faccia così irritante che in pratica toglieva gli schiaffi dalla mano. Portava una corta barba a pizzo, che accentuava quell'aria già strafottente, e due ispidi baffetti biondi a coda di sorcio.

"Un idiota", aveva pensato Alfonso a prima vista. Però aveva piegato la testa e detto: «Omaggi, Altezza. Sono vostro cugino».

Il principe lo aveva acchiappato per un braccio e tirato in disparte. "Bella stretta, però", osservò tra sé.

«Tu sei l'infante di Castiglia, vero?»

«Sì, altezza. Solo che mi hanno spodestato tanti anni fa. Il mio trono è stato usurpato».

«Bene, infante», gli disse a bruciapelo. «Io ti farò barone. Ti farò barone, Alfonso de la Cerda, se tu adesso mi aiuterai».

Quel giorno stesso, poco dopo pranzo, mentre l'esercito di Francia spossato dall'afa sonnecchiava al fresco degli alberi, si erano defilati da soli, loro due. Beffando la sorveglianza, complice il maestro d'armi del principe ereditario, andarono a qualche miglio da lì, dove si correva una corrida famosa. Se ne intendeva, il castigliano! Sin da piccolo, nel cortile del castello, si era divertito a giocare con i giovenchi. Poi vitelli nerboruti e quindi, arrivato all'età in cui si completava il tirocinio delle armi, gli avevano finalmente portato veri mostri dal manto nero, bestie enormi che sembravano soffiare fiamme dalle narici e facevano tremare la terra, quando caricavano. Ci sapeva fare, Alfonso, e ne menava gran vanto. Il principe Filippo voleva vedere la corrida almeno una volta in vita sua. Sua nonna era la regina Bianca di Castiglia, sua madre Isabella d'Aragona, e per giunta gli avevano dato in moglie Giovanna di Navarra. Naturale che volesse conoscere quell'antico gioco efferato. E sia! Alfonso ce l'aveva portato. In incognito, beninteso. Che fastidio poteva dare, quel ragazzo straniero venuto per vedere e basta, seduto lì in *barrera* dov'erano stati riservati due posti per loro?

Alfonso ci teneva, a quella corrida in particolare. La aspettava da mesi, per la qualità delle bestie scelte e per il nome dei toreri che sarebbero scesi nell'arena. Perché la corrida era un incontro tra l'animale allo stato selvaggio e l'uomo a piedi, in cui il matador doveva dominare il toro con esperienza e scienza. Se riusciva a farlo con grazia, diventava bello da vedere. I primi due erano stati grandiosi, acclamati dalla folla. Alfonso aveva la gola sfiatata, per quanto forte aveva gridato: «*Recorte! Veronica!*». Insistente, il francese accanto a lui gli tirava la manica e voleva sapere ogni cosa. Voleva sapere tutto per filo e per segno, sicché l'aveva distratto, guastandogli il divertimento. Paziente, Alfonso gli spiegava, ma il francese moltiplicava le domande, non stava quieto un momento. Dio, che assillo! Alfonso gli fece segno di starsene un po' calmo e zitto, lì dov'era. Stava entrando il torero più atteso, e non certo perché fosse il migliore. Era lo spettacolo della morte: non ci si può trovare ogni giorno a tu per tu con essa, sapere che si può darla o riceverla, e restare uguali a prima. Quando uscì il toro, fu subito evidente che Domingo Hernandorena, un basco basso e sgraziato dalle caviglie spesse e la faccia pallida, che appariva nervoso e malnutrito in un costume da quattro soldi preso in affitto, se pensava di uccidere quella bestia era scemo, e si sarebbe fatto incornare.

Hernandorena non riusciva a dominare il nervosismo dei piedi. Avrebbe voluto star ritto con calma e giocare il toro con la cappa mediante un movimento lento delle braccia, ma quando cercava di star ritto e fermo mentre il toro lo attaccava, i piedi gli saltavano via in piccoli balzi nervosi. Non riusciva a dominarli, e il suo sforzo di essere statuario, mentre i piedi lo facevano schizzar via dal pericolo, era esilarante per la folla, che rideva, incalzava e gridava: «Non buttarti in ginocchio! Le ginocchia sono per i vigliacchi!».

Il francese lo tempestava di richieste e Alfonso si scrollava via la sua mano dal braccio. Ecco, doveva succedere! Quando s'era rizzato, con la faccia bianca e sporca e la seta dei calzoni aperta dalla cintola al ginocchio, era la sporcizia dei pantaloni d'affitto, la sporcizia delle mutande strappate e il puro, puro, insopportabilmente puro biancore dell'osso femorale che vedevano, ed era quello che sembrava importante.

Ora il toro lo avrebbe finito. Ma Filippo lì accanto gli si attaccava e chiedeva, chiedeva ancora, doveva girarsi, parlargli... Alfonso gli allungò uno spintone e gli diede del codardo. Aveva parlato di getto, non ne poteva più. Se non altro, era riuscito a zittirlo. Il francese, offeso a morte, con un salto aveva abbandonato la *barrera* lasciandolo finalmente in pace.

Dio, cosa aveva provato poco dopo!

Quando se l'era visto entrare in arena saltando su un cavallo impazzito, folle il cavallo e folle lui, che urlava come un ossesso, gridava a squarciagola di euforia, di paura e di rabbia!

Due minuti e il toro aveva già aperto il cavallo, che correva via trascinando i visceri sulla sabbia in un lago di sangue, mentre quel cretino d'un francese rimaneva lì impalato, pronto a farsi sbudellare anche lui. Alfonso era saltato giù, a rischio di spezzarsi il collo, e aveva subito impugnato una lancia.

«Lasciatemi, non sa niente della corrida, quello lì! Si farà sventrare, e io finirò sulla forca!».

Ma gli altri lo trattenevano, tirandolo via. Non sapevano chi fosse il biondino con i baffi a coda di sorcio, e se il toro lo apriva tanto meglio, volevano godersi lo spettacolo.

Un paio di *suertes* e Alfonso de la Cerda, tenuto fermo da otto braccia, pregava Dio e tutti i santi di Spagna che il toro non lo facesse secco subito. Un paio di *suertes* e il francese se la cavò, perché non era stato un minuto zitto, prima, però aveva osservato tutto. Aveva del fegato, bisognava riconoscerlo, dunque permisero al castigliano di aiutarlo. Alfonso balzò dentro. Ce la potevano fare, in due. Ce l'avevano fatta! Così il francese riportò a casa la pelle tutta intera e ricevette persino qualche pacca sulla spalla.

Quando rientrarono all'accampamento, Filippo era una maschera di sangue, terra e sudore, e zoppicava dalla gamba mancina. Il re suo padre non disse nulla; certo, avrebbe voluto pigliarlo a calci nel culo come ogni altro padre della terra. Ma aveva pur sempre davanti l'erede al trono!

A passo di carica, rimandò Alfonso de la Cerda al reclusorio nel castello di Jativa: la sua indole tempestosa rischiava di esercitare una pessima influenza sul futuro re di Francia. Qualche settimana dopo, però, il castigliano venne richiamato. Filippo III era morto. E il futuro erede al trono, il cugino, lo voleva accanto a sé. Subito. Per avere il suo consiglio.

«Lo sapete, monsignore?», disse Alfonso ridendo. «Ancora oggi, quando guardo Sua Maestà, mi pare sempre di avere davanti agli occhi quell'adolescente biondino con la faccia da schiaffi. Re Filippo l'Ardito se la prese con me e con il suo maestro d'armi Gualtiero Polars. Ci accusò d'aver incanaglito l'erede al trono di Francia».

«Ed era vero?»

«Sì, per Dio e san Dionigi! Che razza di uomo, che razza di guerriero sarebbe divenuto, se non avesse mai affrontato un rischio mortale?».

In seguito, Filippo IV confidò al cugino quanto preziosa fosse stata per lui l'esperienza di quel giorno, il giorno in cui aveva visto la morte nel pomeriggio: perché la vita somiglia a una corrida nell'arena, e soprattutto, la corrida somiglia al potere, che è una tragedia rituale abilmente recitata.

Quella prova doveva aver lasciato nell'animo del re una specie di consapevolezza brutale, capace di segnarlo in modo indelebile. Lo si vedeva dal peso che dava alla riflessione, al silenzio come risposta prevalente, al ruolo del calcolo mentale fatto in tempi brevissimi, in istanti di vitale importanza.

«Filippo IV è gelido ed elegante come l'acciaio di Toledo», disse il principe. «Considera ognuno dei suoi avversari come il toro più temibile da affrontare, quello di cui si parla per mesi e che va osservato, studiato meticolosamente. L'anima iberica che ha nel sangue affiora prepotente, in lui. Certi gesti, certi modi di fare... Nelle sue strategie c'è la lentezza arrogante di un torero gitano».

Alfonso de la Cerda girò su sé stesso e se ne andò di punto in bianco, dopo appena un cenno di saluto, con quel passo un po' teatrale che gli era proprio. Simone Matifort si chiedeva perché mai il castigliano avesse voluto fargli una simile confidenza sui trascorsi giovanili di re Filippo il Bello.

Cosa significava, quel lungo racconto?

Quale messaggio recondito trasmetteva?

VII

Sole nel Capricorno, seconda decade: concretezza, senso pratico, razionalità. E l'ascendente? Nel segno del Toro. Solidità. Fedeltà. Possessività.

Arnaldo da Villanova sospirò rassegnato. Il decreto delle stelle indicava che ogni qualità di quel carattere umano che stava esaminando aveva una potenziata e rafforzata lucidità del raziocinio, chiaramente sconfinante in un temperamento portato allo scetticismo, alla diffidenza verso ciò che i sensi umani non avvertono. Mica una menda da poco, per l'allievo di un saggio!

Rare volte aveva sperimentato una delusione tanto avvilente. E dire che il nipote del papa possedeva un ingegno pronto, un animo indifferente al vile denaro, un'intelligenza brillante... Nonostante queste doti, era completamente inadatto ai suoi fini.

«Posso entrare?», chiese Crescenzio.

"Lupus in fabula", pensò il vecchio e, un po' di malavoglia, aprì l'uscio.

«Sono venuto a scusarmi con voi, maestro Arnaldo. Mi dispiace, l'ultima volta che ci siamo visti vi sarò parso irriverente e scostumato. Ognuno in fondo è libero di pensare ciò che vuole».

«La scienza ti ringrazia per la concessione», disse il vecchio con uno sprazzo di sarcasmo acido. «Così pure l'astrologia. La geomanzia. La divinazione. E tutte le discipline del sacro».

«Vedo che siete offeso e in collera con me. Me lo merito, lo so. Vorrei rimediare offrendovi doni preziosi».

Incoraggiato dallo sguardo del Catalano che pesava curioso su di lui, il ragazzo poggiò su uno sgabello la teca di lacca nera che aveva sottobraccio.

«Cosa c'è lì dentro?»

«Alcuni dei doni inviati dal Khan dei Mongoli. C'erano quattro vasi di porcellana che sono piaciuti a Sua Santità. Poi due rotoli che devono essere libri del lontano Oriente. Voi forse siete l'unico capace di districarsi in questa processione di disegnini senza senso».

«Saranno ideogrammi cinesi. Fai vedere».

Crescenzio gli passò la prima scatola, che era cilindrica, ricavata da una grande canna di bambù. Il vecchio srotolò i testi e subito decifrò il significato di quei segni astrusi.

«È la storia di Fu Hao», spiegò. «Una regina guerriera vissuta nel Catai molti secoli fa. Che omaggio bizzarro per un papa!».

«Credo infatti che fosse un regalo per mia sorella Maddalena. Questo è il secondo libro».

«Curioso... Questo è un'opera del saggio Sun Tzu. Descrive l'arte della guerra».

«Un manuale militare?»

«Non solo. Questo antico libro somiglia più a un condensato di saggezza. Un repertorio di strategie vincenti che possono essere messe in pratica in ogni situazione della vita. Compresi i rapporti d'amore».

«Ora capisco perché il Khan l'ha regalato a una ragazza... Ma quel è il senso della spada?».

Arnaldo allungò gli occhi.

«Intendi quella spada, ragazzo?».

Crescenzio gliela passò. Il vecchio slacciò con riverenza il cordone di seta che manteneva l'elsa ben stretta al fodero. La estrasse lentamente, e un bagliore violetto gli ferì lo sguardo.

«Sacre sfere celesti! È davvero il Volo della Fenice... Tua sorella mi aveva accennato qualcosa, ma io non volevo crederci. Mi sembrava impossibile!».

«Maddalena è stata da voi?»

«La vedo gironzolare spesso qui fuori, intorno alla palizzata del giardino. È molto incuriosita dai preparati che conservo nel mio laboratorio».

«Cacciatela pure via, se v'infastidisce. Le ragazzine della sua età sono molto petulanti».

Arnaldo non lo ascoltava, stregato dalla lama che aveva snudato completamente.

«"Io sono la prima luce del mattino e l'ultimo raggio della sera"», recitò attonito. «Se solo fosse vera la predizione che mi venne fatta…».

La speranza accesa nei suoi occhi si smorzò di colpo quando osservò Crescenzio, che intanto rimirava con un sorriso sornione e un po' sfottente l'ammasso di oggetti astrusi sul tavolo da lavoro. Un mucchio di ciarpame fetente, secondo lui.

«Questa spada non ha prezzo», disse il vecchio. «La sua lama non sarà mai intaccata dalla ruggine, nemmeno tra mille anni».

«Sul serio?»

«Nell'amalgama della forgia fu gettato un pizzico di ceneri della Fenice. Ah, già, tu non credi a certe fanfaluche».

Crescenzio si strinse nelle spalle, quasi a giustificarsi.

«Vi prego di tenere anche la spada, maestro. Mia sorella piange e strepita, ma non intendo restituirla a lei. La lama è tremendamente affilata, ho paura che si faccia male. Non ho tempo di starle dietro, purtroppo».

«Hai una faccia smagrita e preoccupata, infatti. Colpa del signor papa zio?»

«In parte», ammise. «Da settimane sto indagando su quel povero abate ammazzato, ma temo di aver solo perso tempo».

«Hai scoperto chi l'ha ucciso?»

«Sì, maestro».

«E allora?!».

«Non è così semplice. Al papa non interessa acciuffare il colpevole, che ormai s'è dileguato chissà dove. Lui rivuole la reliquia che è stata trafugata, la quale ha preso il volo verso la Francia. Il mio scopo era capire cosa mai fosse, quella reliquia. Credevo di esserci arrivato, ma temo di aver fatto solo un buco nell'acqua».

«Ti riferisci ai fili che abbiamo esaminato insieme?»

«Sì, maestro. Sono andato molto oltre rispetto alle nostre deduzioni di quel giorno. I fili sembrano provenire da un oggetto straordinario, unico al mondo: il lenzuolo funebre in cui venne avvolto il corpo del Nazareno nel Sepolcro».

Arnaldo sorrise.

«Lieto che tu ci sia arrivato, figliolo!».

«Ah, dunque lo avevate capito», disse Crescenzio con un'occhiata rancorosa.

«La presenza di sangue su un lino come quello parlava chiaro ai miei occhi, ragazzo. I fili che mi hai consegnato provengono dalla sepoltura del Messia, però...».

«Però c'è un fatto che non torna, maestro. Sembra marginale, invece è una voragine grande come un abisso».

«Di cosa parli?»

«Di mio padre. Roffredo Caetani, fratello maggiore di Sua Santità e conte di Caserta. Fu lui che affidò la reliquia al povero abate assassinato».

«Cos'è che ti rende tanto dubbioso?»

«Il nostro rango, maestro. A differenza di mio zio e dei miei parenti, io non soffro di particolari manie di grandezza. Ciò mi rende immune a certe velleità visionarie, perciò so discernere chiaramente la verità. La nostra famiglia non è delle più antiche e illustri. Solo vent'anni or sono, i Caetani erano un piccolissimo casato di campagna. Nobili, certo, ma con le toppe nelle braghe. Mio padre serviva il re di Napoli come suo vassallo, e in seguito, ha cominciato a servire il papa. Tutto qui. Mai stato in Oriente. Mai avuto a che fare con Bisanzio o con la Terrasanta. Considerato questo, maestro Arnaldo, mi spiegate come potrebbe aver custodito una reliquia eccezionale come la sindone di Nostro Signore? Non saprei immaginare un guardiano meno appropriato!».

«Sarai anche inadatto per le dottrine metafisiche, ragazzo mio, ma devo dire che la logica non ti fa difetto».

«E non è la sola incongruenza, sapete? Non riesco proprio a capire quali rapporti avesse mio padre con il povero abate Angelerio. Non ho mai sentito fare il suo nome».

«Io sì», disse il Catalano, perplesso. «Ma non è un nome di persona. Un patronimico, piuttosto. Il nome di tutta la famiglia».

«Sicuro?»

«Come del fatto che la mia barba è bianca e la porto intrecciata alla maniera dei sapienti orientali. Il nome Angelerio è anche piuttosto famoso, ragazzo mio. O meglio, un tempo era umilissimo. In seguito, fu rivestito dal carisma delle santità».

«Quale santo?»

«Pietro Angelerio da Morrone. Eletto al soglio apostolico con il nome di Celestino V».

«Celestino V», ripeté Crescenzio. «Mio padre Roffredo era incaricato di fargli la guardia, quando venne rinchiuso nel castello di Fumone. Aspettatemi, maestro. Non iniziate nessun esperimento! Torno fra poco. Ho bisogno di voi, di ragionare con l'aiuto di qualcuno che non rivelerà una parola ad anima viva!».

Crescenzio imboccò la porta e si precipitò verso i Sacri Palazzi. Un'ora dopo era di ritorno. Pallido, trafelato. Sconcertato.

«Volete sapere una cosa, maestro Arnaldo? Ho fatto qualche domanda sulla fine di Celestino V. Con discrezione, come se inseguissi una curiosità peregrina. C'è un fitto mistero che avvolge le esequie del papa eremita. La cosa più strana è che gli venne estratto il cuore dal petto. Fu imbalsamato e conservato a parte, non nella chiesa di Sant'Antonio a Ferentino in cui fu tumulato il resto del corpo. Padre Ugo Angelerio, che era uno dei suoi nipoti e serviva come cappellano le clarisse di Ferentino, si occupò di lavare la salma e prepararla per la sepoltura. Il beato Pietro dal Morrone possedeva una striscia del sacro lenzuolo funebre del Signore, appartenuta a papa Innocenzo III, e la teneva con sé come la cosa più cara. Angelerio la usò per avvolgere il cuore, che ripose poi in una giara di terracotta. Assurdo, no? La reliquia meritava uno scrigno prezioso. Che so, di legno rivestito d'argento. O d'avorio, magari, se non addirittura d'oro. Perché una giara, mi chiedo?»

«La risposta è già nella tua mente, figliolo. Proprio perché oggetto umile e vile, la giara serviva a nasconderla».

«Certo, maestro. Ma perché farlo? Perché tenere occultata la reliquia? Il cuore di un uomo santo come l'eremita Pietro dal Morrone è giusto che sia esposto solennemente alla venerazione dei cristiani!».

Arnaldo scosse la testa e cercò la lettera scritta dalla regina di Francia, che porse a Crescenzio. Via via che leggeva, i suoi occhi si dilatavano, atterriti.

«Ho tenuto il segreto fino a questo momento, figliolo, perché il papa non ha voluto dirti una parola riguardo alla reliquia. Ormai però la risposta ti è chiara: bisognava nascondere il cuore perché, evidentemente, mostrava qualcosa che nessuno doveva vedere».

«C'erano dei segni», soggiunse Crescenzio disgustato. «Segni di un'arma da punta e da taglio che lo aveva trafitto da parte a parte».

«Ho già messo in guardia la regina di Francia, ragazzo. I Colonna hanno portato a Parigi il cuore mummificato del beato Pietro dal Morrone. Il suo cuore squarciato da un pugnale. Lo useranno per dimostrare che tuo zio, papa Bonifacio VIII, è il mandante dell'omicidio!».

VIII

A notte fonda, quando ormai il coprifuoco aveva riportato la quiete a Parigi dopo il gran carosello della festa, il vescovo Matifort si rintanò di nuovo nella soffitta di Notre-Dame a respirare la polvere delle vecchie carte; salendo le scale, camminava a schiena curva come gli sconfitti, ma con un passo aggressivo da gladiatore e uno sguardo così temporalesco che l'arciprete non osò ricordargli l'ora di cena e compieta.

Voleva restare da solo per riflettere. La tronfia padronanza di sé sfoggiata da don Alfonso de la Cerda lo aveva spiazzato del tutto, era come se il castigliano non temesse affatto per la propria sorte, sentendosi al riparo da ogni ripercussione. Come se il re, pur di proteggere l'amico di una vita, potesse passare sopra qualunque cosa, persino un abominio quale la morte dell'abate di Saint-Germain. Addirittura far scontare a suo fratello Luigi una colpa atroce commessa da qualcun altro...

Alfonso aveva ammesso di custodire l'olifante suonato dopo il delitto e non aveva battuto ciglio neppure quando Matifort gli aveva rinfacciato l'uso dell'anello di san Luigi; però non intendeva confessare d'aver ucciso l'abate.

Certi dettagli, poi, Matifort non sapeva proprio come decifrarli o collocarli nel quadro dei fatti raccolti: emergevano nella sua mente con tale insistenza, gli sembrava che dita diaboliche tamburellassero incessanti sulle tempie... L'azzurro violento dei fiordalisi sfrecciati all'improvviso nel cielo, per esempio. Un fatto appena notato, poi subito perduto nei recessi della memoria. Perché continuava a ripresentarsi alle soglie della coscienza? Cosa voleva dire? Impossibile capirlo!

Contro tali rimuginazioni Matifort era del tutto inerme, ne veniva rapito anche durante la preghiera. Era confuso al punto che quella sera, durante i Vespri, aveva addirittura sbagliato le parole della messa.

Accipiens et calicem, iterum gratias agens dedit discipulis suis, dicens: «Prosit...».

I canonici di Notre-Dame erano diventati convulsi in faccia, nel sacrosanto sforzo di non ridere a crepapelle. Che vergogna!

In un modo o nell'altro doveva pur uscire da quella situazione insostenibile. Dicono che la notte porti consiglio; forse è vero, perché l'indomani, di buon mattino, Simone Matifort montò a cavallo e si diresse a circa quaranta leghe da Parigi, nella contea di Meulan, dove in un castelletto di campagna viveva Maria di Brabante, matrigna di re Filippo il Bello e madre del principe d'Évreux. "Nessuno conosce un uomo come la donna che l'ha partorito", s'era detto. Così aveva deciso di recarsi da lei, esporre con esattezza le circostanze che avevano fatto del principe Luigi il primo degli indiziati, anzi l'unico, onde poi scoprire che in realtà era vittima di un'abile macchinazione. La regina vedova forse conosceva fatti sul conto del figlio utili a scagionarlo, e con un pizzico di fortuna magari poteva anche offrire a Matifort materiali utili per costringere il castigliano ad accollarsi le proprie colpe. Ma doveva rivelarli adesso, prima che fosse troppo tardi!

Il vescovo temeva che Maria neppure sapesse che l'abate di Saint-Germain era stato ucciso, giacché viveva relegata in quel castello come un eremita in una spelonca, e mai ne usciva: lo aveva messo in conto, il rischio di scomodarsi per fare un buco nell'acqua. Valeva la pena tentare, in ogni caso: l'esperienza del suo passato da segugio gli aveva insegnato che le reticenze e persino le menzogne, se ben interpretate, hanno il pregio di parlare. A volte si rivelano più loquaci della verità.

Con il petto riscaldato da quella speranza, aveva raggiunto Le Mureaux, un grazioso castelletto dalla forma piuttosto insolita. C'era un'alta muraglia di pietra rafforzata da quattro possenti torri angolari a base tonda, ognuna delle quali sormontata da un'immagine sacra, come a invocare la protezione celeste su chi abitava nell'edificio: mentre costeggiava il perimetro fino al ponte levatoio, riconobbe sant'Antonio nel deserto, san Giorgio, l'arcangelo Michele e la Vergine Maria coronata di stelle. Una struttura poderosa, all'esterno, capace di scoraggiare l'assedio, che però formava un contrasto stridente con l'aspetto modesto dell'interno, una casa di circa venti stanze che non sarebbe stata a disagio tra i palazzetti della *rive droite*.

Tale baluardo per una così semplice dimora... Forse era una misura di prudenza: poiché la vedova di suo padre si era ritirata lontano dalla corte, Filippo IV aveva costruito intorno a lei quella cerchia muraria degna del Louvre per proteggerla da eventuali malfattori che potevano violare la casa per derubarla o magari rapirla in cerca di un riscatto.

Il vescovo varcò a cavallo il ponte levatoio, accolto dallo stalliere che subito si prese cura del palafreno corvino: il fido bardotto con cui andava di solito non avrebbe sopportato la fatica del viaggio.

Entrato in quella nobile dimora, Matifort provò subito una sensazione incongrua. Ogni particolare era pregiato e di buon gusto, dai marmi policromi che rivestivano i pavimenti in forme stellate ai legni delle travi, e poi strumenti musicali di ottima fattura, mobilio in durissimo rovere o costoso noce, però scarso in quegli spazi così ampi, quasi sperduto. Il maggiordomo che lo guidava vestiva di velluto veneziano, e tuttavia le sue spalle erano curve, come flesse sotto un peso insostenibile. Un silenzio insolito suggellava le bocche, velava gli sguardi delle fantesche che s'affacciavano appena alle porte, simili a tante maschere allucinate. Non era il silenzio ossequioso che vigeva a corte, né quello sacro delle chiese: sembrava che una coltre impalpabile pesasse dovunque, come se sotto quelle volte istoriate di affreschi al mattino non si levasse il canticchiare delle servette intente a rigovernare, come se l'arpa, l'organo e la viola da gamba non racchiudessero davvero la consolante possibilità della musica.

Persino gli uccelli che attraversavano in volata il giardino dietro i vetri parevano emettere suoni cui mancava la gioia dei loro canti usuali, e l'alito del vento tra gli alberi era fermo.

"Silenzio e vuoto", pensò Matifort. Il vuoto e il silenzio di un incantesimo che davano a quel castelletto l'aria lugubre di un sepolcro.

Maria di Brabante esigeva d'essere chiamata Madame, come se fosse ancora la regina di Francia. Aveva quarantacinque anni: non più nel fiore della giovinezza, ne conservava però ancora il fascino nella bianchezza del volto, nel luccicare dei suoi occhi avidi di vivere, nei capelli sopra l'attaccatura della fronte, che lasciava fuoriuscire dai veli con la malizia di mostrare che non erano canuti. Doveva essere stata una vera bellezza, ai tempi d'oro, invece Matifort si trovava dinanzi a una dignitosa matrona vestita di grigio, non proprio a lutto, tuttavia austera. Sedeva presso un grande arazzo appena incominciato, uno di quei lavori a ricamo che prendono forma via via su un disegno preordinato, il quale all'inizio si può intuire, più che distinguere chiaramente: tutti i fili dell'ordito vengono nascosti a lavoro compiuto, un lavoro ben diverso dalla semplice tessitura in cui tanto l'ordito che la trama sono visibili a occhio nudo.

Simone Matifort le porse l'anello pastorale, poi si parò dinanzi all'arazzo e cercò di indovinare il soggetto. Senza dubbio la scena si svolgeva in un bosco, dove un cavaliere disarcionato ma ancora legato con il piede alla staffa era rovinosamente trascinato dal suo cavallo in corsa furiosa.

«Pregevole, anche se un po' macabro», disse lui. «Rappresenta un episodio della storia?».

Maria di Brabante sorrise.

«Avete indovinato, monsignore. Lo donerò al re mio figliastro».

Matifort pensò che i convenevoli potessero bastare; gli premeva toccare lo spinoso argomento che lo aveva condotto fin lì.

«Madame, quanto sto per dire sarà un dolore, per voi. Un duro colpo. Credete però che sono venuto a voi con le migliori intenzioni. Forse saprete che l'abate di Saint-Germain è stato ucciso in un modo a dir poco crudele».

«Ne sono informata, monsignore. Il corpo mostrava orribili mutilazioni».

«C'erano indizi precisi, su quel corpo. Non posso darvi troppi dettagli, sappiate l'essenziale: quegli indizi puntano il dito contro vostro figlio, il principe d'Évreux. L'unico che avesse un motivo per odiare Baldrico de Courtenay, in effetti. Per via delle nozze tra Carlo di Valois e l'erede alla corona bizantina, che avrebbero relegato vostro figlio in una posizione umiliante, a corte. Per mia sfortuna, Iddio ha voluto che il cadavere fosse rinvenuto sul sagrato di Notre-Dame, dunque ho dovuto farmi carico delle indagini. Sono arrivato alla conclusione che il principe Luigi sia innocente, Madame. Perciò vi prego, anzi vi scongiuro: se voi custodite qualche informazione capace di scagionare vostro figlio, allora ditelo adesso!».

Maria di Brabante lasciò il ricamo e mosse alcuni passi nella stanza, distratta e svogliata. Aveva un modo impareggiabile di camminare, un portamento da regina che Matifort raramente aveva visto.

«Monsignore, dopo la morte di re Filippo l'Ardito conduco un'esistenza ritirata dal mondo. Tuttavia certi cari amici vengono a farmi visita, ogni tanto. Così ho saputo che mio figlio è scomparso. Le ragioni della sua disgrazia, tuttavia, non dipendono da quel vecchio progetto nuziale tra la casa reale di Francia e la famiglia de Courtenay. La sorte di Luigi pende appesa a un filo per un solo motivo: Filippo IV è un mostro. Impossibile definirlo in altro modo!».

«Madame, le vostre parole sono ingiuriose. E ingiustificate, anche».

«Sono stata per anni la moglie di suo padre. Fidatevi. Lo vedete risplendere nelle sue vesti di seta e di porpora, con il mantello azzurro come il cielo trapunto di gigli d'oro… Il mio figliastro è fatto esattamente così: il cielo per mantello, la tenebra nel cuore».

Il vescovo la guardò in tralice.

«A cosa vi riferite?»

«Nel passato di Filippo IV esistono ombre di cui nessuno sa. Ne è rimasto segnato profondamente. A volte diventa un individuo diverso da quello che tutti vediamo. C'è in lui come una seconda natura».

«Quali ombre?»

«Sono segreti di Stato che ho giurato di non riferire ad anima viva. Ma potrei fare un'eccezione per voi, vista l'alta carica spirituale che rivestite».

«Fatelo, allora».

«Forse. In cambio, vi chiedo un favore».

«Sarebbe?»

«Una partita a scacchi. Da tempo non gioco, monsignore. Ne sento nostalgia».

«Non ho remore al riguardo, Madame. Però vi avverto: sono piuttosto bravo».

«Meglio! Potrò dire che avete strappato quei segreti al mio silenzio, e non sarò spergiura. Per ogni pezzo che mi prenderete, io vi racconterò un episodio di cui sono a conoscenza. Se poi vincerete, monsignore, le mie labbra pronunceranno apertamente il nome dell'assassino».

La dama aveva parlato calma, ma sembrava stesse facendo una violenza al proprio pudore.

«Madame, vi esorto a non fare nomi con leggerezza. Infangare un innocente con le vostre congetture sarebbe un peccato grave».

«Nessuna congettura, monsignore. Io so esattamente chi ha ucciso Baldrico de Courtenay. E posso dimostrarlo».

Matifort si sentì preso in contropiede. La regina vedova non stava barando: sapeva, o almeno era convinta di sapere, il nome del colpevole al di là di ogni ragionevole dubbio. Si chiese se il re avesse giudicato valida la testimonianza della matrigna come prova contro Alfonso di Castiglia, il suo migliore amico.

«Giochiamo, se così volete», le disse.

Un sorriso soddisfatto scintillò sui denti perlacei di lei, che allungò verso la scacchiera una mano candida, levigata, regale.

«Quale colore volete, monsignore?»

«Bianco».

«Saggia scelta. Il bianco vi si addice perché simboleggia lo spirito e la purezza. Come il nero si addice a me, che sono in lutto».

Simone Matifort provò una certa ebbrezza, quando si vide seduto presso quel piccolo tavolo che un tempo era stato il suo privato angolo di Paradiso; ma si rese anche conto di quanto fosse arrugginito, dopo vent'anni di oblio. Le regole in ogni caso non erano certo mutate; rispolverarle via via durante il gioco sarebbe stato un piacere, avrebbe fatto una bellissima figura.

"Innanzitutto", si disse, "prendere il controllo del centro. I pezzi vicini al centro sono più potenti, perché hanno più mobilità e controllo, e ciò costringe l'avversario a muoversi sui lati, dove avrà meno mosse tra cui scegliere. Si può agire in modo offensivo e obbligare l'altro a giocare in difesa".

«Parlavate di certe ombre nel passato del vostro figliastro, Madame. Ecco, vi ho mangiato un pedone».

«Giusto, monsignore. Forse ricordate che Filippo IV non era il primogenito di mio marito. C'era un fratello maggiore chiamato Luigi, che morì prematuramente. Questo fece del secondogenito l'erede al trono di Francia».

«Lo ricordo, Madame. Sempre stando ai maligni, voi eravate sospettata di un legame con la morte di quel bambino. Aver dato a vostro figlio lo stesso nome, Luigi, rinfocolò i sospetti».

«Fu mio marito che scelse il nome, monsignore. Ma se conoscete certi dettagli, saprete anche che vi fu un'inchiesta sul mio conto e venni assolta. Comunque, furono giorni atroci. E non solo per me. Le cose andarono di male in peggio quando morì un altro figlio di primo letto di mio marito, il principino Roberto. Parlarono di veleno, un'altra volta. E poi anche Filippo si ammalò in modo grave».

«Ho sentito anche questo. Sua nonna Margherita lo portò via dalla corte e lo rinchiuse nella clausura di Longchamp, dalle clarisse. Il principe che doveva salire sul trono di Francia lottò tra la vita e la morte per diversi giorni, poi guarì. Evidentemente un miracolo della sua antenata Bianca di Francia, che giace sepolta tra quelle sacre mura».

La fronte della regina s'increspò. Pareva quasi che le urtasse, quel miracolo di guarigione.

«Siete bene informato sulla storia del regno, monsignore. Ma di sicuro ci sono fatti che ignorate. Cosa ne fu del principe Filippo dopo la guarigione, per esempio. Dove venne portato. Cosa fu deciso per lui».

«Si temeva per la sua vita», rispose Matifort. «Agguati e congiure erano prevedibili in ogni momento. Così vostro marito decise di affidarlo a suo zio Roberto, il conte di Clermont. Che lo condusse lontano da Parigi e dal Louvre, in un castello di provincia. E poi?»

«Per avere un altro dettaglio, dovete mangiare un altro pezzo, monsignore».

«È presto fatto, Madame».

«Non avete mentito: siete davvero abile a scacchi. Vi dirò allora che il principe, lontano dalla corte e dal rigido moralismo di frate Egidio Colonna, che era il suo precettore, fu sottoposto dal conte di Clermont a uno speciale tirocinio. Grazie a esso, sarebbe divenuto all'altezza del ruolo che lo attendeva».

«Una scuola speciale per diventare re?»

«Scuola... Diciamo piuttosto un calvario. Non ne troverete traccia negli annali, monsignore. Nella famiglia reale di Francia si bisbiglia di certe cose con la paura di essere uditi. Pare che gli insegnamenti di questo tirocinio risalgano addirittura ai nostri antenati che veneravano gli idoli. Lo chiamano "la via antica"».

Il vescovo la squadrò sospettoso.

«Non ne ho mai sentito parlare», obiettò.

«Perché non se ne parla. Sarebbe indecoroso, se il mondo venisse a scoprire certi segretucci scabrosi dei sovrani francesi, i "primogeniti della Chiesa". Pensateci, monsignore: quanto sangue pagano pulsa nelle loro vene? Un tempo, queste terre erano abitate dai Druidi che immolavano ai loro dèi vittime umane. Poi vennero i Romani, che non erano meno feroci né meno superstiziosi. Quindi fu la volta dei Vichinghi, predoni che sgozzavano e squartavano i cristiani senza neppure dare loro il tempo di chiedere pietà…».

«Cosa volete dire, con questo?», tuonò seccato Matifort. Il tono insinuante della donna iniziava a metterlo in allarme.

Maria di Brabante gli rivolse un sorriso ambiguo.

«Abbiamo un patto, monsignore. Ricordate? Se volete altre informazioni, dovete prima mangiare un altro pezzo».

Cosa non proprio facile, in effetti. Durante il gioco si era scoperto meno arrugginito di quel che inizialmente credeva, ma doveva ammettere che stava fronteggiando un'avversaria degna del suo talento.

IX

In piedi dinanzi al loggiato del palazzo, le mani abbandonate sulla pietra del parapetto, Filippo IV guardava il cielo grigio di nebbiolina sottile disciogliersi al tramonto, mentre la bandiera di Francia si faceva gonfia di vento e bianca di luna.

Seguendo un'abitudine che gli era stata inculcata da bambino, si sforzava di raccogliere ordinatamente gli eventi che lo avevano colpito, per riesaminarli con cura in cerca di dettagli sfuggenti capaci di rivelarsi preziosi. Così avrebbe scovato la causa dell'inquietudine che gli faceva il sangue guasto: era come un nemico astuto che va inseguito, stanato, annientato.

Se chiudeva gli occhi, il barbaglio della festa era di nuovo dinanzi a lui. I tre Stati di Francia: clero, nobiltà e popolo. Il popolo, con le sue mille sfumature di significato...

Rivedeva il vecchio Palichon, Ereminde la sfregiata, Guiot Piedestorto e gli altri... Erano venuti tutti a riverirlo, compatti e sfrontati avevano sfilato alla luce del sole per le vie della città in coda alla processione dei borghesi onesti. In massa, orgogliosi di esserci, e sfidando il buon senso, solo per rivendicare in silenzio l'onore di aver avuto a che fare con lui, il re. Di essere stati suoi complici.

E Gisquette, povera creatura fragile cui avevano strappato ignobilmente l'innocenza, proprio come avevano fatto con lui. C'era stato, a vederla muoversi nei luoghi abituali della sua misera esistenza. Vestito come un pezzente, per le strade impolverate dalla siccità, dove il riverbero della canicola faceva apparire i muri anche più storti del vero.

Era entrato e l'aveva trovata accanto a un letto di paglia troppo umida, il capezzale della sorella malata inguaribile, una povera cosa sperduta sotto la coltre, succhiata da settimane di febbre, minuscola che non pareva nemmeno esserci in quel lettuccio rattoppato, la testa avvampata di calore e il respiro difficile, quelle mani strette sull'orlo della coperta come se volesse tirarsi su, schiodarsi dalla croce di quell'agonia mentre s'insabbiava ogni giorno di più verso la morte. Poi era spirata; una di meno, tra le mille facce anonime del popolo senza futuro. A nulla erano servite le medicine che lui aveva fatto mandare troppo tardi, perché tardi aveva saputo. Non avrebbe mai dimenticato gli occhi di lei, Gisquette, che lo fissavano sgranati d'incredulità. Magra da fare impressione per via del lungo calvario patito, tremava come una farfalla sul punto di stendere le ali un istante prima di morire. Per curare quella sorellina, poiché aveva solo lei al mondo, s'era venduta, sporcata, sfibrata di fatica. Con altre donne mute, affamate e silenziose, era andata a inginocchiarsi a quell'uomo che tutto poteva e nulla voleva fare, a chiedere la carità di un altro rinvio, e tutte insieme avevano fatto notte davanti a quel cancello chiuso come tragici pellegrini in attesa del miracolo, con i figli avvolti nelle coperte o attaccati a poveri seni inariditi quanto le loro anime.

Come altri innocenti che la fame spingeva alla perdizione, Gisquette si adattava ai lavori più umili, ingrati e malpagati. Sapeva cosa vuol dire lavare lenzuola di bordelli al fiume in giornate d'inverno, con il gelo che morde le dita, la febbre da scontare in ginocchio come una colpa, a schiena curva, spaccando il ghiaccio a mani nude. Pochi spiccioli per ogni lenzuolo sporco di lordure abbiette, oltre la fatica anche l'umiliazione di sfregare certe vergogne. Eppure le sembrava una grazia anche quella, se poteva curare la sorellina ammalata. Così, quando le offrivano quel lavoro, accettava senza fare storie. Qualunque cosa, pur di salvare la sola persona che le fosse rimasta al mondo.

Piccola ragazzina coraggiosa... L'aveva spiata di nascosto, sorpresa da sola a cantare tra le file dei panni arrampicati lungo l'argine: ed era un piacere sentirla, con quel sangue giovane che non voleva arrendersi alla vita e cercava la voglia di rialzare le spalle. Gli era sembrata così eroica, come il più valoroso dei generali... Che soddisfazione, nel giorno della festa e della rivincita: vederla sfilare vestita di cielo, mentre tutti si chiedevano sbalorditi chi fosse quella fresca bellezza!

Qualcuno forse l'aveva riconosciuta, e adesso si stava lambiccando il cervello per capire dove mai lo avesse preso, quel drappo di seta azzurra che costava quanto lo stipendio di un anno da manovale. Parlassero pure! E che facessero congetture azzardate. L'indomani si sarebbero accorti che Gisquette possedeva un negozio tutto suo vicino a Notre-Dame, dono di un benefattore di cui mai nessuno avrebbe sospettato la vera identità, e sarebbero diventati matti cercando di capire come quella ragazzina avesse potuto comprarselo... Sull'onda di quei pensieri, Filippo IV sorrise.

Sotto di lui, una brezza leggera portava nel vento della sera il profumo di fiori estivi. Parigi era stupenda, sul fare del crepuscolo. Un giardino di colori appena accennati, di bisbigli discreti nel respiro del fiume. Dietro le sue spalle, la stanza deserta. Lo smacco di quel grande letto vuoto, dove da tempo dormiva solo.

X

Adescamento. La prima fase del gioco, facile come gettare pezzi di pane nelle acque di uno stagno: le oche corrono a beccare dove uno li lancia. Così mettere un pezzo invitante e non protetto in un certo punto della scacchiera vuol dire fare in modo che l'avversario, per mangiare quel pezzo, sia costretto a spostarsi: naturalmente bisogna avere in mente un buon piano, regalare pezzi di valore sarebbe una vera follia. Ma attenzione, quando tutto pare facile... Allora probabilmente ci si trova dinanzi a un tranello.

Poi la seconda fase: deviazione. Come l'adescamento, si induce il nemico a spostare un pezzo in una certa direzione, senza però regalare nulla, semplicemente scambiando i pezzi e minacciando il pezzo che si vuole far sloggiare.

La partita tra Matifort e Maria di Brabante era iniziata con una banale scaramuccia di pedoni che si affrontano, poi di cavalli che si mangiano l'uno con l'altro. Si prolungò oltre il previsto, tuttavia, per la bravura di entrambi i giocatori. Era il momento di scomodare gli alfieri, quindi sarebbe stato necessario far scendere in campo le torri.

«Mi dispiace, Madame. So che è tardi e sarebbe un gesto cavalleresco lasciarvi vincere. Però siete stata voi a chiedere di giocare. E non potete dire che non vi avessi avvertita».

«Non scusatevi, monsignore. Trovare un avversario in gamba è già una grande vittoria, per me. Di norma se voglio giocare devo chiedere a una delle mie fantesche, che non azzecca il movimento dei pezzi e muore di sbadigli».

«Dicevate del duro tirocinio seguito dal vostro figliastro».

«Infatti. Portato in quel piccolo castello tra i boschi del Nord, il principe ci rimase per due anni. Tutti lo credevano in casa del conte suo zio, ma non era affatto così. Visse con i boscaioli in incognito, vestito con i loro abiti. Dormiva nelle loro case, mangiava con i loro figli. Imparò l'arte del taglialegna. Abbattere gli alberi, farne tronchi a colpi di scure. Assi, legna da lavoro e da ardere. Dicono che fosse molto bravo, in quel mestiere».

«Ma non poté durare a lungo, vero?»

«Ovviamente no. Filippo era l'erede al trono. Trascorso quel periodo di lavoro manuale, Roberto di Clermont lo condusse con sé laddove si amministrava la giustizia. Perché imparasse ad amministrarla».

«In tribunale?»

«Sul patibolo», fece lei. «Il conte di Clermont gli mise tra le mani una di quelle scuri che aveva maneggiato per mesi e mesi. Gli ordinò di decapitare un condannato».

Matifort scolorò.

«Madame! Non è possibile... A quel tempo, il ragazzino aveva circa dieci anni».

«Potete chiedere al conte di Clermont, se non mi credete. È anziano ma ancora lucido».

«Io non capisco!».

«Ciò non cambia i fatti, monsignore. Sulle prime, il ragazzino strillava e piangeva, implorava il nome di suo padre. Lo zio lo prese a ceffoni e bastonate. Lo mise in una prigione senza mangiare né bere, fin quando ne piegò la resistenza. Filippo brandì quella scure e decapitò il condannato come gli era stato imposto. Il giorno dopo ne uccise due. Poi tre. Cinque, dieci... In capo a un mese, aveva imparato quell'arte orribile ma necessaria. Ormai non gli causava più né angoscia né disgusto. Era un dovere puro e semplice, per lui. Come tanti altri».

Inorridito, il vescovo la fissava senza poter credere a ciò che udiva. Atroce doverlo ammettere: la sua esperienza dell'animo umano gli diceva che Maria non stava mentendo.

«Lo capite, adesso?», disse lei. «All'età di dodici anni, quando gli altri ragazzi nobili imparano le prime prodezze a cavallo, il mio figliastro era già un assassino provetto. Capace di dare la morte senza sentire il benché minimo rimorso o scrupolo di coscienza. E voi provate meraviglia, al pensiero che possa sfogare la sua collera ingiusta sul mio povero figlio Luigi?».

Matifort era sgomento: la regina parlava di vicende così atroci restando perfettamente fredda, con un vago sorriso compiaciuto sulle labbra... Come poteva mostrarsi tanto insensibile? Lo stupore gli causò danno: Maria gli aveva appena mangiato una torre.

«Concentratevi sul gioco, monsignore. Siete davvero bravo, ma vi distraete dal vostro obiettivo con una certa facilità».

Lui rimediò subito con un colpo da maestro.

«Geniale!», apprezzò la regina. «Ed eccomi di nuovo costretta a rivelarvi segreti che ho giurato di portare con me nella tomba... Vi intendete di storia antica, monsignore?»

«Un poco».

«Dunque sapete chi erano i gladiatori nella Roma dei Cesari».

«Sì. Condannati a morte che si affrontavano nella sabbia del circo fino all'ultimo sangue. *Morituri*, si chiamavano. "Quelli destinati alla morte"».

«Come abbiamo detto poco fa, Parigi un tempo fu una città romana. Una grande città. Ricca, popolosa. Possedeva un circo nel quale combatterono gladiatori che si coprirono di gloria».

«Credo di aver letto qualcosa al riguardo negli annali», mormorò.

«Allora dovete cercare un nome, monsignore. Lanius».

«Lanius?»

«Vuol dire "Carnefice"».

«Perché dovrebbe interessarmi?»

«Cercate quel nome, Matifort. Leggete gli annali con attenzione. E avrete la risposta a ogni vostra curiosità».

«Lo farò, Madame. Ora però torniamo al punto che m'interessa. Ditemi che cosa è successo al principe Filippo dopo che lasciò il castello dello zio».

«Non sono obbligata e non lo farò».
«Avevamo un patto!».
«Ma il gioco è finito, monsignore».
Gli occhi della regina vedova scivolarono sulla scacchiera con lentezza perversa. Preso dalle rivelazioni che stava guadagnando, Matifort non aveva abbassato la guardia: nonostante questo, esistevano in Maria di Brabante certe raffinate astuzie che lui non avrebbe mai saputo immaginare. Il vescovo aveva giudicato opportuno spostare la sua Donna sul fianco della scacchiera, lasciandole agio, e anche Maria aveva seguito quel movimento, così la Donna nera si era posta sul lato sinistro della scacchiera. "Errore ferale", aveva pensato il vescovo. Il suo gioco era stato cauto, sapiente, ragionevole. Ma un gioco vincente? Ora non ne era più convinto. Non dopo aver visto Maria poggiare delicatamente la propria Regina davanti a una fila di tre sbalorditi pedoni avversari. È la Donna, il pezzo più forte sulla scacchiera. Sacrificarla per qualsiasi altro pezzo può sembrare una follia, ma ogni singola posizione dev'essere valutata nella sua unicità. Esistono infatti situazioni in cui, per vincere, bisogna mettere da parte la razionalità e agire d'istinto. Ora Matifort vedeva il suo re con le spalle al muro. Inchiodato. Strangolato. Paralizzato. Muovendosi, sarebbe stato sotto scacco. Più elegante abbandonare la partita, a quel punto... Aveva ragione, la scaltra signora: il gioco era finito.
Mentre si alzava scornato dalla scacchiera, Matifort gettò uno sguardo all'arazzo che Maria stava ricamando: e di colpo fu la luce, in lui.
«Avete detto che quella scena ritrae la storia di un re francese... Non del passato, ma del futuro! Voi state ricamando la morte di re Filippo IV. Odiate il vostro figliastro al punto da voler ripetere il piano omicida che avete fallito tanti anni fa!».
Con il sorriso crudele di un'antica sfinge, Maria di Brabante non ammise ma neppure negò. Un bisogno ossessivo di vendetta accarezzava i suoi desideri più nascosti, illudendola che potessero esaudirsi. O forse la donna teneva in serbo alleanze clandestine e una trama di sangue per quella morte così attesa?

«Mio Dio, Madame! Volete organizzare un incidente di caccia. Non sapete che Filippo IV è il più esperto cacciatore d'Europa? Voi siete pazza!».

Lei rise. Un riso vibrante di rancore, di soddisfazione maligna.

«Proprio voi che siete un vescovo, Matifort, volete porre limiti alla Provvidenza? E non avete imparato proprio nulla, da questa nostra partita».

Spiazzato da quell'insinuazione, il vescovo osservò la scacchiera. Lei aveva dannatamente ragione, di nuovo. Era riuscita a vincere con lo stratagemma più abile e perverso: il sacrificio della Donna. Allo stesso modo, era disposta a morire, a sacrificare sé stessa, se solo fosse stata certa che così facendo sarebbe riuscita a spedire l'odiato figliastro nelle braccia dell'inferno che lo attendeva.

In un istante, la faccia pallida di sconcerto, Simone Matifort rivide tutta l'esperienza guadagnata durante gli anni in cui aveva dato la caccia ai criminali. Comprese che aveva dinanzi la preda più ambita, la più difficile da catturare: l'assassino dalla mente superiore che lancia sempre un'ardua sfida a chi lo insegue. Lo provoca, sa depistarlo, eppure lo attira intessendo complicati enigmi da sciogliere, tutto per deliziare il suo amor proprio, sicuro che l'inseguitore li troverà insolubili. E aveva ragione, Maria di Brabante, a ridere con quella soddisfazione cattiva: anche se aveva capito le sue intenzioni sanguinarie, Matifort non poteva muovere un dito contro di lei, perché il delitto non era stato commesso. Non ancora...

Il vescovo rovesciò la scacchiera a terra, poi inforcò la porta e se ne andò da quel castello in preda all'ira. Iniziò a provare un briciolo di sollievo solo quando, di nuovo in arcione al palafreno, si rese conto che Le Mureaux ormai era alle sue spalle. Fu allora che uno strano pensiero lo attraversò, una fulminea associazione di idee sorta nella sua mente già all'arrivo, cui però non aveva badato affatto. Si voltò e fissò il possente baluardo di mura. Sant'Antonio nel deserto, la sua vita di ascesi, la lotta costante contro il demonio, dura e vittoriosa... San Giorgio che trafigge il drago. Michele arcangelo, trionfatore sul Male, generale delle schiere celesti… E la Vergine dell'Apocalisse.

Nel cielo apparve poi un segno grandioso: una donna vestita di sole, con la luna sotto i suoi piedi e sul suo capo una corona di dodici stelle.

"Vuoto e silenzio", pensò. Le stigmate di un maleficio.

Quello che stava vedendo non era un castello, ma un grande esorcismo di pietra. Il re lo aveva fatto costruire non per difendere Maria di Brabante, ma per proteggere la Francia da lei.

Maria era una donna diabolica, e per tenere imprigionato il demonio che abitava in lei Filippo il Bello aveva innalzato a presidio delle torri i più potenti nemici armati da Dio contro il Male.

XI

Il re cavalcava verso nord, senza seguito. Al suo fianco, unico compagno in quella sortita nella foresta, il fido cugino Alfonso de la Cerda. Sopra le loro teste, così in alto che a vederne la sagoma scura il sole feriva lo sguardo, l'aquila delle steppe volteggiava in ampi cerchi.

«Un animale maestoso», disse il castigliano. «Perché sostenete che c'è una specie di minaccia legata a questo dono?»

«Perché è così», rispose il re. «Non proprio una minaccia, in realtà. Una specie di provocazione».

«Quale sarebbe?»

«L'aquila simboleggia l'impero, e con le nozze di Carlo e l'erede dei de Courtenay la dinastia capetingia si arricchisce di un titolo imperiale. Formalmente il dono dell'aquila è un omaggio simbolico. Un complimento. Tra le righe, il Khan dei Mongoli manda a dire ben altra cosa. Non è affatto contento di questo legame. Vorrebbe l'Occidente dilaniato da guerre e conflitti: una preda più facile da ghermire, qualora decidesse di sferrare l'attacco».

«E cosa verrebbe a significare, tra le righe, l'invio dell'aquila?»

«Il magnifico Temür insinua che io non sia in grado di comandare questo stupendo rapace, come non sono in grado di controllare un impero vasto quanto l'alleanza di tutti i regni cristiani».

«Ed è vero, maestà?».

Il re non rispose. Levò in alto il braccio guantato: pochi istanti e un'ombra nera scese in picchiata su di loro. Grande, immensa, incombente, fin quando ricoprì completamente la figura del sovrano. Il cavallo di don Alfonso nitrì di paura e scartò di lato, lui faticò a tenerlo buono. Immobile, quieto, il re lasciò che l'aquila gli si poggiasse dolcemente sul pugno. La sua apertura alare era superiore alla statura dell'uomo sotto di lei, che la accoglieva senza battere ciglio.

«Non ha mica tutti i torti, questo barbaro re dei Mongoli!», esclamò il castigliano. «Quando è in alto nel cielo e vola ad ali ferme, si potrebbe pensare che sia un essere angelico. Da vicino, la sua vera natura si rivela: è una belva. Voi però non avete paura, sire. Eppure potrebbe strapparvi gli occhi in un istante, con quegli artigli d'inferno!».

«Non è vero», disse il re. «Mi intimidisce, proprio come intimidisce te. Ma qualcos'altro, in me, supera di gran lunga la paura. Sono strabiliato dalla forza che c'è in lei. Incantato dalla sua fiera bellezza».

«Ciò vi mette in condizioni di comandarla?»

«Non la comando affatto, cugino. Siamo alla pari, noi due. È nata libera e indomabile, regina dei cieli. Non mi obbedisce, sceglie di collaborare con me soltanto perché le fa piacere. Sa che la mia anima è ai suoi piedi e che le offro la mia completa, incondizionata devozione».

«Ecco, ora è tutto chiaro», sogghignò Alfonso. «Voi parlate dell'aquila e intanto pensate a vostra moglie».

Il re non rispose, e il suo volto virò ai colori della tempesta. C'era dolore, in quello sguardo glaciale, e una nostalgia farabutta che lo aveva spinto ad appartarsi nel bosco cercando la solitudine come una medicina amara, inevitabile. Spronò il cavallo e si isolò nel silenzio dei suoi pensieri errabondi, mentre Alfonso, che lo conosceva bene, evitò di fare domande, certo di dargli conforto con il calore della sua presenza muta ma partecipe.

Giunti alla sommità di un poggio, si fermarono. Oltre i confini del bosco, in lontananza, i fianchi delle colline erano quasi già bruni d'uve mature, e da lì in poi, se la mente volava molto più a nord, c'era il Vermandois con i suoi boschi sconfinati, grandi solitudini di querce secolari e in mezzo, nel cuore di quel mondo silvestre, una casupola adagiata su un tappeto di foglie così spesso che la danza delle stagioni non riusciva a far marcire.

«Tutto ciò che so dei boschi l'ho imparato da un uomo che si chiama Gilles Ruffi», mormorò il re. «Un giorno ti racconterò di lui».

Quanti anni erano passati! Gilles, che aveva la faccia butterata dal vaiolo coperta di peli rossicci, le gambe robuste come tronchi di rovere, la risata sincera, sgangherata e contagiosa.

Filippo IV pensò che gli sarebbe piaciuto vedere anche lui, in quel giorno così solenne, sfilare insieme agli altri che aveva incontrato per le vie traverse della vita, grazie a giochi clandestini della sorte. Ma Gilles viveva lontano da Parigi, se era ancora vivo. Vecchio Gilles dalla mano come una saetta! Sapeva radersi i peli delle gambe con un solo colpo, senza farsi nemmeno la minima scalfittura sulla pelle. Tutti lassù sapevano fare quel giochetto, del resto. Quella combriccola di ragazzacci perbene, delinquenti stagionali tanto per trovar qualcosa da mettere sotto i denti: "*les enfants de Ruffi*", come li chiamavano i dispacci di polizia...

Chissà che faccia avrebbe fatto, quel buon diavolaccio di Gilles, se gli avessero detto che stava tenendosi in casa il figlio di un re! Un principe lì a mangiare nella stessa tazza dei figli suoi, a vestire gli stessi stracci, a prendere sonore pedate se le meritava, che così i ragazzi vengono su meglio...

E chissà poi cos'avrebbe detto il buon vecchio Gilles, vedendo che sua moglie lo aveva umiliato davanti a tutta la corte mandandogli in dono una misera noce...

Giovanna gli si negava e, inalberando il vessillo dell'orgoglio ferito, da molte settimane ormai era lontana da lui. Una rabbia sorda e dolente lo aggredì. E un'intuizione come un fulmine a ciel sereno.

«Hai conservato quella maledetta noce, vero?»

«Certo che l'ho fatto», disse Alfonso. «La corte può essere ingannata, forse. I vostri dignitari, che sono un branco di uomini superficiali. Non io, sire. Io conosco Giovanna, so che mai vi farebbe un simile affronto. Per me è stato subito chiaro che quel regalo, benché ridicolo in apparenza, doveva celare un significato importante».

«Ce l'hai con te?»

«Sì, maestà».

«Dammela».

«Volete stritolarla?».

Filippo IV lo guardò in cagnesco.

«Dammi quella noce, Alfonso!».

Certe sfumature nella voce del sovrano non lasciavano spazio di manovra al suo interlocutore: era un fatto immediato, un carisma del comando che si percepiva a fior di pelle. Il castigliano si aprì la giubba e gli passò la noce.

«Voglio solo guardarla meglio», disse il re.

Per un attimo fu tentato di schiacciarla con rabbia, perché vederla gli ricordava l'affronto subìto dinanzi a tutta la corte e accendeva un tumulto di passioni aggressive che gli esplodeva nel cuore. Ma la noce era figlia del bosco, e il bosco era per lui il luogo più sacro e bello della terra, scenario di ricordi incantati. In mezzo ai boschi era nato, nel castello di Fontainebleau, e in un bosco avrebbe voluto morire, potendo decidere. Si portò la noce al naso, avido di fiutarne le reminiscenze olfattive che sapevano di mallo verde e legno fresco. In quel momento, così vicina agli occhi, la noce rivelò un segreto. Il guscio non era intatto, bensì violato da una mano sconosciuta: aperto e poi richiuso tramite una sottile colata di cera. Ma la cera non era liscia: qualcuno, usando un punteruolo sottile o la cruna di un ago, vi aveva inciso delle linee. Fece ruotare il guscio lentamente sotto la luce, più volte, fin quando poté decifrarne il tracciato. Formava una specie di scritta.

EX III 3

Una sigla, evidentemente. Che significava? Chi l'aveva incisa, e perché?

Un sospetto gli balenò in mente. Una frase biblica.

«*Esodo*, libro terzo, capitolo tre», mormorò sottovoce.

Chiuse gli occhi. L'idea che il suo intuito lo stesse guidando verso la soluzione dell'enigma lo intimoriva.

Il roveto ardeva per il fuoco, ma quel roveto non si consumava.

Di colpo il castigliano lo vide portarsi la mano sul cuore, che forse batteva all'impazzata, benché in molti dicessero che Filippo IV un cuore nemmeno l'aveva. Mentre altri avevano fatto di tutto, perché diventasse un gelido masso di pietra.

Doveva sciogliere il dubbio: così il re sfilò dalla cintura il coltellino da boscaiolo che portava sempre, per abitudine. La lama sottile messa di taglio recise lentamente la striscia di cera. Pregò, implorò, scongiurò la bontà divina che fosse proprio vero ciò che stava immaginando. Quando le sue dita si mossero a scatti, incapaci di dominare del tutto l'ansia, le valve del guscio rivelarono uno strano contenuto. C'era dentro una polverina sottile, simile in tutto alla cenere, ma percorsa da arcani bagliori metallici tra il rosso e il violetto.

Lo richiuse piano, come avrebbe fatto stringendo tra le mani il più raro dei tesori.

«Dammi una candela, Alfonso. E anche un acciarino!».

Il castigliano frugò nella borsa che portava a tracolla, piena di tante cianfrusaglie che potevano sempre rivelarsi utili quando s'andava a zonzo nei boschi senza scorta. Dopo averla accesa, il re fece colare nuova cera tra le due metà del guscio richiuso per sigillarlo ermeticamente, affinché neppure un infinitesimo di quelle ceneri andasse perduto.

«Mi serve il tuo aiuto, Alfonso», disse. «Giovanna deve tornare da me».

«Ci vuole un gesto di buona volontà da parte vostra, sire. Un gesto pubblico come quello che l'ha offesa. Anche voi sicuramente capite che...».

Non finì la frase: qualcuno si stava avvicinando a galoppo sfrenato. Doveva essere accaduto un fatto grave, a giudicare dalla foga. In pochi minuti riconobbero il barone Pietro Galard, capo della sorveglianza. Rosso in faccia, congestionato, preoccupato.

«Maestà», tentò di dire in affanno.

«Riprendete fiato, barone».

«Mio signore, è accaduta una sventura. Ho ricevuto un messaggio segreto da mia moglie. La regina ha lasciato Vincennes. Punta verso nordovest».

Il re si voltò verso Alfonso, che gli ricambiò quello sguardo smarrito.

«Che intende fare, Galard?»

«Raggiungere la costa normanna al porto di Honfleur. Salperà per la Navarra, sbarcherà a Biarritz e da lì procederà verso l'interno, fino alla sua reggia di Pamplona».

«Dunque ha deciso di lasciarmi», ringhiò il re.

«Sì, maestà. Ma le ragioni non sono quelle che immaginate. Madame ha ricevuto una lettera da Roma. Non portava un sigillo importante, deve averla scritta qualcuno che non riveste ruoli nella Curia. In ogni caso, dopo aver letto quella lettera, la regina è entrata in grande agitazione. Non ha voluto rivelare una parola a mia moglie, però ha convocato immediatamente i due Colonna. Ha messo a loro disposizione uno dei suoi castelli della Champagne e, in cambio, s'è fatta consegnare la reliquia che portano. La sola cosa che mia moglie ha capito è questa: quell'oggetto è pericoloso, tutto fuorché sacro. Non può restare in Francia, maestà, perché voi finireste scomunicato. Come i vostri figli e il regno intero. Allora la regina ha intenzione di fare questo: prenderà su di sé, solo su di sé, la colpa di custodire la reliquia e la maledizione che ne deriva. Lontano da lei, voi sarete al riparo da ogni danno. Come i vostri figli. Come la Francia».

Il barone aveva parlato senza fare nemmeno una pausa: era sfiatato.

Filippo IV restò con gli occhi fissi, come privo di conoscenza, i tratti del volto ibernati nella maschera di un sentimento feroce tra paura e collera impotente.

«Bisogna fermarla», ordinò poi.

«Sire, mia moglie dice che Madame è irremovibile».

«Non sarò io a farlo, ma il principe d'Évreux. Avvisatelo: avrà il mio perdono, se obbedirà agli ordini. Torniamo a Parigi!».

Fece voltare di colpo il cavallo. Il cielo sopra di loro s'era fatto livido e minacciava bufera.

XII

Elicriso, il fiore del sole e dell'oro, figlio della macchia mediterranea che sa di sabbia e di vento, di alghe e di mare dalle acque turchine: il suo sentore fresco, erbaceo e dolce, ricorda il miele. Angelica, l'erba degli angeli, che cresce spontanea in territori la cui bellezza è tale da togliere il fiato, protegge dagli incantesimi e dagli spiriti maligni, e il suo profumo è muschiato, fiorito, calmante.

Distesa nell'acqua del bagno, gli occhi chiusi e la nuca indolenzita da ore e ore di viaggio, la regina Giovanna assaporava le lente volute di vapore che risalivano dall'acqua odorosa.

«È troppo caldo, Madame?»

«No, Maria. Va bene. Il calore ritempra i nervi».

«Siete stremata. Vi preparo il letto».

«Secondo voi è troppo tardi?»

«No, Madame. Siamo arrivate in tempo. Io lo spero».

«Come potete dirlo?»

«Questo è il suo castello, mia signora. Il castello di Évreux. Se il principe fosse morto, avremmo trovato stendardi a lutto».

«E se avesse già lasciato la Francia?»

«Lo avremmo saputo, Madame. Un principe non parte da solo, come un pover'uomo qualunque».

«C'è così poca gente al castello!».

«L'ho notato anch'io, Madame. Forse il signore d'Évreux ha congedato gran parte dei servi, visto che sta per andarsene in Oriente. Rimarrà lontano per molto tempo, temo».

Giovanna si morse un labbro cercando di scacciare le lacrime. Lontano per molto tempo… Per sempre, forse. Due giorni prima, del tutto inaspettata, una lettera del cognato l'avvertiva che desiderava dirle addio.

Madame,
i nemici che mi vogliono morto hanno finito per prevalere. Il vescovo di Parigi ha ottenuto dal re che io parta per l'Oriente diretto alla crociata. Non farò mai ritorno, lo so. La mia presenza sarebbe motivo di grave imbarazzo per il re di Francia, costretto a quel punto ad aprire un processo per l'omicidio di un religioso che vedrebbe imputato un uomo di sangue reale. Un uomo con il suo stesso sangue. Non voglio metterlo in quelle condizioni. Preferisco morire con onore e salvare almeno la mia anima mentre cerco di riscattare Gerusalemme e il Sepolcro.
Se potete, raggiungetemi nel castello di Évreux. Appena possibile. Il prima possibile, se volete vedermi un'ultima volta.

Giovanna era già in cammino diretta verso Honfleur, ma il cielo aveva voluto che il castello di Évreux fosse di strada! Le era bastato separarsi dalla vettura, obbligare la sua dama a montare in sella e in capo a mezz'ora, appena due bisacce per ciascuna puledra, s'era lanciata sulla rotta per Évreux con il solo seguito di sei guardie a scortarle. Erano arrivati al tramonto: impossibile dire, tuttavia, se l'irreparabile fosse già accaduto. Distesa nel bagno, ora la regina rimestava la propria tristezza nel silenzio della stanza, rotto solo dal quieto tramestio della baronessa che sfaccendava con pettini, abiti e spille.

«Mi sento talmente in colpa...».

Maria Galard smise di mettere in ordine gli effetti personali della sua padrona.

«Vi prego, mia signora, basta piangervi addosso! Ci sono cose che mi tengo dentro da un pezzo, perché una dama di compagnia deve saper stare al suo posto. Ora però, scusatemi, devo proprio dirvelo. Vostro cognato il principe non si è affatto comportato bene. Vi accusate delle sue sventure, ma in realtà è lui che vi ha messa nei guai».

«Non è vero, Maria».

«Certo, che è vero! Parlo di quel biglietto che vi scrisse il giorno della caccia reale. Un valletto del principe si inchina a voi, vi lascia quel messaggio. Voi leggete e subito vi separate dal resto della comitiva, montate in sella e vi addentrate nel bosco. Da sola! Cosa avranno pensato gli altri, guardandovi? Cosa avrà pensato vostro marito il re?».

Giovanna si coprì gli occhi con la mano.

«Avranno immaginato che io fossi diretta a incontrare il mio amante», si lamentò. «Ma non è vero. Non è mai accaduto nulla di sconveniente fra me e mio cognato. Tranne quel bacio», aggiunse con vergogna.

«Speriamo che Sua Maestà non l'abbia mai saputo», sottolineò la baronessa, anche se non ne era per niente sicura.

Di colpo, squilli di trombe e rullar di tamburi. Entrambe voltarono di scatto la testa verso la finestra che inquadrava la campagna notturna.

«Che succede?»

«Non lo so, Madame. Vado a vedere».

Dagli abissi del paesaggio sperduto nel buio, un lunghissimo serpente fatto di fuoco e di luce si stava avvicinando al castello.

«Mio Dio, Madame! Correte a vedere!».

Giovanna afferrò un asciugatoio e se lo gettò sulle spalle di furia. Era così stordita che il freddo dell'aria le increspò di brividi la pelle bagnata, ma non se ne accorse. La baronessa sembrava in preda al terrore.

«Dobbiamo fuggire, Madame. Ci prendono d'assedio!».

«Calmatevi, Maria. Se fosse come dite, avrebbero già attaccato. No, il corteo si avvicina lentamente. Dev'essere pacifico. Una processione, forse? Qualcuno comunque mi spiegherà cosa accade. Presto, chiamate il maggiordomo!».

La baronessa si precipitò giù per le scale e riemerse poco dopo, seguita da un nobile che indossava le insegne del casato principesco. La regina aveva avuto il tempo di mettersi addosso camicia e vestito, benché non fosse del tutto asciutta.

«Un torneo in vostro onore, Madame», disse il maggiordomo. «Il mio padrone vi rende omaggio».

«Un torneo?»
«Guardate con i vostri occhi, Madame».
Tornata alla finestra, la regina poté rendersi conto che lo sterminato corteo di uomini a cavallo con spada, lancia e fiaccole aveva raggiunto il cortile del castello, ora completamente ricoperto di paglia fresca. Illuminata a giorno dalle torce, la grande piazza d'armi rivelò un palco montato dirimpetto all'ingresso principale, dal quale si poteva godere al meglio lo spettacolo. Venti cavalieri di gran casato, chiusi nell'usbergo di ferro, erano pronti a sfidarsi sotto i suoi occhi abbacinati di stupore. Al centro, da solo, il signore della festa, bardato con l'usbergo, lo scudo e l'elmo sul quale campeggiavano le insegne della casa d'Évreux.
La regina richiuse la finestra con rabbia. C'era del vero, in quel che diceva la sua dama di compagnia: Luigi si comportava in modo spudorato, voleva provocare il re, prima ancora che sedurre lei. Sfidarlo apertamente, fino allo scontro diretto.
«Non credo ai miei occhi!», sbraitò. «Allestire una simile fanfara per me! Tutti lo verranno a sapere, anche se siamo lontani da Parigi!».
«Il mio signore ci tiene a farvi sapere che è un torneo all'antica, inoltre».
«Che vuol dire all'antica?»
«Nella lizza non ci sono ripari, Madame. Nulla dietro cui mettersi in salvo. Ognuno dei combattenti può uccidere l'avversario sconfitto, se vuole. Ognuno è pronto a morire per il suo signore. E lui è pronto a morire per voi».
Giovanna si mise le mani nei capelli: era furiosa.
«Allora è pazzo! Mio cognato dev'essere pazzo da legare!».
«Il mio signore sa bene che tutto questo è folle, Madame. Comunque mi ha ordinato di riferirvi che ha commesso follie più gravi, per amore».
Giovanna si agitò, prese a sfrecciare su e giù per la stanza a grandi falcate, simile a un insetto impazzito sotto una campana di vetro.

«Ho bisogno di calma», ripeteva ossessivamente. «Devo escogitare qualcosa!».

La sua natura combattiva però non le permetteva di cedere allo sconforto, e lo smarrimento lasciò ben presto spazio al contrattacco.

«Voi!», disse al maggiordomo. «Siete nobile?»

«Sono cavaliere, Madame».

«Bene. Avete figlie in età da marito?»

«Due, mia signora».

«Dio ti ringrazio! Fatele venire qui da me. Immediatamente!».

Mezz'ora più tardi, due rustiche bellezze scesero nel cortile abbigliate nelle vesti regali di Giovanna, un po' troppo lunghe per loro, ingioiellate e infronzolite come cavalli alla fiera. Impacciate, sedettero ai lati della regina in attesa che iniziasse il torneo.

«Vi è tutto chiaro, Maria?»

«Sì, Madame. Più o meno...».

«Dovete spargere la voce che il principe Luigi ama follemente una di queste due bambocce. Scegliete voi quale. La meno insulsa, perché sia credibile. Dopo aver chiesto la sua mano al re, che ha negato il permesso alle nozze per la troppa disparità di condizione, il principe mi ha invitata in questo castello. Ha voluto offrire il torneo non certo a me, bensì alla sua amata. Spera tuttavia che io, lusingata dal bel gesto, possa intercedere per lui presso mio marito e indurlo a dare il consenso. Lavorate di fantasia. Imbastite una bella favola su questa falsariga. Potete aggiungere altri dettagli, se volete. L'importante è che le buone lingue dei dintorni possano correre a briglia sciolta, ma nella direzione indicata da noi».

«Come desidera la mia signora...».

La povera baronessa Galard, in realtà, aveva perso da un pezzo il filo narrativo di quella tresca; ma era devota alla sua padrona, dunque si sarebbe sforzata di fare del suo meglio come sempre.

La lotta incominciò: spettacolare e violenta, proprio come sul campo di battaglia. I cavalieri si giurarono lealtà e resero omaggio alle donne sedute sul palco. Lusingata e indispettita, Giovanna contò le insegne di Savoia e Clermont, Bretagna, Normandia, Champagne e molte altre grandi famiglie. Non se ne stupiva: gli amici di Luigi non erano pochi tra i Pari di Francia e persino uomini del Consiglio reale avevano accettato di giostrare per il principe, lieti di dirgli addio, ma anche per manifestare in modo eclatante quanto disapprovassero l'esilio che Filippo IV aveva comminato a suo fratello.

Il corno suonò: gli sfidanti si separarono correndo fino agli estremi confini delle mura. Al segnale, si lanciarono al galoppo. Presero velocità, si scagliarono sulla turba degli avversari con tutta la violenza che il cavallo poteva sprigionare. Le lance andavano in mille pezzi urtando gli scudi nemici. Un fracasso d'inferno, nubi di polvere si alzavano da terra annebbiando la vista e togliendo il respiro.

Sfiancare, sfondare, respingere, urtare, spaventare a morte l'orda rivale provocandone lo scompiglio e la disfatta, dopo la quale arrivò la fuga alla rinfusa. Tutto era clamore e rischio ferale, i pezzi delle lance caduti a terra formavano cataste sparse che impedivano ai cavalli di attaccare. Una quadra sopraffece l'altra. Il principe Luigi era solo, con elmo, spada e usbergo a difenderlo. Gli arrivarono addosso in tanti, lanciati all'assalto su di lui.

Giovanna sentì il cuore perdere battiti. "Ha scelto di morire così!", pensò terrorizzata. "Non a Gerusalemme ma qui in Francia, per mano dei suoi amici...".

Una mischia sopra un solo uomo, ma non era un guerriero comune. Sfilò un'ascia dalla cinta di un avversario, cominciò a colpire alla cieca sulle maglie di ferro che gemevano e mandavano scintille contro il buio dell'aria. Sembrava un demonio: spaccava tutto ciò che gli capitava a tiro, spezzava gli scudi, ammaccava gli elmi. Intimiditi, gli avversari si fecero distanti. Uno dei cavalieri decise di sfilarsi l'elmo. Era il duca di Bretagna.

«Il torneo è finito!», gridò alle dame. «Mi pare chiaro chi sia il vincitore».

Un coro d'esultanza fece rimbombare le mura del castello, e l'aria della notte ne moltiplicò il clamore.

«Nessuno si è fatto troppo male, grazie a Dio!», balbettò la regina.

Un valletto con la livrea d'Évreux corse da lei a consegnarle un gran mazzo di fiori.

«Per voi, Madame».

Un drappo di seta teneva stretti i gambi tra loro. Un biglietto faceva discretamente capolino tra le foglie.

Nelle stalle, tra un'ora.

Giovanna, stordita, guardò la sua dama.

«Cosa vorrà, adesso?»

«Cosa può volere mai, Madame? Incassare il premio per la sua vittoria!».

Il silenzio della stanza era glaciale, rotto soltanto dal crepitare delle fiamme nel camino. Con il volto ravvivato da quella luce incostante, la regina sedeva assorta. Ancora vestita. Atrocemente indecisa. L'acqua del bagno, dimenticata nella vasca, s'era freddata e i vapori odorosi avevano invaso l'aria lasciando uno strascico amarognolo che metteva tristezza. Da un angolo del pavimento, dove li aveva gettati con rabbia, i fiori donati dall'uomo che la reclamava spandevano un profumo discreto, ma dolcissimo e sensuale.

Con le dita che tamburellavano nervose sulle ginocchia, Giovanna era preda di dubbi feroci. La legge della cortesia voleva che lei scendesse nelle stalle per incontrare colui che aveva speso una fortuna, e anche rischiato la vita, per renderle omaggio. Per darle una tangibile, eclatante, appassionata prova del suo amore. Ignorare il principe sarebbe stato un atto indegno di una dama e di una regina.

Ma se ci fosse andata? Non avrebbe alimentato ancor di più le sue speranze di un amore clandestino?

Desiderava salutarlo. Ringraziarlo per il bel gesto, anche se terribilmente azzardato e imprudente. Ma era crudele illuderlo ancora. Perché di mera illusione s'era trattato, e basta. Sempre.

Si guardò, vestita di tutto punto. Aveva mandato la sua dama a coricarsi perché non sapeva se alla fine avrebbe deciso di andare all'appuntamento, e la povera baronessa se n'era uscita dalla stanza con un nodo alla gola, gli occhi luccicanti di timore che la sua signora potesse cedere all'impulso, soggiacere alla tentazione e commettere una leggerezza della quale si sarebbe pentita fino all'ultimo suo respiro.

Lontano, nel buio, la fiamma di una candela brillava oltre la finestra della stalla. Era ancora in tempo per raggiungerlo. Per dire grazie. Per dire addio. Ma voleva farlo davvero?

Esasperata, si gettò sul letto. Maledizione... La verità, amaro doverlo ammettere, era che avrebbe dato qualunque cosa, sarebbe scesa a patti forse persino con il diavolo in persona, perché laggiù ad aspettarla ci fosse non Luigi d'Évreux, ma l'uomo che amava.

"Mia madre ha ragione", pensò. "Ho scelto di sposare il fratello sbagliato... Ma nonostante tutto, non c'è altro uomo sulla faccia della terra che vorrei!".

Calde lacrime di rabbia e rimpianto cominciarono a rigarle il volto. Aveva i nervi a pezzi. E il profumo di quei fiori, quelle dannate rose dall'aroma che scioglieva le viscere...

Smise di piangere e si rialzò di scatto. Possibile?

Recuperò il mazzo: i fiori erano un po' ammaccati dall'impeto con cui li aveva scaraventati a terra poco prima. Sì, non si era sbagliata. Rose dalle corolle grandi, pesanti, opulente, di un color incarnato caldo e saturo che richiamava la natura segreta delle donne, il loro frutto proibito. Rose in settembre...

C'era un solo posto in tutta la Francia, forse in tutto l'Occidente, in cui avveniva annualmente quella specie di miracolo naturale: un angolo dei giardini del Louvre, laddove vent'anni prima erano stati interrati dieci cespugli di rose arrivate in dono dalla Cina, nate nei giardini imperiali di Khanbaliq, ricchi di simili meraviglie che, secondo gli ambasciatori, fiorivano sotto il cielo di ogni stagione. Scacciato dalla corte, condannato all'esilio, Luigi aveva trovato qualcuno capace di intrufolarsi nella cerchia di mura del Louvre per rubare un mazzo di quelle rose?

Rivoltò il mazzo, e il senso del tatto le disse che nel drappo c'era un rigonfiamento. Sciolse la seta. Le rose caddero sulle coltri, e tra esse un oggettino tondeggiante. Lo raccolse con la punta delle dita e lo portò alla luce del camino. Era una noce. Una piccola, modesta noce, proprio come quella che lei aveva ricevuto da Roma, dono del Catalano, certo, o di qualcuno molto vicino al vecchio. Chissà se il re l'aveva aperta. Chissà se aveva compreso il suo gesto. Aveva trovato le ceneri della Fenice che tanto desiderava avere?

La cera che sigillava il guscio era stata spezzata, poi sostituita con altra cera di colore diverso, più scuro. Con l'unghia messa di taglio Giovanna la scalfì, fin quando le si sgretolò via via in piccole schegge tra le dita. Che significava, tutto ciò? Forse Filippo non aveva capito? Forse le rimandava la noce in segno di disprezzo?

L'ultima sottile barriera cedette. Le due valve si aprirono rivelando uno scintillio. Giovanna non credeva ai suoi occhi. La noce racchiudeva un anello, un cerchio d'oro sul quale c'erano due mani avvinte. Strette l'una dentro l'altra in un eterno patto d'amore e d'alleanza. Lo conosceva molto bene: un giorno lo aveva messo al dito dell'uomo che stava sposando.

Si gettò verso la finestra: allora era proprio lui, laggiù nel buio! Lui, travestito con le armi del principe d'Évreux! Lui, che l'aveva messa alla prova, che le aveva chiesto scusa in quel modo segreto, spettacolare e assurdo, ma comunque dinanzi agli uomini più nobili del regno! Che ora l'attendeva nelle stalle per fare pace e fare l'amore sulla paglia profumata d'estate.

Troppo tardi. La tenue fiammella di candela che aveva brillato invano nella notte, come un cuore tremante d'attesa e di speranza, era ormai spenta. Del cavaliere che se ne andava via le giunsero soltanto lo scalpitare del cavallo al galoppo e fugaci bagliori d'acciaio sotto la pallida luce della luna.

XIII

Era un giorno di festa, nel monastero di Longchamp. Il vescovo Matifort si aggirava tra i braccianti, intenti a raccogliere le mele del frutteto, alla ricerca di una certa persona che, per quanto insolito fosse, gli avevano detto si trovava proprio lì.

A sud, in lontananza, vedeva le mura di Parigi. Alle sue spalle, la piccola chiesa abbaziale delle clarisse, dove riposava la beata Isabella di Francia. E, più oltre, l'occhio si perdeva tra le querce secolari della foresta di Rouvray. Null'altro. Aveva dunque ricevuto informazioni errate?

Ma no: eccolo! Laggiù, tra i filari del vigneto, notò un contadino d'insolita distinzione. Benché in abiti modesti, Filippo IV accarezzava con gli occhi i grappoli color rubino per valutarne la maturazione. Era un vitigno d'origine piemontese donato dal conte di Savoia, ceppo robusto e generoso capace di fruttificare anche molto più a nord rispetto alle famose varietà che arricchivano le regioni di Bordeaux, Armagnac o Beaujolais. Il re quel giorno praticava innesti, e in cuor suo pregustava il momento in cui, trascorse un paio di settimane, avrebbe rubato ai suoi doveri di Stato tre o quattro giorni per fuggire lì a Longchamp da solo e vendemmiare l'uva di quella vignetta che aveva piantato con le sue mani vent'anni prima.

Un po' a disagio, il vescovo si avvicinò fermandosi comunque a tre passi da lui. In lontananza, soave e cristallina, la nuova campana che Matifort aveva fatto istallare sulla guglia di Notre-Dame spandeva la sua magica protezione sulla città.

«Ha una voce stupenda, vero maestà?»

«Spero abbiate versato nella fusione un po' di quelle ceneri che vi ho fatto avere, monsignore».

«La Chiesa non vede proprio di buon occhio certe credenze, in verità. Siccome però la Fenice è un'immagine di Cristo... L'ho fatto, sire».

«Che nome le avete dato?»

«Si chiamerà Madeleine».

«Molto bello. Come lo avete scelto?»

«Per via di una devozione personale», mentì il vescovo.

Non era proprio una bugia, ma per nessun motivo poteva rivelare a Filippo IV quanto aveva saputo di soppiatto. Neppure la regina Giovanna, alla quale era arrivata da Roma la noce con il suo prezioso contenuto, ne era al corrente. Il cardinale Bentivegna, infatti, aveva bisbigliato nell'orecchio di Matifort che il papa aveva una nipote molto intelligente, insolita creatura con il cuore di un angelo e l'astuzia di un demonietto. Quella specie di chimera in gonnella, non si sa come, aveva sfilato le ceneri da sotto il naso dello scorbutico Catalano senza che il vecchio se ne fosse nemmeno accorto. Ma se il vescovo di Parigi desiderava usare certi contatti segreti presso i Sacri Palazzi in futuro, era opportuno che restassero tali.

«Sarà una buona annata, maestà?»

«Giudicate voi stesso».

Filippo IV gli passò il coltellino da boscaiolo. Matifort staccò un grappolo e ne gustò il sapore, un gradevole bilanciamento tra dolce, aromatico e asprigno.

«Da giorni non vi fate vedere a Notre-Dame, monsignore».

«Sono stato molto preso da ricerche storiche».

«Vi hanno condotto lontano da Parigi?»

«Mai lasciata la soffitta della cattedrale, in realtà. Ho scartabellato gli annali di Francia fin quasi allo sfinimento».

«Amate le ricerche storiche?»

«Certo. In particolare sulle antichità romane di Parigi».

«Avete trovato notizie interessanti?»

«Così mi sembra, maestà. Ignoravo, per esempio, che l'antica Lutetia dei Cesari fosse una città molto grande. Non troppo diversa da Roma, fatte le debite proporzioni. Ricca, munita di un acquedotto e persino di un'arena, dove oggi sorge il sobborgo Saint-Victor».

Il sovrano pareva ignorarlo, in realtà lo scrutava con la coda dell'occhio.

«In quell'arena», continuò Matifort, «si tenevano i terribili giochi di morte che vedevano protagonisti i gladiatori. Erano criminali, il più delle volte. Schiavi, condannati, malfattori della peggior risma... Ma non sempre. Tra di essi c'era anche qualcuno che scendeva su quella sabbia insanguinata per libera scelta».

Filippo IV alzò un attimo gli occhi dal lavoro d'innesto per gettargli un rapido sguardo.

«Bisogna avere una gran rabbia in corpo, per farlo», osservò.

«Diciamo pure una rabbia dannata, sire. Sembra che tra costoro, i *morituri* che scelsero liberamente di combattere nell'arena, uno in particolare fu osannato dalle folle. Anche perché, dopo aver ottenuto la libertà grazie alle sue vittorie, non si ritirò a vita privata, per così dire. O meglio, in un primo momento lo fece. In seguito, per ragioni che non ho potuto ricostruire, decise di indossare nuovamente l'elmo trace con cui aveva lottato sulla sabbia del circo per anni. Impugnò di nuovo il gladio e la scure, che pare fosse la sua specialità. Molti farabutti dovettero assaggiarla, quell'arma, ma nessuno poté raccontarlo».

«Personaggio singolare».

«Terrorizzava la città con le sue apparizioni notturne, maestà. Sbucava fuori dal buio come uno spettro. E, come un demone, ovunque passasse lasciava una lunga scia di sangue. Ne avete mai sentito parlare?»

«Può darsi. Il mio precettore ha voluto che ricevessi una buona educazione anche riguardo alla storia antica».

«Non ne dubito: ho trovato certi appunti sulla pagina degli annali che riferiva la storia di quell'oscuro individuo... La scrittura pare proprio la vostra, sapete? Lo chiamavano Lanius, che in latino vuol dire "Carnefice". Sceglieva le vittime tra la fauna più illustre della città: governatori corrotti e altri potenti che opprimevano la povera gente. Quelli troppo importanti per sottostare alla legge come tutti gli altri».

Il re lo guardò di nuovo, stavolta in tralice.

«Si direbbe la Giustizia incarnata. Non siete d'accordo?»

«Una giustizia biblica, certo. "Occhio per occhio, dente per dente"».

«Con carogne come quelle che avete appena descritto, Matifort, quale altro tipo di giustizia può esistere?»

«Sta a Dio giudicare, maestà. Per conto mio, sono rimasto soffocato dal disgusto quando ho scoperto che Baldrico de Courtenay, benché uomo di Chiesa e capo di un'abbazia molto ricca, applicava metodi da bieco usuraio con i quali ha condotto alla rovina più di mille persone. Tra di esse, anche la giovane fioraia che la gente chiama Gisquette. Sua madre pensava di rivolgersi a me e denunciare gli abusi, ma prima che potesse farlo è stata rapita e impiccata senza processo sull'isolotto dei Giudei».

«Laddove gli abati di Saint-Germain hanno potere di alta e bassa giustizia, compreso quello di eseguire le sentenze capitali».

La voce del sovrano era ferma, mentre pronunciava quelle parole, ma la sua mano sull'innesto tremava di rabbia.

«Credo che a Roma lo avessero capito, sire. Forse i luridi maneggi dell'abate erano già noti ai Sacri Palazzi. Il testo del cartello appeso al collo del cadavere li ha messi sulla buona strada: "Lo scorticatore è stato scorticato". Ovvero, colui che toglieva anche la pelle alla povera gente ha avuto quel che si meritava».

«Complimenti per il vostro latino, monsignore. *Deglubo* è un verbo assai raro».

«E di uso squisitamente letterario, lo so. Poi c'erano i fiordalisi. Avevo intuito che il popolo sapeva. Sapeva e taceva; però mi sfuggiva il sottile gioco di parole e di simboli. *Fleur de lys*, ovvero "fiore di giglio", l'emblema della vostra dinastia. Infine, una certa frase mi ronzava in testa a vuoto. Insistente, e tuttavia priva di un senso evidente. Qualcosa che avevate detto voi, sire: "Nessuno infierisce in quel barbaro modo su un cadavere...". In quel momento non ci ho badato, poi una domanda è sorta spontanea dentro di me. Come potevate parlare con tale sicurezza di un "cadavere"? Perché eravate sicuro che Baldrico fosse stato massacrato e mutilato quando era già morto?»

«Uomini tanto infami possono facilmente crepare d'infarto, monsignore. Sono ignobili codardi, la paura li stronca. Deve aver creduto di avere davanti il diavolo in persona, venuto a chiedergli il conto».

«Mi sono ricordato di un fatto simile accaduto anni fa. Un tale chiamato Le Verrier, bieco usuraio anch'egli. Sfuggito alla giustizia grazie alla corruzione, non scampò però alla mannaia di qualcuno che volle pareggiare i conti a nome di tutti. Come l'abate di Saint-Germain, gli trovarono sulle vesti l'impronta di due piccole lettere maiuscole».

«Non mi dite, monsignore… Una S e una L, per caso?»

«Come avete fatto a indovinare? A quel tempo, pensai che l'artefice del massacro fosse un tale chiamato Samuele Lionel, boia di mestiere, per via delle ferite e delle iniziali. Mi sbagliavo. Io avevo torto e voi ragione, a dire che san Luigi era disceso dal cielo per eseguire la vendetta».

«Magari non l'ha fatto di persona, monsignore. Ha lasciato il compito a qualcuno di cui si fida. Qualcuno che conosce bene il dolore e la fatica del carico che anche lui portò sulle spalle, un giorno».

Simone Matifort abbassò lo sguardo a terra. Era il momento di gettare la maschera, cessare quel gioco sottile fra detto e non detto, fra allusioni e insinuazioni.

«E la scure, maestà? A giudicare dai tagli, dev'essere un'arma del demonio».

«Vi stupirà sapere che è un dono del papa».

«Sono stato a Le Mureaux, ho parlato con la vostra matrigna. Mi ha rivelato cosa avete dubito subire quando avevate solo otto anni e di colpo la morte del vostro fratello maggiore fece di voi l'erede al trono di Francia».

«La morte di mio fratello… L'assassinio, vorrete dire. Il primogenito di Filippo III morì avvelenato per ordine di lei, Maria di Brabante. La nuova regina di Francia contava di sopprimere tutti i figli che il re aveva avuto dalla prima moglie».

«Quindi anche voi, maestà».

«Ci provò più volte. Ma, come vedete, sono ancora qui a parlare con voi».

«Perciò vostro zio il conte di Clermont vi portò via dalla corte. Vi nascose tra i boschi del Nord, in casa di un bracconiere. Per due anni avete vissuto da lui, confuso tra i suoi figli».

Quelle parole strapparono al re un sorriso mesto.

«*Les enfants de Ruffi*», mormorò. «Sette piccoli diavoli scalmanati, tutti con occhi azzurri e capelli molto chiari. Non era facile distinguere chi fosse l'intruso tra loro, quando divennero otto».

«Quell'uomo sapeva la verità?»

«Non l'ha mai saputa», disse il re. «Altrimenti avrebbe avuto per me dei riguardi che non dovevo ricevere. Mio zio gli disse che ero il bastardo di un cavaliere e che come tale doveva tirarmi su: un bastardo. Così almeno avrei imparato a difendermi. Era necessario, perché sarei sempre stato in pericolo di vita, da quel giorno in poi».

«E quel tirocinio che v'impartì il conte? Me ne volete parlare?».

Il re non batté ciglio. Muto, ostile.

«Avanti, maestà! Aprirvi vi farà bene. Dimenticate che sono un prete?».

Filippo IV affondò lo sguardo verso la linea dell'orizzonte come se affondasse la spada nella carne di un nemico odiato. Benché riluttante, cominciò a sfogarsi. La sua voce era solcata da sfumature d'angoscia che Matifort non avrebbe mai potuto immaginare.

«Gilles Ruffi m'insegnò a usare la scure», disse. «All'inizio dovevo solo scortecciare i tronchi, poi volle che imparassi a troncare i ceppi di netto, con un solo colpo. Non capivo perché, ma lui insisteva: il colpo doveva essere netto. Uno e basta. Un giorno vennero sei uomini che mi presero e mi issarono a cavallo. Smontai dinanzi a un patibolo. Mio zio mi consegnò la mannaia del boia. “Avanti!”, ordinò. C’era un uomo in ginocchio con la testa sul ceppo. Dovevo decapitarlo».

«E lo avete fatto davvero? Eravate solo un bambino!».

«Per un mese di seguito, ogni giorno, lo zio pretese che eseguissi sentenze di morte. Dopo fui condotto presso il fiume: ricordo benissimo che c’era un guado».

«Perché vi portarono lì?»

«Avevo imparato a dare la morte per decapitazione, ormai non piangevo più. Dovevo imparare a darla per annegamento. Poi venne l’impiccagione. E quindi...».

«Basta, sire!».

Matifort era turbato. Un tremendo nodo alla gola gli rendeva difficile il respiro. Non aveva parole per esprimere la pena sconfinata che gli suscitava quel bambino innocente cui avevano crudelmente strappato l’infanzia in nome di una religione che metteva la monarchia al centro dell’universo, e il piccolo erede al trono sull’altare degli olocausti.

«Si guarisce da certi inferni, maestà?»

«Si guarisce, monsignore. Però mai del tutto. Certe volte, di notte, i volti degli uomini che ho dovuto uccidere tornano dal buio dell’inferno a tormentarmi. Allora mi sveglio gridando. Uno solo non è più tornato».

«Chi?»

«Il primo che mi costrinsero a decapitare. Quel giorno io urlavo, piangevo, mi rifiutavo. Venni battuto a sangue, ma non riuscivano a piegarmi. Allora quel condannato, quell’uomo legato con la testa sul ceppo, mi guardò e mi disse: “Fallo! Ti hanno dato un ordine, ragazzino. Fai come ti dicono!”. Quell’uomo aveva strangolato sua moglie per gelosia, ma la donna risultò innocente. Sapeva di morire giustamente perché era colpevole. Perciò non è tornato a torturarmi nel sonno».

«Mi dispiace tanto, maestà! Credete che lo rivedremo, quel bandito? Lo spettro del gladiatore tornerà a infestare le vie di Parigi?»

«Quando sarà necessario, monsignore. Occhio per occhio, dente per dente».

In quel momento, i cespugli che chiudevano il vigneto cominciarono a stormire. Le foglie dei filari si mossero, e apparve all'improvviso la regina Giovanna. Non appena vide il re, il suo volto s'illuminò di un'emozione così ardente da fare ombra alla luce del giorno.

«Sei qui!», mormorò in un filo di voce.

Aveva rinunciato a fuggire portando con sé la reliquia trafugata, l'aveva restituita ai due Colonna ed era tornata da lui, come sempre. Non poteva lasciarlo. Non dopo la prova d'amore che lui, benché a modo suo, le aveva dato allestendo quella grande messinscena per lei nel castello di Évreux. Ma arrossì di colpo, quando si accorse che c'era anche il vescovo di Parigi: Matifort senz'altro avrebbe subito intuito le intenzioni peccaminose con cui aveva deciso di raggiungere il re in quel luogo appartato, convinta di trovarlo solo. Aveva i capelli pettinati con cura e abbelliti da fermagli d'oro, ma sotto il mantello appena una camicia di velo, un velo da niente. Nonostante l'imbarazzo che la soffocava, raddrizzò la schiena e guardò l'ecclesiastico con regale compostezza.

«Buongiorno, monsignore».

«Madame...», rispose il vescovo, mentre fissava le delicate caviglie della regina di candore perlaceo dentro scarpette di seta, attraverso il lino trasparente che emergeva sotto il bordo del mantello.

«Vi prego di scusarci, monsignore», disse lei. «Un certo cavaliere valoroso, anche se molto sconsiderato, aspetta di riscuotere il premio per la sua vittoria. Devo inoltre riconsegnare a mio marito la fede nuziale. Sono giorni che non la porta. Cosa si sarà messo in capo? Di essere ancora scapolo?».

E, mentre parlava, gettò sul re occhi di fiamme che promettevano il Paradiso.

Matifort sorrise.

«Madame, ho idea che Sua Maestà sia saldamente in vostro pugno. Come un'anguilla afferrata per la testa, non può dimenare se non la coda».

Li salutò e si tolse di mezzo alla svelta, lasciando che i cespugli si richiudessero per fare da schermo alla loro passione, perché si amassero liberamente sull'erba del vigneto con la foga impaziente di amanti clandestini, tra il profumo dei grappoli gonfi di succo dolce, sotto il sole dorato dell'autunno.

XIV

«Bella voce, vero?»

«Non so di cosa parli, né m'interessa!».

Il tono con cui Giacomo Colonna aveva risposto al nipote suonava sgarbato, con timbro rude.

«Mi riferisco alla nuova campana issata sulla guglia di Notre-Dame, zio. Ma perché siete tanto scontroso?»

«E me lo chiedi, per giunta?! La graziosa regina di Francia ci ha restituito la reliquia, dannazione! Non è caduta nel nostro tranello... E adesso siamo suoi ospiti in questo fortino, ma guardati a vista da venti gendarmi. Siamo suoi prigionieri, insomma».

«Ciò vi rende insoddisfatto?», si stupì Pietro. «Per conto mio, la giudico una vera pacchia. Tutti ci credono lontani dalla capitale di Francia, in realtà ce ne stiamo beati in questo comodo fortino fuori dalle mura, nel lusso, serviti e riveriti come non lo eravamo neppure nella nostra roccaforte di Palestrina, ai tempi d'oro...».

«Taci! Non ti rendi conto che Filippo IV ci ha chiusi in gabbia? Proprio come due polli d'allevamento, ci tiene sotto stretta osservazione, ci ingrassa, e poi al momento opportuno... Zac! Magari ci tirerà il collo!».

«Perché dovrebbe farlo? Al contrario, deve ritenerci utilissimi per lui, se ci riserva squisite premure. Che intenda usarci è normale: quale sovrano non muove le persone come fossero pedine sulla sua scacchiera?»

«Non era questa l'intenzione con cui sono venuto in Francia», si lagnò Giacomo. «Ero convinto che il re volesse muovere guerra a quel cane rognoso asserragliato in Vaticano. Non ha intenzione di farlo, a quanto pare».

«Diamo tempo al tempo, caro zio. Dicono che la Fortuna sia una ruota in movimento, e Bonifacio è oggi all'apice del suo potere. Questo dannato Giubileo ingrassa il clero di Roma come un branco di maiali... Ma se è vero che una ruota è fatta per girare, presto le sorti cambieranno. Noi non dovremo far altro che aspettare il momento propizio. E goderci la magnifica ospitalità francese, finché dura!».

Quell'ultima frase, pronunciata da Pietro mentre levava il calice per brindare alla sua buona stella, mandò in bestia lo zio.

«Stupido crapulone!», lo insultò. «Vattene a dormire, è tardi. Almeno non sarò costretto a sentire le corbellerie che mi propini con tanta prodigalità».

Pietro fu ben lieto di lasciare quella stanza, stufo di subire l'umor nero dello zio. Quanto a dormire, non se ne parlava proprio: aveva dato appuntamento a una certa damigella che gli era parsa sensibile al suo fascino italiano, e non intendeva privarsi di quei piaceri, visto che i sorveglianti francesi non si curavano affatto della loro moralità.

Quando fu solo nella stanza, Giacomo ne provò sollievo. Avere quale unica compagnia il nipote frivolo e godereccio cominciava a dargli sui nervi.

Se almeno avesse trovato qualcosa da fare! Un impegno, un'attività qualunque, per tenere la mente occupata e ammazzare la noia! Non amava rincorrere la selvaggina, che fosse di piuma o di pelo. Quanto alle donne, non era mai stato uno sciupafemmine neppure in gioventù, e l'età matura aveva sedato certi suoi fervori naturali. Nessuno degli svaghi che divertivano i nobili signori faceva per lui, in breve: le carte, i libri e i cavilli del diritto erano il suo terreno di caccia. Lo tentava l'idea di chiedere un impiego presso la Cancelleria di Francia, fosse pure a tempo perso e ovviamente in modo ufficioso: in quell'ambito poteva essere d'aiuto, visto che conosceva il diritto canonico a menadito e re Filippo IV era sempre in causa con questo o quel vescovo, con un abate oppure l'altro, in merito ai limiti dei privilegi ecclesiastici nei territori del suo regno.

Si accomodò su una sedia sorseggiando una coppa di vino. La candela si consumò e non volle cambiarla: lasciò che la stanza fosse invasa dall'ombra, rischiarata solo in parte dalla dolce fiamma ondeggiante nel camino. Il tepore di quella semioscurità conciliava i pensieri e invocava il sonno. Sì, avrebbe chiesto a Sua Maestà di poter essere utile fra le carte di Stato... Lentamente sprofondò in un dormiveglia quieto, sonnecchiando sempre in allerta, come fanno i gatti. Un fruscio discreto in giardino lo riscosse. Si alzò in piedi e corse alla finestra. Nessuno. Forse aveva solo sognato quel rumore? "I ladri", pensò di prim'acchito, ma poi si rese conto che era impossibile, con il castello sorvegliato da ben venti guardie. "Sicari venuti per ammazzarmi!", si disse con il cuore in gola. Intuì nel buio il passare tra gli arbusti di una grossa sagoma bianca, scodinzolante sotto la luna.

Raccolse un piccolo ciocco di legno e lo scagliò di sotto, sperando di acchiappare il mastino bianco che aiutava i gendarmi nel compito di sorveglianza. Un guaito lagnoso gli disse che aveva fatto centro.

«Dannato cane, mi hai fatto prendere un colpo!», bofonchiò.

La sedia era inadatta, ormai, visto che il sonno sembrava incline a visitarlo. Guadagnò il letto, aprì le cortine di seta e all'improvviso si vide subito davanti il diavolo in persona, armato e feroce.

«*Miserere!*», gridò calando in ginocchio. «Mio Dio, abbi pietà di me!».

Il demonio se la prese comoda a scendere dal materasso sul quale poco prima, mentre Giacomo era distratto dal cane in giardino, s'era acquattato in silenzio. Seduto sul letto, teneva la faccia mostruosa fissa sulla vittima in ginocchio davanti a lui.

«Dio non ti perdonerà», sentenziò la sua voce cavernosa. «Lurido fariseo! Sepolcro imbiancato!».

Al Colonna sembrò incongruo che il diavolo parlasse così bene il linguaggio delle Sacre Scritture. Strisciò sul pavimento per allontanarsi, ma un minimo gesto del mostro lo rigettò indietro, e finì di nuovo a terra.

«Siete… Lucifero?», balbettò.

«Uno dei suoi fornitori», rispose l'altro. Lentamente si sfilò l'elmo, rivelando all'italiano aggranchito di paura un volto ben noto.

Giacomo Colonna si portò la mano al petto: temeva un infarto.

«M… Maestà?»

«Non sono il re», lo sferzò. «Non vedi che entro come i ladri? Proprio come fai tu, ladro nel gregge di Cristo!».

Interdetto, però ormai certo di non avere davanti un essere soprannaturale, Giacomo trovò le risorse di spirito per alzarsi in piedi. Mantenne comunque la schiena un po' curva poiché non sapeva proprio come condursi al cospetto di quel monarca mascherato da bandito, senza corona né altro potere se non quello datogli dalla terribile scure bipenne che brandiva.

«Ho già visto quell'ascia», balbettò. «Pare incredibile, però…».

«Non vi sbagliate. Proviene dal Vaticano. Un dono di papa Bonifacio che voi accusate di essere falso papa e falso pastore».

A quel punto, il Colonna sentì un violento fremito di riscossa che gli fece raddrizzare la schiena.

«Perché lo è, per Dio e per tutti i santi! Sono venuto in Francia a dimostrarvelo, ma voi non mi avete dato ascolto».

«Le infamie che tenete in serbo non devono contaminare le orecchie di un sovrano consacrato, Giacomo Colonna. Un farabutto della risma di quello che avete davanti, invece, può ascoltarle senza rischi. Mostratemi la fatidica reliquia che avete con voi», ordinò.

Ancora un po' intimidito, l'italiano gli voltò le spalle e rovistò dentro un cofano, dal quale prelevò uno scrigno d'argento.

Il re lo prese e l'osservò bene.

«È piccolo, per contenere un lenzuolo funebre», contestò.

«C'è eccome, sire. Il sudario del papato, assassinato e distrutto dall'indegnità di Benedetto Caetani!».

Quando le dita del sovrano aprirono la serratura, apparve alla fioca luce della stanza un involto chiaro e tondeggiante, grande da poter stare dentro un calice da messa.

«Spero che le vostre mani siano monde, sire. Quello che state toccando in questo momento è un lembo della sacra sindone in cui fu avvolto Nostro Signore».

«Le mie mani sono lorde di sangue», rispose Filippo IV. «Sempre. Ma fu proprio Nostro Signore che volle così».

Delicatamente, senza farsi prendere dall'emozione, il re srotolò la fascia lintea portandone allo scoperto il contenuto.

«Un cuore umano», soggiunse perplesso. «Imbalsamato. E segnato da un grosso squarcio che lo trapassa da parte a parte».

«È il cuore del santo eremita Pietro dal Morrone, ovvero papa Celestino», disse l'italiano. «Ucciso per ordine di Bonifacio da suo fratello Roffredo Caetani, il conte di Caserta. Pugnalato al cuore nella cella in cui viveva come un prigioniero, perché in troppi ormai gridavano che era Celestino il vero papa. L'unico legittimo Vicario di Cristo in terra. E stavano organizzando una sommossa per ricondurlo sul trono di Pietro».

Filippo IV lo inchiodò con il suo sguardo glaciale.

«Sono vostre illazioni».

«Abbiamo molte prove scritte, firmate da testimoni autorevoli. Compreso vostro zio il re dei Napoli, che di papa Celestino era un figlio affezionato».

«Dove sono queste prove?»

«Ben nascoste in Italia, maestà. Le vedrete a tempo debito. Per il momento, mi preme soprattutto mostrarvi un'altra cosa».

Tornò a frugare nel suo cofano e presentò al sovrano un quadernino di carta, pochi fogli in tutto, però siglati da un vistoso sigillo di cera rossa. Filippo IV non mancò di riconoscerlo.

«Il sigillo della Sorbona».

«Precisamente, sire. Il documento che avete in mano è la risposta data dai maestri più insigni del mondo cristiano a Bonifacio, che mesi or sono li consultò sottoponendo loro una certa questione. Vi risparmio la fatica di leggerlo, lo farete in seguito. Senza esporsi con allusioni di alcun tipo, il papa chiese ai cattedratici se la monarchia francese si fondava sul primato di Pietro, proprio come il papato. Questo perché i re di Francia discendono da Carlo Magno, fatto di cui menano gran vanto. Ma Carlo Magno non era il vero re, come non lo era suo padre Pipino il Breve, che scalzò dal trono l'ultimo re merovingio prendendone corona e scettro. Ma non era certo uno stolto, sapeva di non possedere alcun carisma: allora si fece consacrare dal papa di quei tempi, che lo unse sovrano di Francia proprio come Samuele unse Davide re d'Israele. Davide era un semplice pastore, un servo, e lo stesso accadde a Pipino il Breve, il padre di Carlo Magno. Un volgare colpo di stato divenne regalità e i due, da usurpatori che erano, furono sovrani legittimi, per giunta Unti del Signore. Immaginate quale risposta hanno dato i teologi della Sorbona, maestà?».

Filippo IV aveva le labbra contratte per il livore.

«La sola risposta possibile», ringhiò. «Il carisma dei re di Francia è revocabile. Giace nelle mani del papa, come il mandato di san Pietro».

«Sareste stato un ottimo canonista, sire. Sfortunatamente, vi trovate invece seduto su quel trono che ora traballa sotto le vostre auguste terga. Sappiate che Bonifacio cova la segreta intenzione di deporvi, se non vi piegherete come uno schiavo ai suoi voleri. Dopo avere revocato la consacrazione che vi innalzò a suo tempo, egli consacrerà re di Francia vostro fratello Carlo di Valois. Il principe è sceso con le truppe in Italia per recuperare la Sicilia, ma tornerà per marciare contro di voi. Il sangue del vostro sangue vi farà guerra, vi contenderà il trono. Cosa farete quel giorno?»

«Tutto questo è follia! Carlo mi vuole bene».

«Ma saprà resistere alla tentazione del potere? Desidera una corona da tutta la vita. E quale corona è più fulgida di quella che portò suo nonno Luigi il Santo, specie se sarà il papa in persona che gliela porrà sul capo?»

«Gran parte dei vassalli francesi è con me. E anche gran parte del clero!».

«Gran parte, sire. E gli altri? Scoppierà la guerra civile. I vostri partigiani contro quelli che appoggiano vostro fratello. Allora vedrete la Francia trasformarsi in un immenso campo di battaglia, dai Pirenei fino alla Manica. Lacerata. Dilaniata. Devastata. Se davvero amate il vostro popolo, re Filippo IV, allora non avete scelta!».

Il sovrano stava immobile, attonito, gli occhi senza battito di ciglia fissi sullo scenario apocalittico che prendeva vita dinanzi alla sua mente. Quando trovò l'energia per reagire, riavvolse in fretta il cuore imbalsamato nel sacro lino sindonico e lo ripose nello scrigno.

«Tenete voi questa reliquia», ordinò. «Per il momento».

XV

Chiuso nel suo giardino invalicabile, Arnaldo da Villanova teneva gli occhi fissi sui tre Naibi che lo ossessionavano ormai da settimane.

Sommo Sacerdote. Imperatore. Torre di Babele. Un tragico pronostico di guerra. Guerra rovinosa, fino all'ultimo sangue…

«Maestro? Posso entrare?»

«Ancora tu, ragazzina? Non fai che gironzolare intorno al mio giardino».

«Mi annoio», si difese lei. «Le vacanze non finiscono mai. Tornerò a Salerno solo alla fine del mese. Intanto potrei rendermi utile con le vostre pregevoli piante, se volete».

Il vecchio sbuffò e mise via le sue preziose carte divinatorie.

«Davvero? Forse conosci un modo per estrarre la radice di mandragora senza subirne gli effetti nocivi?»

«Certo, maestro illustrissimo».

«Sbruffoncella! Ignori che la radice di mandragora, quando è strappata dalla terra, emette un grido che l'orecchio umano non avverte, ma che nuoce a tutto il corpo?»

«Questo lo so», gli rispose un po' sulle sue. «Proprio per evitare l'effetto nocivo, la radice non va strappata dalla terra».

«E come pretenderesti di fare? Sentiamo!».

«È semplice: la mandragora si coltiva anche in acqua. Maestra Gàita tiene le piante in grandi vasi di vetro racchiusi dentro una cassa. Davanti a ogni vaso c'è uno sportello che va aperto ogni tanto, per guardare a che punto è lo sviluppo della radice».

Il Catalano si ritrovò in scacco. Maddalena capì di averlo lasciato senza parole, e ciò la rese pazza di soddisfazione. Ringraziò il vecchio con un sorriso pieno di candore. In quel sorriso, Arnaldo vide passare tutta la grande bellezza del mondo com'era all'alba dei tempi, quando l'uomo non conosceva il peccato né la corruzione.

«Uhm! Sarà proprio vero che la tua insegnante ti lascia coltivare le mandragore?»

«Potete chiederlo a lei, quando verrete a Salerno. Non terrete qualche lezione, quest'anno?».

Arnaldo sospirò. Un'amara quanto inevitabile verità, quella! Avrebbe potuto rifiutarsi, certo, onde poi fronteggiare la sfuriata di proteste che il re di Napoli avrebbe riversato sul papa e sulla Santa Sede.

«Sono venuta a riprendermi la spada, maestro. So che Crescenzio l'ha lasciata a voi».

«È vero. Con la preghiera di tenerla qui da me».

«Ma non è giusto!».

«Non insistere, ragazzina. Tuo fratello ha ragione: la lama è micidiale, rischi di ferirti solo sfoderandola».

«Quindi non l'avrò mai?».

Il vecchio s'intenerì per quegli occhi scuri, grandissimi e onesti, velati da piccole lacrime di dispetto.

«Magari un giorno te la renderò. Quando avrai imparato a usarla senza farti male».

Se il Volo della Fenice era giunto a lei, pensava Arnaldo, doveva esserci una ragione: "Questa è la benigna volontà del Cielo. L'Invisibile scorre forte intorno a noi, senza che possiamo capire né da dove proviene, né verso quale fine tende".

«M'insegnerete voi, maestro?»

«No di certo. Ma cercherò di scoprire se qui in Occidente esiste qualcuno capace di farlo».

«Grazie, maestro Arnaldo. Addio!».

Perché dicevano che era un vecchiaccio cattivo e balordo? Un pozzo di scienza, ecco cos'era! Straordinario, e anche generoso.

Maddalena trotterellava contenta giù in discesa sulle pietruzze bianche del sentiero che la riportava verso i Sacri Palazzi. I suoi piccoli piedi inguainati nelle ciocie infantili volavano su ali di gioia, all'idea di ritornare in possesso della spada. Sentiva in cuor suo che un giorno Arnaldo le avrebbe trasmesso qualcosa della sua arte.

«Arrivederci, ragazzina», sussurrò il vecchio.

Una strana creatura, icona di una grazia fragile. Ogni suo minimo gesto pareva suggerire al Catalano un messaggio nascosto. Anche il suo odore parlava di lei. Profumava di narciso bianco, come le vergini che non hanno ancora il mestruo, e di una nota pungente d'inchiostro metallico. Ingegno sottile e purezza d'intenti: il profilo del discepolo ideale. Se solo non fosse stata femmina!

Forse il loro incontro non si doveva al caso, chissà. Forse era scritto nel corso delle stelle...

Come l'abbraccio di uno spirito superiore, una forza irresistibile lo trascinò fuori da sé stesso, oltre lo spazio fisico e il corso naturale del tempo. Rivide il suo laboratorio segreto a Parigi, quell'antro di scienza che aveva ricavato dentro una cripta della cattedrale. Vedeva Maddalena muoversi rapida fra le preziose fiale di vetro, gli alambicchi, i minerali. Lì con lei c'era il suo apprendista. L'unico che Arnaldo, per un certo tempo, avesse ritenuto degno di ricevere la sua scienza, fra i tanti volti incontrati nell'arco di una vita intera. Erano fratello e sorella in mistica congiunzione, e insieme attendevano al compimento della Grande Opera. Sacre sfere celesti!

I sensi incantati del vecchio vibravano. Con timore e tremore capì che quello era il suo destino ineluttabile: un giorno sarebbe sceso di nuovo laggiù, nei sotterranei di Notre-Dame. E insieme al suo allievo prediletto avrebbe percorso i segreti labirinti di simboli nascosti in quella chiesa edificata per custodire i misteri del cosmo, come un'immensa biblioteca di pietra. Immagine divina del mondo, specchio dell'opera di Dio.

Indice

3. VIRTÙ E POTESTÀ

4. ARCANGELI E PRINCIPATI

Barbara Frale

Leonardo da Vinci. Il mistero di un genio

Volume di 320 pagine.

Firenze, 1482. Il giovane Leonardo da Vinci si è già fatto un nome, come apprendista alla celebre bottega del Verrocchio. Ma insieme alla fama il talento gli ha portato anche molti nemici, tanto che la città non è più un luogo ospitale per lui. Così, quando Lorenzo il Magnifico, suo protettore, gli offre una possibilità di riscatto, Leonardo accetta senza remore. Dovrà recarsi a Milano, dal duca Ludovico il Moro, alleato dei Medici. Ufficialmente sarà uno dei valenti artisti chiamati a dare lustro alla corte degli Sforza, e avrà l'occasione di creare capolavori che lo renderanno immortale. Ma quella che nasce come una nobile collaborazione finirà presto per trasformarsi in un insidioso legame, quando il nuovo mecenate di Leonardo si rivelerà il suo antagonista... Tra storia e leggenda, una sfida pericolosa per un genio che non ha avuto pari.

NEWTON COMPTON EDITORI

Barbara Frale

La torre maledetta dei templari

Volume di 352 pagine.

Parigi, inverno 1302. Filippo il Bello, re di Francia, comanda l'armata più formidabile del mondo cristiano, ma il regno è sull'orlo della bancarotta. Per pagare i debiti di stato, il sovrano ha un piano che potrebbe costargli la scomunica: intende aggredire Firenze con un pretesto, per razziare le sue vaste riserve di fiorini d'oro. Ma non ha fatto i conti con Bonifacio VIII... La Signoria di Firenze, infatti, ha chiesto la protezione del pontefice, dal momento che in Vaticano abita la sola persona in grado di fermare il re di Francia: Arnaldo da Villanova, detto il Catalano, medico talentuoso benché tacciato di praticare la magia. Il Catalano può interpretare i misteriosi segni impressi nel più antico sigillo dei Templari, e così rivelare oscure verità sul leggendario Ordine combattente. Si vocifera, infatti, che nella grande torre dell'Ordine proprio fuori Parigi ci sia nascosta un'immensa fortuna aurea. I Templari potrebbero salvare la Francia, ma intendono davvero condividere il segreto della loro ricchezza?

NEWTON COMPTON EDITORI